LES DIEUX VOYAGENT TOUJOURS INCOGNITO

Laurent Gounelle est l'un des romanciers français les plus lus dans le monde. Ses livres expriment sa passion pour la philosophie, la psychologie et le développement personnel.

Paru au Livre de Poche :

ET TU TROUVERAS LE TRÉSOR QUI DORT EN TOI

INTUITIO

JE TE PROMETS LA LIBERTÉ

LE RÉVEIL

LAURENT GOUNELLE

Les dieux voyagent toujours incognito

ÉDITIONS ANNE CARRIÈRE

Cet ouvrage a été initialement publié sous le titre
Dieu voyage toujours incognito aux éditions Anne Carrière en 2010.

ISBN : 978-2-253-10421-6 – 1re publication LGF

À Jean-Claude Gounelle (1932-2006).
Tu me manques, papa.

La vie est un risque.
Si tu n'as pas risqué, tu n'as pas vécu.
C'est ce qui donne… un goût de champagne.

Sœur Emmanuelle

1

La nuit douce et tiède m'enveloppait. Elle me prenait dans ses bras, me portait. Je sentais mon corps se dissiper en elle. J'avais déjà le sentiment de flotter dans les airs.

Encore un pas…

Je n'avais pas peur. Du tout. La peur m'était étrangère, et si son nom me venait à l'esprit, c'était juste parce que j'avais craint son apparition au point qu'elle avait hanté mes pensées ces derniers jours. Je ne voulais pas qu'elle surgisse et me retienne, qu'elle gâche tout…

Un petit pas…

J'avais imaginé entendre la clameur de la ville, et j'étais surpris par le calme. Pas le silence, non, le calme. Tous les sons qui me parvenaient étaient doux, lointains, et ils me berçaient tandis que mes yeux se perdaient dans les lueurs de la nuit.

Un pas de plus…

J'avançais lentement, très lentement, sur la poutrelle d'acier que cet éclairage si particulier avait transformée en or sombre. Cette nuit, la tour Eiffel et moi ne faisions qu'un. Je marchais sur l'or, en respirant très doucement un air tiède et humide d'une saveur étrange, attirante, enivrante. Sous mes pieds, cent vingt-trois mètres plus bas, Paris, allongée, se donnait à moi. Ses lumières scintillantes étaient autant de clins d'œil, d'appels. Patiente, se sachant irrésistible, elle attendait que mon sang vienne la féconder.

Encore un pas…

J'avais mûrement pensé, décidé, et même préparé cet acte. Je l'avais choisi, accepté, intégré. Je m'étais calmement résolu à mettre fin à une vie sans but ni sens. Une vie – et cette conviction s'était progressivement et terriblement gravée en moi – qui ne pouvait plus rien m'apporter qui vaille la peine.

Un pas…

Mon existence était une succession d'échecs qui avait commencé avant même ma naissance. Mon père – si l'on peut désigner ainsi le vulgaire géniteur qu'il fut – ne m'avait pas jugé digne de le connaître : il avait quitté ma mère dès qu'elle lui avait annoncé sa grossesse.

Était-ce avec l'intention de m'éliminer qu'elle était allée noyer son désespoir dans un bar parisien ? Les nombreux verres qu'elle but avec l'homme d'affaires américain qu'elle y rencontra ne lui firent pourtant pas perdre sa lucidité. Il avait trente-neuf ans, elle, vingt-six ; elle était angoissée, et la décontraction qu'il arborait la rassurait. Il semblait aisé ; elle, préoccupée par sa survie. C'est sciemment qu'elle s'offrit à lui cette même nuit, avec calcul et espoir. Au petit matin, elle se montra tendre et amoureuse, et je ne saurai jamais si c'est avec sincérité ou simplement par faiblesse qu'il lui répondit que oui, si jamais elle tombait enceinte, il souhaitait qu'elle garde l'enfant et reste à ses côtés.

Elle le suivit aux États-Unis et, au pays de l'obésité, personne ne s'étonna que je vienne au monde à sept mois et demi en pesant déjà près de trois kilos… On m'affubla d'un prénom local, et je devins Alan Greenmor, citoyen américain. Ma mère apprit l'anglais et parvint à s'intégrer tant bien que mal dans sa communauté d'adoption. La suite fut moins glorieuse. Mon nouveau père perdit son emploi cinq ans plus tard et, devant la difficulté d'en retrouver un en pleine crise économique de l'avant-Reagan, il se laissa progressivement glisser dans l'alcoolisme. L'engrenage fut rapide. Il devint maussade, taciturne, dépressif. Ma mère était écœurée par son manque d'acharnement et lui reprochait sans cesse son laisser-aller. Elle lui en voulait profondément et cherchait en permanence à le provoquer. Le moindre détail servait de prétexte à ses reproches. L'absence de réaction de son conjoint l'amenait ensuite à des attaques de plus en plus personnelles, frisant l'insulte. On avait l'impression qu'elle était satisfaite lorsqu'il se mettait enfin en colère, comme si elle préférait son courroux à son atonie. J'étais terrorisé par son jeu. J'aimais mes parents et ne supportais pas de les voir se détruire. Les colères de mon père étaient rares mais explosives, et je les redoutais autant que ma mère les désirait avec une évidence flagrante. Elle obtenait enfin une réaction de sa part, un regard dans les yeux, une action. Elle avait un adversaire qui existait, avait du répondant. Elle disposait d'un exutoire à sa rancœur accumulée, et elle se déchaînait verbalement. Un soir, il la battit et je fus moins traumatisé par sa violence que par le plaisir pervers que je lus sur le visage de ma mère. Une nuit où leur dispute fut particulièrement terrible, ma mère lui balança à la figure que son fils n'était pas son fils, et je l'appris du même coup… Il quitta la maison le lendemain et on ne le revit jamais. Mon second père venait de me quitter, lui aussi.

Ma mère lutta pour nous faire vivre. Elle travailla six jours sur sept d'interminables heures dans une blanchisserie. Elle en ramenait les senteurs chimiques à la maison tous les soirs, ces senteurs si caractéristiques qui la suivaient partout. Quand elle venait m'embrasser au lit au moment du coucher, je ne reconnaissais plus l'odeur chérie de ma mère, cette odeur qui auparavant me rassurait et m'invitait au sommeil en m'enveloppant de tendresse.

Un pas, puis un autre…

Par la suite, elle passa de petit boulot en petit boulot en croyant chaque fois pouvoir s'élever, être enfin promue, mieux gagner sa vie. Elle alla d'amant en amant avec l'espoir d'en retenir un, de refonder un foyer. Je crois qu'un jour elle réalisa que tous ces espoirs concernant sa vie étaient vains, et c'est à ce moment-là qu'elle se focalisa sur moi. Moi, je réussirais là où elle avait échoué. Je gagnerais tellement d'argent qu'elle aussi en bénéficierait. À partir de cet instant, mon éducation devint sa priorité absolue. Je fus sommé de rapporter de bonnes notes à la maison. À table, nos conversations tournaient autour du collège, de mes profs, de mes résultats. Ma mère devenait mon entraîneur ; j'étais son poulain. Parlant français avec elle et anglais avec le reste du monde, j'étais bilingue de naissance. Elle répétait en boucle que je disposais donc d'un atout majeur. C'était sûr, je deviendrais un homme d'affaires international, ou un grand interprète, et pourquoi pas à la Maison Blanche ? Il n'y a que les minables qui n'ont pas d'ambition. Un jour, elle me vit même ministre des Affaires étrangères. J'avais très peur de la décevoir, et je m'appliquais en classe autant que je pouvais, obtenant des résultats prometteurs qui ne faisaient qu'accroître ses attentes en la confortant dans sa stratégie.

Elle reçut un véritable coup sur la tête le jour où elle apprit qu'aux États-Unis les universités étaient payantes – et fort coûteuses. C'était la première fois que je voyais ma mère abattue à ce point. J'ai cru un instant qu'elle allait prendre le même chemin que mon père et devenir un légume. Tous ses plans s'écroulaient. Elle était maudite pour de bon. Il fallut assez peu de temps pour que sa nature reprenne le dessus. Elle obtint un rendez-vous avec le proviseur pour le convaincre qu'on ne pouvait pas laisser un jeune citoyen américain sur le bord de la route, alors que ses brillants résultats étaient garants de sa capacité à servir son pays si on le laissait accéder aux hautes fonctions promises par l'université. Il devait y avoir une solution, il existait bien des bourses ou quelque chose ? Elle revint à la maison gonflée à bloc. C'était très simple, selon elle. La solution tenait en cinq lettres : SPORT. Si j'étais très bon en sport, il y avait de bonnes chances qu'une université m'offre les droits d'inscription simplement pour me voir rejoindre son équipe et augmenter ainsi ses chances de victoire lors des tournois.

Je fus donc assujetti à une pratique physique intensive, sans jamais oser avouer à ma mère que j'avais toujours détesté le sport au plus haut point. Elle me poussait à fond, me stimulait, m'encourageait, tout en observant mes résultats à la loupe. Elle ne parut pas décontenancée par les notes que j'avais obtenues dans le passé, plutôt moyennes. « Quand on veut, on peut », répétait-elle à tout bout de champ. C'est finalement en base-ball que je me montrai le moins mauvais. À partir de ce jour, je vécus pour le base-ball. Pour me motiver, elle épingla au mur de ma chambre des posters de stars de l'équipe de Detroit, les Tigers. Je pris mon petit déjeuner dans un mug à l'effigie des Tigers. Je les retrouvais partout : sur mon porte-clés, mes tee-shirts, mes chaussettes, mon peignoir, mes stylos. Je mangeais Tigers, j'écrivais Tigers, je me lavais Tigers, et même, je dormais Tigers. Il arrivait en effet que le base-ball hante mes rêves : elle était parvenue à sponsoriser mon cerveau, à glisser des affiches dans mes pensées. Elle fit des heures supplémentaires pour pouvoir payer ma cotisation au club du coin, où elle m'inscrivit sans attendre. J'y passais trois heures par jour au minimum, cinq le week-end. Les cris de l'entraîneur résonnent encore à mes oreilles, des années après. Je me souviens aussi avec dégoût de l'odeur nauséabonde des vestiaires après l'effort, quand mes camarades se déshabillaient, en sueur. En quelques secondes, les vitres se couvraient de buée et l'atmosphère devenait irrespirable. Je haïssais ce sport mais j'aimais ma mère et j'aurais fait n'importe quoi pour ne pas la décevoir. Elle avait passé sa vie à entretenir des espoirs, et j'avais l'impression qu'elle cesserait de vivre le jour où elle n'attendrait plus rien.

L'avenir me donna raison : elle mourut quelques années plus tard, le lendemain de ma remise de diplôme à l'université. Je me retrouvai seul, avec en poche un MBA que je n'avais pas vraiment désiré. Ayant passé ma scolarité à côtoyer des jeunes dont je ne partageais ni les goûts ni les aspirations, je n'avais même pas d'amis. On me proposa un poste de responsable adjoint du service Comptabilité fournisseurs dans une grande entreprise. Si le salaire était correct, le travail se montra vite inintéressant, mais je n'étais pas déçu car je n'avais eu aucune attente. La vie de ma mère m'avait très tôt appris que les espoirs étaient vains.

Un pas de plus...

Après quelques années d'une existence vide et sans objet, je partis pour la France, presque sur un coup de tête. Était-ce le désir inconscient de renouer avec mes origines, ou avais-je l'intention de détricoter la vie misérable de ma mère en parcourant le chemin inverse ? Je ne sais pas. Toujours est-il que je me retrouvai à Paris et, peu de temps après, je décidai d'y rester. La ville était belle mais ce n'en était pas la raison. Il y avait autre chose. Une intuition ou un pressentiment que mon destin passait par là. À l'époque, je ne savais pas que je voudrais y mourir si rapidement.

Je cherchai un emploi et obtins un rendez-vous avec l'un des responsables de Dunker Consulting, un cabinet de recrutement qui cherchait des cadres comptables pour de grandes entreprises. Il m'apprit que j'étais inemployable car la comptabilité française était tenue selon des règles extrêmement différentes de l'anglo-saxonne. Aucun rapport. « Autant reprendre toutes vos études à zéro », dit-il dans un trait d'humour qui ne fit rire que lui. Chacun de ses ricanements provoquait de petits soubresauts qui faisaient vibrer les replis de son double menton. Je restai de marbre. En revanche, affirma-t-il, ma connaissance du domaine dans son ensemble, alliée à ma culture américaine, rendait ma candidature désirable… au sein de leur propre cabinet, pour devenir consultant en recrutement. Leurs principaux clients étaient en effet de grandes entreprises américaines, et ils apprécieraient que leurs recrutements de comptables soient confiés à un Américain. « Impossible, répliquai-je, le recrutement n'est pas mon métier, je n'y connais absolument rien. » Il eut un sourire pervers. Le vieil habitué devant l'embarras de la jeune femme qui avoue au dernier moment qu'elle est encore vierge. « Nous en faisons notre affaire », dit-il d'un air entendu.

On m'enrôla et je me retrouvai embarqué dans deux semaines de formation intensive, en compagnie d'autres jeunes recrues qui allaient contribuer au développement soutenu du cabinet. La moyenne d'âge était de trente ans, ce qui me semblait extrêmement bas pour exercer cette profession. Pour moi, évaluer les qualités et aptitudes d'un candidat revenait à juger un être humain, et j'étais angoissé de devoir assumer une telle responsabilité. Cette peur n'était apparemment pas la préoccupation de mes collègues en formation : ils prenaient manifestement plaisir à se glisser dans le costume respecté du recruteur, se prenaient très au sérieux, incarnaient déjà la fonction. Le sentiment communément partagé dans le groupe était d'appartenir à une certaine élite. La fierté ne laissait pas de place au doute.

Pendant quinze jours, on nous enseigna les ficelles du métier : une méthode de conduite des entretiens de recrutement, simple mais de bon sens, ainsi qu'une kyrielle de techniques gadgets que je considère aujourd'hui comme des inepties.

J'appris qu'après avoir accueilli un candidat, il fallait rester silencieux quelques instants. Si le postulant prenait de lui-même la parole, on avait sans doute affaire à un leader. S'il attendait patiemment qu'on la lui donne, le profil du suiveur se dessinait déjà derrière son attitude réservée.

Nous devions l'inviter à se présenter de façon très ouverte : « Parlez-moi de vous », sans poser de questions trop précises d'entrée de jeu. Si le candidat embrayait tout seul, c'était quelqu'un d'autonome. S'il nous demandait au préalable nos préférences, par exemple, commencer par ses études ou plutôt remonter le temps depuis le dernier poste occupé, alors le manque d'initiative le caractérisait. Il y avait du mouton dans ce personnage !

Nous nous exercions en binôme à mettre en œuvre les techniques enseignées, à l'aide de « jeux de rôle » : l'un d'entre nous jouait le rôle du recruteur tandis que l'autre se glissait dans la peau du candidat, inventant un scénario, un parcours professionnel, afin que le consultant puisse s'entraîner à conduire l'entretien et poser des questions pour mettre à nu la « vérité » du candidat.

Le plus étonnant, pour moi, était sans doute l'atmosphère compétitive qui régnait pendant ces exercices. Chacun cherchait à piéger l'autre, perçu tour à tour comme un menteur à démasquer ou un ennemi à tromper. Le plus drôle était que le formateur, lui-même consultant salarié de Dunker Consulting, entrait également dans la compétition, prenant un malin plaisir à mettre en évidence les oublis ou les maladresses. « T'es en train de te faire avoir ! » était sa phrase favorite, prononcée sur un ton moqueur, tandis qu'il supervisait les jeux de rôle, se glissant parmi les binômes en cours d'exercice. Le sous-entendu était que lui aurait su s'y prendre…

Deux semaines plus tard, nous fûmes déclarés bons pour le service.

Je me retrouvai à passer mes journées derrière un bureau, à écouter de timides hommes de chiffres me raconter leur parcours, le teint empourpré par le trac, et tenter de me faire croire que leurs trois principaux défauts étaient le perfectionnisme, une trop grande rigueur et une tendance au surmenage. Ils étaient loin de se douter que j'étais encore plus timide qu'eux, encore plus mal à l'aise. J'avais juste un peu plus de chance puisque mon rôle m'offrait un luxe non négligeable : faire parler plutôt que parler. Mais je redoutais chaque fois le moment où je serais contraint d'annoncer à neuf candidats sur dix, tel un juge impitoyable, que leur dossier ne convenait pas au profil recherché. J'avais l'impression de leur annoncer une condamnation au bagne. Mon malaise accroissait le leur, qui renforçait le mien, dans un cercle vicieux infernal. J'étouffais dans ce rôle, et l'ambiance au sein du cabinet n'était pas pour détendre l'atmosphère. Les valeurs humaines affichées n'étaient que de façade. La réalité quotidienne était dure, froide, compétitive.

C'est Audrey qui me permit de survivre un temps dans ce contexte. Je la rencontrai un dimanche après-midi chez Mariage Frères, rue des Grands-Augustins. Il suffisait que j'entre dans ce lieu hors du temps pour me sentir apaisé. Sitôt la porte poussée, le premier pas sur le vieux parquet de chêne craquant sous les pieds vous plongeait dans l'ambiance raffinée d'un comptoir de thé sous l'Empire colonial français. Dès l'entrée, vous vous sentiez envoûté par les senteurs mêlées de centaines de variétés soigneusement conservées dans d'immenses pots d'époque, et ces parfums vous transportaient en un instant dans l'Extrême-Orient du XIXe siècle où votre esprit s'évadait déjà. Il suffisait de fermer les yeux pour s'imaginer à bord d'un trois-mâts, chargeant de vieilles caisses en bois remplies des précieuses feuilles avant de traverser, de longs mois durant, les mers et les océans.

Tandis que je commandais cent grammes de *Sakura 2009* au jeune homme posté derrière le vieux comptoir, elle me souffla à l'oreille que le *Sakura impérial* était plus fin. Je me retournai, surpris qu'une inconnue m'adresse la parole dans une ville où chacun reste dans sa bulle et ignore superbement les autres. Elle me dit : « Vous ne me croyez pas ? Venez, je vais vous faire goûter » et, me prenant par la main, elle m'entraîna à travers la salle, se faufilant entre les clients et les collections de théières des contrées lointaines, en direction du petit escalier qui menait à l'étage où se trouvait le salon de dégustation. Ambiance intime et élégante. Les garçons en costume de lin écru glissaient silencieusement entre les tables dans une attitude cérémonieuse. Avec ma tenue décontractée, j'avais l'impression d'être un anachronisme à moi tout seul. Nous nous assîmes dans un coin, à une petite table nappée de blanc et dressée avec des couverts en argent et des tasses en porcelaine à l'effigie de l'illustre maison. Audrey commanda les deux thés, des scones tout chauds et un « coup de soleil », la spécialité qu'il fallait à tout prix que je goûte, selon elle. J'eus tout de suite plaisir à notre conversation. Elle était étudiante aux Beaux-Arts et habitait une chambre perchée sous les toits, dans le quartier. « Tu verras, c'est très mignon », me dit-elle, me laissant ainsi savoir que notre entrevue ne s'arrêterait pas à la porte de Mariage Frères.

Sa chambre était en effet charmante, minuscule et mansardée, avec de vieilles poutres au plafond et une lucarne qui donnait sur une succession de toits gris dont les pans inclinés semblaient partir dans toutes les directions. Il ne manquait plus qu'un croissant de lune et l'on se serait cru dans *Les Aristochats*. Elle se déshabilla avec une grâce naturelle, et j'aimai tout de suite son corps d'une délicatesse à laquelle je n'étais pas habitué. Ses épaules et ses bras étaient d'une finesse exquise, que l'on ne trouve pas chez une fille élevée aux corn flakes et au sport intensif. Sa peau divinement blanche contrastait avec ses cheveux, et ses seins, mon Dieu, ses seins étaient... sublimes, juste sublimes. Cinquante fois durant la nuit je la remerciai de ne pas porter de parfum, tandis que je me délectais de la senteur voluptueuse de sa peau en tout point de son corps, enivrante comme une drogue. Cette nuit-là restera gravée en moi au-delà de ma mort.

Nous nous réveillâmes enlacés le lendemain matin. Je courus chercher des croissants et remontai à bout de souffle les six étages de sa cage d'escalier. Je me jetai dans ses bras et nous refîmes l'amour. Pour la première fois de ma vie, j'expérimentais le bonheur. C'était une sensation nouvelle, étrange. J'étais loin de me douter qu'elle préfigurait la chute dont je ne me relèverais pas.

Pendant quatre mois, ma vie tourna autour d'Audrey. Elle colonisait mes pensées le jour et mes rêves la nuit. Son emploi du temps aux Beaux-Arts était un gruyère qui lui laissait pas mal de disponibilité. Il nous arrivait souvent de nous retrouver en pleine journée, en semaine. Je prétextais un rendez-vous avec un client et venais passer une heure ou deux avec elle dans une chambre d'hôtel que nous louions à proximité. Je culpabilisais un peu. Juste un peu : le bonheur rend égoïste. Un jour, j'étais au bureau lorsque Vanessa, la secrétaire du service, m'appela pour me dire que ma candidate était arrivée. Je n'attendais personne mais, mon organisation laissant à désirer, j'eus un doute et lui demandai de la faire monter. Je préférais recevoir une candidate pour rien plutôt que de fournir à Vanessa des preuves de ma désorganisation. Il aurait fallu moins d'une demi-heure pour que mon chef de service ne l'apprenne. J'attendis sur le pas de ma porte et faillis défaillir en voyant, au bout du couloir, Vanessa escorter Audrey, déguisée en caricature de comptable, les cheveux en queue-de-cheval, vêtue d'un tailleur étriqué et de petites lunettes en métal que je ne lui connaissais pas. Un vrai cliché, limite grotesque. Je remerciai Vanessa, la voix coincée dans le larynx. Je refermai la porte de mon bureau sur Audrey. Elle retira ses lunettes d'un geste suggestif, une légère moue aux lèvres. Je sus immédiatement son intention. Je déglutis et sentis une onde de frayeur parcourir mon corps. Je la connaissais suffisamment pour savoir que rien ne l'arrêterait.

La table de conférence devint ce jour-là un meuble que je ne verrais plus jamais avec les mêmes yeux. J'étais mort de trouille que l'on nous surprenne. Elle était folle, mais j'adorais ça.

Quand Audrey me quitta, quatre mois plus tard, ma vie s'arrêta d'un coup. Sans que je connaisse ses raisons, sans avoir eu le moindre soupçon préalable, je pris un soir dans ma boîte aux lettres une petite enveloppe. À l'intérieur, un mot, un seul, de son écriture très reconnaissable : « Adieu. » J'en restai pétrifié dans l'entrée de mon immeuble, devant ma boîte encore ouverte. Mon sang se figea dans mes veines. Ma tête bourdonna. Je faillis vomir. Je me laissai glisser dans le vieil ascenseur en bois, qui me déversa à mon étage, et entrai, choqué, dans mon appartement. Tout vacillait autour de moi. Je me laissai tomber sur le canapé et sanglotai. Au bout d'un long moment, je me redressai d'un seul coup. C'était impossible, tout simplement impossible. Ça devait être un canular, ou autre chose, je ne savais pas, mais c'était impossible que ce fût vrai. Je me jetai sur mon téléphone et tentai de l'appeler. J'entendis cent fois son annonce de répondeur et, chaque fois, sa voix me semblait un peu plus neutre, plus distante, plus froide. Je cessai lorsque son appareil, saturé, arrêta de prendre les messages. Lentement, une sensation lointaine mais familière émergea du plus profond de moi, refaisant peu à peu surface. Il était normal, normal, disait cette sensation, bien normal, que l'on me quitte. C'était ainsi. On ne lutte pas contre son destin, Alan…

C'est à cet instant que je découvris que ma mort allait de soi. Ce ne fut pas une impulsion. Je ne me serais pas jeté sous un train. Non, c'était simplement une évidence qui s'imposait à moi. J'allais passer de l'autre côté, et tout irait bien. À moi de choisir le lieu, le moment, rien ne pressait. Ce n'était pas un désir morbide, masochiste. Pas du tout. Ce n'était pas non plus seulement pour mettre fin à ma souffrance, si énorme fût-elle. L'au-delà m'attirait, doucement, irrésistiblement, et j'avais le sentiment étrange que ma place s'y trouvait, que mon âme s'y épanouirait. Ma vie sur terre n'avait pas lieu d'être. J'avais eu la prétention de m'accrocher, de faire comme si de rien n'était, et la vie m'avait envoyé Audrey pour me faire connaître une douleur insoutenable et m'amener ainsi à regarder enfin mon destin en face, les yeux dans les yeux.

Le lieu me fut soufflé par ma mémoire, et ce n'est sans doute pas un hasard qu'elle l'ait conservé en elle, dans l'un de ses mystérieux compartiments. J'avais lu quelque temps auparavant, dans une revue oubliée par Audrey, un article sujet à polémique, d'un certain Dubrovski ou un nom de ce genre. L'auteur y exposait sa théorie sur le droit au suicide, et son idée selon laquelle, quitte à se suicider, autant le faire bien. Et il révélait un endroit approprié à ce qu'il appelait poétiquement « le vol de sa vie ». La tour Eiffel, expliquait-il, est entièrement sécurisée, sauf en un point bon à connaître. Il fallait monter au Jules Verne, le luxueux restaurant du deuxième étage, se rendre aux toilettes des femmes, puis pousser la petite porte marquée « Privé », située à gauche du lavabo. Elle ouvrait sur une pièce minuscule qui faisait office de placard à balais. La fenêtre n'avait pas de barreaux et donnait directement sur les poutrelles. Je me souvenais de ces détails comme si je les avais lus le matin même. Mourir à la tour Eiffel avait quelque chose de grand. Une revanche sur une vie médiocre.

Encore un pas…

Il fallait que j'avance suffisamment pour parvenir à l'endroit propice où l'espace en dessous serait complètement dégagé de toute structure métallique.

Je ne laissais rien derrière moi, pas un ami, pas un parent, pas un plaisir, rien qui puisse me faire regretter mon acte. J'étais prêt, dans ma tête et dans mon corps.

Un dernier pas…

Ça y est. Le *bon endroit*. Je m'immobilisai… L'air que je respirais me semblait… délicieux, un nectar divin. J'étais seul avec moi-même, et ma conscience commençait déjà à m'abandonner… Je pris une inspiration et fis lentement pivoter mes pieds vers la droite, vers l'abîme que je ne regardais pas, mais dont je ressentais la présence, la beauté.

J'étais à la hauteur de la roue de l'ascenseur privé du Jules Verne. Elle était arrêtée, face à moi. Trois mètres de néant nous séparaient. De là où j'étais, je n'en voyais que la tranche rainurée retenant le câble qui la parcourait puis plongeait dans le vide. Le vide… Le restaurant donnait de l'autre côté. Personne ne pouvait me voir. Aucun bruit ne me parvenait de la salle. Rien que le doux bourdonnement du silence de la nuit. Et toujours ces lumières vacillantes au loin, attirantes, hypnotisantes… et cet air tiède, enivrant, m'inondant d'un bien-être surnaturel… La plupart de mes pensées m'avaient quitté, et je n'habitais déjà plus mon corps. Je n'étais plus moi. Je me fondais dans l'espace, dans la vie, dans la mort. Je n'existais plus en tant qu'être distinct. *J'étais* la vie. Je…

Un toussotement…

Cela me sortit de mon état en un instant, comme le claquement de doigts d'un hypnotiseur met fin à la transe de son patient.

Sur ma droite, au bout de la poutrelle, se tenait un homme qui me regardait droit dans les yeux. La soixantaine. Les cheveux argent. Un costume sombre. Son regard, éclairé par le reflet d'une lumière de la tour, semblait sortir du néant. Je me souviendrai toute ma vie de ce regard d'un bleu acier à vous glacer le sang.

Un sentiment de colère se mêla à ma surprise. J'avais pris toutes les précautions pour ne pas être vu. J'étais certain de ne pas avoir été suivi… J'avais l'impression de me retrouver dans un mauvais film où un sauveur arrive comme par miracle au moment propice pour empêcher un suicide.

J'avais raté ma vie, d'autres s'en étaient emparés. Ma mort m'appartenait. À moi seul. Il était hors de question que je laisse quiconque tenter de me retenir, de me convaincre avec des arguments lénifiants que la vie était quand même belle ou que d'autres étaient plus malheureux que moi, ou je ne sais quoi encore. De toute façon, personne ne pouvait me comprendre, et d'ailleurs je ne demandais rien. Plus que tout au monde, je voulais être seul. Seul.

— Laissez-moi. Je suis un homme libre. Je fais ce que je veux. Partez.

Il me regarda en silence, et j'eus tout de suite le sentiment confus que quelque chose clochait. Il avait l'air… détendu. Oui, c'est ça, détendu !

Il porta un cigare à sa bouche, tranquillement.

— Vas-y. Saute !

Je fus tétanisé par ses paroles. Je m'attendais à tout sauf à ça. C'était quoi, ce type ? Un pervers ? Il voulait me voir chuter, et en jouir ? Merde ! Il fallait que ça tombe sur moi ! Mais c'est pas possible ! Qu'avais-je fait au bon Dieu, bordel ? Je fulminais. J'étais fou de rage, une rage contenue qui me brûlait le visage. Je n'arrivais pas à croire cette situation. C'était pas possible, pas possible, pas…

— Qu'est-ce que tu attends ? dit-il d'un ton terriblement tranquille. Saute !

J'étais complètement chamboulé par la situation. Mes pensées s'entrechoquaient sans parvenir à se rassembler.

Je parvins à articuler quelques mots.

— Qui êtes-vous ? Qu'est-ce que vous me voulez ?

Il tira paisiblement sur son cigare et garda la fumée un temps, avant de la libérer en volutes légères qui s'évanouirent dans ma direction. Son regard vissé dans le mien me paralysait. Ce type avait un charisme à faire fléchir la tour Eiffel.

— Tu es en colère. Mais tu souffres beaucoup au fond de toi, dit-il d'une voix très calme, avec un léger accent que je ne connaissais pas.

— C'est pas dur à deviner.

— Tu es atrocement malheureux et tu ne supportes plus de vivre.

Ses paroles me troublèrent et m'amenèrent à ressentir ma douleur. Je finis par acquiescer d'un mouvement de tête. Le silence me parut pesant.

— Disons que… j'ai eu de gros problèmes toute ma vie.

Une lente, très lente bouffée de cigare.

— Il n'y a pas de gros problèmes. Il n'y a que des petites personnes.

Une vague de colère monta en moi. Je sentis mon sang battre mes tempes qui devinrent brûlantes. J'avalai ma salive.

— C'est facile de profiter de ma situation pour m'humilier. Vous vous prenez pour qui ? Et vous, bien sûr, vous savez résoudre tous vos problèmes ?

Avec un aplomb incroyable, il me répondit tranquillement :

— Oui. Et ceux des autres aussi.

Je commençais à me sentir mal. J'avais maintenant pleinement conscience d'être entouré par le vide. Je crois que je commençais… à avoir peur. La peur avait fini par trouver son chemin et s'insinuer en moi.

Mes mains devenaient moites. Il ne fallait surtout pas que je regarde en bas.

Il reprit :

— C'est vrai qu'en sautant, tes problèmes disparaîtront avec toi... Vous serez quittes. Mais la situation n'est pas aussi juste que ça...

— Que voulez-vous dire ?

— C'est toi qui, une fois de plus, vas souffrir. Tes problèmes, eux, ne ressentiront rien. Ce n'est pas très... équilibré, comme solution.

— On ne souffre pas en sautant d'une tour. Le choc est tellement violent qu'on s'arrête simplement de vivre sans avoir le temps de ressentir quoi que ce soit. Aucune douleur. Je me suis renseigné.

Il rit doucement.

— Qu'est-ce qui vous fait rire ?

— Cela est vrai... si tu pars de l'hypothèse que tu es encore en vie au moment où tu t'écrases sur le sol... C'est là que tu te trompes... Personne n'arrive en bas vivant.

Une longue bouffée de cigare. Je me sentais de plus en plus mal. Une sorte de tournis. Il aurait fallu que je puisse m'asseoir quelque part.

— La vérité, reprit-il en prenant son temps, c'est qu'ils meurent tous pendant la chute d'une crise cardiaque provoquée par l'horreur, l'horreur abominable de la descente et de la vision insoutenable du sol qui se rapproche à deux cents kilomètres-heure. Ils sont terrassés par une peur atroce qui leur fait vomir leurs tripes avant que leur cœur n'explose. Ils ont les yeux exorbités au moment de la mort.

Mes jambes flageolèrent. Je faillis défaillir. La tête me tournait. J'avais un mal au cœur extrême. Ne pas regarder en bas. Surtout pas. Rester droit. Me concentrer sur lui. Ne plus le quitter des yeux.

— J'ai peut-être, dit-il après un silence et en articulant lentement, quelque chose à te proposer.

Je restai muet, suspendu à ses lèvres.

— Une sorte de marché entre nous, continua-t-il, laissant ses paroles flotter dans les airs.

— Un marché ? balbutiai-je.

— Voilà : tu restes en vie, et moi je m'occupe de toi, de te remettre dans le droit chemin, de faire de toi un homme capable de mener sa vie, de résoudre ses problèmes, et même d'être heureux. En échange…

Il tira une nouvelle bouffée de cigare avant de continuer :

— En échange, tu t'engages à faire tout ce que je te dirai. Tu t'engages… sur la vie.

Ses propos me perturbèrent au plus haut point, et cela s'ajouta à mon malaise. Il me fallut faire un effort considérable pour me concentrer, réunir mes esprits et parvenir à réfléchir.

— Qu'est-ce que vous entendez par « s'engager sur la vie » ?

Silence.

— Tu devras respecter ton engagement.

— Sinon ?

— Sinon… tu ne resteras pas en vie.

— Il faudrait être fou pour accepter un marché pareil !

— Qu'as-tu à perdre ?

— Pourquoi mettrais-je ma vie entre les mains d'un inconnu en échange d'un bonheur hypothétique ?!

Son regard prit l'assurance d'un joueur d'échecs qui sait que son adversaire va se retrouver coincé.

— Et là, qu'obtiendras-tu en échange de ta mort certaine ? dit-il en désignant le vide de la pointe de son cigare.

Je commis l'erreur de regarder dans la direction indiquée et fus saisi d'un violent vertige. La vision me terrifia et, dans le même temps… le vide m'appelait, comme pour me libérer de l'affreuse angoisse qui s'emparait de moi. J'aurais voulu m'allonger de tout mon long sur la poutrelle, et rester immobile en attendant des secours. Des frissons nerveux incontrôlables parcouraient mes membres. C'était atroce, insupportable.

La pluie…

La pluie se mettait à tomber… La pluie. Mon Dieu… La poutrelle de métal allait devenir une patinoire. Cinq mètres me séparaient de l'homme, de la fenêtre, du salut. Cinq mètres d'une poutrelle étroite et… glissante. Il fallait que je me concentre. Oui, c'est ça, me concentrer. Surtout rester bien droit. Prendre ma respiration. Il fallait que je me tourne doucement vers la droite, mais… mes jambes ne pouvaient plus bouger. Mes pieds étaient comme collés au métal. Être resté trop longtemps dans cette position avait figé mes muscles, qui maintenant ne répondaient plus. Le vertige était un sorcier maléfique qui avait envoûté sa victime. Mes jambes se mirent à trembler, d'abord imperceptiblement, puis de plus en plus fort. Mes forces m'abandonnaient.

La roue…

La roue tournait… Le bruit de l'ascenseur qui se met en branle. La roue commença à projeter de l'eau. La rotation s'accéléra tandis qu'on entendait l'ascenseur prendre de plus en plus de vitesse dans sa descente. L'eau projetée m'atteignit, froide et aveuglante. Assourdissante. Je perdis l'équilibre… et me retrouvai accroupi, toujours sous l'assaut de la cascade. J'entendis à travers ce tumulte l'homme crier d'une voix impérieuse :

— Viens par ici ! Garde les yeux ouverts ! Mets tes pieds l'un devant l'autre !

J'obéis, me soumettant à son autorité, me forçant à n'écouter que ses ordres et à oublier mes pensées et mes émotions pourtant submergeantes. Je fis un pas, puis un deuxième, comme un robot, exécutant machinalement chacune de ses directives. Je parvins à m'extraire de la cascade, puis à avancer, dans un état second, jusqu'à sa hauteur. Je levai alors un pied pour enjamber la poutre horizontale qui me séparait de lui, mais il saisit avec poigne la main tremblante et ruisselante que je lui tendais et me retint dans mon élan, me repoussant en arrière. Je fus tellement surpris que je poussai un cri. Je faillis vaciller dans le vide, déséquilibré par sa force. Mais sa main de fer m'immobilisait solidement.

— Alors : tu t'engages ?

L'eau coulait sur son visage, guidée par ses ridules. Ses yeux bleus étaient fascinants.

— Oui.

2

Le lendemain, je me réveillai dans mon lit, bien au chaud dans mes draps secs. Un rayon de soleil perçait à travers les persiennes. Je roulai sur moi-même pour atteindre la table de nuit sans quitter le cocon bienveillant des couvertures. Je tendis le bras et pris la carte de visite que j'y avais posée en me couchant. L'homme me l'avait donnée avant de me quitter. « Viens demain à 11 heures », avait-il conclu.

Yves Dubreuil
23, avenue Henri-Martin
75116 Paris
Téléphone : 01 47 55 10 30

Je ne savais vraiment pas à quoi m'attendre et n'étais pas très rassuré.

J'attrapai mon téléphone et appelai Vanessa pour lui demander d'annuler tous mes rendez-vous pour la journée. J'étais souffrant et ne savais pas quand je reprendrais. Cette corvée accomplie, je filai sous la douche et y restai jusqu'à ce que mon ballon d'eau chaude soit vide.

J'habitais un deux-pièces que je louais sur la butte Montmartre. Le loyer était élevé et sa taille réduite, mais je bénéficiais d'une vue imprenable sur la ville. Quand j'avais le cafard, je pouvais rester des heures assis sur le rebord de la fenêtre à laisser mon regard se perdre à l'horizon dans la multitude d'immeubles et de monuments. J'imaginais les millions de gens qui y vivaient, leurs histoires, leurs occupations. Ils étaient tellement nombreux qu'à toute heure du jour ou de la nuit, il y en avait forcément en train de travailler, de dormir, de faire l'amour, de mourir, de se disputer, de se réveiller. Je me disais « top » et me demandais combien de personnes, à cet instant précis, avaient éclaté de rire, combien avaient dit adieu à leur conjoint, joui, fondu en larmes, combien s'étaient éteintes, avaient accouché, eu un coup de foudre… J'imaginais les émotions si différentes que chacune pouvait ressentir au même moment, en même temps.

Je louais mon appartement à une femme d'un âge avancé, madame Blanchard, qui pour mon malheur vivait dans l'appartement situé juste au-dessous du mien. Elle était veuve depuis une vingtaine d'années déjà, mais donnait l'impression de toujours porter le deuil. Catholique fervente, elle allait à l'office plusieurs fois par semaine. Je l'imaginais parfois en train de s'agenouiller dans le vieux confessionnal en bois de l'église Saint-Pierre de Montmartre, avouant à voix basse derrière la grille les médisances qu'elle avait proférées la veille. Peut-être confessait-elle aussi le harcèlement qu'elle me faisait subir : dès que je faisais le moindre bruit au-delà de la norme acceptée – c'est-à-dire le silence complet –, elle montait et frappait vigoureusement à ma porte. J'ouvrais celle-ci en l'entrebâillant et voyais son visage excédé formuler des reproches exagérés et me convier à plus de respect du voisinage. Par malheur, l'âge ne lui avait pas fait perdre l'ouïe, et je me demandais même comment elle pouvait entendre des bruits aussi insignifiants qu'une chaussure qui roule ou un verre posé un peu brutalement sur la table basse. Je l'imaginais parfois juchée sur un vieil escabeau, équipée d'un stéthoscope de médecin appliqué sur son plafond, les sourcils froncés, à l'affût de la moindre manifestation sonore.

Elle avait accepté de me louer l'appartement à contrecœur, non sans m'avoir averti de la faveur qu'elle m'accordait : d'habitude elle ne louait pas aux étrangers, mais son mari ayant été libéré par les Américains pendant la Seconde Guerre mondiale, elle avait fait pour moi une exception dont il fallait que je me montre digne.

Il va sans dire qu'Audrey n'avait jamais séjourné chez moi. J'aurais craint que les agents de l'Inquisition ne fassent irruption, dans leur sombre soutane, le visage dissimulé dans l'ombre de leur capuche, et ne nous soumettent à la question, suspendant Audrey nue au crochet du plafonnier, les pieds et les mains réunis par des chaînes, tandis que les flammes d'un feu crépitant commenceraient à lécher son corps.

Ce matin-là, je sortis – sans claquer la porte – et dévalai les cinq étages de l'immeuble. Je ne m'étais jamais senti aussi léger depuis ma séparation d'avec Audrey. Je n'avais pourtant aucune raison objective de me sentir mieux. Rien n'avait changé dans ma vie. Quoique, si : quelqu'un s'intéressait à moi, et, quelles que soient ses intentions, cela suffisait peut-être à me donner un peu de baume au cœur. J'avais certes un petit nœud à l'estomac, qui ressemblait au trac qu'il m'arrivait de ressentir avant d'aller au bureau quand je savais devoir prendre exceptionnellement la parole en public.

En sortant, je tombai sur Étienne, le clochard du quartier. L'entrée de l'immeuble était surélevée, et un petit escalier de pierre descendait jusqu'à la rue. Il avait l'habitude de se planquer dessous. Il devait poser un vrai cas de conscience à madame Blanchard, probablement tiraillée entre sa charité chrétienne et sa passion de l'ordre. Ce matin, Étienne était sorti de son trou et prenait le soleil, les cheveux hirsutes, adossé au mur de l'immeuble.

— Il fait beau aujourd'hui, lui lançai-je en passant.

— Y fait l'temps qu'y fait, mon gars, me répondit-il de sa voix éraillée.

Je sautai dans le métro, et la vue des Parisiens à la mine défaite, se rendant au travail comme à l'abattoir, faillit me rendre mon spleen de la veille.

Je descendis à la station « Rue de la Pompe » et émergeai dans un quartier huppé de la capitale. Je fus tout de suite saisi par le contraste entre l'odeur fétide des sombres couloirs souterrains et l'air frais, la senteur verte de ce quartier lumineux. Le peu de voitures qui circulaient et la proximité du bois de Boulogne devaient en être la raison. L'avenue Henri-Martin était une très belle avenue en courbe, avec une quadruple rangée de beaux arbres, en son centre et sur les côtés, et de somptueux immeubles haussmanniens en pierre de taille sculptée, en retrait derrière de hautes grilles ouvragées, noir et doré. Quelques femmes élégantes et des messieurs pressés. Certaines avaient dû subir tellement de liftings successifs qu'il était impossible de déterminer leur âge. Le visage de l'une d'elles me fit penser à Fantômas, et je me demandai ce que gagnait une personne à se débarrasser de l'empreinte du temps si c'était pour ressembler à un extraterrestre.

J'étais très en avance et entrai dans un café pour prendre mon petit déjeuner. Odeur de croissants chauds et de café. Je m'assis près de la vitre et attendis. Le garçon n'avait pas l'air particulièrement affairé. Je lui fis un geste mais eus l'impression qu'il faisait semblant de ne pas le voir. Je finis par l'appeler et il arriva en bougonnant. Je commandai un chocolat et des tartines, et patientai en feuilletant négligemment les pages d'un *Figaro* qui traînait sur la petite table en marbre froid. On m'apporta le chocolat fumant, et je me jetai sur les tartines de baguette bien fraîche délicieusement beurrées, tandis que les conversations de quartier s'animaient autour du bar. Il y avait une atmosphère unique dans ces cafés parisiens, une ambiance et des senteurs que l'on ne trouvait pas aux États-Unis.

Je repris mon chemin une demi-heure plus tard. L'avenue Henri-Martin était assez longue, et je la parcourus en pensant à Yves Dubreuil. Qu'est-ce qui avait motivé cet homme à me proposer ce « marché » bizarre ? Son intention était-elle vraiment positive, comme il l'affirmait ? Son attitude avait été pour le moins ambiguë, et il était difficile d'avoir confiance.

Maintenant que j'approchais de chez lui, je sentais même une certaine inquiétude grandir en moi.

J'égrenai les numéros de la rue, en passant devant des immeubles tous plus beaux les uns que les autres. J'arrivai au 25. Le sien devait être le suivant, mais la succession d'immeubles s'interrompait. Un épais feuillage derrière les grilles masquait le bâtiment. J'arrivai devant le portail. Le 23 n'était pas un immeuble, mais un magnifique hôtel particulier en pierre de taille. Immense. Je sortis la carte de visite pour vérifier. Il habitait bien là. Très impressionnant... Était-ce vraiment sa maison ?

Je sonnai. La petite caméra derrière la vitre du vidéophone s'actionna et une voix féminine m'invita à entrer, tandis qu'une porte à côté du portail s'ouvrait automatiquement. J'avais à peine fait quelques pas dans le jardin qu'un énorme doberman tout noir se jeta dans ma direction en aboyant, les yeux menaçants et les crocs lubrifiés par la salive. Je m'apprêtais à faire un bond de côté lorsque la chaîne qui pendait à son cou se tendit d'un seul coup. Il fut retenu *in extremis*, les pattes avant dressées, l'étranglement ainsi provoqué expulsant de sa gueule un jet de bave qui atteignit mes chaussures. Il fit aussitôt demi-tour en silence, comme si la peur bleue qu'il venait de m'infliger suffisait à sa satisfaction.

— Je te prie d'excuser Staline, me dit Dubreuil en m'accueillant sur le seuil. Il est odieux !

— Il s'appelle Staline ? bredouillai-je en lui serrant la main, le pouls à cent quarante.

— On ne le lâche que la nuit, alors le jour il se dégourdit les pattes de temps en temps, quand on a une visite. Il terrorise un peu mes invités, mais ça les rend plus conciliants ! Viens, suis-moi, dit-il en me précédant dans un vaste hall d'entrée en marbre où sa voix résonna tout de suite.

Le plafond était d'une hauteur impressionnante. Sur les murs, des toiles de maître gigantesques dans des cadres vieil or.

Un domestique en livrée me débarrassa de mon blouson. Dubreuil s'engagea dans l'escalier où je le suivis, un escalier monumental en pierre blanche. En son centre trônait, suspendu dans les airs, un imposant lustre à pampilles en cristal noir qui devait peser trois fois mon poids. Parvenu à l'étage, il s'engouffra dans un large couloir aux murs tendus de tapisseries. Encore des tableaux. Des chandeliers en guise d'appliques. J'avais l'impression d'être dans un château. Il marchait avec assurance et parlait d'une voix forte, comme si je me trouvais à dix mètres. Son costume sombre contrastait avec sa chevelure argentée. Ses mèches rebelles lui donnaient l'allure d'un chef d'orchestre fougueux. Une chemise blanche au col haut, ouvert sur un foulard de soie.

— Allons dans mon bureau. Ce sera plus intime.

— D'accord.

L'intimité était justement ce dont j'avais besoin, dans ce lieu certes magnifique, mais peu propice à la confidence.

Son bureau me parut en effet plus cosy. Les murs entourés de bibliothèques d'époque garnies de livres, anciens pour la plupart, réchauffaient l'atmosphère. Le parquet Versailles se cachait sous un épais tapis persan. De lourds rideaux dans les tons rouge sombre achevaient de donner une ambiance feutrée. Devant la fenêtre, un imposant bureau en acajou, partiellement recouvert de cuir noir à la bordure finement dorée. Quelques piles de livres et de dossiers et, au centre, un grand coupe-papier menaçant, en argent, la pointe tournée vers moi, telle l'arme du crime qu'un meurtrier aurait négligemment oubliée, dans sa précipitation à quitter les lieux. Dubreuil m'invita à m'asseoir dans l'un des deux grands fauteuils de cuir brun qui se faisaient face de notre côté du bureau.

— Tu veux boire quelque chose ? me demanda-t-il tandis qu'il se servait lui-même un verre d'alcool.

— Non, merci. Pas pour l'instant.

Les glaçons crépitèrent en se noyant.

Il s'installa tranquillement et but une gorgée pendant que j'attendais d'apprendre quel serait exactement mon sort.

— Bon, écoute. Voilà ce que je te propose. Aujourd'hui, tu vas surtout me raconter ta vie. Tu m'as dit que tu avais eu plein de problèmes. Je veux tout savoir. On va pas jouer les jeunes filles effarouchées, n'aie pas peur de te confier. De toute façon, dis-toi bien que j'ai entendu suffisamment de choses sordides dans ma vie pour que plus rien ne me choque ni ne me surprenne. Mais, à l'inverse, ne te sens pas non plus obligé d'en rajouter pour justifier l'acte que tu voulais commettre hier. Je veux juste comprendre ton histoire personnelle…

Il se tut et but une nouvelle gorgée.

Il y a quelque chose d'impudique à raconter sa vie à un inconnu, quand on va au-delà des évènements anodins de son existence tels que le travail, les relations de tous les jours et le train-train habituel. J'avais peur de me confier à lui, un peu comme si m'exposer revenait à lui donner un pouvoir sur ma personne. Au bout d'un moment, j'étais lancé et cessai de me poser des questions. J'acceptai de me dévoiler, peut-être parce que je ne me sentais pas jugé. Et puis je dois avouer que je me pris au jeu. C'est finalement assez agréable, une fois que l'on a passé la barrière de la pudeur, de disposer d'une oreille attentive. On n'a pas souvent l'occasion dans la vie d'être vraiment écouté. Sentir que l'autre cherche à vous comprendre, à découvrir les méandres de votre pensée et le tréfonds de votre âme… La transparence de soi était libératrice et, même, d'une certaine façon, excitante.

Je passai la journée au château, comme je pris l'habitude de l'appeler. Dubreuil parla peu et m'écouta avec une concentration extrême. Rares sont les gens capables de soutenir leur attention sur une telle durée. Nous fûmes juste interrompus, une heure ou deux après le début de notre entrevue, par une dame d'une quarantaine d'années. Il me la présenta en se contentant de dire : « Catherine, qui a toute ma confiance. » Un physique assez sec. Les cheveux ternes, attachés maladroitement. Ses vêtements tristes et sans recherche témoignaient d'un probable mépris pour les atours féminins. Elle aurait pu être la fille de madame Blanchard, la véhémence en moins. Elle demanda à Dubreuil son avis, en désignant un court texte écrit sur une feuille de papier. Impossible pour moi de savoir de quoi il s'agissait. Elle avait l'air un peu trop froide pour être sa femme. Était-elle une collaboratrice ? son assistante ?

Notre conversation – je devrais dire mon quasi-monologue – reprit jusqu'à l'heure du repas. Nous descendîmes déjeuner dans le jardin, sous la tonnelle. Difficile de se croire en plein Paris. Catherine nous rejoignit mais ne fut pas très loquace. Il faut dire que Dubreuil avait tendance à faire les questions et les réponses, comme s'il se rattrapait du silence qu'il avait observé pendant notre entrevue. Le repas fut servi par un domestique différent de celui qui m'avait accueilli. Le naturel exubérant de Dubreuil, bien que distingué, contrastait avec le style retenu et maniéré de son personnel. Son franc-parler tendait à me rassurer, contrairement aux regards absorbés mais inquiétants que je lui voyais parfois lorsqu'il m'écoutait.

— Cela t'ennuierait que Catherine reste avec nous cette après-midi ? Elle est mes yeux et mes oreilles, et parfois mon cerveau aussi, ajouta-t-il en riant. Je n'ai pas de secrets pour elle.

Façon adroite de m'informer que, de toute façon, tout lui serait répété.

— Je n'ai pas d'objections, mentis-je.

Il me proposa d'aller faire quelques pas dans le parc pour me dégourdir les jambes avant de reprendre. Je pense qu'il en profita pour lui résumer mes propos du matin.

Nous rejoignîmes tous trois son bureau. Je me sentis moins à l'aise les premières minutes, mais Catherine était de ces personnes dont la neutralité extrême fait qu'on les oublie vite.

Il était près de 19 heures quand nous eûmes épuisé le sujet de ma vie tourmentée. Catherine s'éclipsa discrètement.

— Je vais réfléchir à tout ça, me dit Dubreuil d'un ton pensif, et je reviendrai vers toi d'une façon ou d'une autre pour te communiquer ta première tâche. Laisse-moi toutes tes coordonnées.

— Ma première tâche ?

— Oui, ta première mission, si tu préfères. Ce que tu devras faire en attendant d'autres instructions.

— Je ne suis pas sûr de comprendre...

— Tu as vécu des choses qui se sont, d'une certaine manière, gravées en toi, conditionnant la façon dont tu vois le monde, dont tu te comportes, tes relations avec les autres, tes émotions... Le résultat de tout cela est que ça ne marche pas, pour parler clairement. Ça te cause des problèmes et te rend malheureux. Ta vie sera médiocre tant que tu la vivras ainsi. Il faut donc opérer quelques changements...

J'eus l'impression qu'il allait brandir un bistouri pour m'opérer du cerveau sur-le-champ.

Il reprit :

— On pourrait en parler pendant des heures mais ça ne servirait à rien, si ce n'est à t'informer des raisons de ton malheur. Mais tu resterais malheureux... Vois-tu, quand un ordinateur marche mal, il faut installer de nouveaux programmes qui fonctionnent mieux.

— L'ennui, c'est que je ne suis pas un ordinateur.

— Tu saisis la philosophie, en tout cas : il faut que tu vives un certain nombre d'expériences qui fassent évoluer ton point de vue, qui t'amènent à dépasser tes craintes, tes doutes, tes angoisses, etc.

— Et qu'est-ce qui me prouve que vous savez… programmer correctement ?

— Tu t'es engagé. Alors, inutile de poser la question. Cela ne servirait qu'à alimenter tes peurs, qui sont déjà nombreuses, si j'ai bien compris.

Je le regardai un certain temps, muet et songeur. Il soutint mon regard sans rien dire. De longues secondes s'écoulèrent, qui me semblèrent des heures. Je finis par rompre le silence.

— Qui êtes-vous, monsieur Dubreuil ?

— Ah ça, c'est une question que je me pose parfois ! dit-il en se levant, me précédant dans le couloir. Viens, je te raccompagne. Qui suis-je ? Qui suis-je ? déclama-t-il en marchant, et sa voix puissante résonna dans le vaste escalier.

3

La nuit qui suivit, je fis un cauchemar comme je n'en avais pas connu depuis mon enfance.

Je me trouvais dans l'hôtel particulier. Il faisait nuit. Dubreuil était là. Nous étions dans un immense salon très sombre. Les murs, très hauts, étaient aussi noirs que ceux d'un cachot. Seuls des chandeliers nous éclairaient de leurs flammes vacillantes, répandant une odeur de vieille cire brûlée. Dubreuil me fixait de son regard intense et il tenait à la main une feuille de papier. Catherine, un peu plus loin, était seulement vêtue d'un body noir et chaussée de hauts talons, les cheveux en queue-de-cheval. Elle tenait un grand fouet qu'elle faisait régulièrement claquer au sol avec une violence insoupçonnée, en poussant des cris rauques comme un joueur de tennis qui vient de lâcher son service. Staline lui faisait face et aboyait, déchaîné, après chaque claquement de fouet. Dubreuil ne me quittait pas des yeux, arborant l'air tranquille de celui qui se sait tout-puissant. Il me tendit la feuille.

— Tiens ! C'est ta mission !

Je pris le papier, la main tremblante, et l'inclinai en direction des flammes pour pouvoir le lire. Des noms. Une liste de noms et, en face de chacun, une adresse.

— Qu'est-ce que c'est ?

— Tu dois les tuer. Tous. C'est ta première mission. La première.

Le fouet de Catherine claqua très fort, entraînant un déluge d'aboiements.

— Mais je ne suis pas un criminel ! Je ne veux tuer personne !

— Cela te fera du bien, dit-il en détachant chaque mot.

Un vent de panique s'empara de moi. Mes jambes flageolaient. Ma mâchoire tremblait.

— Mais pas du tout. Je… j'en ai pas envie. Du tout. Je… je veux pas.

— Tu en as besoin. Crois-moi, dit-il d'une voix enjôleuse. C'est à cause de ton histoire, tu comprends. C'est dans les ténèbres que tu apprendras à sortir des ténèbres. N'aie pas peur.

— Je peux pas, haletai-je. Je… je peux pas.

— Tu n'as pas le choix.

Sa voix devenait insistante. Son regard me pénétrait, tandis qu'il se rapprochait lentement de moi.

— Ne m'approchez pas ! Je veux partir !

— Tu ne peux pas. C'est trop tard.

— Laissez-moi !

Je me précipitai vers la grande porte du salon. Bouclée. J'actionnai vivement la poignée dans tous les sens.

— Ouvrez-moi ! hurlai-je en tambourinant avec mes poings. Ouvrez cette porte !

Dubreuil avançait lentement vers moi. Je me retournai, dos à la porte, les bras en croix.

— Vous ne pouvez pas me forcer ! Je ne tuerai jamais personne !

— Rappelle-toi : tu t'es engagé !

— Et si je me désengage ?

Ma réponse entraîna un immense éclat de rire de Dubreuil. Un rire... démoniaque, qui me glaça le sang.

— Qu'est-ce qu'il y a ? Qu'est-ce qui vous fait rire ?

— Si tu te désengages...

Il se tourna vers Catherine, un léger rictus sur les lèvres. Catherine me regarda et grimaça un large sourire, un sourire hideux qui me donna envie de vomir.

— Si tu te désengages... reprit-il d'une voix lente et machiavélique, tandis que les flammes projetaient leur lueur diabolique sur son visage. Si tu te désengages, alors j'inscrirai ton nom sur une liste... une liste que je donnerai... à quelqu'un d'autre...

À cet instant, j'entendis dans mon dos qu'on actionnait la serrure. Je me retournai, ouvris la porte, bousculai le valet et m'enfuis à travers le hall.

La voix de Dubreuil me poursuivit, résonnant d'un écho terrible dans le hall et le grand escalier :

— Tu t'es engagé ! Tu t'es engagé ! Tu t'es engagé !

Je me réveillai en sursaut, haletant, en sueur. La vue des objets familiers autour de moi me ramena dans un univers connu, maîtrisé.

J'étais à la fois rassuré de réaliser que ce n'était qu'un rêve et inquiet à l'idée que la réalité pourrait tout aussi bien être telle que je l'avais imaginée dans mes divagations nocturnes. Après tout, je ne savais rien sur Dubreuil et ses intentions réelles… Je m'étais embarqué dans un jeu dont je ne connaissais ni les règles ni la finalité. Seule certitude : je ne pouvais pas m'en extraire. C'était la règle du jeu et j'avais été assez fou pour l'accepter…

Il était 6 heures. Je me levai, puis me préparai lentement pour me rendre au bureau. La vie reprenait ses droits, et il fallait bien que je retourne au travail, même si la seule idée de rejoindre ce panier de crabes suffisait à me saper le moral.

Vanessa me sauta dessus dès mon arrivée, me poursuivant dans le couloir menant à mon bureau.

— Je ne savais pas si tu venais aujourd'hui, mais dans l'attente de tes nouvelles, j'ai quand même maintenu tes rendez-vous. Pour tout te dire, Fausteri n'était pas très content de ton absence hier. Mais j'ai pris ta défense. Je lui ai bien dit que t'avais une voix de déterré au téléphone et que t'avais vraiment l'air malade. C'est pas pour dire, mais si j'avais pas été là, il t'aurait sans doute jamais cru.

— Merci, Vanessa, c'est sympa.

Vanessa adorait les situations qui lui donnaient l'occasion de démontrer qu'elle était indispensable, quitte à les inventer de toutes pièces. Je ne saurais jamais si Fausteri s'était même rendu compte de mon absence… En fait, elle avait un tel besoin de reconnaissance qu'elle était tout à fait capable d'avoir fait coup double, en obtenant par ailleurs des félicitations pour avoir signalé à notre patron mon absence injustifiée… Je me méfiais d'elle comme de la peste.

Luc Fausteri, responsable du service Recrutement métiers comptables et financiers, était lui-même rattaché au directeur de la branche Recrutement de la société, Grégoire Larcher. Dunker Consulting était – toutes proportions gardées – un leader européen des ressources humaines, avec en son sein deux grandes branches : Recrutement et Formation. L'entreprise avait fait son entrée en Bourse deux mois après mon arrivée. C'était la fierté de notre président qui se prenait maintenant pour un cador du CAC 40, alors que l'entreprise ne comportait que quelques centaines de salariés, certes répartis sur trois pays. D'ailleurs, la première décision qu'il prit après l'introduction en Bourse fut l'acquisition d'une somptueuse voiture de fonction avec chauffeur. Il fallait bien utiliser l'argent fraîchement récolté. La deuxième fut le recrutement d'un garde du corps, comme si la cotation de la société à la Bourse de Paris faisait de son patron une cible de choix pour la pègre locale. Il le suivait partout, avec son costume sombre et ses lunettes noires, jetant à la ronde des regards furtifs comme pour repérer des snipers cachés sur les toits. Mais le véritable changement qui accompagna cet évènement fut d'ordre culturel : l'ambiance se modifia du jour au lendemain. Tous les yeux étaient maintenant rivés sur la ligne bleue du cours de l'action. Au début, chacun se prit au jeu. Nous étions enthousiasmés d'observer son ascension progressive. Mais ce jeu devint vite une obsession chez tous nos managers. Il est vrai que l'entreprise devait maintenant publier ses résultats tous les trimestres et que des chiffres médiocres auraient tout de suite fait chuter l'action. La direction diffusait régulièrement des communiqués de presse, mais c'était difficile d'annoncer de bonnes nouvelles à tout bout de champ. Il n'y a pas tous les jours des scoops à révéler dans une entreprise, et pourtant, il fallait être présent, « maintenir la pression sur la presse », comme disait notre président. Alimenter cette dernière en résultats positifs devint vite un engrenage, puis un esclavage.

L'entreprise s'était développée au fil des ans par son professionnalisme, son sérieux, la qualité du service rendu à sa clientèle. Chaque recrutement réalisé pour un client faisait auparavant l'objet d'un soin particulier. Tout était mis en œuvre pour trouver la perle rare, le candidat qui non seulement disposait des compétences et qualités recherchées, mais aussi avait un caractère, un tempérament qui lui permettrait de bien s'intégrer, de s'entendre avec son nouveau responsable, et donc finalement de réussir dans la mission qui lui serait confiée.

Depuis l'introduction en Bourse, les choses avaient changé : tout cela devenait assez secondaire. L'essentiel était le chiffre d'affaires que l'on annoncerait à la presse à la fin du trimestre, et donc le nombre de recrutements confiés par les clients. Du coup, toute l'organisation avait été revue. Outre leur mission de recrutement, les consultants avaient à présent un rôle de prospection commerciale. Pas vraiment ma tasse de thé. Mais il fallait à tout prix ramener de nouveaux clients, de nouveaux contrats, du « chiffre ». La consigne était de consacrer un minimum de temps aux entretiens d'embauche, et le maximum en prospection. Le métier se vidait de sa substance, perdait le sens noble qu'il avait revêtu à mes yeux.

Les relations entre collègues changèrent également du tout au tout. La franche camaraderie, l'esprit d'équipe que j'avais connu les deux premiers mois avaient cédé la place à un égoïsme forcené, chacun jouant perso, stimulé en ce sens par des challenges compétitifs. Il était clair que l'entreprise y perdait puisque, pour tirer son épingle du jeu, chaque collaborateur avait tendance à mettre des bâtons dans les roues des autres, au détriment de l'intérêt commun. Certes, on ne perdait plus de temps comme autrefois autour de la machine à café à se raconter les lapsus et les mensonges entendus dans la bouche des candidats, mais ces moments de détente avaient contribué à développer notre sentiment d'appartenance à l'entreprise, à nous la faire aimer et, finalement, à nous motiver pour servir ses intérêts.

D'ailleurs, qu'est-ce qu'une entreprise si ce n'est un regroupement de personnes avec lesquelles on partage des émotions en travaillant autour d'un projet ? Or faire grimper un nombre abstrait n'était pas un projet. Et nous mettre en concurrence n'était pas spécialement porteur d'émotions positives…

Le téléphone sonna. Vanessa m'annonça que mon premier rendez-vous était arrivé. Un coup d'œil à mon agenda : sept entretiens planifiés. Longue journée en perspective…

Je parcourus rapidement mes e-mails : quarante-huit accumulés en une seule journée d'absence. Je cliquai tout de suite sur celui de Luc Fausteri. Aucun objet, comme d'habitude. Message laconique :

« Il convient de rattraper le travail perdu suite à votre journée off. Je vous rappelle que vous êtes déjà en retard sur votre objectif mensuel.

Cordialement,

L.F. »

Le « cordialement », programmé dans la signature automatique, faisait tache au tableau. Destinataires en copie : Grégoire Larcher et… tous mes collègues du service. Quel naze !

J'accueillis mon candidat, et l'entretien commença. Il fut difficile de parvenir à me concentrer, à m'impliquer dans ma fonction. J'avais quitté le bureau l'avant-veille, persuadé que je n'y remettrais jamais les pieds. Dans mon esprit, ce travail avait été rayé de mon futur. J'étais en fin de compte resté vivant, mais c'était comme si toutes les données n'avaient pas été réactualisées dans mon cerveau… Cet endroit me semblait presque étranger, et ma présence n'y avait guère de sens. Je n'y étais plus présent que physiquement.

Je parvins à m'échapper vers 19 heures. Un miracle. À peine étais-je sorti de l'immeuble, sur le trottoir de l'avenue de l'Opéra, qu'un homme en blazer bleu marine m'accosta. Une véritable armoire à glace. Yeux bleus délavés, inexpressifs, joues plates, sans pommettes. Instinctivement, je reculai d'un pas.

— Monsieur Greenmor ?

J'hésitai un court instant avant de répondre :

— Oui…

— Monsieur Dubreuil attendre vous, dit-il en me désignant discrètement la longue Mercedes noire à cheval sur le trottoir.

Les vitres fumées m'empêchaient de discerner quoi que ce soit. Je le suivis avec une légère appréhension et il m'ouvrit la portière arrière. Je me glissai à l'intérieur, un petit pincement au cœur. Légère odeur de cuir. Dubreuil était assis à côté, mais la largeur de la voiture permettait de maintenir une certaine distance entre nous. Avant que l'homme ne referme la portière, j'eus le temps de croiser le regard intrigué de Vanessa qui quittait l'immeuble.

Dubreuil resta silencieux. Une minute après, la Mercedes démarra.

— Tu sors tard, me dit-il enfin.

— Il m'arrive de rester beaucoup plus longtemps, parfois jusqu'à 21 heures, répondis-je, content de pouvoir meubler le silence… qui se réinstalla juste après.

— J'ai beaucoup réfléchi à ton cas, finit-il par dire. En fait, tu as plusieurs problèmes imbriqués les uns dans les autres. Le noyau en est ta peur des gens. Je ne sais pas si tu en as vraiment conscience, mais non seulement tu n'oses pas t'imposer, ni même vraiment exprimer tes souhaits, mais tu as beaucoup de mal à aller à l'encontre de la volonté des autres et à verbaliser franchement un refus. Bref, tu ne vis pas vraiment ta vie, tu agis trop en fonction des autres par peur de leurs réactions. Les premières tâches que je vais te donner t'apprendront à surmonter ton appréhension pour accepter d'être en désaccord, à oser contredire pour exprimer tes désirs et obtenir ce que tu veux.

« Ensuite, il va falloir que tu acceptes de ne pas forcément correspondre à ce qu'attendent les gens, ne pas toujours te conformer à leurs critères, leurs valeurs, mais oser afficher ta différence, même quand elle dérange. Bref, lâcher prise sur l'image que tu souhaites donner aux autres, et apprendre à ne pas trop te soucier de ce qu'ils pensent de toi.

« Lorsque tu assumeras pleinement tes différences, alors tu pourras te pencher sur celles des autres et, si nécessaire, t'y adapter. Tu pourras ainsi apprendre à mieux communiquer, à entrer en contact avec des inconnus et créer une relation de confiance, être accepté par des personnes ne fonctionnant pas comme toi. Mais il faut d'abord que tu aies accepté ce qui te rend unique, sinon tu continuerais de disparaître au profit des autres gens.

« Je vais aussi t'apprendre à convaincre, pour que tu saches obtenir ce que tu cherches. Et puis, je vais t'amener à oser, à tenter des expériences, à mettre en œuvre tes idées, à concrétiser tes rêves. Bref, je vais faire exploser ce carcan qui t'oppresse aujourd'hui sans même que tu t'en rendes compte, et qui t'enferme complètement. Je vais t'en libérer pour que tu puisses vivre ta vie, et que tu la vives à fond.

— Et vous allez m'obliger à faire certaines choses pour que je puisse apprendre tout ça ?

— Tu crois que c'est en continuant ta petite vie comme tu l'as menée jusqu'à présent que ça évoluera pour toi ? D'ailleurs, tu as vu où elle t'a mené…

— Merci de me le rappeler, j'avais oublié.

— Même sans être conduit à un acte aussi extrême, tu sais, Alan, la vie est longue et ennuyeuse quand on ne la vit pas comme on voudrait.

— Inutile d'essayer de me convaincre puisque, de toute façon, vous avez obtenu mon engagement...

La Mercedes avait rejoint le boulevard Haussmann et filait à vive allure dans le couloir de bus, dépassant toutes les voitures bloquées dans les embouteillages.

— C'est en te frottant à la réalité que tu vas réaliser qu'elle n'est pas si terrible que ça, et que tu pourras ensuite te permettre ce que tu ne t'autorises pas à faire aujourd'hui. Je veux aussi te faire évoluer dans ta relation aux évènements de la vie. En t'écoutant hier, j'ai été souvent surpris par la façon dont tu présentes les choses que tu vis au quotidien. Je trouve que tu adoptes fréquemment un rôle de victime.

— Un rôle de victime ?

— C'est juste une façon de parler pour désigner une sorte de positionnement dans lequel certaines personnes se laissent glisser sans y prendre garde. Ça consiste à vivre ce qui nous arrive comme si on nous l'imposait et que nous le subissions malgré nous.

— Je n'ai pas le sentiment d'être comme ça.

— Tu n'en as sans doute pas conscience, mais tu te mets souvent dans une position de victime quand tu utilises des expressions telles que « Je n'ai pas de chance », « Ça ne se passe pas comme je l'aurais aimé », « J'aurais préféré... » Quand tu me décris ton quotidien, dès qu'un évènement ne se déroule pas comme tu le veux, tu as tendance à dire : « Tant pis », ou « C'est dommage », « Ça m'est égal », mais tu ne le dis pas avec la sagesse de celui qui accepte sereinement une situation. Non, tu l'exprimes sur un ton de regret. C'est une acceptation résignée, et tu rappelles d'ailleurs parfois que ce n'était pas ton choix. Et puis… tu as aussi tendance à te plaindre, par moments. Tous ces indices montrent que tu te complais dans un rôle de victime…

— Peut-être que j'adopte ce rôle sans m'en rendre compte, mais en tout cas je ne m'y complais pas.

— Si. Tu y trouves des bénéfices, forcément. Notre cerveau fonctionne ainsi : à chaque instant, il nous amène à opter pour ce qu'il considère être notre *meilleur choix*. C'est-à-dire que, dans chaque situation que tu es en train de vivre, ton cerveau va choisir parmi tout ce que tu sais faire pour retenir ce qui lui semble le plus approprié, ce qui va t'apporter le plus de bénéfices. On fonctionne tous comme ça. Le problème est que nous ne disposons pas tous de la même palette de choix… Certaines personnes ont développé des attitudes et des comportements très variés. Donc quand elles rencontrent une situation donnée, leur cerveau dispose d'un large éventail de réactions possibles. D'autres ont tendance à faire toujours un peu la même chose et, dans ce cas, l'éventail est limité. Le choix est alors rarement approprié…

« Je vais te donner un exemple concret : imagine une discussion entre deux inconnus dans la rue. L'un fait un reproche injustifié à l'autre. Si l'autre a beaucoup de cordes à son arc, il pourra par exemple argumenter pour lui prouver qu'il a tort, ou alors tourner la critique en dérision par un trait d'humour, ou encore lui poser des questions gênantes pour l'obliger à justifier sa position. Il peut aussi se mettre à sa place et essayer de comprendre l'origine du reproche, afin de pouvoir ensuite le détromper tout en gardant une bonne relation, ou encore choisir de l'ignorer et de passer son chemin… Bref, s'il est capable de faire tout ça, alors au moment où il entend le reproche, son cerveau dispose de nombreuses possibilités de réponses et la probabilité est élevée qu'il en retienne une vraiment appropriée à la situation : celle qui optimise son intérêt, qui lui apporte le plus de bénéfices. Maintenant, imagine qu'il s'agisse de quelqu'un qui ne sache rien faire de tout cela, alors il est probable que le seul choix auquel son cerveau aura accès sera d'insulter l'autre, ou de courber l'échine. Mais, dans tous les cas, ce sera son *meilleur choix*.

— Vous êtes en train de me dire que je suis un peu limité, c'est ça ?

— Disons que, dans le contexte très spécifique où les choses ne se déroulent pas comme tu l'aurais souhaité, alors oui, tu disposes de peu de choix : tu as tendance à te positionner toujours un peu en victime.

— Et à supposer que ce soit vrai, quels seraient les bénéfices que j'y trouverais ?

— D'après ce que j'ai mis en évidence hier, tu aimes bien passer pour celui qui fait des efforts pour les autres, et tu espères que tu seras apprécié en retour pour tes « sacrifices ». Et puis, tu aimes aussi un peu te faire plaindre et attirer ainsi la sympathie des gens. Entre nous, c'est bidon : toutes les études montrent qu'on se sent tous plus attirés par ceux qui assument leurs choix et vivent ce qu'ils ont choisi de vivre. Finalement, tes jérémiades n'émeuvent que toi…

— Il n'empêche qu'objectivement, vraiment objectivement, je crois avoir eu moins de chance que d'autres dans la vie, à ce jour. À commencer par mon milieu social d'origine. Je suis désolé, mais c'est beaucoup plus facile d'être heureux quand on est né dans un milieu aisé où l'on a tout ce qu'on veut.

— Arrête ! C'est des conneries, tout ça…

— Absolument pas. Tous les sociologues vous diront que les enfants issus des milieux sociaux favorisés ont statistiquement beaucoup plus de chances de faire des études supérieures que les enfants des milieux modestes, et donc d'avoir accès à des métiers plus valorisés.

— Mais ça n'a rien à voir avec le bonheur ! On peut être un ingénieur malheureux, ou un ouvrier heureux. D'ailleurs, je te rappelle que tu es cadre… L'injustice porte surtout sur l'amour et l'éducation qu'un enfant reçoit de ses parents, qui, en effet, vont contribuer à son bonheur futur. Là, d'accord, il y a des défavorisés. Mais c'est sans rapport avec le milieu social. Ce n'est pas parce qu'on est riche qu'on sait donner de l'amour à ses enfants et bien doser l'autorité pour les éduquer ! Regarde autour de toi.

— Bon, en tout cas, sur ce point-là non plus, vous ne pourrez pas dire que j'ai eu de la chance : je n'ai même pas eu de père !

— Oui, mais maintenant, tu es adulte, et tu peux apprendre à faire autre chose que te lamenter et pleurer sur ton sort.

La Mercedes vira sur le boulevard Malesherbes, qu'elle remonta avant de prendre la direction des Batignolles. J'étais très agacé par ses propos.

— Alan…

— Quoi ?

— Alan, il n'y a pas de victime heureuse. Tu entends ? Ça n'existe pas.

Il se tut quelques instants, comme pour laisser ses mots s'imprégner en moi. Je reçus sa phrase comme une fléchette en plein cœur, et son silence enfonçait maintenant le couteau dans la plaie.

— Bon, ok, alors comment fait-on pour ne plus se laisser glisser dans un rôle de victime ? Parce que si, en plus, c'est inconscient, je ne vois pas comment je vais pouvoir m'en sortir…

— Pour moi, la meilleure façon est d'apprendre à faire autre chose. Une fois de plus, si te poser en victime est ton *meilleur choix*, c'est clairement que ton cerveau n'a pas beaucoup d'autres possibilités. Donc il faut que tu en développes. Tu comprends, la nature a horreur du vide. Alors, si l'on essaye juste de supprimer ce rôle de victime et que tu ne sais rien faire d'autre à la place, ça ne marchera pas. Tu résisteras au changement. Le mieux est donc que tu découvres que tu peux faire autre chose. Ensuite, je suis confiant : ton cerveau choisira vite de lui-même cette nouvelle option si elle t'apporte plus de bénéfices.

— Et ce sera quoi, cette nouvelle option ?

— Eh bien, je vais t'apprendre à obtenir ce que tu veux au quotidien. Si tu y parviens, alors tu n'auras plus besoin de te poser en victime. Écoute, je sais que ce n'était qu'une anecdote, mais tu m'as scié hier quand tu m'as raconté que ton manque de chance te poursuivait jusque dans les actes insignifiants de la vie quotidienne. Tu m'as dit que lorsque tu achetais une baguette à la boulangerie, tu héritais régulièrement d'une baguette trop cuite alors que tu l'aimes bien blanche !

— C'est exact.

— Mais c'est n'importe quoi ! Ça veut dire que tu n'es même pas capable de dire : « Non, celle-ci est trop cuite, je voudrais celle d'à côté. »

— Mais si, j'en suis capable ! C'est juste que je ne veux pas embêter la boulangère alors qu'elle a plein de clients qui attendent. C'est tout.

— Mais ça ne lui prendrait que deux secondes ! Tu préfères manger un pain trop cuit, que tu n'aimes pas, plutôt que de prendre deux secondes de son temps ! Non, la vérité, c'est que tu n'oses pas lui dire. Tu as peur de la contrarier pour obtenir ce que tu veux. Tu as peur qu'elle te trouve exigeant, désagréable, et qu'elle ne t'aime pas. Et tu as peur que les autres clients soient agacés, s'impatientent.

— C'est possible…

— Sur ton lit de mort, tu pourras dire : « Je n'ai rien fait de ma vie, je n'ai rien eu de ce que je voulais, mais tout le monde m'a trouvé gentil. » Génial.

Je commençais à me sentir franchement mal. Je détournai les yeux de cet homme aux propos dérangeants et laissai mon regard glisser sur les immeubles, les commerces et les gens qui défilaient devant moi.

— J'ai une grande nouvelle, reprit-il.

— Ah oui ?

Sceptique, je ne pris même pas la peine de le regarder.

— La grande nouvelle est que c'est du passé, tout ça. D'ailleurs, tu ne mangeras plus jamais de pain trop cuit. Plus jamais, dit-il en scrutant les alentours. Vladi, arrête-toi !

Le chauffeur stoppa la Mercedes et mit les warnings. Des voitures nous doublèrent en klaxonnant.

— De quoi as-tu envie là-dedans ? reprit Dubreuil en me désignant une boulangerie.

— À l'instant présent, de rien. Absolument rien.

— Très bien. Alors tu vas y entrer, demander un pain, un gâteau ou n'importe quoi, et quand on te l'aura donné, tu trouveras un prétexte pour le refuser et demander autre chose. Tu inventeras une autre raison de refuser le deuxième, puis le troisième, et le quatrième. Puis tu leur diras que, finalement, tu ne veux rien et tu ressortiras sans rien acheter.

Je sentis mon estomac se nouer, mon visage devenir brûlant. Je restai sans voix pendant au moins quinze secondes.

— Je ne peux pas faire ça.

— Si. Dans quelques minutes, tu en auras la preuve.

— C'est au-delà de mes forces.

— Vladi !

Le chauffeur se leva, m'ouvrit la portière et attendit… Je fusillai Dubreuil du regard, puis sortis à contrecœur. Un coup d'œil à la boulangerie. Heure d'affluence avant la fermeture. Je sentis mon cœur battre à toute allure.

Je pris la file d'attente comme si j'attendais mon tour pour monter sur l'échafaud. C'était la première fois depuis mon arrivée en France que l'odeur du pain frais me repoussait. À l'intérieur, ça pulsait comme dans une usine. La vendeuse reformulait les demandes des clients pour la caissière, qui les répétait à voix haute en encaissant la monnaie pendant que sa collègue s'occupait du client suivant. Un vrai ballet bien rodé. Quand mon tour arriva, il y avait déjà huit ou dix clients derrière moi. J'avalai ma salive.

— Monsieur ? m'interpella-t-elle de sa voix suraiguë.

— Une baguette, s'il vous plaît.

Ma voix était sourde, comme coincée dans la gorge.

— Et une baguette pour monsieur !

— Un euro dix, dit la caissière.

Elle avait un cheveu sur la langue et postillonnait en parlant, mais personne ne songeait à mettre son pain à l'abri.

— Madame ?

La vendeuse s'adressait déjà au client suivant.

— Un petit pain au chocolat.

— Et un pain au chocolat pour madame !

— Excusez-moi, vous en auriez une moins cuite, s'il vous plaît ? me forçai-je à dire.

— Un euro vingt pour madame.

— Tenez, dit la vendeuse en m'en tendant une autre. Mademoiselle, c'est à vous !

— Un pain de mie tranché, s'il vous plaît.

— Euh, excusez-moi. Finalement, je vais prendre un pain au son.

La machine à trancher couvrait ma voix. Elle ne m'entendait pas.

— Un tranché pour la d'moiselle !

— Un euro quatre-vingts.

— Madame ?

— Non, excusez-moi, repris-je. Finalement, je vais prendre un pain au son.

— Et un pain au son en plus de la baguette pour le monsieur !

— Alors ça fait trois euros quinze, dit la caissière dans une pluie de postillons.

— Jeune homme, c'est à vous.

— Non, c'était à la place de la baguette, pas en plus.

— Deux pains, dit un jeune homme.

— Bon, alors deux euros cinq pour monsieur, et deux euros dix pour le jeune homme.

— Madame ? dit la vendeuse.

Je me sentais mal. Je n'avais pas le courage de continuer. Un coup d'œil vers Dubreuil. Le chauffeur se tenait près de la voiture, les bras croisés. Il ne me quittait pas du regard.

— Une demi-baguette bien cuite, dit une vieille dame.

— Excusez-moi, dis-je à la vendeuse, j'ai changé d'avis. Je suis désolé, mais finalement je voudrais plutôt une demi-baguette moi aussi.

— Eh ben, y sait pas c'qui veut, le monsieur, dit-elle de sa voix suraiguë en prenant l'autre moitié de la baguette qu'elle avait coupée pour la vieille dame.

J'avais très chaud. Je transpirais dans mon costume.

— Soixante centimes pour la dame, et autant pour le monsieur.

— Madame ?

— Je réfléchis, dit une jeune femme qui regardait les gâteaux avec un sentiment de culpabilité évident.

Elle devait évaluer le nombre de calories de chacun.

— Y a encore un problème, monsieur ? me dit-elle, soupçonneuse.

— Écoutez… je suis vraiment désolé… je sais que… j'abuse… mais… un pain de mie. Je crois que c'est un pain de mie que je veux. Oui, c'est ça ! Un pain de mie !

Elle me dévisagea avec un agacement manifeste. Je n'osais pas me retourner mais j'avais l'impression que les clients coincés derrière moi allaient m'attraper par le col et me jeter dehors.

Elle soupira, puis se retourna pour prendre le pain de mie.

— Stop ! Arrêtez ! Finalement…

— Oui ? fit-elle d'une voix altérée, sans doute au bord de la crise de nerfs.

— Je veux… rien… finalement, je ne veux rien. Merci… désolé… Merci.

Je fis demi-tour et remontai toute la file des clients, la tête baissée, sans les regarder. Je sortis en courant, comme un voleur.

Le chauffeur m'attendait, portière ouverte, comme si j'étais un ministre, mais je me sentais aussi honteux qu'un petit garçon qui vient de se faire prendre après avoir essayé de voler un bonbon à l'étalage. Je m'engouffrai dans la Mercedes, en sueur.

— Tu es aussi écarlate qu'un Anglais qui vient de passer une heure au soleil sur la Côte d'Azur, dit Dubreuil, visiblement très amusé.

— C'est pas drôle. Vraiment pas drôle.

— Alors, tu vois, tu as réussi.

Je ne répondis pas. La voiture redémarra.

— Bon, j'y suis peut-être allé trop fort pour un début, reprit-il. Mais je te promets que dans quelques semaines tu seras capable de faire cela en rigolant.

— Mais ça ne m'intéresse pas ! Je ne veux pas devenir un emmerdeur ! D'ailleurs, je ne supporte pas les emmerdeurs ! J'ai en horreur les gens trop exigeants qui font suer tout le monde. Je n'ai pas envie de leur ressembler !

— Mais il ne s'agit pas que tu deviennes un emmerdeur. Je ne te ferai pas passer d'un extrême à l'autre. Je veux juste que tu saches obtenir ce que tu veux, quitte à déranger un peu. Mais qui peut le plus peut le moins. Alors, je vais te pousser à en faire un peu plus que nécessaire, pour qu'ensuite tu sois tout à fait à l'aise en demandant ce qu'il est naturel de réclamer.

— Alors c'est quoi, la prochaine étape ?

— Dans les jours qui viennent, tu vas visiter au moins trois boulangeries par jour et obtenir juste deux changements par rapport à ce que l'on te donnera. C'est pas sorcier.

Comparé à ce que je venais de faire, cela me sembla en effet acceptable.

— Pendant combien de temps ?

— Jusqu'à ce que cela devienne tout à fait naturel pour toi, que ça ne te demande absolument aucun effort. Et rappelle-toi que tu peux être exigeant tout en étant sympa. Il n'est pas nécessaire d'être désagréable.

La Mercedes arriva devant chez moi. Vladi sortit et m'ouvrit la portière. Bouffée d'air frais.

— Bonne soirée, dit Dubreuil.

Je sortis sans répondre.

Étienne émergea de dessous l'escalier en écarquillant les yeux devant la voiture.

— Ah ben, y s'embête pas, le p'tit monsieur, dit-il en s'approchant.

Il prit son chapeau et fit mine de balayer devant mes pas, reculant en même temps que j'avançais.

— M'sieur le président.

Du coup, je me sentis obligé de lui donner une pièce.

— Monseigneur est bien brave, dit-il de sa voix éraillée, tout en exécutant une courbette exagérément révérencieuse.

Il avait l'œil malin de celui qui obtient toujours ce qu'il veut.

*

Yves Dubreuil prit son portable et appuya sur deux touches.

— Bonsoir, Catherine, c'est moi.

— Alors ?

— Pour l'instant, il suit. Ça se passe comme prévu.

— Je ne pense pas que ça continue bien longtemps. J'ai de gros doutes.

— Tu as toujours des doutes, Catherine.

— Il finira par se rebeller.

— Tu dis ça parce que toi, tu te rebellerais si tu étais à sa place…

— Peut-être.

— En tout cas, je n'ai jamais vu quelqu'un ayant à ce point peur de son ombre.

— C'est bien ce qui m'angoisse. C'est pour ça que je pense qu'il n'aura jamais le courage de faire tout ce que tu vas lui demander.

— Au contraire. Sa peur va nous servir.

— Comment ça ?

— S'il ne veut plus continuer, on fera en sorte qu'il continue… par peur.

Un silence.

— Tu es redoutable, Igor.

— Oui.

4

Au bout d'une semaine, je connaissais toutes les boulangeries du 18e arrondissement. Je finis par constater que le meilleur pain s'achetait dans celle située à deux pas de chez moi, que je fréquentais d'habitude. À moins que ce ne soit le fruit du conditionnement.

J'achetais maintenant trois baguettes par jour, et j'écoulais mes surplus auprès d'Étienne. Ravi au début, il eut le culot de me dire au bout de cinq jours qu'il en avait marre de manger du pain !

L'être humain est ainsi fait qu'il s'habitue à tout, ou presque. Je dois reconnaître que ce qui me demandait un effort quasi surhumain au début ne nécessitait qu'une simple résolution au bout d'une semaine. Mais cela exigeait quand même une décision consciente de ma part. Il fallait que je me prépare. Un soir, je rencontrai à la boulangerie mon voisin et nous discutâmes tout en faisant la queue. Quand vint mon tour et que l'on me servit une baguette pourtant trop cuite, je n'eus pas le réflexe de la refuser. Il avait suffi que mon attention soit distraite par ma conversation pour que je retrouve mon ancienne habitude d'acceptation automatique de ce que l'on me proposait. Bref, j'étais bien soigné, mais pas tout à fait guéri pour autant.

Ma vie de bureau continua, plus morne que jamais. Était-ce pour tenter de compenser la dégradation de l'ambiance que Luc Fausteri proposa aux consultants de son service de se joindre à lui tous les matins à 8 heures pour un jogging matinal ? N'étant pas créatif pour deux sous, j'étais sûr que cette idée saugrenue ne venait même pas de lui. Il avait dû trouver ça dans un bouquin de *team building* du style « Transformez vos collaborateurs en *winners* »... En tout cas, le projet avait dû être validé par la hiérarchie, puisqu'il avait obtenu de Grégoire Larcher, son boss, l'installation de douches communes dans l'établissement. À peine croyable.

C'est ainsi que les consultants se retrouvèrent le matin à respirer à pleins poumons les gaz d'échappement de l'avenue de l'Opéra et de la rue de Rivoli, ou l'air à peine moins pollué du jardin des Tuileries. Ils couraient sans dire un mot, mon patron étant à peu près aussi loquace qu'un agent des pompes funèbres. De toute façon, l'action avait sans doute pour but de stimuler l'ardeur de chacun, pas de développer des liens. Fausteri gardait la même distance qu'on lui avait toujours connue. J'avais réussi l'exploit de décliner l'offre, et les boulangères du 18e y étaient pour quelque chose. Ma pénible expérience du baseball m'avait à jamais dégoûté du sport. Me mêler à une bande d'hommes essoufflés, qui se sentent virils parce qu'ils font des efforts physiques, était au-delà de mes forces. Et je détestais cette coutume idiote qui veut que les sportifs se retrouvent ensuite tout nus sous la douche. En ce qui me concernait, je n'avais absolument aucune envie de voir mon patron en tenue d'Adam. J'ai l'impression que plus les hommes se croient virils, et plus ils ont des comportements sexuellement ambigus. Que penser du rituel des footballeurs qui échangent leurs maillots après le match, mêlant ainsi leur sueur à celle de leur adversaire ?

J'arrivais chaque jour à neuf heures moins cinq, afin d'être déjà au travail quand l'équipe revenait de ses exploits matinaux. Comme ça, le message était clair : pendant que vous gambadez, il y en a qui bossent… J'étais donc irréprochable. Et pourtant, le niveau des reproches monta sensiblement. Pour une fois qu'il avait eu une idée originale, Fausteri était sans doute vexé que je n'y adhère pas. Il commença à me chercher la petite bête, à me faire des remarques incessantes sur tout et sur rien. Depuis la couleur de mes chemises jusqu'au cirage de mes chaussures en passant par le temps consacré à chaque entretien : rien n'échappait à ses commentaires désagréables.

Mais le point névralgique était ailleurs : le nombre de contrats de recrutement signés. Chaque consultant avait en effet pour mission de trouver lui-même les entreprises qui lui confieraient des missions de recherche de candidats. Chacun de nous avait donc une double casquette : consultant et commercial. Depuis notre entrée en Bourse, la seconde avait pris le pas sur la première. Les consultants s'étaient vu assigner des objectifs individuels de chiffre d'affaires, avec un commissionnement à la clé.

Notre service organisait maintenant une réunion commerciale tous les lundis matin. La décision ne venait sans doute pas de Fausteri. Très introverti, il détestait se retrouver au milieu de nous. Elle avait dû lui être imposée par Larcher. Mais Luc Fausteri était très intelligent et avait réussi à se dérober de la tâche ingrate d'animer cette réunion hebdomadaire. Larcher l'encadrait lui-même, ce qui lui allait bien, tant il aimait occuper l'espace et se mêler de tout. Fausteri se contentait de rester silencieux à ses côtés, jouant le rôle de l'expert distant qui n'ouvre la bouche que lorsque c'est vraiment nécessaire, refusant de prendre part aux débats de la plèbe. Il toisait ce petit monde d'un regard doucement condescendant et plein d'ennui, se demandant sans doute pourquoi les simples d'esprit ont toujours besoin de répéter en boucle les mêmes âneries. Sur ce dernier point, il n'avait pas complètement tort.

Ce jour-là, je croisai Thomas, un collègue, dans le couloir.

— Alors, on a cru que tu étais mort, avant-hier ! me lança-t-il d'un ton ironique.

Si seulement tu savais, mon vieux.

— J'ai dû choper un virus qui traînait. Heureusement, ça n'a pas duré.

— Bon, je t'approche pas, alors, dit-il en reculant d'un pas. Même si ça vous arrangerait tous que je sois malade pour que je ne vous mette pas la pâtée à la fin du mois, comme d'habitude !

Thomas était celui d'entre nous qui avait les meilleurs résultats, et il ne manquait pas une occasion de nous le rappeler. La terre entière devait être au courant. Je reconnais que ses chiffres étaient assez impressionnants. C'était un bourreau de travail qui faisait des horaires pas possibles, se passait régulièrement de déjeuner et était tellement focalisé sur ses objectifs qu'il en oubliait parfois de dire bonjour à ceux qu'il croisait dans les couloirs. En tout cas, il ne s'attardait jamais à bavarder, sauf lorsqu'il avait l'opportunité de se faire mousser, que ce soit en annonçant crânement ses résultats trimestriels, ou en faisant savoir qu'il venait d'acheter le dernier coupé à la mode ou avait dîné la veille dans le restaurant branché dont le Tout-Paris parlait. Il ne loupait jamais une occasion de frimer et ne s'intéressait aux paroles des autres que lorsqu'elles lui permettaient de rebondir sur la mise en avant de ses propres exploits, de ses résultats ou de ses possessions. Si d'aventure vous lui disiez : « Elle est jolie, ta voiture », il réagissait comme si on l'avait complimenté sur sa personne ou son intelligence, et remerciait avec un sourire de vainqueur. Il était alors autant capable de vous citer le nom d'un homme célèbre possédant la même que de vous révéler d'un air détaché la somme faramineuse qu'il lui avait consacrée. Tout en lui était calculé pour servir son image, depuis la marque de ses vêtements et accessoires jusqu'au *Financial Times* qu'il portait négligemment sous le bras en arrivant le matin, en passant par ses mots d'esprit, sa coupe de cheveux ou le choix des films et des romans dont il parlait à table. Rien n'était laissé au hasard. Rien non plus ne révélait un goût personnel. Chaque geste, chaque parole était un élément du personnage admirable qu'il s'était construit et auquel il s'identifiait. Une question me taraudait : le faisait-il sciemment, ou se mentait-il à lui-même ?

Il m'arrivait d'imaginer Thomas nu sur une île déserte, sans costume Armani, ni cravate Hermès, ni mocassins Weston, ni sacoche Vuitton, sans objectifs chiffrés à atteindre ni gloire à obtenir. Personne à impressionner à cent kilomètres à la ronde. Je le voyais errer ainsi, la vie dénuée de son carburant premier, se laissant glisser dans une torpeur infinie, aussi incapable de vivre sans l'admiration des autres que le ficus de notre salle d'attente de subsister sans l'arrosage hebdomadaire de Vanessa.

En vérité, je crois plutôt qu'il se serait contenté alors de changer de rôle en devenant l'archétype du Robinson Crusoé, adoptant le look et le comportement du naufragé exemplaire avec autant d'application qu'il avait cultivé celui du cadre dynamique. Une fois secouru par des pêcheurs – bluffés, au passage, par sa capacité de survie –, il serait rentré en France en héros. On l'aurait vu raconter ses exploits de survivant sur tous les plateaux de télévision, conservant soigneusement une barbe de huit mois et portant le pagne comme personne.

Le contexte changerait, pas l'homme.

— Alors, on se la raconte, les gars ?

Mickaël était un autre de mes collègues, taquin limite moqueur. Mais, au moins, il ne se prenait pas au sérieux, même s'il se considérait plus malin que tout le monde.

— Y en a qui peuvent se le permettre, répliqua Thomas du tac au tac.

Son état d'auto-adoration lui avait fait perdre le sens de l'humour.

Mickaël ne releva même pas et s'éloigna en rigolant. Légèrement rondouillard, les cheveux noir corbeau, il était affublé d'un petit air roublard. Il se débrouillait plutôt bien car ses résultats étaient tout à fait corrects, alors que je le soupçonnais de se la couler douce. À plusieurs reprises, j'étais entré dans son bureau à l'improviste. Il donnait chaque fois l'impression d'être absorbé par le dossier épineux d'un candidat sur son ordinateur, tandis que l'écran reflétait dans la vitrine de sa bibliothèque des images qui auraient amené certains à s'insurger contre le fait que le chômage pousse les candidates à envoyer des photos déshabillées pour accroître leurs chances de décrocher un poste de comptable.

— Il est jaloux, me dit Thomas sur le ton de la confidence.

Pour lui, ceux qui n'exprimaient pas de l'admiration à son égard étaient forcément sous l'emprise de la jalousie.

Chaque semaine, des entreprises contactaient le cabinet pour nous faire part d'un besoin de recrutement et s'informer de nos conditions. Vanessa recevait les appels, établissait pour chacun une fiche, qu'elle transmettait à un consultant. Il va sans dire que nous en étions friands : il était beaucoup plus facile de signer un contrat avec une entreprise demandeuse que de prospecter « dans le dur », en téléphonant nous-mêmes à des inconnus pour leur proposer nos services. Vanessa était donc censée répartir équitablement les fiches d'appels entre nous. J'avais récemment découvert qu'en réalité elle favorisait nettement Thomas. Visiblement fascinée par l'image de *winner* qu'il projetait, elle devait se plaire à croire qu'elle était nécessaire à sa réussite. J'étais certain d'être le plus défavorisé de l'équipe, même si, les rares fois où elle me transmettait un contact, elle le faisait d'une manière qui laissait à penser que sa bienveillance me permettait de bénéficier du seul appel que Dunker Consulting ait reçu depuis un mois.

5

Deux semaines après notre dernière entrevue, Dubreuil réapparut dans des circonstances similaires à celles de la fois précédente : en sortant du bureau, je vis sa Mercedes, arrêtée carrément au milieu du trottoir.

Je m'approchai et Vladi sortit, fit le tour de la voiture et m'ouvrit la portière arrière. J'écrasai ma cigarette sur le trottoir et expulsai d'un long souffle la fumée contenue dans mes poumons. Plutôt frustrant… je venais de l'allumer après avoir tenu l'après-midi entière sans fumer !

J'étais moins anxieux que la fois d'avant, mais une légère appréhension me comprimait quand même l'estomac, tandis que je me demandais à quelle sauce j'allais être mangé aujourd'hui.

La Mercedes démarra, descendit du trottoir, traversa l'avenue de l'Opéra en coupant tranquillement la ligne continue et fit demi-tour vers le Louvre. Deux minutes plus tard, nous filions rue de Rivoli.

— Alors, est-ce que tu t'es fait chasser *manu militari* des boulangeries parisiennes ?

— Je vais manger du pain de mie de supermarché pendant un mois, le temps de me faire oublier.

Dubreuil eut un petit rire sadique.

— Vous m'emmenez où, aujourd'hui ?

— Tu vois que tu progresses ! La dernière fois, tu n'as même pas osé demander. Tu te laissais conduire comme un prisonnier.

— Je suis prisonnier de mon engagement.

— C'est vrai, confirma-t-il d'un air satisfait.

On arrivait place de la Concorde. Le silence feutré dans l'habitacle de la luxueuse berline contrastait avec l'agitation dont faisaient preuve les automobilistes sur la place, déboîtant dans tous les sens, accélérant sur quelques mètres pour tenter de doubler une ou deux voitures. Leurs visages crispés laissaient alors entrevoir pendant quelques dixièmes de seconde une légère satisfaction, l'illusion d'une victoire, tandis qu'ils se retrouvaient de nouveau bien vite encerclés. De gros nuages noirs traversaient le ciel blanc au-dessus de l'Assemblée nationale. Nous prîmes à droite vers les Champs-Élysées, et l'avenue s'ouvrit devant nous, sublime trouée dans la ville, lumineuse d'un ciel dégagé à l'horizon de l'Arc de Triomphe. La Mercedes prit de la vitesse.

— Alors, où allons-nous ?

— Nous allons tester tes progrès depuis la dernière fois, afin de nous assurer que l'on peut passer à autre chose…

La formulation me déplut. Elle me rappela certains tests éprouvants que mon cabinet faisait passer aux candidats.

— Je ne vous l'ai jamais dit, mais j'ai une nette préférence pour les tests théoriques, genre papier avec des cases à cocher.

— La vie n'est pas une théorie. Je ne crois qu'en la vertu de l'expérience vécue sur le terrain. Il n'y a que ça de vrai pour changer un homme. Tout le reste n'est que bla-bla ou masturbation intellectuelle.

Les arbres défilaient sur ma droite, puis apparurent les premières files d'attente devant les cinémas.

— Alors, qu'est-ce que vous m'avez concocté aujourd'hui ? demandai-je, feignant une certaine assurance alors que je n'en menais pas large.

— Eh bien, disons que nous allons clore ce chapitre en changeant de crémerie.

— En changeant de crémerie ?

— Oui, on va passer de la boulangerie de madame Michu à un joaillier prestigieux.

— Vous plaisantez ? dis-je, me doutant que malheureusement il n'en était rien.

— En fait, il n'y a pas de grande différence entre les deux.

— Bien sûr que si ! Ça n'a rien à voir !

— Dans les deux cas, tu as affaire à quelqu'un qui est là pour te vendre quelque chose. C'est pareil. Je ne vois pas où est le problème.

— Mais vous le savez bien, enfin ! Ne faites pas l'idiot !

— La principale différence se situe dans ta tête.

— Mais je n'ai jamais mis les pieds chez un grand joaillier ! J'ai pas l'habitude de ce genre d'endroit…

— Il faut bien commencer un jour. Il y a un début à tout.

— Le lieu me mettra mal à l'aise avant même que j'aie ouvert la bouche. Vos dés sont pipés…

— Qu'est-ce qui te gêne précisément ? dit-il, un petit sourire amusé aux lèvres.

— Je ne sais pas... ces gens-là n'ont pas l'habitude de recevoir des gens comme moi... Je ne saurai pas trop comment me comporter.

— Il n'y a pas de code particulier. C'est une boutique comme une autre, sauf que c'est plus cher qu'ailleurs. D'ailleurs, ça te donne le droit d'être plus exigeant !

La Mercedes s'arrêta le long du trottoir. Nous étions tout en haut des Champs. Vladi mit les warnings. Je regardai fixement devant moi, devinant que mon échafaud devait se trouver à ma droite, juste là, à portée de vue... Je préférais me laisser hypnotiser par les voitures tournant sur la place de l'Étoile, comme des centaines de fourmis affolées changeant de direction à chaque obstacle sans jamais se toucher.

Je pris mon courage à deux mains et tournai lentement la tête vers la droite. L'immeuble en pierre de taille se dressait là, imposant. La vitrine immense s'étendait sur deux étages, magistrale, impressionnante, et au-dessus, en lettres d'or, le nom de mon bourreau : Cartier.

— Imagine, reprit Dubreuil, à quoi ressemblera ta vie quand il n'y aura plus aucune situation au monde qui puisse te mettre mal à l'aise.

— Le pied. Mais j'en suis encore loin...

— La seule façon d'y arriver, c'est de te frotter à la réalité, d'aller affronter l'objet de tes peurs jusqu'à ce que la peur s'évanouisse, et non de te cacher dans un refuge qui ne fait qu'accentuer ton angoisse de l'inconnu.

— Peut-être, répondis-je.

Mais je n'étais pas convaincu.

— Allez, dis-toi bien que les personnes qui vont t'accueillir sont des gens comme toi, des salariés, et qu'ils n'ont eux-mêmes sans doute pas les moyens d'acheter leurs bijoux chez Cartier…

— Et qu'est-ce que je dois faire précisément ? Quelle est ma mission ?

— Tu vas demander que l'on te présente des montres. Tu dois en essayer une bonne quinzaine, poser plein de questions, et puis repartir sans rien acheter.

Mon stress monta d'un cran.

— Il faut que je fume une cigarette, d'abord.

— Et il y a autre chose…

— Quoi ?

Il prit son téléphone portable, composa un numéro, et une discrète sonnerie retentit dans sa poche intérieure. Il en sortit un petit appareil de couleur chair, appuya dessus, et la sonnerie s'interrompit.

— Mets ça dans ton oreille. Comme ça, j'écouterai tes prouesses, et tu pourras aussi m'entendre si j'ai des choses à te dire.

J'étais interloqué.

— Qu'est-ce que c'est que ce délire !

— Une dernière chose…

— Quoi encore ?

— Amuse-toi. C'est le meilleur conseil que je puisse te donner. Si tu y parviens, c'est gagné. Arrête de tout prendre au sérieux. Prends un peu de recul et vis cette épreuve comme un jeu. C'est bien ce que c'est, n'est-ce pas ? Un jeu. Il n'y a rien à perdre, seulement des choses à expérimenter.

— Mouais…

— Tu sais, chacun peut voir la vie comme parsemée d'embûches à éviter, ou comme un vaste terrain de jeux qui offre à chaque coin de rue une expérience enrichissante à mener.

Je ne répondis pas, ouvris la portière et sortis. Le bruit de la circulation m'assaillit, tandis qu'un vent tiède réveillait mon cerveau engourdi. Sur l'immense trottoir, on pouvait voir des touristes et des grappes de jeunes banlieusards que la bouche du RER toute proche avait crachés sur l'avenue. Place de l'Étoile, les voitures semblaient tourner sans fin autour de l'Arc de Triomphe.

Je fis quelques pas, allumai une cigarette et la fumai en prenant tout mon temps. Avec un peu de chance, la police viendrait déloger la Mercedes qui n'avait rien à faire ici.

Dubreuil avait parlé de test. Il voulait, disait-il, tester mes progrès. Cela signifiait sans doute que s'il les estimait insuffisants, il me prescrirait d'autres tâches pénibles pour les semaines à venir. Pour m'en libérer, il fallait absolument que je prenne mon courage à deux mains et réussisse une prestation satisfaisante. Je n'avais pas le choix. De toute façon, il ne me lâcherait pas, j'en avais la certitude.

Je jetai ma cigarette sur le trottoir et l'écrasai avec vigueur en tournant le pied sur lui-même plus longtemps que nécessaire. Je levai les yeux vers la paroi de verre de ce temple du luxe. Un frisson me parcourut l'échine. Allez, courage.

6

Je poussai la porte à tambour en avalant ma salive. L'image de ma mère s'éreintant à la blanchisserie me traversa rapidement l'esprit. Trois hommes jeunes en costume sombre, debout dans une entrée spacieuse, les bras le long du corps, me saluèrent silencieusement, tandis que l'un d'eux m'ouvrit la seconde porte vers la boutique. Je tentai de prendre un air assuré, alors que je me retrouvais parachuté dans un univers qui m'était totalement étranger.

Un grand espace. Vaste et haut de plafond, dominé par un escalier monumental, et s'ouvrant sur une large pièce meublée de comptoirs en bois précieux, brillants comme des miroirs. Un grand lustre scintillant. Des murs tendus de velours absorbant la lumière. Un parfum léger et subtil, à peine une senteur discrète, qui calme et transporte à la fois. Une moquette rouge sombre, très épaisse, qui étouffe les bruits, donne envie de s'y lover, de fermer les yeux et de s'endormir en ne pensant plus à rien. Des chaussures de femme, très belles, à talons aiguilles, féminines à l'extrême, qui se dirigent… vers moi, l'une après l'autre, avec délicatesse. Je lève doucement les yeux… Des jambes minces et interminables, une jupe noire, courte, étroite mais fluide. Une veste ceintrée. Très ceintrée… Une blonde aux yeux d'un bleu ice-berg, les cheveux parfaitement lissés et rassemblés en chignon. Une beauté glaciale.

Elle me regarda sans détour et s'adressa à moi d'une voix très professionnelle :

— Bonjour, monsieur, que puis-je pour vous aider ?

Elle n'avait pas esquissé le moindre sourire, et je me demandai, transi, si elle se comportait selon son habitude ou si elle n'aurait pas déjà détecté en moi un intrus, un visiteur dont elle percevait peut-être qu'il ne serait jamais client. Je me sentis démasqué, mis à nu par son regard assuré.

— Je viens pour… voir vos montres pour homme.

— Notre collection or ou acier ?

— Acier, répondis-je, content de pouvoir choisir une gamme moins éloignée de ce qui m'était familier.

— Or ! Or ! beugla Dubreuil dans mon oreillette.

J'eus très peur que sa voix ne soit perçue par la vendeuse. Elle ne sembla pas y prêter attention. Je restai muet.

— Veuillez me suivre, dit-elle sur un ton qui me fit immédiatement regretter ma réponse, un ton qui signifiait « Je m'en doutais ». Odieuse.

Je la suivis en laissant mon regard redescendre sur ses chaussures. On sait tout sur une personne en observant sa démarche. La sienne était affirmée et étudiée, rien de spontané. Elle me conduisit dans la première pièce et se dirigea vers l'un des comptoirs de bois. Une minuscule clé dorée s'agita entre ses doigts experts, aux ongles rouges parfaitement manucurés, et la vitrine horizontale se souleva. Elle en sortit un fin plateau recouvert de velours sur lequel trônaient majestueusement les montres.

— Alors, nous avons ici la Pasha, la Roadster, la Santos, et la célèbre Tank française. Celles-ci ont un mouvement mécanique à remontage automatique. Dans un style plus sport, nous avons la Chronoscaph, avec un bracelet caoutchouc à incrustations en acier, étanche à cent mètres…

Je n'écoutais pas son discours. Ses mots résonnaient dans ma tête sans que je cherche à leur donner un sens. Mon attention était captée par les gestes précis qui accompagnaient ses paroles. Elle désignait chaque montre de ses longs doigts, sans même les effleurer, comme si le contact avait pu les endommager. Sa gestuelle, à elle seule, valorisait considérablement ces assemblages inertes de pièces en métal ordinaire.

Il fallait que je parle, que je demande à les essayer, mais ma parole, habituellement aisée, était rendue difficile par l'extrême professionnalisme de la vendeuse. Ses mots et ses gestes révélaient une telle maîtrise, un si grand perfectionnisme, que je craignais de passer pour un paysan dès que j'ouvrirais la bouche.

Je me souvins d'un seul coup que Dubreuil m'écoutait… Il fallait que je me jette à l'eau.

— Je voudrais essayer celle-là, dis-je en désignant la montre au bracelet de caoutchouc.

Elle enfila un gant blanc, comme si ses empreintes digitales risquaient d'en altérer la beauté, la saisit du bout de ses doigts agiles et me la tendit. J'étais presque gêné de la prendre à main nue.

— C’est l’une de nos dernières créations. Un mouvement à quartz dans un boîtier acier, la fonction chronographe et trois compteurs.

Une montre à quartz… Même pas un véritable mécanisme d’horlogerie… On trouvait des milliers de montres à quartz sur les marchés pour moins de dix euros…

Je m’apprêtais à l’enfiler quand je réalisai d’un seul coup que je portais déjà la mienne au poignet. Une petite onde de honte me parcourut l’épiderme. Je ne pouvais pas exhiber la montre fantaisie en plastique qui se cachait sous la manche de ma veste… Du coup, je la retirai d’un geste sans doute grotesque en la masquant de la paume de ma main, et l’enfouis prestement dans ma poche d’où elle ne ressortirait pas.

— Vous pouvez la poser sur le plateau, dit-elle sur un ton faussement aimable.

J’étais convaincu qu’elle avait perçu mon malaise et désirait l’accroître. Je déclinai son offre. Mon visage devenait brûlant. Pourvu que je ne rougisse pas… J’enchaînai rapidement sur la première chose qui me vint à l’esprit pour détourner son attention.

— Quelle est la durée de vie de la pile ?

Instantanément, ma demande décupla ma gêne. Je devais être le premier client de toute l’histoire de Cartier à poser une telle question. Qui parmi cette clientèle se soucierait de la longévité d’une pile ?

La vendeuse s’accorda plusieurs secondes pour me répondre, comme pour me donner le temps de bien réaliser à quel point ma question était déplacée, et laisser à ma honte le soin de pénétrer en profondeur. Un supplice. J’avais de plus en plus chaud.

— Un an.

Il fallait que je parvienne à me calmer, à me recentrer. J'essayai de me détendre, tout en regardant la montre d'un air faussement intéressé.

Je l'enfilai à mon poignet d'un geste rapide, censé montrer mon habitude du maniement de ce genre d'objets de luxe. J'enchaînai sur la fermeture du bracelet en tentant de conserver la même vitesse d'exécution, mais fus stoppé net dans mon élan : le fermoir métallique à double déploiement s'était bloqué. J'avais dû replier l'une de ses branches à l'envers. Je le rouvris rapidement et tentai une autre manœuvre, le forçant tout en mimant la douceur, et il se bloqua encore plus.

— Le fermoir se déploie dans l'autre sens, me dit-elle comme si c'était une évidence. Vous permettez ?

J'étais submergé de honte ; ma tête était bouillante. Je craignis que des perles de sueur ne gouttent sur le plateau et, pour éviter cette humiliation suprême, je reculai de quelques centimètres.

Je lui tendis mon poignet comme un fugitif capitulant devant le policier qui va lui passer les menottes. Elle exécuta le geste avec une facilité qui ne fit qu'accroître la perception de ma maladresse.

Je fis mine d'évaluer l'esthétique du coûteux objet, déplaçant mon bras dans l'espace pour m'offrir différents angles de vue.

— Quel est son prix ? demandai-je en affectant un air le plus détaché possible, comme si je posais une question somme toute très secondaire.

— Trois mille deux cent soixante-dix euros.

Je crus percevoir une infime satisfaction dans sa voix et son regard, de celle que doivent ressentir certains examinateurs qui vous annoncent que vous êtes recalé au bac ou au permis de conduire.

Trois mille deux cent soixante-dix euros… Pour une montre à quartz en acier avec un bracelet en caoutchouc ! J'aurais aimé lui demander quelle était la différence avec une Kelton à trente euros. Dubreuil aurait sans doute apprécié la question, mais je n'en étais pas capable. Pas encore. En revanche, bizarrement, ce prix exagéré, qui était à mes yeux une énormité, m'aida à lâcher un peu prise. Cet abus manifeste me libérait en partie de la pression que je m'infligeais, tandis que s'évanouissaient la magie de l'univers du luxe et le respect qu'il m'imposait.

— Je veux bien passer celle-là, dis-je en en montrant une autre, retirant celle que j'avais au poignet.

— La Tank française, dessinée en 1917. Mouvement mécanique à remontage automatique calibre Cartier 120.

Je l'enfilai et la regardai.

— Elle est pas mal, dis-je, faisant mine d'hésiter.

Et de deux. Combien fallait-il que j'en essaye, déjà ? N'avait-il pas dit quinze ? Je commençais à me détendre un peu, juste un peu, quand la voix de Dubreuil, plus discrète cette fois, se fit entendre.

— Dis-lui que tu les trouves moches et que tu veux voir les montres en or !

— Je voudrais voir celle-là, dis-je, faisant la sourde oreille.

Et de trois.

— Dis-lui qu'elles sont…

Je toussotai pour couvrir le son de sa voix. J'aurais l'air de quoi si elle l'entendait ? L'idée me traversa l'esprit que je pouvais passer pour un cambrioleur relié à un complice à l'extérieur. D'ailleurs, les caméras de surveillance avaient peut-être déjà repéré mon oreillette. Je me remis à transpirer. Il fallait que je me dépêche d'accomplir ma mission pour en finir au plus vite.

— J'hésite. Finalement, je vais peut-être regarder vos modèles en or, dis-je à contrecœur, tout en craignant de ne pas être crédible.

Elle rangea prestement le petit plateau dans la vitrine.

— Veuillez me suivre.

J'avais le sentiment désagréable qu'elle ne faisait aucun effort pour me servir, juste le strict minimum exigé par son professionnalisme. Elle devait sentir qu'elle perdait son temps avec moi. Je la suivis, balayant furtivement l'espace du regard. Mes yeux rencontrèrent ceux de l'un des hommes en costume sombre qui m'avaient ouvert la porte. Sans doute un vigile en civil. J'eus le sentiment qu'il me regardait bizarrement.

Nous entrâmes dans une autre pièce, plus grande. Les quelques clients présents ne ressemblaient pas du tout aux passants que l'on croisait sur l'avenue, comme s'ils étaient venus de nulle part. Des vendeuses glissaient dans l'espace tels des fantômes silencieux, préservant la sérénité du lieu.

Instinctivement, je repérai les petites caméras disséminées aux endroits stratégiques. J'avais l'impression qu'elles étaient toutes braquées sur moi, pivotant lentement sur elles-mêmes pour suivre chacun de mes mouvements. J'essuyai prestement mon front d'un revers de manche et essayai de respirer profondément pour aider à relâcher les tensions. Il fallait que je contienne le trac montant en moi, tandis que chaque pas me rapprochait d'une collection d'objets pour milliardaires auxquels j'allais devoir feindre de m'intéresser, et que je devais prétendre être en mesure d'acquérir.

Nous prîmes position de part et d'autre d'un élégant comptoir.

La gamme or était plus étendue, et la vendeuse me présenta les modèles à travers la vitrine horizontale.

— J'aime bien celle-ci, dis-je en désignant une montre assez grosse en or jaune.

— C'est le modèle Ballon bleu : boîte en or jaune dix-huit carats, couronne cannelée en or jaune, ornée d'un saphir bleu cabochon. Vingt-trois mille cinq cents euros.

J'eus le sentiment prononcé qu'elle avait annoncé le prix dans l'intention de m'informer que ce modèle n'était pas dans mes moyens. Elle se jouait de moi, m'humiliait tranquillement.

Je me sentis piqué au vif, et cela me poussa à réagir, à sortir de mon état léthargique.

Elle était loin de se douter qu'elle me rendait service en me vexant.

— Je veux l'essayer, dis-je d'un ton sec qui me surprit moi-même.

Elle s'exécuta sans rien dire et, la regardant obéir à mon injonction, je ressentis l'espace d'un instant une émotion très nouvelle pour moi, un micro-plaisir qui m'était jusqu'ici tout à fait étranger. Était-ce cela, le goût du pouvoir ?

J'enfilai la montre, la regardai cinq secondes sans dire un mot, puis formulai un verdict sans appel.

— Trop épaisse.

Je la retirai et la lui tendis négligemment, tout en portant déjà mon regard sur les autres modèles.

— Celle-ci ! indiquai-je sans lui laisser le temps de ranger la première.

Elle accéléra les mouvements de ses doigts agiles, le vernis rouge de ses ongles réfléchissant la lumière des spots subtilement orientés vers le comptoir pour accentuer la brillance naturelle des modèles.

J'étais porté par une force insoupçonnée, venue de nulle part, émergeant de moi de manière énigmatique. M'affirmer devenait subitement grisant.

— Et j'essayerai aussi celle-là ! dis-je en en désignant une autre pour l'obliger à suivre le rythme que j'imposais.

Je ne me reconnaissais plus. Ma timidité s'était complètement évanouie et je devenais de plus en plus dominant dans la relation. Quelque chose d'inouï se passait en moi. Je ressentais une sorte de jubilation indéfinissable.

— Tenez, monsieur.

J'eus le triste sentiment qu'elle s'était mise à me respecter depuis que je faisais preuve d'exigence. Je manifestais une autorité totalement nouvelle pour moi, et elle avait cessé de me toiser de son regard hautain. Elle gardait les yeux baissés vers les montres et exécutait les tâches que je lui dictais. Je me tenais plus droit que jamais, surplombant de toute ma hauteur sa tête légèrement penchée vers ses doigts experts manipulant les objets avec application et vivacité.

Je ne sais combien de temps dura la scène. N'étant plus tout à fait moi-même, je perdis un peu contact avec la réalité… J'étais en terre inconnue et découvrais un plaisir singulier, inconcevable une heure auparavant. Un sentiment étrange de toute-puissance. C'était comme si un lourd couvercle avait sauté d'un seul coup.

— Reviens, maintenant.

La voix grave de Dubreuil me ramena brusquement sur terre.

Je pris tout mon temps pour prendre congé, et elle insista pour me raccompagner, me suivant tandis que je retraversais la boutique d'un pas assuré, balayant les lieux du regard tel un général foulant une terre conquise. Les pièces me semblaient maintenant plus petites, l'atmosphère plus banale. Les hommes en noir ouvrirent les portes du sas devant moi, me remerciant de ma visite. Tous me souhaitèrent une bonne soirée.

Je sortis sur les Champs et mes sens furent aussitôt assaillis par le bruit et les odeurs de la circulation, le vent, et la forte luminosité d'un ciel devenu tout blanc.

Retrouvant mes esprits, je réalisai pleinement le sens de ce que je venais d'expérimenter : l'attitude des autres à mon égard était conditionnée par mon propre comportement… C'était moi qui induisais leurs réactions.

Je ne pus m'empêcher de m'interroger sur un certain nombre de relations passées…

J'avais aussi découvert quelque part en moi des ressources insoupçonnées, pour me comporter *autrement*. Je ne souhaitais certes pas renouveler le genre de rapport que je venais de vivre. Je n'étais pas un homme de pouvoir et ne souhaitais pas le devenir. J'aimais trop les relations cordiales, d'égal à égal… J'avais découvert que je n'étais pas non plus obligé de me cantonner à un rôle de suiveur, mais la question n'était pas là. Je me découvrais capable de faire des choses dont je n'avais pas l'habitude, et cela seul comptait à mes yeux.

L'étroit tunnel de ma vie commençait peut-être à s'élargir un peu…

7

— Qu'est-ce qui vous motive dans un poste de comptable ?

Les yeux de mon candidat se tournèrent rapidement dans toutes les directions tandis qu'il cherchait la meilleure explication possible.

— Euh… c'est-à-dire… j'aime bien les chiffres.

On sentait qu'il était lui-même déçu par sa réponse. Il aurait aimé trouver quelque chose de plus vendeur, mais rien ne lui était venu à l'esprit.

— Qu'est-ce que vous aimez dans les chiffres ?

J'avais l'impression d'avoir glissé une nouvelle pièce dans la fente : les boules de loto se remirent à tourner sur elles-mêmes, tandis que ses joues s'empourpraient un peu plus. Il avait manifestement fait un effort vestimentaire pour l'entretien. On sentait qu'il n'avait pas l'habitude de porter le costume gris et la cravate club très sobre qu'il arborait, et que cela contribuait à son malaise. Ses chaussettes blanches contrastaient tellement avec la rigueur de sa tenue qu'elles donnaient l'impression d'être fluorescentes.

— Eh bien… j'aime quand… ça tombe juste… je veux dire, quand les comptes sont bons et que je suis certain de retomber sur mes pieds. C'est très satisfaisant, vous savez. En fait, j'aime quand les choses sont carrées. D'ailleurs, quand il y a une erreur, je peux passer des heures à la chercher, jusqu'à ce que tout soit remis d'aplomb. Enfin… pas des heures… je veux dire, je ne perds pas de temps inutilement, je sais aussi aller à l'essentiel. Mais je veux dire que je suis très rigoureux.

Le pauvre. Il se débattait pour tenter de prouver qu'il était le candidat parfait.

— Est-ce que vous vous considérez comme quelqu'un d'autonome ?

Il fallait que je me concentre sur son visage pour que mon regard ne soit pas happé par ses chaussettes.

— Oui, oui, je suis très autonome. Pas de problème. Je sais me débrouiller seul et j'embête personne.

— Pouvez-vous me citer un exemple de moment où vous avez fait preuve d'autonomie ?

C'était une technique bien connue de bon nombre de recruteurs. Quand quelqu'un affirme avoir une qualité, il doit être en mesure de citer des moments dans lesquels il l'a exprimée. Plus précisément, il doit être en mesure de fournir un contexte, un comportement et un résultat. Si l'un des trois manque, alors il ment, forcément. C'est logique : s'il a bien cette qualité, il doit pouvoir donner un exemple de contexte dans lequel il l'a mise en œuvre, ce qu'il a fait concrètement, et ce qu'il a ainsi obtenu.

— Euh… oui, bien sûr.

— C'était dans quel contexte ?

Les boules de loto s'agitèrent furieusement tandis qu'il cherchait à se souvenir – ou à imaginer – un tel évènement. La légère rougeur de son teint s'accentua encore, et je crus distinguer une perle de sueur sur son front. Je détestais mettre les candidats mal à l'aise et ce n'était absolument pas mon intention. Mais j'étais bien obligé d'évaluer leur adéquation avec le poste proposé.

— Eh bien… écoutez, je fais régulièrement preuve d'autonomie, il n'y a pas de doute là-dessus, vous pouvez me croire.

Il décroisa les jambes, se tortilla un peu sur son fauteuil, puis les recroisa. Ses chaussettes auraient vraiment pu servir dans une pub pour Ariel.

— Je vous invite juste à me citer un exemple, tenez, de la dernière fois que cela vous est arrivé. C'était dans quel lieu, dans quelles circonstances, à quelle occasion ? Prenez tout votre temps pour vous souvenir. Mettez-vous à l'aise, nous ne sommes pas pressés.

Il recommença à s'agiter sur son fauteuil, tout en essuyant ses mains probablement moites sur son pantalon. De longues secondes passèrent qui me semblèrent des heures, et il ne trouvait rien à répondre, tandis que je sentais un embarras croissant s'emparer de lui. Il devait me haïr.

— Bon, interrompis-je pour mettre fin à la torture, je vais vous dire pourquoi je vous pose cette question. Le poste à pourvoir est dans une petite PME dont le comptable a démissionné. Il avait accumulé tellement de jours de vacances qu'il n'a pas eu à faire son préavis. Il est parti du jour au lendemain. En interne, personne ne saura former son successeur. Si vous prenez le poste, il va vous falloir vous débrouiller tout seul, en fouillant dans ses dossiers et les fichiers de son ordinateur. Si vous n'êtes pas *vraiment* autonome, ça risque d'être un cauchemar pour vous, et il est de mon devoir de ne pas vous mettre dans une telle situation. Je ne cherche donc pas à vous piéger, j'essaye juste de savoir si vous seriez en mesure de réussir la mission à accomplir. Vous savez, de ce point de vue-là, votre intérêt rejoint celui de l'entreprise qui offre le poste…

Il m'écouta attentivement, puis finit par reconnaître qu'il préférait travailler dans un contexte bien structuré, où il savait précisément ce qu'on attendait de lui et où il trouvait réponse à ses questions en cas de doute. Nous passâmes le reste de l'entretien à préciser son projet professionnel et à définir le type de poste qui conviendrait mieux à sa personnalité, à son expérience, à ses compétences. Je lui promis de conserver soigneusement son dossier et de le recontacter dès qu'une offre correspondrait davantage à son profil.

Je le raccompagnai jusqu'aux ascenseurs et lui souhaitai bonne chance pour la suite.

De retour à mon bureau, je consultai les appels en absence. J'avais un SMS de Dubreuil.

« Viens me rejoindre au bar de l'hôtel George-V. Prends un taxi et, pendant le trajet, tu dois prendre le contre-pied de TOUT ce que te dira le chauffeur. TOUT. Je t'attends.

Y.D. »

Je le relus deux fois et ne pus réprimer une grimace à la perspective de ce qui m'attendait. Tout dépendrait des propos du chauffeur… Cela pouvait vite devenir très pénible…

Un coup d'œil à ma montre : 17 h 40. Je n'avais plus de rendez-vous, mais je ne quittais jamais le bureau avant 19 heures, dans le meilleur des cas…

Je regardai mes e-mails. Une petite douzaine, mais rien d'urgent. Bon, allez, pour une fois, on ne m'en voudra pas.

Je pris mon imperméable et passai la tête dans le couloir. Personne en vue. Je sortis en hâte et filai vers l'escalier de secours. Inutile de faire le pied de grue devant les ascenseurs. J'arrivai au bout du couloir quand Grégoire Larcher déboula de son bureau. Il dut percevoir ma gêne en un millième de seconde.

— Tu prends ton après-midi ? me dit-il avec un sourire narquois.

— Je… il faut que j'y aille… une urgence.

Il s'éloigna sans répondre, sans doute satisfait de m'avoir pris en flagrant délit. Je m'élançai dans l'escalier, un peu dégoûté de la tournure des évènements. Bon sang, je faisais tous les jours des heures pas possibles, et *le* jour où je partais plus tôt, je me faisais griller…

Je déboulai sur l'avenue de l'Opéra assez énervé, et le grand air m'aida à me recentrer. À moins que ce ne soit la perspective de ma tâche à accomplir, plus préoccupante que ce qui venait d'arriver. Je marchai vers le Louvre, dans la direction duquel se trouvait la station de taxis. Personne. Je bénéficiais d'un répit et me sentis presque soulagé. J'allumai une cigarette et tirai dessus nerveusement. Dès que j'étais stressé, il m'en fallait une. Quelle cochonnerie ! Je n'arriverais jamais à m'en débarrasser…

En marchant, j'eus un drôle de ressenti. L'impression d'être… suivi. Je me retournai mais il y avait une certaine affluence. Difficile de savoir… Je repris mon chemin avec un certain malaise.

Je repensai aux dernières fois que j'avais pris un taxi. Les chauffeurs étaient pour la plupart des bavards invétérés, exprimant sans retenue leur opinion sur tous les sujets d'actualité, et je devais reconnaître que je me gardais bien d'émettre des avis divergents. Dubreuil avait vu juste. Mais bon, c'était peut-être seulement une forme de paresse. Après tout, ça ne sert à rien de détromper les gens. De toute façon, on ne les convaincra pas…

Je regardai au loin. Pas mal de circulation. C'était l'heure de pointe, je risquais d'attendre longtemps.

Et si c'était de… la couardise, plus que de la paresse ? D'ailleurs, ne rien répondre n'était pas reposant pour autant. Je bouillonnais souvent intérieurement… Mais alors, de quoi avais-je peur, au juste ? de ne pas être aimé ? de déclencher une réaction imprévisible chez l'autre ? Je ne savais pas.

— Vous allez où ?

Son accent parigot me tira de ma torpeur. Pris dans mes rêves, je ne l'avais pas vu arriver. Penché par la vitre, le chauffeur me dévisageait d'un air impatient. La cinquantaine, trapu, chauve avec une moustache noire et un regard méchant. Pourquoi fallait-il que ça tombe sur moi précisément ce jour ?

— Eh ! Vous vous décidez ? J'ai pas que ça à faire, moi !

— On va au George-V, bredouillai-je en ouvrant la portière arrière.

Mauvais départ, il fallait que je reprenne vite le dessus. Allez, courage, le contre-pied de tout ce qu'il dit. Tout.

Je m'assis et immédiatement l'atmosphère me donna envie de vomir : une vieille odeur de tabac froid mêlée à un désodorisant de supermarché pour voiture. Atroce.

— Je vous l'annonce tout de suite, c'est p't-être pas loin mais on n'est pas arrivés ! C'est moi qui vous le dis ! Je sais pas ce que les gens foutent, mais c'est complètement bouché aujourd'hui !

Hum… difficile de dire le contraire… Que répliquer ?…

— Avec un peu de chance, ça va se débloquer et on ira plus vite que vous ne le pensez ?

— Ouais, c'est ça, y en a qui croient au père Noël, dit-il avec son accent parigot à couper au couteau. Ça fait vingt-huit ans que j'fais ce métier, j'sais de quoi je parle. Putain, je suis sûr qu'y en a pas la moitié qu'auraient vraiment b'soin de leur bagnole.

Il me parlait fort comme si j'étais assis tout au fond d'un autocar.

— Peut-être que cela leur est vraiment utile, on ne sait pas…

— Ouais, c'est ça ! La plupart vont faire même pas cinq cents mètres avec leur caisse ! Seulement, ils sont trop fainéants pour marcher et trop radins pour prendre le taxi ! Y a pas plus radin qu'un Parisien !

J'avais le sentiment qu'il ne remarquait même pas que j'exprimais des désaccords. Ça alimentait seulement la conversation… Finalement, ma tâche serait peut-être moins dure que prévu.

— Moi, je trouve les Parisiens plutôt gentils.

— Ah ouais ? Eh ben, vous devez pas bien les connaître ! Moi, ça fait vingt-huit ans que j'les pratique, alors j'les connais, les lascars. Et je vais vous dire : ils sont de pire en pire chaque année. Moi, j'peux plus les blairer. Ils me sortent par tous les trous.

Ses grosses mains poilues se crispaient sur le volant recouvert de fourrure synthétique, et l'on voyait la tension se propager sur les muscles de ses avant-bras velus. Sous les poils noirs, on apercevait un grand tatouage en longueur qui me faisait penser à une frite Végétaline géante. Quand j'étais petit, la télé américaine passait une pub en dessins animés où l'on voyait des frites représentant des personnages qui se dandinaient. De ma vie entière, je n'avais jamais vu un tatouage aussi ridicule.

— Je pense que vous vous trompez : les gens nous renvoient juste un miroir de la façon dont on leur parle.

Il écrasa violemment sa pédale de frein et se tourna vers moi, les yeux fous de rage.

— Non, mais qu'est-ce que vous êtes en train de me dire, là ?

Je ne m'attendais pas du tout à une réaction aussi vive. J'eus un mouvement de recul, ce qui ne m'empêcha pas de sentir son haleine dégoûtante. Était-ce une odeur d'alcool ? Il fallait que je désamorce la bombe, que je joue un peu au démineur…

— Je disais que les gens sont peut-être fermés, mais qu'en prenant du temps, en acceptant l'idée qu'ils ont peut-être des raisons d'être stressés, et en leur parlant avec douceur – j'insistai sur ce mot –, ils peuvent aussi s'ouvrir et devenir plus agréables quand ils sentent qu'on s'intéresse à eux.

Il me fixa sans rien dire de son regard de sanglier hargneux, puis se retourna et redémarra. Le silence s'était abattu d'un coup dans l'habitacle, comme une chape de plomb. Je tentai de relâcher l'extrême tension de mon corps et repris ma respiration. Waouh… ultra-susceptible, papy. Il va falloir que je prenne quand même un peu plus de précautions… On continua de rouler lentement mais le silence devint vite oppressant. Très oppressant. Il fallait que je le brise.

— Il représente quoi, votre tatouage ? dis-je dans l'effort illusoire d'appliquer l'idée que je venais de lui exprimer.

— Ah, ça… dit-il d'une voix presque attendrie qui me montra que j'avais visé juste. Ça, c'est un souvenir de jeunesse. Ça représente la Vengeance, ça.

Il avait dit cette dernière phrase d'un ton sentencieux. Je mourais d'envie de lui demander en quoi une frite Végétaline pouvait symboliser la vengeance, mais je n'étais pas assez suicidaire, et je réprimai un sourire.

On arrivait place de la Concorde.

— On va pas prendre les Champs-Élysées. Trop bouchés. On va passer par les quais jusqu'à l'Alma et on r'montera l'avenue George-V d'en bas.

— Euh… Je préfère qu'on prenne quand même les Champs.

Il ne dit rien, soupira, et reprit le fil de la conversation.

— J'adore les tatouages. Y en a pas deux pareils. Et il faut avoir du cran pour s'faire un tatouage. Parce que ça part pas. Après, vous l'avez à vie. Alors ça d'mande du courage, ouais. Sur les femmes aussi, j'adore. Y a rien de plus bandant qu'un tatouage qu'on n'attend pas, dans des endroits cachés, si vous voyez c'que j'veux dire.

Je voyais surtout son regard soudainement lubrique dans le rétroviseur. Calme-toi, papy. Calme-toi. Je rassemblai tout mon courage.

— Moi, j'aime pas trop les tatouages...

— Ouais, de nos jours, les jeunes, y z'aiment plus parce qu'ils veulent être tous pareils. Ils savent plus c'que c'est que s'amuser ! Pfuitt ! C'est tous des marioles, d'toute façon.

— Non... Peut-être qu'ils n'ont pas besoin de ça pour se distinguer...

— S'distinguer, s'distinguer ! Nous, on s'en foutait, on voulait s'marrer, surtout. On prenait des bécanes ou les bagnoles de nos vieux et on fonçait à toute berzingue... Y avait pas d'bouchons à cette époque-là !

Cet homme ne savait pas parler autrement qu'en beuglant. Insupportable, et inquiétant, aussi. Et cette odeur... Allez, encore un effort...

— Oui, mais aujourd'hui, les jeunes savent qu'on ne peut plus continuer à polluer la planète juste pour s'amuser.

— Ah ! ça y est ! Encore ces conneries écolo à la con ! Le réchauffement de la planète, c'est n'importe quoi, ça. C'est des idées de mecs qui veulent vous vendre l'intelligence, alors qu'y z'ont même pas un échantillon sur eux !

— Qu'est-ce que vous en savez, vous ?

Cela m'était sorti sans réfléchir, pour une fois. Il écrasa violemment son frein, et la voiture pila. Je fus projeté sur le dos du fauteuil avant, puis rebondis en arrière. Il explosa :

— Foutez-moi le camp ! Vous entendez ? Foutez-moi le camp ! J'en ai marre des petits cons qui me font la morale ! Dégagez !

Je me reculai tellement que mon corps s'enfonçait dans la vieille mousse de rembourrage de la banquette. Il se passa deux secondes, deux secondes de silence, puis j'ouvris la portière et me précipitai dehors. Je partis comme une flèche, avant qu'il n'eût l'idée de me rattraper. C'était le genre à avoir une matraque cachée sous le siège.

Je me faufilai entre les voitures jusqu'au large trottoir des Champs-Élysées, puis je remontai dans la direction lointaine de l'Arc de Triomphe en courant sous une petite bruine, très fine, qui me rafraîchissait le visage. La peur passée, je ne ressentais plus rien, mais je continuai à courir, courir, croisant les visages de touristes et de badauds descendant l'avenue. Je courais, parce que rien ne me retenait, j'avais défait une petite partie de mon carcan, délacé quelques nœuds inutiles. Pour la première fois, j'avais osé dire tout ce que je pensais à un inconnu, délibérément, et je commençais à me sentir léger, et surtout libre, libre, cette fine bruine me fouettant délicatement le visage comme pour m'éveiller à la vie.

8

Le portier en grande tenue donna un élan au tambour afin que je n'aie plus qu'à m'y glisser, et je me retrouvai dans le hall majestueux du George-V, l'un des plus beaux palaces de la capitale.

Du marbre rouge Alicante s'étendait sur toute la surface du sol et remontait sur les imposantes colonnes qui s'élevaient jusqu'au plafond, haut, très haut.

De chaudes boiseries recouvraient le comptoir de la réception. L'atmosphère était un mélange de grande classe et d'efficacité silencieuse. Des valets s'affairaient à déplacer des chariots dorés, garnis de malles et de valises, pour la plupart gainées de cuir et estampillées d'une marque prestigieuse. Les réceptionnistes souriants et rapides délivraient tantôt des clés, tantôt des plans de Paris, ou renseignaient des gens probablement exigeants. Un client en short et baskets Nike, vision aussi inattendue que celle d'un rappeur qui parcourrait la scène d'un orchestre symphonique, traversa le hall avec la décontraction d'un habitué de ce genre de lieu. Sans doute un de mes compatriotes…

Je me dirigeai vers le concierge.

— Bonjour, je cherche le bar, s'il vous plaît.

Je craignais qu'il me demande si j'avais une chambre ici. Je devais avoir piètre allure avec les cheveux trempés, de l'eau dégoulinant par moments sur mon visage. Heureusement, la vision du touriste en short m'avait mis un peu plus à l'aise.

— Oui, monsieur. Prenez à droite après les trois marches, et vous trouverez le bar un peu plus loin, me répondit-il sur un ton aimable, un brin grandiloquent.

Je gravis les marches et me retrouvai effectivement dans une sorte de vaste galerie vitrée, longeant une cour intérieure joliment arborée. Des orangers, des buis, dans de magnifiques pots sculptés. Quelques tables en bois exotique et des fauteuils invitant à la détente. Dans la galerie elle-même, de somptueux tapis réchauffaient le marbre çà et là. Des lustres magnifiques étaient suspendus au plafond richement décoré. Les murs en pierre de taille comportaient des alcôves abritant des statues sur leur piédestal majestueux. On voyait une succession de tables basses entourées de profondes bergères recouvertes d'étoffes moelleuses donnant l'envie de s'y lover, envie tout de suite contrecarrée par le sentiment de devoir se conformer à la retenue exigée par un décor aussi imposant.

Le bar s'ouvrait sur la galerie et semblait presque petit en comparaison. Les murs et le sol recouverts de velours rouge sombre, il offrait une atmosphère beaucoup plus intime. Peu de monde à cette heure. Un homme et une femme d'un certain âge assis face à face dans des fauteuils bridge assez bas, et, un peu plus loin, deux hommes entraînés dans un dialogue animé bien qu'à voix basse. Sans doute une discussion d'affaires. Pas de trace de Dubreuil à la ronde. Je me dirigeai vers une table, au fond, d'où je pourrais le voir arriver. Passant près du couple, je sentis le parfum capiteux de la femme.

De la presse avait été laissée sur ma table. Quelques journaux très sérieux comme le *Herald Tribune*, le *New York Times* ou *Le Monde*, et d'autres nettement moins. Je m'emparai d'un *Closer* dont l'état indiquait qu'il avait déjà eu un certain succès auprès de ceux qui m'avaient précédé. Après tout, j'étais dans le lieu idéal pour m'intéresser à la vie des stars !

Dubreuil me rejoignit assez rapidement, et je me débarrassai prestement du magazine encombrant. Il traversa le bar pour me rejoindre, et je perçus que les quatre personnes présentes tournèrent le regard vers lui sur son passage. Il était de ces hommes qui dégagent une sorte d'énergie, de magnétisme qui attire l'attention.

— Alors, raconte-moi tes prouesses !

Je remarquai qu'il ne me disait jamais bonjour. Chaque fois que je le voyais, il semblait reprendre une conversation interrompue quelques minutes auparavant pour aller aux toilettes.

Il commanda un bourbon, et je me rabattis sur un Perrier.

Je lui décrivis la scène du taxi avec moult détails, et il s'amusa beaucoup du comportement du chauffeur.

— T'es tombé sur un sacré numéro ! Si j'avais voulu orchestrer moi-même une telle rencontre, je n'aurais pas réussi à en trouver un comme ça !

Je lui fis part de la difficulté que j'avais eue à exprimer des opinions contraires aux siennes, et du sentiment de liberté d'y être parvenu en fin de compte, malgré le clash.

— Je suis très content que tu aies vécu ça. Tu sais, tu m'as beaucoup parlé de ta vie professionnelle, du sentiment d'enfermement que tu as au bureau, cette impression d'être tout le temps jugé, fliqué.

— Oui. Dans cette entreprise, on m'empêche d'être moi-même. On me laisse très peu de liberté. Je me sens prisonnier. J'ai l'impression que l'on va commenter tous mes faits et gestes. Tenez, quand je suis parti ce soir, j'ai eu droit à une remarque désobligeante de mon directeur de branche. C'est vrai qu'il était un peu tôt, mais je finis très tard *tous* les soirs. C'était particulièrement injuste de me faire ce reproche le seul jour où j'arrête de bonne heure ! On ne me laisse pas libre. J'étouffe.

Il me regarda d'un œil perçant, tout en savourant une gorgée de bourbon. J'en sentais le parfum.

— Tu vois, quand je t'entends dire : « On m'empêche d'être moi-même », j'ai envie de te répondre qu'au contraire ils te *laissent* être toi-même, et même qu'ils te poussent à l'être de plus en plus. C'est ça qui t'étouffe…

J'étais perplexe.

— Je ne vous suis pas du tout.

Il se laissa retomber en arrière dans son fauteuil.

— Tu m'as parlé de quelques-uns de tes collègues. Je me souviens de l'un d'eux, notamment, assez arrogant…

— Thomas.

— Oui, c'est ça. Assez frimeur, à ce que tu en disais.

— C'est un euphémisme…

— Imagine que ce soir Thomas ait été à ta place, qu'il ait quitté son bureau à 16 ou 17 heures et ait croisé son chef dans le couloir.

— Ce n'était pas notre chef direct, mais Larcher, le directeur de branche.

— Très bien, visualise la scène : Thomas part exceptionnellement de bonne heure et rencontre son directeur de branche dans le couloir.

— Ok…

— Tu es une petite souris et tu les regardes tous les deux au moment où ils se croisent…

— D'accord…

— Qu'est-ce qu'ils se disent ?

— Hum… je sais pas… euh… Tiens, c'est marrant, j'imagine Larcher lui faisant un sourire… amical, presque un sourire de complaisance.

— Intéressant… Tu penses que c'est comme ça qu'aurait réagi votre directeur de branche s'il avait croisé Thomas à ta place ce soir ?

— Eh bien… oui, c'est probable. Je l'imagine bien comme ça, en tout cas. Ce qui serait d'ailleurs très injuste. Mais je pense en effet qu'il y a un certain favoritisme, que les règles ne sont pas les mêmes pour tout le monde…

— Bon, comment s'appelle ton autre collègue, celui qui donne l'impression de se payer la tête de tout le monde ?

— Mickaël ?

— Oui, c'est ça. Alors maintenant, visualise la même scène, cette fois-ci entre Larcher et Mickaël. C'est Mickaël qui quitte son poste à 17 heures. Qu'est-ce qui se passe ?

— Voyons… J'imagine… Eh bien, je crois que Larcher lui fait la même remarque qu'à moi !

— Oui ?

— Il lui dit également : « Alors, tu prends ton après-midi ? », et peut-être même sur un ton encore plus sarcastique. Oui, c'est ça ! Il le charrie vraiment avec ça.

— Et comment réagit Mickaël ?

— Euh… C'est dur d'imaginer… En fait… Je crois que Mickaël est assez gonflé pour lui envoyer une repartie bien placée, du genre : « Vous parlez en connaisseur ! » ou quelque chose comme ça.

— Ah bon ! Et comment le prend Larcher ?

— Ils rigolent tous les deux tout en poursuivant leur chemin.

— Intéressant, dit-il en finissant son verre. Et qu'en penses-tu ?

— Je ne sais pas, répondis-je, songeur. Si ça se passait effectivement comme ça en réalité, ce serait le signe d'un certain favoritisme, en effet.

— Non, Alan. Ce n'est pas ça.

Il fit un geste au serveur, qui fut près de nous en un éclair.

— Un autre bourbon.

Je pris une gorgée de Perrier. Dubreuil se pencha vers moi, plongeant son regard bleu dans mes yeux. Je me sentis nu.

— Ce n'est pas ça, Alan, reprit-il. C'est beaucoup plus… tordu que ça. Thomas est imbu de lui-même, et son attitude induit chez Larcher… un certain respect. Mickaël taquine tout le monde, et Larcher sait que c'est un malin qui se croit plus futé que les autres. Alors Larcher le taquine pour lui faire savoir qu'il est encore plus malin que lui. Toi…

Il marqua une pause.

— Moi, je ne joue pas de jeu comme les autres, je suis naturel, alors il en profite.

— Non, c'est plus vicieux que ça. Toi, Alan, ce qui te caractérise, c'est précisément… que tu n'es pas libre. Tu n'es pas libre, alors il t'enferme un peu plus encore dans la prison où tu te trouves…

Un silence, dense, tandis que je digérais le coup reçu. Puis mon sang ne fit qu'un tour, et je sentis la colère monter en moi. Qu'est-ce qu'il me raconte, là ?

— Mais c'est le contraire ! C'est tout le contraire ! Je ne supporte pas que l'on porte atteinte à ma liberté !

— Regarde ce qui s'est passé avec le chauffeur de taxi. Tu as dû te forcer pour exprimer des opinions contraires aux siennes, disais-tu. Les gens comme lui sont pourtant des inconnus que tu ne reverras jamais. Ta vie, ton avenir ne dépendent pas d'eux, d'accord ? Et pourtant, tu éprouves le besoin de plus ou moins te conformer à… ce qui fera qu'ils t'apprécient. Tu crains de décevoir et d'être rejeté. C'est pour ça que tu ne t'autorises pas à exprimer vraiment ce que tu ressens, ni à te comporter selon tes souhaits. Tu fais des efforts pour t'adapter aux attentes des autres. Et c'est de ta propre initiative, Alan. Personne ne te le demande.

— Mais cela me semble tout à fait normal ! D'ailleurs, si chacun faisait des efforts pour les autres, c'est la vie de tout le monde qui serait améliorée.

— Oui, sauf que, dans ton cas, ce n'est pas un choix. Tu ne te dis pas sur un ton détaché : « Tiens, aujourd'hui je vais faire ce que l'on attend de moi. » Non, c'est inconsciemment que tu t'obliges à le faire. Tu crois que sinon, on ne t'aimera pas, on ne voudra plus de toi. Alors, sans même t'en rendre compte, tu t'imposes beaucoup de contraintes. Ta vie devient *très* contraignante et, du coup, tu ne te sens pas libre. Et… tu en veux aux autres.

J'étais abasourdi. Un vrai coup de massue sur la tête. Je m'attendais à tout sauf à ça. Les choses, les idées, les émotions, tout se bousculait dans ma tête et me faisait perdre pied. J'avais le vertige. J'aurais voulu rejeter violemment l'analyse de Dubreuil, mais une partie de moi sentait confusément une part de… vérité. Une vérité dérangeante. Moi qui jusqu'ici avais passé ma vie à ressentir péniblement la moindre atteinte à ma liberté, à subir l'emprise des autres, on m'affirmait que j'étais l'artisan de ma souffrance.

— Et vois-tu, Alan, quand on s'oblige à ne pas décevoir les autres, pour répondre d'une certaine manière à leurs attentes envers nous, ou encore pour respecter leurs usages, eh bien, figure-toi que cela pousse certaines personnes à devenir très exigeantes avec nous, comme si elles sentaient que c'est notre devoir de nous soumettre à leurs désirs. Cela leur semble en effet tout à fait normal. Si tu culpabilises à l'idée de quitter le bureau de bonne heure, alors ton patron te fera encore plus culpabiliser. Et il n'a pas besoin d'être un pervers pour cela. C'est sans doute inconscient : il sent que ce n'est pas acceptable pour toi de partir tôt, donc il trouve que cela ne l'est pas. C'est toi qui induis sa réaction. Tu comprends ?

Je ne dis rien. Je restai silencieux, absorbé par le subtil mouvement de sa main qui depuis un moment décrivait de petits cercles dans l'air avec son verre, les glaçons tournoyant dans le bourbon en se cognant aux parois de leur prison de cristal.

— Alan, reprit-il, la liberté est en nous. Elle doit venir de nous. Ne t'attends pas à ce qu'elle vienne de l'extérieur.

Ses mots résonnèrent dans mon esprit.

— C'est possible, finis-je par admettre.

— Tu sais, il y a eu plein d'études menées sur les rescapés des camps de concentration pendant la Seconde Guerre mondiale. L'une d'elles a montré ce que les survivants avaient presque tous en commun : c'était de rester libres dans leur tête. Par exemple, s'ils n'avaient qu'un petit morceau de pain à manger pour la journée, ils se disaient : « Je suis libre de manger ce pain quand je veux. Je suis libre de choisir à quel moment je vais l'avaler. » À l'aide de choix qui peuvent paraître aussi dérisoires que cela, ils gardaient en eux un sentiment de liberté. Et il semblerait que ce sentiment de liberté les ait aidés à rester en vie…

Je l'écoutai avec attention, et ne pus m'empêcher de me dire qu'à la place de ces pauvres gens, j'aurais si violemment ressenti la domination et l'abus de pouvoir de mes geôliers que je n'aurais jamais été capable de développer un tel état d'esprit.

— Comment puis-je... euh... devenir plus libre en moi ?

— Il n'y a pas une recette toute faite, ni une seule manière d'y parvenir. Un bon moyen, cependant, est de choisir de faire pendant un certain temps ce qu'habituellement on évite soigneusement...

— Dites-moi, j'ai un peu l'impression que tout ce que vous me conseillez depuis le début consiste à faire ce que je n'aime pas faire. C'est comme ça qu'on évolue dans la vie ?

Il éclata de rire. La vieille dame au parfum capiteux se retourna vers nous.

— C'est plus complexe que ça. Mais quand, dans la vie, on s'arrange pour se tenir éloigné de tout ce qui nous fait peur, on s'empêche de découvrir que la plupart de nos peurs sont des créations de notre esprit. La seule façon de savoir si ce que l'on croit est erroné ou pas, c'est d'aller le vérifier sur le terrain ! C'est donc parfois utile de se prendre par la main, quitte à se faire en effet un peu violence, pour expérimenter ce qui nous angoisse afin de se donner une chance de réaliser qu'on s'est peut-être trompé.

— Alors qu'allez-vous me demander cette fois, pour résoudre mon problème ?

— Eh bien voyons, dit-il en se calant dans son fauteuil, visiblement satisfait de se trouver dans la position de formuler sa sentence. Puisque tu crois – à tort – que les gens ne t'aimeront plus si tu ne te comportes pas selon leurs critères, puisque tu éprouves le besoin de correspondre à l'image qu'ils attendent de toi, tu vas jouer à te déphaser…

J'avalai ma salive. Mon visage me brûlait.

— Me déphaser ?

— Oui, tu vas t'entraîner à opter pour l'opposé de ce que tu sens devoir faire absolument. Par exemple, tu vas commencer par emporter tous les jours au bureau ce magazine qui t'intéresse tant, jusqu'à ce que l'on soit sûrs que tout le monde t'ait bien vu avec.

À mon grand désarroi, il s'empara du *Closer* que j'avais reposé sur l'envers, à son arrivée.

— Si je fais ça, je me grille auprès de tout le monde.

— Ah ! Ton image, ton image ! Tu vois que tu n'es pas libre…

— Mais cela aurait des conséquences sur ma crédibilité au travail. Je ne peux pas faire ça !

— Tu oublies que tu m'as dit et répété que, dans ton entreprise, on n'avait rien à faire des gens, on ne regardait que leurs résultats. Ils se ficheront donc pas mal de tes lectures.

— Mais je ne peux pas, j'aurais… honte !

— Tu n'as pas à avoir honte de ce qui t'intéresse.

— Mais ça ne m'intéresse pas. Je ne lis jamais ce magazine !

— Oui, je sais, personne ne le lit. Et pourtant ils en vendent des centaines de milliers chaque semaine… Mais il t'intéresse puisque tu l'avais en main quand je suis arrivé !

— En fait… Je sais pas… c'était juste par curiosité, quoi.

— Mais justement, tu as le droit d'être curieux, c'est même une qualité, et tu n'as pas à en avoir honte.

J'imaginais déjà la tête de mes collègues et de mes managers quand ils me verraient avec.

— Alan, reprit-il, tu seras libre le jour où tu ne te préoccuperas même pas de savoir ce que peuvent penser les gens qui te verront avec un *Closer* sous le bras.

Je ne pus m'empêcher de penser que ce jour était loin, très loin…

— C'est pas gagné d'avance…

— Au-delà, tu vas commettre chaque jour, disons… trois fautes, des fautes d'usage. Concrètement, je veux que tu te comportes de manière inappropriée trois fois par jour, et ça peut concerner n'importe quoi, même des petites choses. Ce que je veux, c'est que tu deviennes imparfait pendant quelque temps, jusqu'à ce que tu réalises que tu es toujours vivant, que cela ne change rien pour toi, et que tes relations avec les autres ne se sont pas détériorées. Pour finir, tu vas refuser au moins deux fois par jour ce que d'autres te demandent, ou bien contredire leur point de vue. Au choix.

Je le regardai en silence. Le manque d'enthousiasme que je devais afficher n'entachait pas le sien. Il avait l'air ravi de ses idées.

— Je commence quand ?

— Tout de suite ! Il ne faut jamais remettre à plus tard ce qui peut nous faire grandir !

— Très bien. Alors, dans ce cas, je crois que je vais partir sans dire au revoir, et même sans proposer de payer ma part de la note.

— Parfait ! C'est un bon début !

Il était visiblement satisfait, mais son œil malicieux ne me disait rien qui vaille.

Je me levai et quittai la table.

J'avais déjà traversé tout le bar et atteignais la porte de la galerie quand il m'interpella. Sa voix forte brisa le silence feutré du lieu, et tout le monde se retourna, essayant de voir ce qu'il agitait à bout de bras.

— Alan ! Reviens ! Tu oublies ton magazine !

9

Je hais les lundis matin. Ce sentiment doit être le plus banal et le plus répandu au monde. Mais moi, j'avais une bonne raison à cela : c'était le jour de la réunion commerciale hebdomadaire. Chaque semaine, mes collègues et moi y entendions dire que les objectifs n'étaient pas atteints, et qu'allez-vous faire pour y parvenir ? Quelles décisions prenez-vous ? Quelles actions allez-vous mettre en œuvre ?

Mon week-end avait été riche en émotions, ainsi que la semaine qui avait suivi mon entrevue avec Dubreuil. Les premiers jours, je m'étais astreint à compter mes petits exploits quotidiens. Par la suite, j'avais saisi courageusement toutes les occasions qui se présentaient.

J'avais ainsi conduit à deux à l'heure dans une petite rue étroite en étant suivi, alors que me tenaillait l'envie de me ranger pour me laisser doubler, ou d'accélérer pour n'avoir pas l'air d'un vieux papy au volant. J'avais fait un peu de bruit dans mon appartement et obtenu deux rappels à l'ordre de madame Blanchard, la voisine du dessous. J'avais raccroché au nez d'un prospecteur téléphonique qui essayait de me vendre des fenêtres. J'étais allé au bureau avec deux chaussettes de couleurs différentes. J'avais mangé du foie gras dans un petit restaurant et dit au serveur que son pâté était très bon. Et enfin j'avais pris chaque jour mon café derrière le zinc du bistrot d'en face, à l'heure d'affluence où chacun refait le monde et fournit des solutions évidentes – pourquoi le gouvernement n'y pensait-il donc pas ? – aux problèmes économiques du pays. Et, bien sûr, je m'étais efforcé d'être en désaccord à peu près sur tout.

Tout cela avait été très éprouvant, même si une partie de moi commençait à ressentir un certain plaisir à surmonter mes peurs. Je caressais l'espoir de me libérer un jour de leur étreinte étouffante.

Sitôt fini mon premier entretien de ce lundi avec un candidat, je filai à la maudite réunion. Il était 11 h 05 ; j'étais donc en retard... J'entrai dans la salle, mon bloc-notes à la main et... mon *Closer* sous le bras. Tous les consultants étaient déjà assis derrière les tables disposées en cercle. J'étais le dernier que l'on attendait.

Luc Fausteri me lança un regard glacial. À sa gauche, Grégoire Larcher conserva son sourire Ultra-Brite inaltérable. Il savait que c'est en étant positif qu'on obtient le meilleur des hommes. Je suis sûr qu'il s'était fait blanchir les dents. Elles étaient tellement éclatantes qu'elles me faisaient penser à un dentier en plastique. Quand il parlait, je ne pouvais m'empêcher de le regarder non pas dans les yeux, mais dans les dents.

Je rejoignis une place libre. Les visages se tournèrent vers moi. Je posai le magazine sur la table, le titre en évidence, puis évitai de croiser les regards. J'avais trop honte…

À ma gauche, Thomas faisait mine de lire le *Financial Times* d'un air inspiré. Mickaël plaisantait avec sa voisine, qui tentait de parcourir *La Tribune* tout en gloussant de temps à autre aux âneries de son collègue.

— Les chiffres de la semaine sont…

Larcher aimait prendre la parole puis laisser la fin de la phrase en suspens, captant ainsi toute notre attention. Il se leva, comme pour asseoir son emprise sur l'assistance, et reprit, toujours très souriant :

— Les chiffres de la semaine sont encourageants. Nous sommes à + 4 % du nombre de missions de recrutement confiées par rapport à la semaine précédente, et + 7 % par rapport à la même semaine l'année dernière. Sur ce dernier indicateur, je vous rappelle que notre objectif est de + 11 %. Bien sûr, les résultats individuels sont inégaux, et je dois une fois de plus féliciter Thomas qui reste en tête du peloton.

Thomas adopta un air détendu et distraitement satisfait. Il adorait revêtir le costume du vainqueur qui se la joue cool. En réalité, je savais que les compliments lui faisaient l'effet d'un shoot de cocaïne.

— Mais j'ai une excellente nouvelle pour tous les autres…

Le regard séducteur de Grégoire Larcher balaya le groupe, tandis qu'il laissait le silence théâtraliser l'information. Il reprit :

— Je dois d'abord vous dire que Luc Fausteri a beaucoup travaillé pour vous. Depuis près d'un mois, il analyse toutes les données dont on dispose pour essayer de comprendre de façon rationnelle pourquoi certains d'entre vous ont de meilleurs résultats que les autres, alors que nous avons tous les mêmes méthodes de travail. Il a fait des recoupements dans tous les sens, croisé les chiffres entre eux, fait des stats, étudié les courbes. Et le fruit de ses recherches est tout simplement génial. Nous tenons la solution, et chacun va pouvoir en bénéficier au quotidien. Mais, Luc, je te laisse le soin de présenter toi-même tes conclusions !

Notre chef de service, plus sérieux que jamais, resta assis pour prendre la parole de sa voix monocorde et froide.

— En fait, en épluchant toutes vos feuilles de temps, j'ai mis en évidence une corrélation inverse entre la durée relative moyenne des entretiens par consultant, observée sur douze mois glissants, et la moyenne mensuelle des résultats commerciaux du consultant considéré, corrigée des CP pris ou non par celui-ci.

La salle garda le silence quelques instants, chacun fixant Fausteri d'un regard interrogateur.

— Tu peux nous traduire ça en français ? dit Mickaël en explosant de rire.

— C'est très simple ! dit Larcher, qui reprit immédiatement la parole confiée à son adjoint quelques secondes plus tôt. Ce sont ceux qui prennent le plus de temps pour mener leurs entretiens d'embauche qui décrochent le moins de missions de recrutement auprès des entreprises. C'est d'ailleurs très logique, si l'on y réfléchit. On ne peut pas être à la foire et au moulin. Si vous passez trop de temps en entretien avec vos candidats, il vous en reste moins pour prospecter les entreprises et vendre nos services, et donc vos résultats sont moins bons. Imparable.

L'équipe resta silencieuse tandis que l'information pénétrait nos esprits.

— Un exemple, reprit Larcher. Thomas, le meilleur d'entre vous, passe en moyenne une heure douze en entretien, tandis qu'Alan, en queue de peloton – désolé, Alan –, y consacre en moyenne une heure cinquante-sept. Vous vous rendez compte ? C'est presque le double !

Je m'enfonçai dans mon fauteuil, tout en regardant d'un air que je voulais détendu la table devant moi. Mais sur cette table… il n'y avait rien d'autre que mon *Closer*. Je sentis le poids des regards.

— On peut sans doute diminuer la durée de nos entretiens, dit Alice, une jeune consultante, mais on va faire chuter le taux de réussite des recrutements. Moi, je garde toujours à l'esprit la garantie que nous offrons aux entreprises. Si la recrue ne fait pas l'affaire ou démissionne dans les six mois de son embauche, on doit fournir un candidat de remplacement. Excuse-moi, Thomas, dit-elle en se tournant vers son collègue, mais je me souviens que ce sont justement *tes* clients qui ont fait le plus appel à cette garantie. Moi, cela m'arrive très rarement.

Il la regarda sans rien dire, un petit sourire condescendant aux lèvres.

— Je ne veux pas prendre la défense de Thomas, qui n'en a pas besoin, dit Larcher, mais le coût du renouvellement de ses candidats défaillants est dérisoire comparé au gain de chiffre d'affaires qu'il apporte.

— Mais ce n'est pas l'intérêt de nos clients ! s'offusqua Alice. Et donc, à terme, ce n'est pas le nôtre non plus : ça dégrade notre image.

— Ils ne nous en veulent pas pour autant, je te rassure. Ils savent bien qu'on ne peut pas maîtriser la nature humaine. Nous sommes dans les sciences molles… Personne ne peut être certain de choisir le bon candidat.

On se garda bien de répondre, et le regard souriant de Larcher balaya la salle.

Au bout d'un moment, David, le plus ancien de l'équipe, se permit une remarque :

— Ce qui n'est pas si évident, c'est que notre trame d'entretien est longue, et on n'y peut rien si nos candidats n'ont pas toujours l'esprit de synthèse. On ne va tout de même pas leur couper la parole…

— C'est là que j'ai une bonne nouvelle, dit Larcher, triomphant. Luc, dis-nous ta deuxième conclusion.

Luc Fausteri reprit le fil de son compte rendu. Il parlait sans nous regarder, les yeux plongés dans ses papiers.

— Je vous ai dit que la durée moyenne des entretiens de Thomas était sensiblement inférieure à celle des consultants moins performants commercialement. Si l'on analyse plus précisément ces chiffres, ils nous montrent que cette moyenne cache un écart type supérieur. La durée du face-à-face est surtout très faible avec les candidats qui ne seront pas retenus au final et…

— Autrement dit, coupa Larcher, victorieux, il vous suffit de passer moins de temps avec les toquards et vous en aurez plus pour prospecter. Abrégez les entretiens dès que vous vous rendez compte que le mec ou la fille ne correspond pas au poste. Ça ne sert à rien de continuer.

Un silence gêné dans l'assistance.

— De toute façon, renchérit Larcher avec un rire forcé, vous lui donnerez pas le job, donc il n'y a pas de scrupules à avoir…

Le silence révélait le malaise que cette proposition induisait dans l'équipe. Certains regardaient autour d'eux, à l'affût des réactions. Les autres, au contraire, faisaient mine d'être absorbés par leur carnet de notes.

— Je ne suis pas tout à fait d'accord.

Tous les regards se tournèrent vers moi. Je ne prenais pas souvent la parole en réunion, et jamais pour exprimer ma désapprobation. Je décidai d'y aller mollo.

— Je crois que ce n'est pas dans l'intérêt de notre cabinet : un candidat qui ne convient pas à un poste à pourvoir aujourd'hui correspondra peut-être à celui que nous aurons demain. On a tout à gagner, dans une optique de long terme, à développer un vivier de candidats qui apprécient notre entreprise et ont confiance en nous.

— Là-dessus, pas d'inquiétude, les amis. Je vous mets tous à l'aise. Par les temps qui courent – et ce n'est pas près de changer –, les candidats sont beaucoup plus nombreux que les postes à pourvoir, et on n'a pas besoin de courir après eux. On tape dans une poubelle et y en a dix qui tombent. Il suffit de se baisser pour en ramasser.

Une onde de ricanements parcourut l'assistance. Je pris mon courage à deux mains.

— En ce qui me concerne, je suis attaché à une certaine déontologie, j'ose dire une certaine éthique. Nous ne sommes pas une entreprise qui recrute pour elle-même. On est un cabinet de recrutement. Notre mission va donc au-delà de la simple sélection d'un candidat, et je crois que c'est notre rôle de conseiller ceux qui ne correspondent pas à la mission du moment. C'est un peu notre responsabilité sociale. En tout cas, c'est ce qui fait que j'aime mon métier.

Larcher m'écouta, toujours souriant, mais, comme chaque fois que son intérêt était menacé, son expression changea imperceptiblement, son sourire devenant un peu carnassier.

— Je crois, mes amis, qu'Alan a oublié qu'il travaille pour Dunker Consulting et pas pour mère Teresa.

Il se mit à rire, bien vite rejoint par Thomas, puis Mickaël. Ses sourcils se rapprochèrent légèrement tandis que son regard se concentrait fortement sur moi.

— Si tu en doutes, reprit-il, regarde la petite case située tout en bas de ta feuille de paye, et tu réaliseras que c'est pas une association caritative qui te payerait comme ça.

Quelques gloussements dans l'assistance.

— Maintenant, Alan, il va falloir que tu te bouges les fesses pour mériter ce salaire. Et ce n'est pas en jouant aux assistantes sociales que tu vas y parvenir.

— Je fais gagner de l'argent à mon entreprise. Mon salaire est largement rentabilisé, et il est donc mérité.

Silence de mort dans la salle. Tous mes collègues regardaient leurs pieds. Je sentais une énorme pesanteur dans l'atmosphère. Larcher était manifestement très surpris par ma réaction, pas du tout habituelle. C'était d'ailleurs probablement ce qui le déroutait le plus.

— Ce n'est pas à toi d'en juger, finit-il par dire sur un ton agressif, sans doute convaincu qu'il était vital d'avoir le dernier mot pour conserver son autorité devant le reste de l'équipe. C'est à nous de fixer tes objectifs. Pas à toi. Et jusqu'à présent, tu ne les atteins pas.

La réunion se termina assez rapidement. On sentait Larcher très agacé par la tournure des évènements, qui avait amoindri la portée de son message. Pour une fois que j'avais eu le courage de faire part de mes divergences, j'aurais peut-être mieux fait de me taire. Et pourtant, j'étais heureux d'avoir exprimé mes convictions, de ne pas avoir laissé bafouer mes valeurs.

Je quittai en hâte la salle de réunion et regagnai mon bureau, préférant quand même éviter de me retrouver en face de lui. D'ailleurs, je n'avais envie de voir personne. J'attendis que tout le monde soit parti déjeuner avant de m'éclipser à mon tour. J'ouvris doucement ma porte. Le silence régnait dans l'entreprise. Je me glissai dans le couloir. Mes pas, absorbés par la moquette, n'altéraient même pas le calme presque inquiétant de l'endroit.

Alors que je parvenais à hauteur du bureau de Thomas, une sonnerie retentit, déchirant le silence, me faisant presque sursauter. Son téléphone. On avait dû composer sa ligne directe. À cette heure-ci, le standard était fermé. La sonnerie résonnait dans l'entreprise désertée comme un appel désespéré dans le néant.

Je ne sais pas ce qui me prit ; ce n'était ni dans mes habitudes, ni dans les usages du service, mais la sonnerie était tellement insistante que je décidai d'aller répondre moi-même.

J'ouvris la porte de son bureau. Tout était parfaitement rangé, ses dossiers bien empilés, et un stylo Montblanc négligemment posé, bien en vue. Un très léger parfum flottait dans l'air. Peut-être son after-shave… Je décrochai le combiné, un modèle beaucoup plus chic que celui que nous avions dans le reste du service. L'avait-il négocié auprès du boss ? Il était aussi capable de l'avoir acheté lui-même, rien que pour se distinguer et sortir du lot.

— Al…

J'allais dire mon nom pour faire savoir à mon interlocuteur que je n'étais pas Thomas, mais il ne m'en laissa pas le temps, me coupant vivement la parole et s'exprimant à toute allure d'une voix haineuse.

— C'est dégueulasse ce que vous avez fait. Je vous avais bien dit que j'avais pas encore démissionné et que je comptais sur votre discrétion totale. Je sais que vous avez appelé mon directeur pour lui dire que son responsable administratif allait libérer son poste et que vous vous proposiez de trouver le remplaçant…

— Monsieur, je ne…

— Taisez-vous ! Je sais que c'est vous car je n'ai envoyé mon CV nulle part ailleurs. Vous entendez ? Nulle part ! Ça ne peut être que vous. C'est ignoble et vous ne l'emporterez pas au paradis.

10

Je sortais de l'entreprise quand Alice me tomba dessus. Ma collègue m'avait visiblement attendu depuis la sortie de réunion.

— Tu vas déjeuner ? me dit-elle d'entrée de jeu.

Elle souriait, mais son sourire était voilé d'une ombre d'inquiétude. Craignait-elle d'être vue avec moi ?

— Oui, répondis-je.

Elle attendit une seconde, comme si elle souhaitait que l'idée vienne de moi, puis reprit :

— On déjeune ensemble ?

— D'accord.

— Je connais un tout petit restau très sympa un peu à l'écart. Comme ça, on pourra parler librement…

— Il s'appelle comment ?

— Le Repaire d'Arthus.

— Connais pas.

— C'est assez… original. Je ne t'en dis pas plus. Je te laisse découvrir par toi-même…

— Du moment qu'on n'y mange pas d'animaux bizarres, ça m'ira.

— Vous, les Américains ! Vous êtes vraiment chochottes…

Nous prîmes la rue Molière et, à son extrémité, nous nous glissâmes dans un passage voûté pour rejoindre les arcades du Palais-Royal, longeant les jardins intérieurs. Quel havre de paix au sein de ce quartier vivant en plein cœur de Paris… Les jardins, très simples, faisaient penser à une cour d'école d'avant-guerre. Des marronniers alignés, de la terre battue au sol, et le vieux bâtiment chargé d'histoire tout autour. Sous les arcades, on sentait la délicate odeur de la pierre froide, tandis que le bruit de nos talons résonnait sur les dalles usées et matifiées par les siècles écoulés. Ce lieu était habité de nostalgie. Le temps s'y était arrêté deux siècles plus tôt, et l'on n'aurait pas été surpris de voir des enfants en tenue d'autrefois s'élancer en criant de joie à la sonnerie de la récréation, faisant s'envoler les moineaux.

Nous gravîmes les quelques marches de l'escalier situé à l'extrémité nord du jardin, orné d'une jolie rampe en fer forgé au toucher grumeleux. Nous longeâmes la vitrine encadrée de boiseries sombres d'un marchand de boîtes à musique anciennes, et nous rejoignîmes la rue des Petits-Champs. Difficile de marcher de front sur l'étroit trottoir de cette jolie ruelle animée du vieux Paris. Chacune de ces innombrables petites boutiques était unique, à des années-lumière des franchises et autres magasins de chaînes vendant tous la même chose dans toutes les villes du monde. Ici, chaque vitrine surprenait par l'originalité de sa décoration et l'authenticité des produits exposés. Un marchand de parapluies côtoyait un charcutier, lui-même voisin d'un chapelier, suivi d'un comptoir de thés, puis d'un spécialiste de bijoux artisanaux. Des métiers de bouche aux cordonniers en passant par une librairie spécialisée en vieux livres, tous donnaient envie de s'arrêter, de contempler ces belles choses, de les toucher…

— Tu connais la galerie Vivienne ?

— Pas du tout.

— On va faire un petit détour.

Nous traversâmes la rue entre les voitures roulant au pas en une longue file ininterrompue, leurs conducteurs visiblement agacés de se déplacer moins vite que les piétons, et pénétrâmes entre deux boutiques sous un porche très haut. Nous nous retrouvâmes dans une sorte de ruelle couverte d'un vieux toit de verre jauni et de fer forgé. Odeur chagrine, un peu humide. La galerie hébergeait elle-même quelques boutiques et restaurants, mais dans une ambiance très différente de celle de la rue. Isolée de l'affluence des passants, de l'agitation de la ville, elle était baignée d'une lumière triste et d'un calme religieux. Le moindre bruit ou éclat de voix résonnait mollement dans la verrière. Les gens marchaient lentement. Il régnait ici une sérénité mélancolique.

— La galerie date du tout début du XIXe siècle. Elle servait de salon mondain sous la Restauration. Je viens ici quand j'ai besoin de faire une coupure pour oublier un peu le bureau.

La galerie formait une sorte de boucle en fer à cheval, et nous ressortîmes à l'autre extrémité. De nouveau dans la rue, on pouvait sentir l'odeur de pain chaud s'échappant abondamment d'une boulangerie voisine. Cela me donna d'un seul coup très faim.

— Nous y sommes ! dit Alice en désignant la devanture d'un restaurant soigneusement habillée de bois peint en gris, un beau gris profond.

Nous entrâmes dans une petite salle au décor baroque, à peine une vingtaine de couverts. Sur les murs, de nombreux tableaux constitués de citations variées, joliment encadrés de bois sculpté. Le patron, la quarantaine, blond, assez petit, un foulard en soie noué dans le col de sa chemise rose, était en pleine conversation avec deux clients. Il s'interrompit dès qu'il reconnut Alice.

— Madame le sergent recruteur ! dit-il d'une voix maniérée qui, si elle n'avait été accompagnée d'un sourire complice, aurait semblé obséquieuse.

— Je vous ai déjà dit de ne plus m'appeler ainsi, Arthus, répondit-elle en rigolant.

Il lui fit un baisemain.

— Et quel est le beau prince qui vous accompagne aujourd'hui ? dit-il en me dévorant des yeux, de la tête aux pieds. Madame a beaucoup de goût… et elle prend des risques en l'amenant chez Arthus.

— Alan est un collègue, dit-elle sur un ton qui remettait les pendules à l'heure.

— Ah ! Vous aussi, vous en êtes ! Ne cherchez pas à me débaucher, je vous préviens, je suis inintégrable en entreprise.

— Je ne recrute que des comptables, répondis-je.

— Ah ! dit-il, mimant une grande tristesse, il ne s'intéresse qu'aux hommes de chiffres…

— Vous auriez deux couverts pour nous, Arthus ? Je n'ai pas réservé…

— Mon astrologue m'a dit qu'une personne importante pour moi viendrait aujourd'hui, alors j'ai gardé cette table. Elle est pour vous…

— Monsieur est trop bon.

Il nous tendit les cartes avec beaucoup d'élégance, et Alice posa la sienne sans même la consulter.

— Tu ne regardes pas ? lui demandai-je.

— Inutile.

Je la regardai en cherchant à en savoir plus, mais elle se contenta d'un petit sourire énigmatique.

La carte était assez riche, et tout semblait appétissant. Pas facile de choisir parmi une si belle variété de plats. Je n'avais même pas fini de tout lire que notre hôte revint prendre notre commande.

— Madame Alice ?

— Je m'en remets à vous, Arthus.

— Ah ! J'aime quand les femmes s'en remettent à moi ! Désormais, vous êtes ma chôse. Mon beau prince a-t-il fait son choix ? dit-il en s'inclinant légèrement vers moi.

— Euh… Eh bien… Je vais prendre un mille-feuille de tomates au basilic d'Aix, et…

— Non, non, non… bredouilla-t-il à voix basse dans sa barbe.

— Pardon ?

— Non, non, ce n'est pas une entrée de prince, ça. Laissez-moi faire. Voyons… je vais vous préparer… des endives au roquefort.

J'étais un peu décontenancé par son attitude.

— Euh… Qu'est-ce que c'est le roquefort ?

Arthus fit mine de laisser sa mâchoire se relâcher de surprise, et garda la bouche ouverte quelques instants.

— Comment ? Mon prince plaisante, n'est-ce pas ?

— Mon collègue est américain, dit Alice. Il vit en France depuis quelques mois seulement.

— Mais il n'a pas d'accent ? dit-il, surpris. Et puis il est mignon et pas très baraqué pour un Amerloque. Vous n'avez pas été élevé aux corn flakes et aux Big Mac ?

— Sa mère était française, mais il a toujours vécu aux États-Unis.

— Bon, alors il va falloir faire son éducation. Je compte sur vous, Alice. Il y a sûrement tout à revoir. Moi, je vais m'occuper de lui sur le plan culinaire, dit-il en détachant bien chaque syllabe du dernier mot. Alors, commençons par le roquefort. Vous savez que la France compte plus de mille fromages…

— Nous en avons quand même un certain nombre aux États-Unis.

— Mais non ! dit-il d'un ton faussement exaspéré, avec emphase. On ne parle pas de la même chose, voyons ! Pas du tout ! Vous, ce n'est pas du fromage, c'est du plastique sous cellophane, c'est de la gomme gélatineuse parfumée au sel… Ah là là ! Il va falloir tout lui apprendre ! Bon alors, commençons par le roquefort… Le roquefort est le roi des fromages, et le fromage des rois…

— Très bien, alors va pour les endives au roquefort, l'interrompis-je. Adjugé ! Ensuite, j'enchaînerai sur…

— On n'enchaîne pas, ici, mon prince. Nous ne sommes pas au bagne…

— Bon… alors je poursuivrai…

— Non, on ne poursuit personne non plus. Pas même les mauvais payeurs, vous savez…

Je repris, choisissant mes mots avec précaution :

— Je mangerai ensuite un bœuf bourguignon pommes vapeur.

— Ah non ! dit-il avec une grande fermeté. Certainement pas ! Ce n'est pas vous, ça. Vous ne pouvez pas vous encanailler d'un bœuf bourguignon. Non, non… Non, je vais vous apporter… voyons… de la dinde forestière au vin jaune avec des pleurotes de Sologne.

J'étais un peu déboussolé.

— J'ai le droit de choisir mon dessert ?

— Vous avez tous les droits, mon prince…

— Alors je prendrai une tarte Tatin.

— Très bien ! Nous disons donc, dit-il en se concentrant sur ses notes et en articulant chaque syllabe, une mousse au chocolat. Merci et bon appétit ! Arthus se réjouit de vous régaler !

Il disparut en cuisine.

J'explosai de rire.

— Qu'est-ce que c'est que ce délire ?

— La carte est bidon. En fait, il n'y a qu'un seul menu, le même pour tout le monde. Mais c'est très bon, tous les produits sont frais. C'est Léon qui mijote les bons petits plats, dit-elle en me désignant le grand Noir que l'on apercevait par le hublot vitré de la cuisine.

— Je meurs de faim.

— Le service est rapide. C'est l'avantage d'un menu unique... Ils ont une clientèle d'habitués. Sauf, une fois, il y avait un touriste allemand. Il a très mal réagi au petit jeu d'Arthus. Il a tapé un scandale et est parti en gueulant...

Arthus ressortit presque aussitôt, faisant virevolter nos deux entrées.

— Et voici les endives au roquefort !

Je m'apprêtais à prendre d'assaut mon entrée quand...

— Alice, murmurai-je.

J'étais subitement profondément dégoûté par la vision du contenu de mon assiette.

— Quoi ?

— Alice, repris-je à voix basse, mon fromage est avarié. Il est... moisi. C'est immonde.

Elle me regarda trois secondes en silence, puis éclata de rire.

— Mais c'est normal !

— C'est normal que mon fromage soit pourri ?

— C'est comme ça que ça se mange, il...

— Tu veux que je mange un fromage pourri... ?

J'avais l'impression qu'il s'agissait d'une tâche de plus imposée par Dubreuil.

— Il n'est pas pourri, il est juste moisi et...

— C'est pareil, pourri, moisi...

— Non ! Ce sont des moisissures saines. Je te jure que tu peux les manger sans risque. D'ailleurs, sans elles, ce fromage serait sans intérêt.

— Tu te moques de moi.

— Non ! Je t'assure ! Regarde.

Elle embrocha plusieurs morceaux de la « chose » avec sa fourchette et… les porta à sa bouche. Elle les mâcha et… les avala en souriant.

— C'est ignoble !

— Mais goûte, au moins !

— Certainement pas !

Je me rabattis sur les feuilles d'endives, en choisissant soigneusement les rares qui n'avaient pas été en contact avec la pourriture.

Arthus prit un air éploré quand il vint débarrasser nos assiettes.

— Il va falloir que je cache ça à Léon. Il pleurerait à chaudes larmes s'il voyait que l'on n'a pas fait honneur à son entrée. Je le connais, il serait inconsolable…

Il disparut en cuisine avec nos assiettes. Alice reposa ses avant-bras sur la table et se pencha légèrement vers moi.

— Tu sais, tu m'as beaucoup surprise pendant la réunion. Je n'aurais jamais imaginé que tu tiendrais tête à Larcher. Tu as pris des risques…

— Je ne sais pas, en tout cas c'était sincère : je suis convaincu que ce n'est pas dans l'intérêt de l'entreprise de négliger les candidats qui ne répondent pas au poste à pourvoir dans l'immédiat.

Elle me regarda dans les yeux quelques instants. Je n'avais jamais remarqué auparavant à quel point elle était jolie. Ses cheveux châtain clair attachés dans la nuque dégageaient un cou très fin, très féminin. Son regard bleu était à la fois doux et affirmé, brillant d'intelligence. Il y avait en elle quelque chose de très gracieux.

— Oui, sauf que je suis de plus en plus convaincue que Larcher, Dunker et les autres membres de la direction prennent délibérément des décisions qui ne servent pas l'intérêt de l'entreprise…

— Pourquoi feraient-ils ça ?

— Les décisions sont surtout dictées par le marché financier. Par la Bourse, en somme.

— Tu veux dire par nos actionnaires.

— En quelque sorte.

— Je ne vois pas ce que ça change : c'est aussi l'intérêt de nos actionnaires que l'entreprise se porte bien.

— Non, ça dépend…

— Ça dépend de quoi ?

— De leur motivation à être actionnaire. Tu sais, il y a de tout parmi nos actionnaires : des petits porteurs, des banques, des fonds d'investissement…

— Et alors ?

— Tu crois que la majorité d'entre eux s'intéresse à un développement sain et harmonieux de notre entreprise ? Il n'y a qu'une seule chose qui compte, ou plutôt deux : que le cours de l'action continue de monter, et que l'on crache des dividendes tous les ans.

— C'est pas forcément choquant dans l'absolu… Le principe du capitalisme, c'est que ceux qui prennent un risque financier en investissant dans une entreprise sont ceux qui gagnent le plus si ça marche. C'est la rémunération de leur prise de risque, grâce à quoi l'entreprise a pu se développer. L'action, tu sais, monte si l'entreprise réussit son développement, parce que alors le risque semble plus faible, et nombreux sont ceux qui veulent rejoindre le navire. Quant aux dividendes, ce ne sont jamais que les bénéfices qui sont partagés entre les actionnaires. Pour qu'il y ait dividendes, il faut que la boîte se porte bien…

— Oui, en théorie, mais en pratique le système est complètement dévoyé. Maintenant, rares sont les actionnaires vraiment soucieux de miser sur le développement de l'entreprise à long terme. D'ailleurs, la plupart du temps, ils ne la connaissent pas vraiment… Soit ils veulent faire un coup et revendre leurs actions dès qu'elles ont suffisamment monté, soit ils en détiennent suffisamment pour influencer les décisions de l'entreprise et, crois-moi, ce n'est pas pour qu'elle se développe harmonieusement, mais juste pour qu'elle puisse distribuer de gros dividendes pendant les quelques années où ils resteront actionnaires, même si ça l'empêche de financer son développement futur et que cela la met en péril.

Et toi, tu penses que Dunker et ses sbires jouent à ça, en servant les intérêts des actionnaires au détriment de ceux de l'entreprise ?

— Oui.

— C'est quand même Dunker qui a créé cette boîte. C'est *sa* boîte. J'ai du mal à imaginer qu'il accepte de la détruire à petit feu.

— Ce n'est plus vraiment sa boîte. Il l'a introduite en Bourse et, depuis, il ne détient plus que 8 % du capital. C'est comme s'il l'avait vendue.

— Oui, mais il est resté à sa tête. C'est donc qu'il l'aime quand même…

Alice fit la grimace.

— C'est pas quelqu'un de sentimental, tu sais. Non, je pense que son maintien à la direction fait partie d'un accord entre lui et les deux gros actionnaires qui sont entrés au capital au moment de l'introduction.

Arthus déposa nos dindes fumantes délicieusement parfumées et nous abandonna pour accueillir une autre habituée des lieux.

— Madame la comtesse, je suis à vous !

— Mon pauvre Arthus, dit la dame, aussi loin que remonte mon arbre généalogique, il n'y a que des paysans, des manants, des valets... Et puis, vous savez que la noblesse a été abolie en 1790...

— Oui, mais Arthus l'a rétablie en 2003 !

La dinde au vin jaune avait un goût exquis. Ce genre de plat était capable de garder sur le sol français n'importe quel Américain. *Exit* le mal du pays. Même un conservateur ultra-nationaliste aurait renié sa patrie après une seule bouchée d'un tel mets.

— Tu as connu Tonero ? demanda Alice entre deux bouchées.

— Le gars qui a démissionné peu de temps après mon arrivée ?

— Oui. C'était le meilleur des consultants. Un type très fort. Et un commercial hors pair. Il était conscient de sa valeur et a essayé de négocier une augmentation.

— Ils ont refusé, si ma mémoire est bonne.

— Oui. Mais il ne s'est pas démonté. Il a préparé un dossier pour leur prouver qu'en cas de refus, sa démission leur coûterait plus cher que son augmentation. Il a calculé le coût du recrutement de son remplaçant, de sa formation, du temps où il serait payé sans être vraiment opérationnel, etc. En fait, il n'y avait pas photo : ça leur coûtait beaucoup moins cher d'augmenter Tonero que de le laisser partir. Et pourtant, c'est ce qu'ils ont fait. Tu sais pourquoi ?

— Une question d'amour-propre ? Pour ne pas revenir sur leur décision ?

— Même pas. Ils lui ont expliqué froidement que, s'ils commençaient à laisser filer les salaires, ça se verrait tout de suite dans les comptes prévisionnels et que le cours de l'action allait en prendre un coup. Tandis que l'essentiel du coût du recrutement de son successeur passerait dans les comptes « Honoraires » et « Formation », et que la Bourse était beaucoup moins sensible à ces comptes-là.

— C'est n'importe quoi.

— Dans la branche Formation, c'est pas mieux. Avant, les stages se terminaient à 18 heures. Maintenant, à 17 heures, il n'y a plus personne.

— Pourquoi ?

— Tu veux la raison annoncée au client ou celle dictée par le business ?

— Vas-y…

— C'est fondamental sur le plan pédagogique, monsieur le client. Nos recherches ont montré qu'une légère diminution des horaires accroît l'apprentissage en optimisant son intégration par le stagiaire…

— Et la réalité ?

— Le formateur a pour mission d'être à 17 h 05 au téléphone à prospecter de nouveaux clients. Tu comprends, à 18 heures on ne peut plus joindre personne…

Je pris une gorgée de vin.

— Tiens, à propos de pratiques déloyales, j'ai découvert complètement par hasard qu'un de nos collègues a dénoncé un candidat auprès de son entreprise en lui annonçant son départ avant qu'il démissionne…

— Ah… tu n'es pas au courant ?

— Comment ça ?

— C'était le jour où tu étais absent. Dunker s'était invité à la réunion commerciale hebdomadaire. Il a sous-entendu qu'il y avait de belles affaires à décrocher comme ça.

— Tu plaisantes ?

— Du tout.

— Marc Dunker, notre président, qui invite ses consultants à… ce genre de pratiques ? Mais c'est ignoble !

— Il ne nous a pas demandé explicitement de le faire, mais il nous l'a fait comprendre.

Je regardai par la vitre le ciel gris. La pluie commençait à tomber.

— Mais tu sais, même si ça fait du bien de vider notre sac entre nous, je trouve ça quand même déprimant. Moi, j'ai besoin de croire en ce que je fais. Pour que je me lève le matin, il faut que j'aie le sentiment que mon travail sert à quelque chose, même s'il ne se rattache pas directement à une noble cause. Au minimum, je veux pouvoir ressentir la satisfaction du travail bien fait. Mais s'il faut faire n'importe quoi, à toute allure, dans le seul but d'enrichir des actionnaires qui ne s'intéressent même pas à l'entreprise, alors ça ne rime plus à rien. Moi, j'ai besoin que mon travail ait un sens.

— Tu es un idéaliste, Alan.

— Sans doute, oui.

— C'est beau, mais tu te trompes d'époque. Nous vivons au milieu des cyniques, et il faut être cynique soi-même pour espérer s'en sortir.

— Je... je ne suis pas d'accord. Ou plutôt, je refuse de me soumettre à cette vision. Sinon, plus rien ne vaut la peine. Je ne peux pas accepter l'idée que ma vie se résume à travailler dans le seul but de me payer de quoi manger, me loger et avoir quelques loisirs. Ce serait absolument vide de sens.

— Ça va, mes petites dindes ? demanda Arthus en regardant nos assiettes, confiant dans le succès de son plat.

— Je ne vous permets pas une telle familiarité, répondit Alice en prenant un air faussement offusqué.

Il s'éloigna en riant.

— Moi, repris-je, j'ai besoin d'avoir un travail qui apporte quelque chose aux autres, même s'il ne change pas la face de l'univers. Je veux me coucher le soir en me disant que ma journée a été utile, que j'ai apporté ma pierre à l'édifice.

— Il faudra bien te rendre à l'évidence, tu sais. Tu ne peux pas changer le monde.

Je reposai ma fourchette. Même ma dinde au vin jaune ne me faisait plus envie.

Je vis Arthus en train de faire un baisemain. Lui vivait dans l'univers qu'il avait lui-même créé.

— Si, je suis convaincu que chacun d'entre nous peut changer le monde. À condition de ne pas baisser les bras, ni renoncer à ce qu'il croit juste, ni laisser bafouer ses valeurs. Sinon, on est complice de ce qui arrive.

— Oui, d'accord, mais ce sont des belles paroles. Concrètement, ça ne sert pas à grand-chose. Ce n'est pas parce que toi, tu prendras le risque de rester intègre dans ton entreprise que tu empêcheras les autres de mal se comporter.

Je regardai Alice. C'est drôle, j'avais le sentiment que même si elle tentait de me prouver que mes efforts étaient vains, au fond d'elle, elle avait envie que j'aie raison. Elle n'avait peut-être plus d'espoir, mais ne demandait qu'à espérer de nouveau.

Je partis en rêverie, laissant mon regard se promener sur les jolis murs du restaurant. Il finit par se poser sur l'une des maximes qu'Arthus avait affichées. C'était une citation de Gandhi :

« Nous devons être le changement que nous voulons voir dans le monde. »

11

— Ce qui est certain, c'est que le changement ne viendra pas des autres !

Yves Dubreuil se rejeta en arrière dans son profond fauteuil et mit les pieds sur son bureau. J'aimais les odeurs de cuir et de vieux livres mêlées, senteurs que j'avais associées à ce lieu où je m'étais confié à lui une journée durant, le lendemain de notre rencontre. La douce lumière du soir filtrée par les grands arbres de son parc accentuait l'atmosphère anglaise de la pièce. Dubreuil faisait tournoyer les glaçons dans son bourbon, fidèle à son habitude.

— Ma conviction, reprit-il, est que tout changement doit venir de l'intérieur de soi, pas de l'extérieur. Ce n'est ni une organisation, ni un gouvernement, ni un nouveau patron, ni un syndicat, ni un nouveau conjoint qui changeront ta vie. D'ailleurs, regarde en politique : chaque fois que les gens ont misé sur quelqu'un pour que leur vie change, est-ce que ça a marché ? Pense à Mitterrand en 1981, à Chirac en 1995, à Obama en 2008… Chaque fois ils ont été déçus. Après coup, ils ont cru qu'ils s'étaient trompés d'homme, qu'ils avaient fait le mauvais choix. En fait, le problème n'est pas là. La réalité, c'est que personne ne changera ta vie, si ce n'est toi. C'est pour ça qu'il faut se prendre en main.

« Note bien, je crois que la pensée de Gandhi dépassait les considérations individuelles, les attentes personnelles de changement. Je pense qu'il désignait surtout les évolutions que chacun aimerait voir dans la société d'une manière générale, et il voulait sans doute dire qu'il est beaucoup plus fort d'incarner soi-même la voie à suivre, et finalement d'être un modèle pour les autres, que de simplement dénoncer et critiquer.

— Oui, je comprends, l'idée est intéressante, mais ce n'est pas parce que je deviendrai un modèle d'équilibre que ça changera quoi que ce soit à ce que mon entreprise exige de moi, ni que mon patron se mettra à me respecter…

— Si, d'une certaine manière. Si tu souffres du fait que ton patron ne te respecte pas, alors n'attends pas qu'il change de lui-même : c'est à toi d'apprendre à te faire respecter. Vois ce que tu peux changer en toi pour te rendre plus respectable : peut-être ton positionnement relationnel, ta façon de parler, de communiquer sur tes résultats… Peut-être en ne laissant pas passer des remarques déplacées… D'ailleurs, les managers pervers qui font du harcèlement moral ne s'attaquent pas à tous leurs collaborateurs, et ils ne choisissent pas leur victime au hasard.

— On ne va quand même pas dire que c'est la faute de la victime si elle est harcelée !

— Non, je ne dis pas ça. Ce n'est bien sûr pas sa faute, et on ne peut même pas dire qu'elle l'induirait sans s'en rendre compte. Non. Je dis juste qu'elle a une façon de se comporter, une façon d'être qui rend *possible* ce harcèlement. Son bourreau sent que, s'il s'attaque à cette personne, il va réussir à avoir vraiment un impact négatif sur elle, alors que cela ne marcherait pas forcément sur d'autres.

— C'est horrible.

— Oui.

— Et… qu'est-ce qui fait qu'une personne se retrouve dans cette catégorie ?

— C'est compliqué, il peut y avoir plusieurs éléments, mais le plus déterminant est sans doute qu'elle a un déficit d'estime de soi. Si elle n'est pas suffisamment convaincue de sa valeur, au plus profond d'elle-même, elle présente une faille que certains pervers repèrent immédiatement. Il leur suffit d'appuyer là où ça fait mal.

J'avais subitement besoin d'air.

— On pourrait aérer un peu ?

Il se leva et ouvrit la fenêtre en grand. L'air doux et tiède, chargé de l'humidité des grands arbres, emplit la pièce, nous apportant les senteurs apaisantes des soirs d'été. On percevait le doux piaillement de quelques oiseaux cachés dans les feuillages des hauts platanes, tandis que les branches majestueuses d'un cèdre centenaire ondulaient tranquillement.

— Je me demande si… je crois que… je manque peut-être un peu d'estime de soi… En fait, ce n'est pas que je ne m'aime pas, c'est pas ça, et d'ailleurs je me sens… normal, mais c'est vrai que je suis facilement déstabilisé quand on me fait des reproches, qu'on me critique…

— Je le crois aussi. La prochaine fois, je te donnerai une tâche à accomplir pour développer ton estime, ta confiance en toi, pour être plus fort au fond de toi.

Je me demandai si je n'aurais pas mieux fait de me taire…

— Pour revenir à nos moutons, je veux bien croire qu'on puisse obtenir un changement dans le regard et l'attitude de son manager en évoluant soi-même, mais ça ne va pas changer par ailleurs le cours des évènements dans l'entreprise…

— Disons que ça demande de savoir bien communiquer, mais je suis persuadé que tu pourrais convaincre tes managers, dont tu te plains tout le temps, de changer d'avis sur certains points. Tu devrais pouvoir les influencer pour obtenir un certain nombre d'avancées.

— C'est pas gagné d'avance…

— Tu dis ça parce que tu ne sais pas encore comment t'y prendre, mais ce n'est pas une fatalité. Et puis, tu sais, quand une situation ne nous convient vraiment pas, on peut aussi tout simplement changer de boîte… Si tu savais le nombre de gens insatisfaits de leur situation professionnelle, qui s'en plaignent et restent en poste. L'être humain a peur du changement, de la nouveauté, et il préfère très souvent demeurer dans son contexte habituel, même s'il est très pénible, plutôt que de le quitter pour une situation nouvelle qu'il connaît mal.

« C'est la caverne de Platon ! Platon décrivait des gens nés dans une sorte de grotte très sombre dont ils n'étaient jamais sortis. Cette caverne était leur univers et, bien que glauque, elle leur était familière et donc rassurante. Ils refusaient obstinément de mettre le pied dehors car, ne connaissant pas l'extérieur, ils se l'imaginaient hostile, dangereux. Il leur était dès lors impossible de découvrir que cet espace inconnu était en fait empli de soleil, de beauté, de liberté…

« Beaucoup de gens vivent aujourd'hui dans la caverne de Platon sans s'en rendre compte. Ils ont une peur bleue de l'inconnu et refusent tout changement qui les touche personnellement. Ils ont des idées, des projets, des rêves, mais ne les accomplissent jamais, paralysés par mille peurs injustifiées, les pieds et les poings liés par des menottes dont ils sont pourtant les seuls à avoir la clé. Elle pend autour de leur cou, mais ils ne la saisiront jamais.

« Moi, je crois que la vie elle-même est faite de changement permanent, de mouvement. Cela n'aurait aucun sens de s'accrocher au *statu quo*. Seuls les morts sont immobiles… On a tout intérêt à non seulement accepter, mais initier le changement afin de pouvoir évoluer dans un sens qui nous convienne.

Dubreuil se versa une larme de bourbon et ajouta quelques glaçons qui tintèrent joyeusement dans son verre. Je pris une inspiration. L'air venant du dehors était délicatement parfumé.

— À propos de changement, il y en a un que je souhaite vraiment, et je n'y arrive pas, bien que ça ne concerne pourtant que moi : arrêter de fumer. Vous pourriez faire quelque chose ?

— Ça dépend. Dis-m'en un peu plus… Pourquoi veux-tu arrêter ?

— Pour les mêmes raisons que tout le monde : c'est une cochonnerie qui tue à petit feu…

— Bon, alors qu'est-ce qui t'empêche de cesser ?

— D'abord, j'aime ça, pour être honnête avec moi-même. C'est difficile de se passer de quelque chose qu'on apprécie. Cela me manquerait, surtout dans les moments de stress où ça m'aide à décompresser.

— Ok, alors imagine qu'il existe un autre produit très bon, très agréable à consommer, et qui en plus déstresse. Tu peux en prendre quand tu veux. Imagine.

— D'accord.

— Dans ces conditions, tu arrêtes de fumer facilement ?

— Euh… mouais…

— Pas très convaincant, comme réponse !

— Je sais pas…

— Imagine : tu as un produit magique, qui t'apporte du plaisir et te fait décompresser dès que tu en as besoin. La cigarette t'apporte-t-elle quelque chose de plus ?

— Euh… non.

— Alors, qu'est-ce qui t'empêcherait de l'abandonner, dans ces conditions ?

J'avais beau imaginer qu'un produit miracle me fournisse plaisir et détente à volonté, quelque chose me chagrinait dans l'abandon de la cigarette. Mais quoi ? Qu'est-ce que cela pouvait être ? C'était comme si je ressentais confusément la réponse sans être capable de la formuler. Il me fallut un long moment avant qu'elle n'émerge, pour ensuite m'apparaître comme une évidence.

— La liberté.

— La liberté ?

— Oui, la liberté. Même si j'ai envie d'en finir avec le tabac, il y a une telle pression sociale en ce sens que j'ai l'impression que ce n'est plus vraiment mon choix et que je perdrais ma liberté si je m'abstenais de fumer.

— Tu perdrais ta liberté ?

— Tout le monde me bassine avec la cigarette. Tout le monde me dit : « Tu devrais arrêter », si bien qu'en le faisant, j'aurais le sentiment de céder à la pression, de me soumettre à la volonté des autres.

Un sourire passa rapidement sur son visage.

— Ok. Je t'enverrai mes instructions. Tu devras les suivre à la lettre. Comme d'habitude.

Je sentis un courant d'air dans mon dos et me retournai. Catherine avait entrouvert la porte pour se glisser dans la pièce. Elle s'assit dans un coin, silencieusement, en m'adressant un bref sourire.

C'est alors que mon regard tomba dessus. C'était un carnet gris, assez grand, posé sur le bureau. Sur sa couverture, je pouvais lire à l'envers mon prénom, écrit à la main en lettres détachées, à l'encre noire, et souligné d'un trait dont on sentait qu'il avait été rapide mais appuyé. Dubreuil avait tout un carnet qui m'était consacré ? Je brûlais d'envie de le lire. Que contenait-il ? La liste des épreuves qu'il allait m'infliger ? Des notes sur moi, sur nos rencontres ?

— Bon, reprit Dubreuil, faisons un peu le point, pour savoir où tu en es, globalement. Tu as appris à manifester tes désaccords, à exprimer tes souhaits, tes désirs, et à t'affirmer dans ta relation aux autres.

— En résumé, oui.

— Maintenant, et cela rejoint ce que l'on se disait tout à l'heure, tu dois apprendre à mieux communiquer avec les autres. C'est fondamental. On ne vit pas seul sur terre. On est forcément en relation et même en interaction avec les autres, et on ne s'y prend pas toujours bien. Il y a des choses utiles à savoir pour être apprécié des autres, respecté, et avoir de bonnes relations.

Quelque chose me déplaisait dans sa formulation.

— Je n'ai pas envie d'appliquer des techniques pour mieux communiquer. Je veux rester moi-même, et non devoir dire ou faire des choses particulières pour avoir de bonnes relations.

Il me regarda, interloqué.

— Dans ce cas, pourquoi as-tu accepté d'apprendre le langage ?

— Pardon ?

— Oui, tu parles français, et même anglais, n'est-ce pas ? Pourquoi as-tu accepté d'apprendre ces langues ?

— C'est différent…

— En quoi ? Tu n'es pas né en les parlant… Tu les as apprises, tu en as acquis les règles, et maintenant tu les appliques pour t'exprimer. Est-ce que tu as le sentiment de ne pas être toi-même quand tu parles ?

— Non, bien sûr.

— Tu en es certain ? Pour rester vraiment naturel, tu préfères peut-être t'exprimer par onomatopées, ou pousser des mugissements pour te faire comprendre…

— Mais j'ai appris le langage quand j'étais enfant. Ça fait une grande différence.

— Alors, est-ce que cela signifie que ce qu'on apprend avant un certain âge fait partie de « nous », et que ce qui est appris après cet âge est artificiel et qu'on n'est plus soi-même en l'utilisant ?

— Je ne sais pas, mais je ne me sens pas naturel quand je ne fais pas les choses telles qu'elles me viennent spontanément.

— Tu veux que je te dise ?

— Quoi ?

— C'est encore de la résistance au changement ! C'est la principale différence entre l'enfant et l'adulte : l'enfant a envie d'évoluer. L'adulte fait tout pour ne pas changer.

— Peut-être.

— Je vais te donner mon sentiment...

Il se pencha légèrement vers moi et prit le ton de la confidence.

— Quand on n'a plus envie d'évoluer, c'est que l'on commence tout doucement à mourir...

J'avalai ma salive. Catherine se mit à tousser. Dehors, un oiseau lâcha un cri qui ressemblait à un long ricanement.

— Je me suis rendu compte d'une chose troublante, reprit-il. Chez la plupart des gens, cette volonté de ne plus faire évoluer son comportement apparaît aux alentours de vingt ou vingt-cinq ans. Tu sais à quoi correspond cet âge, biologiquement ?

— Non.

— C'est l'âge auquel le processus de développement du cerveau se termine.

— Alors, ce n'est peut-être pas un hasard si c'est l'âge auquel on n'a plus envie d'évoluer. C'est donc peut-être naturel...

— Oui, mais l'histoire ne s'arrête pas là. On a longtemps cru que le nombre de nos neurones diminuait alors de façon irréversible jusqu'à la fin de notre vie. Mais on a très récemment prouvé que l'on pouvait continuer d'en créer, étant adulte.

— Vous me remontez le moral ; je commençais à me sentir vieux…

— Plus précisément, ce processus de régénération peut survenir sous l'effet de différents facteurs, parmi lesquels… l'apprentissage. Bref, si l'on décide de continuer à apprendre et à évoluer, on reste jeune. Le corps et l'esprit sont intimement liés. Tu en veux une preuve ?

— Oui.

— Statistiques officielles du ministère de la Santé : au moment où la plupart des gens prennent leur retraite, leur santé décline brutalement. Pourquoi, d'après toi ? Tant qu'ils sont en activité, ils sont plus ou moins tenus de s'adapter, d'évoluer au moins un peu pour ne pas être considérés comme de vieux ringards. Dès qu'ils prennent leur retraite, ils ne font plus d'efforts sur ce point. Ils se figent dans leurs habitudes, et c'est le déclin qui commence…

— C'est gai…

— Pour rester en vie, il suffit de rester *dans la vie*, c'est-à-dire d'être dans le mouvement, d'évoluer. Je connais une femme qui s'est mise au piano à quatre-vingt-un ans. C'est fabuleux ! Tout le monde sait qu'il faut des années d'apprentissage avant de savoir vraiment en jouer. Ça veut dire qu'à quatre-vingt-un ans, elle considère que ça vaut quand même le coup d'investir quelques années à apprendre un instrument de musique pour ensuite savoir en jouer ! Je parierais gros sur ses capacités de vivre encore longtemps.

« Si tu veux rester jeune toute ta vie, continue d'évoluer, d'apprendre, de découvrir, et ne t'enferme pas dans des habitudes qui sclérosent l'esprit, ni dans le confort engourdissant de ce que tu sais déjà faire.

— Bon, alors qu'est-ce que vous vouliez me transmettre sur le plan relationnel ?

Il me regarda, un léger sourire de satisfaction sur les lèvres.

— Eh bien, je vais te confier un secret. Un secret pour te permettre d'entrer en relation avec n'importe qui, même d'une culture différente de la tienne. Entrer en relation et donner tout de suite à cette personne l'envie d'échanger avec toi, d'écouter ta parole, de respecter ton point de vue, même s'il est différent du sien, et de te parler avec sincérité.

Une telle perspective était bien sûr désirable…

Il prit un papier ivoire sur le bureau, s'empara d'un stylo dont la laque noire reflétait la lumière environnante et se mit à écrire d'un mouvement ample et fluide, l'or de sa plume griffant bruyamment le papier. Il me le tendit. L'encre humide brillait en relief, comme si le papier refusait de s'imprégner d'un secret qui ne lui était pas destiné.

Embrasse l'univers de ton prochain, et il s'ouvrira à toi.

Je le lus, le relus, et restai songeur. Certes, la formulation me plaisait, m'évoquant un libellé magique dont le sens m'échappait encore un peu.

— Vous avez le mode d'emploi qui va avec ?

Il sourit.

— Si l'on restait à un niveau purement mental, je formulerais ce secret différemment. Je te dirais quelque chose du genre : « Cherche à comprendre l'autre avant de chercher à être compris. » Mais ça va bien au-delà. On ne peut résumer la communication entre deux êtres à un simple échange intellectuel. Elle se passe aussi à d'autres niveaux, simultanément…

— D'autres niveaux ?

— Oui, notamment sur le plan émotionnel : les émotions que tu ressens en présence de l'autre sont perçues, souvent inconsciemment, par ton interlocuteur. Si tu ne l'aimes pas, par exemple, même si tu parviens à le cacher parfaitement, il le ressentira d'une manière ou d'une autre.

— C'est probable…

— *L'intention* que l'on a est aussi quelque chose que l'autre ressent.

— Vous voulez dire ce que l'on a en tête pendant la conversation ?

— Oui, et pas forcément consciemment, d'ailleurs… Un exemple : les réunions de bureau. La plupart du temps, dans ces réunions, quand un individu pose une question, il n'a pas véritablement *l'intention* d'obtenir une réponse.

— Comment ça ?

— Son intention peut être juste de montrer qu'il pose des questions intelligentes… Ou encore de mettre mal à l'aise son interlocuteur devant le reste de l'assistance, ou de prouver qu'il s'intéresse au sujet, ou encore de prendre un leadership sur le groupe…

— Oui, ça me rappelle quelques souvenirs, en effet !

— Et assez souvent, c'est bien *l'intention* qui est perçue par l'interlocuteur, plus que la question elle-même. Quand quelqu'un cherche à nous coincer, on le sent bien, n'est-ce pas, même s'il n'y a rien dans ses paroles qu'on puisse objectivement lui reprocher.

— C'est clair…

— Je pense qu'il se passe aussi des choses à un niveau… spirituel, même s'il est plus difficile de démontrer quoi que ce soit dans ce domaine.

— Bon, alors concrètement, qu'est-ce que je fais de votre belle formule magique ?

— Embrasser l'univers de l'autre, c'est d'abord faire mûrir en toi l'envie d'entrer dans son monde. C'est t'intéresser à lui au point de vouloir expérimenter ce que c'est que d'être dans sa peau : prendre plaisir à essayer de penser comme lui, de croire ce qu'il croit, et même de parler comme lui, de se mouvoir comme lui… Quand tu parviendras à ça, tu seras en mesure de ressentir assez justement ce que l'autre ressent et de vraiment comprendre cette personne. Chacun de vous se sentira en phase avec l'autre, sur la même longueur d'onde. Tu peux, bien sûr, regagner ensuite ta position. Vous conserverez une qualité de communication profitable à tous les deux. Et tu verras que l'autre cherchera alors aussi à *te* comprendre. Il se mettra à s'intéresser à *ton* univers, mû notamment par le désir de faire perdurer une telle qualité de relation.

— C'est un peu bizarre, tout ça. N'oubliez pas que j'ai une formation comptable, à l'origine. Ce n'est pas un hasard, vous savez : je suis quelqu'un d'assez rationnel…

— Bon, je vais essayer de te faire ressentir ça toi-même. On va faire une expérience, qui porte seulement sur l'un des aspects que je viens de citer. Il me faut un peu de préparation, dit-il en se levant. En fait, il faut que j'aille chercher deux chaises. On ne peut rien faire dans ces fauteuils, on est trop engoncés.

Il sortit du bureau, suivi par Catherine. J'entendis leurs pas s'éloigner dans le couloir. J'étais partagé : une partie de moi, attirée par ces choses un peu mystérieuses sur les rapports entre les êtres humains, était dans l'expectative. Une autre, plus terre à terre, était plutôt dubitative.

Mon regard se posa soudain sur le carnet. Le carnet… C'était tellement tentant de le saisir… de jeter un coup d'œil… Le bruit de leurs pas cessa. Ils avaient dû entrer dans une autre pièce… C'était maintenant ou jamais. Vite ! Je me levai d'un bond. Le parquet craqua sous mes pieds. Je m'immobilisai… Silence… Je fis le tour du bureau et tendis la main… Des éclats de voix, des pas… Ils revenaient ! Mince ! Je regagnai prestement mon fauteuil, mais le parquet craqua tellement fort qu'ils l'avaient forcément entendu… Ne pas me rasseoir. Vite, faire semblant de regarder… la bibliothèque. Les livres.

Ils entrèrent. Je restai focalisé sur le rayonnage.

— On va les mettre là !

Je me retournai. Ils disposaient deux chaises face à face, à moins d'un mètre l'une de l'autre.

— Tiens, assieds-toi là, me dit-il, désignant l'une d'elles.

Je m'assis. Il attendit une seconde, puis s'assit à son tour.

— Je voudrais, reprit-il, que tu me dises comment tu te sens, quand je suis comme ça en face de toi.

— Comment je me sens ? Eh bien, rien de particulier… Je me sens bien.

— Alors maintenant, ferme les yeux.

J'obtempérai, me demandant ce qu'il allait me faire.

— Quand tu les rouvriras, dans quelques secondes, je veux que tu sois à l'écoute de ton ressenti et que tu me dises comment il évolue. Vas-y, ouvre les yeux.

Il était toujours assis sur la chaise, mais avait changé de posture. Ses deux mains étaient posées sur ses genoux, ce qui n'était pas le cas avant. Cela me sauta aux yeux. Mon ressenti ?… Un peu étrange, mais difficile de préciser…

— Je dirais que ça fait bizarre.

— Tu te sens mieux ou moins bien qu'avant ?

— Mais qu'est-ce que vous entendez exactement par là ?

— Bon, quand tu prends l'ascenseur avec quelqu'un que tu connais peu, tu te sens en général moins à l'aise pour communiquer avec lui que si vous vous parliez dans la rue, pas vrai ?

— Certes…

— C'est de ça que je parle. Je voudrais que tu évalues ton confort de communication en fonction de ma posture.

— D'accord, c'est plus clair.

— Donc, je te repose la question : si tu devais entretenir une conversation avec moi, est-ce que tu te sentirais plutôt mieux ou plutôt moins à l'aise depuis que j'ai changé de posture ?

— Plutôt moins.

— Ok. Referme les yeux… Voilà… Maintenant, rouvre-les.

Il avait encore changé de position. Son menton reposait sur la paume de sa main, son coude étant en appui sur sa cuisse.

— Je me sens, comment dire… observé. Pas très agréable.

— D'accord. Ferme encore les yeux et… tu peux regarder.

— Beaucoup mieux !

Il avait les deux avant-bras posés sur ses cuisses et était un peu avachi sur sa chaise.

— On recommence.

Il adopta successivement une douzaine de postures. À deux ou trois reprises, je me sentis clairement mieux que les autres fois.

— Catherine ? dit-il, se tournant vers elle.

— C'est très net, me dit-elle. Vous dites vous sentir bien chaque fois qu'Yves adopte la même posture que vous. Dès que son corps a une position différente du vôtre, vous êtes moins à l'aise.

— Vous voulez dire que chaque fois que je me suis senti bien, c'était parce qu'il se tenait comme moi ?

Du coup, je pris conscience de la position de mon corps sur la chaise.

— Oui.

— C'est dingue, ce truc !

— N'est-ce pas ?

— C'est comme ça pour tout le monde ?

— Oui.

— Pour être précise, ajouta Catherine, c'est le cas pour la très grande majorité des gens, mais pas pour tous. Il y a quelques exceptions.

— Arrête de toujours chicaner, Catherine ! Ça change rien…

— Mais comment explique-t-on ça ? demandai-je.

— C'est un phénomène naturel qui a été mis en évidence par des chercheurs américains. En fait, je crois qu'à l'origine ils ont commencé par montrer que lorsque deux personnes communiquent bien, que le courant passe, elles se synchronisent l'une sur l'autre inconsciemment et, au bout du compte, elles se retrouvent à adopter des postures similaires. D'ailleurs, tout le monde peut l'observer. Par exemple… quand on voit un couple d'amoureux au restaurant, il n'est pas rare qu'ils se tiennent exactement de la même façon, que ce soit les coudes sur la table, la tête posée sur la paume de la main, le buste en avant ou en arrière, les mains sur les genoux ou en train de tripoter les porte-couteaux…

— C'est très étonnant…

— Et ces chercheurs ont ensuite montré qu'on pouvait recréer le phénomène en l'inversant : si l'on se synchronise volontairement sur l'attitude d'une personne, cela va contribuer à ce que chacun se sente bien avec l'autre, rapidement. Donc cela facilite grandement la qualité de la communication. Mais pour que ça marche, il ne suffit pas de le mettre en œuvre comme une technique qu'on applique : il est nécessaire d'avoir sincèrement envie d'épouser le monde de l'autre.

— C'est évidemment troublant, mais – et vous allez encore trouver que je fais de la résistance – s'il faut étudier la gestuelle de son interlocuteur et s'adapter en conséquence, on perd complètement son naturel !

Il eut un petit sourire amusé.

— Tu veux que je te dise ?

— Quoi ?

— Tu le fais déjà naturellement…

— Pas du tout !

— Si, je t'assure.

— Enfin, voyons ! Je ne connaissais rien de tout ça il y a encore cinq minutes !

Son sourire s'accentua.

— Comment t'y prends-tu quand tu veux entrer en relation avec un petit enfant de deux ou trois ans ?

— Ça ne m'arrive pas tous les jours…

— Souviens-toi de la dernière fois.

— Eh bien… j'ai parlé au fils de ma concierge, il y a peut-être quinze jours. Je lui ai demandé de me raconter ce qu'il avait fait dans la journée, à la crèche…

Au fur et à mesure que je répondais à Dubreuil, je prenais conscience de cette vérité d'autant plus étonnante qu'elle était fraîche dans ma mémoire : pour parler au petit Marco, je m'étais accroupi, me mettant à sa hauteur, j'avais naturellement pris une petite voix et choisi des mots les plus simples possibles, les plus proches de son vocabulaire. *Naturellement*. Je n'avais fait aucun effort pour cela. J'avais juste eu l'envie sincère de l'amener à me raconter à quoi ressemblait une crèche française.

— Et tu sais le plus incroyable ?

— Allez-y.

— Quand on réussit à créer et à maintenir un certain laps de temps cette qualité de communication, c'est un moment tellement précieux que chacun fait inconsciemment tout pour la conserver. Par exemple, pour s'en tenir à l'aspect gestuel, si l'un change légèrement de posture, l'autre suit, sans s'en rendre compte.

— Vous voulez dire que si j'adopte la posture d'une personne pendant assez longtemps et que je change ensuite la façon dont je me tiens, elle va suivre mon mouvement et changer comme moi ?

— Oui.

— C'est complètement dingue !

— Mais garde à l'esprit que l'essentiel est d'être sincère dans son intention d'entrer en relation avec l'autre.

— C'est quand même hallucinant, votre truc !

J'étais enthousiaste, excité par ce que je venais de découvrir. J'avais l'impression d'avoir été jusqu'à présent aveugle et sourd à des aspects pourtant bien présents de mes échanges avec les gens. Il était étonnant de découvrir qu'au-delà de nos mots, il se passait des tas de choses dont nous n'avions même pas conscience, des messages échangés par nos corps. Et Dubreuil avait évoqué encore d'autres niveaux de communication…

J'essayai d'en savoir plus, mais il me répondit que j'en avais assez vu pour aujourd'hui, et ils me raccompagnèrent à la porte. La nuit était tombée.

Je saluai Catherine, dont j'avais toujours du mal à cerner la personnalité et le rôle qu'elle jouait auprès de lui. Elle était de ces personnes qui parlent peu, se drapant dans un voile de mystère qui les rend énigmatiques.

J'avais déjà franchi le seuil du château et fait quelques pas dans le jardin en direction de la grande grille, surveillant Staline du coin de l'œil, quand Dubreuil me rappela.

— Alan !

Je me retournai.

— Reviens ! J'ai failli oublier de te confier une mission.

Je me figeai. Non, je ne passerais pas au travers…

Je le rejoignis à l'intérieur, puis le suivis à travers le hall, nos pas résonnant sur le marbre froid. Nous entrâmes dans une pièce que je ne connaissais pas. Atmosphère de vieux club anglais. Des bibliothèques anciennes en couvraient les murs de toutes parts, jusqu'au plafond orné de moulures. Deux lustres comportant chacun une douzaine de lampes cachées sous des abat-jour cognac diffusaient une lumière chaude et intime, mettant en valeur des milliers de vieux livres. Quelques échelles en acajou étaient adossées aux bibliothèques. Au sol, plusieurs tapis iraniens recouvraient en grande partie le parquet Versailles. De profondes bergères recouvertes de cuir sombre étaient disposées çà et là, ainsi qu'une paire de fauteuils bridge capitonnés. Un immense canapé Chesterfield trônait au fond de la pièce.

Dubreuil s'empara d'un gros livre. Catherine resta dans l'embrasure de la porte, nous observant attentivement.

— Donne-moi un nombre, compris entre 0 et 1 000.

— Un nombre ? Pourquoi ça ?

— Un nombre, je te dis !

— 328.

— 328... voyons, voyons...

Il avait ouvert le livre et en tournait les pages, manifestement à la recherche de celle portant le numéro que j'avais donné.

— Nous y voilà. Très bien. Alors, maintenant, donne-m'en un autre, disons... entre 0 et 20.

— Mais qu'est-ce que vous faites ?

— Donne !

— Bon, 12.

Je regardai de plus près. C'était un dictionnaire, et il promenait son doigt sur la liste des mots de la page.

— 10, 11, 12, « Marionnette ». C'est pas mal. Tu aurais pu avoir moins de chance, tomber sur un adverbe, par exemple.

— Bon, vous vous décidez à me révéler de quoi il s'agit ?

— C'est très simple. Tu m'as bien dit que tu avais deux chefs, au bureau ?

— Oui, enfin, j'en ai un hiérarchique officiel et son boss, qui intervient souvent en direct.

— Très bien. Alors, tu vas aller les voir, chacun son tour. Tu trouves un prétexte pour alimenter la conversation, et ta mission consiste à obtenir d'eux qu'ils prononcent une fois le mot « Marionnette ».

— C'est quoi, ce délire ?

— Et il y a une règle impérative : tu ne dois pas formuler toi-même ce mot, ni, bien sûr, désigner une photo ou un objet qui le représente.

— Mais ça sert à quoi, tout ça ?

— Bon courage !

Je pris mon temps pour quitter le château, m'attardant sur le perron pour scruter les étoiles. Il était rare à Paris de pouvoir les apercevoir, le ciel semblant opaque à nos yeux saturés des feux de la Ville lumière.

J'étais un peu contrarié de ne pas saisir l'intérêt de la tâche qu'il m'assignait. Par le passé, j'avais certes rechigné à suivre ses consignes parce qu'elles me demandaient des efforts considérables, mais j'en avais toujours compris l'utilité. Cette fois-ci, je ne voyais pas… Et je détestais cette tendance qu'il avait à ne pas répondre à mes questions, les ignorant purement et simplement ! Un peu comme si, disposant déjà de mon engagement à agir, il n'allait pas se fatiguer à essayer de me convaincre… D'ailleurs, quand ce petit jeu prendrait-il fin ? Certes, il semblait sincère dans sa volonté de me transmettre un certain nombre de choses, de me faire « avancer » dans la vie, mais c'était malgré tout de plus en plus dur de se sentir piloté à vue, fût-ce par quelqu'un de bien intentionné. Et d'ailleurs, l'était-il vraiment ? Il devait avoir une bonne raison de s'occuper de moi, en retirer quelque chose. Mais quoi ?

Je repensai au carnet. Un carnet qui m'était entièrement consacré, contenant sans doute la réponse à mes questions… Il me rappelait de façon criante que ma situation n'était pas *normale.* Je ne pouvais pas continuer à fermer les yeux sur ce qui motivait un inconnu à s'intéresser à moi, à me conseiller, que dis-je, à me dicter ma conduite, et tout ça en me tenant fermement par les règles d'un pacte qu'il m'avait arraché dans des circonstances terribles. Un frisson me parcourut l'échine.

Il était vraiment dommage de n'avoir pas eu le temps de consulter ce carnet pendant les quelques minutes où Dubreuil avait quitté la pièce. Quelle frustration ! J'avais loupé une occasion qui ne se représenterait peut-être pas. Il fallait absolument que je trouve le moyen de l'avoir en main… Et si je revenais une nuit ? Avec cette chaleur, les fenêtres restaient sans doute ouvertes…

Un bruit métallique me tira brutalement de mes pensées. Staline fonçait sur moi, trimbalant sa lourde chaîne derrière lui. Je fis un bond de côté, juste au moment où elle se tendit, dans un tonnerre d'aboiements. Les yeux fous, les crocs mouillés de bave, Staline répondait à ma question : non, je ne reviendrais pas la nuit. La nuit était sienne. Enfin lâché, il régnait en maître sur le parc.

*

Catherine s'installa sur le Chesterfield. Dubreuil lui proposa un montecristo, qu'elle refusa comme à l'accoutumée.

— Alors, tu le sens comment ? demanda-t-il, s'emparant d'un coupe-cigares.

Les yeux de Catherine se tournèrent lentement vers le lustre le plus proche, tandis qu'elle réfléchissait, prenant son temps pour répondre.

— Plutôt bien, mais à la fin je l'ai senti un peu énervé. Pour être franche, je n'ai pas compris moi-même le sens de la dernière tâche que tu lui as confiée.

— Faire dire à ses chefs un mot tiré au sort ?

— Oui.

Il craqua une grande allumette, et la flamme jaillit. Il l'approcha de son cigare, qu'il fit tourner régulièrement sur lui-même, tout en tirant légèrement dessus. Les premières volutes de fumée s'échappèrent, répandant l'odeur si singulière du montecristo. Il se renversa dans le profond fauteuil, faisant doucement crisser le cuir tandis qu'il croisait les jambes.

— La difficulté avec Alan, c'est qu'il ne suffit pas de lui montrer comment s'y prendre pour bien communiquer. Ce n'est pas avec ça qu'il obtiendra quoi que ce soit dans son entreprise, puisque c'est ce qu'il voudrait. Il y a quelque chose qui le freinerait de toute façon.

— Quoi ?

— Il a trop l'habitude de subir… Maintenant, il apprend progressivement à résister, à s'opposer. C'est bien, mais cela ne suffit pas. Loin de là. C'est une chose de savoir résister, c'en est une autre de savoir obtenir. Pour y parvenir, il y a un préalable.

— Un préalable ?

— Développer en soi la conviction qu'on en est capable.

— Tu veux dire que s'il n'est pas convaincu au fond de lui d'être capable d'obtenir quelque chose de ses managers, il n'obtiendra rien, même s'il applique consciencieusement les meilleures techniques de communication du monde… ?

— Exactement !

— Je vois.

— C'est même le plus important. Quand on est intimement persuadé que l'on peut influencer les décisions des autres, on finit toujours par y arriver, même si l'on s'y prend d'une façon un peu bancale. On se débrouille… En revanche, si l'on n'y croit pas, on va s'arrêter au premier écueil, que l'on interprétera comme une preuve de l'inutilité de notre démarche.

Il porta le cigare à sa bouche.

— Et donc tu lui as demandé de s'amuser à faire dire un mot précis à ses patrons, juste dans le but de l'amener à découvrir qu'il est capable d'avoir une influence sur eux ?

— Tu as tout compris. Je veux qu'il croie en sa capacité d'influence.

— Intéressant…

Catherine redressa soudainement la tête, une idée lui traversant l'esprit.

— Et tu n'as pas réellement tiré au sort ce mot, n'est-ce pas ? C'est toi qui as choisi « Marionnette » pour qu'Alan se projette inconsciemment dans le rôle de celui qui tire les ficelles, pas vrai ?

En guise de réponse, Dubreuil se contenta de sourire.

— Trop fort, Igor…

Il tira une longue bouffée sur son cigare.

12

Marc Dunker, P-DG de Dunker Consulting, était un homme grand et charpenté. Avec son mètre quatre-vingt-dix et ses quatre-vingt-seize kilos, c'était un poids lourd du recrutement en France.

Il était originaire d'une bourgade de province, en plein cœur du Beaujolais. Négociants en bovins de père en fils, les Dunker étaient peu appréciés des habitants qui considéraient leur métier comme un mal nécessaire. La famille avait de l'argent, plus que les éleveurs alentour, et ceux-ci avaient souvent le sentiment que cet argent s'était fait sur leur dos, sans souffrir comme eux des années difficiles où le cours de la viande bovine venait à s'effriter.

À l'école, le petit Marc côtoyait les enfants du coin. Fier d'être le fils de l'homme le plus riche du village, il se sentait par ailleurs exclu. Il ne s'apitoya pas pour autant sur son sort et devint au contraire combatif. À la moindre remarque de leur part, il les provoquait en bagarre.

Sa mère, en revanche, en souffrit beaucoup plus. Son mari jouissait d'une position enviée ; elle se contentait d'en subir les retombées négatives, sa vie sociale se résumant au regard subtilement hostile des femmes qu'elle croisait au village et à une accumulation de non-dits lourds de sens. Après des années d'amertume et de rancœur, elle finit par craquer et, rompant avec la tradition d'une situation établie depuis des générations, la famille alla s'installer en ville, loin des ragots et des médisances. Les Dunker emménagèrent à Lyon, obligeant monsieur à avaler des kilomètres chaque jour pour se rendre au village. Marc vécut ce déménagement comme une capitulation et méprisa son père d'être parti.

La satisfaction de sa mère ne dura qu'un temps : elle déchanta le jour où elle réalisa qu'elle et sa famille étaient perçues comme des paysans par le voisinage, constitué de travailleurs à col blanc, qu'ils soient cadres ou même employés de bureau. Préférant être rejeté par jalousie que par dédain, Marc souffrit de cette nouvelle exclusion et en conçut un désir de revanche sur la vie.

Il obtint son bac normalement, puis son BTS d'action commerciale à vingt ans. Il travailla pendant près de dix ans comme représentant en produits agricoles, employant avec un certain talent un savoir-faire de négociateur sans doute ancré dans ses gènes. Il changea d'entreprise à trois ou quatre reprises, profitant de chaque changement pour accroître substantiellement son salaire : il renouvelait chaque fois le même type de scénario, trompant le consultant en recrutement sur l'étendue de la mission qu'il quittait, s'attribuant des responsabilités qu'il n'avait pas toujours eues officiellement, mais qu'il s'était, il est vrai, parfois octroyées.

Il en déduisit assez rapidement que les consultants ne connaissaient rien à leur métier et qu'ils étaient faciles à berner. Un jour, son employeur du moment lui révéla le montant des honoraires qu'il leur avait versés à son embauche, et Marc n'en crut pas ses oreilles. La somme lui parut astronomique pour une mission qui lui semblait finalement très proche de celle de son père. Il était, selon lui, plus facile de convaincre une entreprise des qualités supposées d'un candidat qu'un fermier des qualités physiques d'une vache, qualités facilement vérifiables par le fermier lui-même.

Six mois plus tard, Marc s'installa à son compte. Il loua un bureau d'une pièce dans le centre de Lyon et mit une plaque « Marc Dunker, conseil en recrutement » après avoir suivi une brève formation aux méthodes d'embauche. Il en retint surtout que son flair valait mieux que n'importe laquelle des techniques enseignées pour sélectionner un candidat. Le fait est qu'il eut assez peu d'échecs par la suite. C'était un instinctif. Il sentait les gens, les entreprises, il sentait les candidats, et il sentait lesquels allaient correspondre au poste.

Les premiers clients furent les plus durs à décrocher. Sans référence réelle, il lui était difficile d'être crédible. Quand on le lui faisait remarquer, il devenait bizarrement assez agressif. Rapidement, il glissa dans le mensonge, s'inventant des clients prestigieux, et surtout citant nommément des PME dont il aurait refusé des contrats sous prétexte que, trop petites, elles n'étaient pas dignes de ses services. Cette posture s'avéra payante et il décrocha ses premiers contrats, vite suivis par d'autres, le succès appelant le succès.

Son nouveau métier lui allait comme un gant. Il avait l'impression que les petits-bourgeois dédaigneux qui autrefois ne fréquentaient pas sa famille dépendaient maintenant de lui pour leur emploi. Il se sentait craint et respecté. Ces gens mangeaient dans sa main. Il aurait voulu contrôler tout le marché du recrutement de la ville, rien que pour accroître leur dépendance à son égard.

Il est vrai que son nouveau statut ne suffisait pas à réparer son ego blessé. Quelque chose en lui le poussait en permanence à aller de l'avant, à en faire toujours plus pour développer son affaire, avoir plus de pouvoir, gagner en autorité dans son domaine. Très gros travailleur, il redoubla d'efforts pour asseoir la position de son entreprise.

Au bout d'un an, il employait déjà trois consultants. Il en tira une grande satisfaction, qui, loin de le contenter, le poussa à aller encore plus loin. Six mois plus tard, il ouvrait un bureau à Paris, Paris la capitale, Paris la superbe, et il y emménagea aussitôt. À cette occasion, le cabinet fut rebaptisé « Dunker Consulting ». Dans les années qui suivirent, il ouvrit en moyenne un bureau tous les trois mois dans une ville de province.

Il mesurait sa réussite au nombre de ses collaborateurs, son obsession étant de le faire croître. Il tirait en effet une grande satisfaction à « faire grossir le troupeau », pour reprendre l'une des métaphores paysannes dont il usait à profusion, révélant inconsciemment ses origines qu'il cachait par ailleurs soigneusement. C'était comme si sa valeur personnelle était intimement liée au nombre de personnes qu'il avait sous ses ordres, ou que son pouvoir se mesurât à l'ampleur de ses troupes. Il ne manquait d'ailleurs jamais une occasion d'en rappeler l'effectif, surtout lorsqu'il se présentait à des inconnus.

Le succès fulgurant de sa société le poussa à s'implanter à l'étranger, et lorsqu'il ouvrit son premier bureau dans une capitale européenne, il se sentit l'âme d'un conquérant.

Deux ans plus tard, enfin, consécration suprême, extase virile se prolongeant jusque dans le vocabulaire employé pour désigner l'opération, il décida d'introduire son affaire en Bourse.

13

Ce matin-là, j'arrivai au bureau mon *Closer* sous le bras, comme tous les jours depuis une semaine. Les regards obliques de mes collègues, manifestes au début, avaient maintenant cédé la place à une totale indifférence. Je n'avais pas complètement lâché prise pour autant, ressentant encore une certaine gêne, même si celle-ci allait *decrescendo*. Je devais admettre que mes relations avec mon entourage n'avaient en rien été modifiées. Il me faudrait encore du temps pour être vraiment « libre », selon la définition de Dubreuil.

À la maison, je continuais aussi à vivre en faisant moins d'efforts qu'auparavant, c'est-à-dire en acceptant de produire un niveau *normal* de bruit, ce qui ne manquait pas de déclencher des visites quasi quotidiennes de madame Blanchard. Je ne cherchais plus à les éviter comme auparavant, mais chacune parvenait encore à m'agacer prodigieusement. J'avais l'impression que rien ne pourrait l'empêcher de me harceler. Après avoir fait preuve de patience, j'affichais maintenant clairement mon exaspération, me contentant d'entrouvrir la porte pour lui montrer qu'elle me dérangeait. Mais elle s'approchait alors de l’ouverture, comme pour forcer le passage. Les sourcils froncés et le regard accusateur, sa voix haut perchée formulait ses rappels à l’ordre sur un ton moralisateur.

Je venais de franchir les portes de l’entreprise et j’attendais l’ascenseur avec deux collègues d’un autre service lorsque je reçus un SMS. Un coup d’œil à l’écran de mon téléphone portable : c’était Dubreuil. Je l’ouvris.

« *Fume immédiatement une cigarette.* »

Qu’est-ce que c’était que cette histoire ? Il voulait que je fume une cigarette ?

Les portes de l’ascenseur s’ouvrirent. Mes collègues s’engouffrèrent.

— Ne m’attendez pas, leur dis-je.

Pourquoi Dubreuil me demandait-il de fumer alors que mon but était d’arrêter, pas de continuer ? Je ressortis dans la rue et allumai une cigarette. Il ne devenait quand même pas sénile… Je fumais en laissant mon regard se promener sur les nombreux passants, pour la plupart des gens pressés se rendant au travail, lorsque j’aperçus un homme qui ressemblait à Vladi, immobile dans la foule. Je me penchai pour tenter de le voir parmi le flot de personnes, et il fit instantanément demi-tour.

— Vladi ! Vladi !

L’homme disparut de ma vue.

J’en ressentis un certain malaise… J’étais presque certain que c’était lui. Me suivait-il ? Mais pourquoi ? Dubreuil ne lui demandait quand même pas de s'assurer que je respectais mon engagement ? Ce serait fou… Qu'est-ce qu'il en avait à faire, après tout ? Ou alors il fallait sérieusement que je m'inquiète, que je trouve la raison de l'intérêt qu'il me portait…

Je rejoignis le hall de l'immeuble, un nœud à l'estomac.

Dans le couloir de mon étage, je passai devant le bureau de Luc Fausteri, mon chef de service. Il était déjà à son poste, ce qui signifiait qu'il avait dû écourter son jogging matinal. Fait très inhabituel, sa porte était ouverte. Il préférait en général s'enfermer, afin de s'isoler au maximum des membres de son équipe. Les échanges lui coûtaient. Il éprouvait le besoin de s'en remettre en évitant tout contact pendant des heures.

Cette porte ouverte était une occasion à ne pas laisser passer. J'avais une mission à accomplir… Courage. Ce serait d'autant plus dur de lui faire dire le mot tiré au sort qu'il n'y avait pas moins bavard au monde que lui.

J'entrai en le saluant. Il attendit que je sois à moins d'un mètre pour lever les yeux de son dossier, sans pour autant bouger la tête d'un iota. Nous nous serrâmes la main et cela ne déclencha pas le moindre sourire de sa part. Pas même un début de mouvement des lèvres.

J'essayai d'engager la conversation, me remémorant le fameux secret de Dubreuil. Dieu que c'est dur d'embrasser un univers que l'on n'aime pas…

— L'action est à 128, ce matin. Elle a pris 0,2 % en une séance, et près de 1 % dans la semaine.

— Oui.

Il avait manifestement la verve des grands jours. Il fallait que j'alimente, que je parle avec enthousiasme, que je montre mon vif intérêt pour ce sujet. S'il se sentait rejoint dans ses préoccupations, il s'ouvrirait à moi.

— Ce qui est étonnant, c'est qu'elle ait monté de 14 % depuis le début de l'année, alors que nos résultats semestriels sont en hausse de 23 %. Ce n'est pas très logique.

— Non.

— Elle est clairement sous-évaluée…

— Oui.

— Finalement, elle n'est pas représentative de la valeur réelle de l'entreprise.

— Non.

C'était pas gagné… Continuons, coûte que coûte. Ne pas laisser de blanc s'installer.

— C'est vraiment dommage… Ce serait mieux qu'elle suive nos résultats puisqu'ils sont bons.

Il ne prit même pas la peine de répondre, mais me regarda comme s'il ne comprenait pas que l'on puisse ouvrir la bouche pour dire de telles fadaises.

Je ressentis un soupçon de honte. Juste un soupçon. Après tout, il me croyait déjà un fidèle lecteur de *Closer*. Je ne risquais plus de le décevoir. Continuons.

— C'est pourtant une belle action. Elle devrait cartonner.

Il fronça les sourcils. Je continuai, redoublant d'enthousiasme.

— Si j'étais trader, je miserais tout dessus.

Il prit un air navré, voire… affligé, se murant dans son silence. Bon, changeons de tactique. Posons-lui des questions.

— Comment expliquez-vous ce décalage entre nos résultats et le cours de la Bourse ?

Quelques secondes de silence, pendant lesquelles il demeura parfaitement immobile. Il rassemblait sans doute ses forces et son courage, se préparant à communiquer avec l'idiot du village.

— Il y a plusieurs éléments. D'abord, le marché financier se préoccupe moins des résultats passés que des perspectives futures.

— Mais elles sont bonnes, Larcher nous le répète tous les lundis matin !

— Ensuite, la Bourse est influencée par des éléments psychologiques.

Il avait dit ce dernier mot avec un léger mépris.

— Des éléments psychologiques ?

Il prit son inspiration. Il n'avait manifestement aucun plaisir à jouer les professeurs.

— Des peurs, des rumeurs… Et il y a Fisherman.

— Fisherman ?

— Ce journaliste économique des *Échos* qui ne croit pas en notre développement et le répète à longueur d'articles dans son journal. Cela a sans doute un impact sur les investisseurs, car ses avis sont très suivis. On se demande pourquoi, d'ailleurs.

— Et si quelqu'un tirait les ficelles derrière lui ? Si Fisherman était sa… comment dit-on déjà ?

— Je ne vois pas qui aurait intérêt à cela.

Bon sang, tu ne peux pas répondre aux questions ?!

— Mais Fisherman n'a pas d'intérêt personnel à ce que notre action soit freinée dans son élan ?

— Comment pourrais-je le savoir ?

— Et si ce n'est pas le cas, il y a donc des gens qui le poussent à nous sabrer dans son journal. Fisherman ne serait que leur…

Je fis mine de chercher mes mots, accompagnant ma recherche de mouvements des mains pour montrer mon trou de mémoire.

— Je ne suis pas un adepte de la théorie des complots.

— Ah ! C'est agaçant, je déteste chercher mes mots ! Comment dit-on pour désigner quelqu'un qui se fait manipuler par un autre ? On dit qu'il est sa…

— Écoutez, Alan, j'ai du travail, moi.

— Non, mais répondez juste à cette question ! Je vais passer une mauvaise journée si je ne trouve pas…

— Concentrez-vous sur votre mission, et tout ira bien.

— Mais j'ai le mot sur le bout de la langue…

— Eh bien, crachez, mais pas dans mon bureau.

Pour une fois qu'il faisait une tentative d'humour, je n'avais pas envie de rire. Bon, vite, il fallait le motiver à me répondre.

— Donnez-moi ce mot et je vous promets de disparaître instantanément.

— Pantin.

Je le regardai, interloqué.

— Non, c'est pas ça… Un autre.

— Vous m'agacez, à la fin.

— Donnez-moi un synonyme.

— Chose. C'est sa chose. Ça vous va ?

— Non, c'est pas ça non plus.
— Eh bien, vous vous en contenterez.
— Donnez-moi un autre synonyme…
— J'ai autre chose à faire, Alan.
— S'il vous plaît…
— Au revoir, Alan.

Son ton était sans appel, et il se replongea dans son dossier sans plus me regarder.

Je sortis, un peu frustré. Bon, je m'étais bien battu. C'était déjà ça. En fait, mon erreur avait sans doute été mon enthousiasme. Pour « embrasser son univers », il ne suffisait pas d'aborder un thème qui l'intéresse, il aurait peut-être fallu que j'adopte son style de communication. Sérieux, rationnel, m'exprimant de façon précise et rigoureuse avec peu de mots. Mieux : il aurait fallu que je trouve plaisir à cela… Mais l'aurais-je pour autant amené à parler plus ? Pas sûr. En tout cas, j'avais quand même frôlé la réussite.

J'étais à peine installé dans mon bureau qu'Alice me rejoignit pour échanger sur le contenu d'une négociation menée avec l'un de ses clients. Nous étions ensemble depuis une dizaine de minutes lorsque je reconnus le pas de Fausteri dans le couloir. Passant une première fois devant ma porte, il fit ensuite un pas en arrière et passa une tête, le visage toujours aussi impassible.

— Marionnette !

Et il continua son chemin.

Alice se tourna vers moi, outrée que mon chef m'ait injurié de la sorte.

J'étais radieux.

14

La tâche aurait pu être plus dure avec Grégoire Larcher. Si Fausteri n'aimait pas les conversations dénuées d'intérêt sur le plan intellectuel, Larcher, lui, ne supportait pas celles qui le détournaient de ses objectifs, chaque seconde de son temps devant servir à bâtir sa réussite.

Cela laissait néanmoins une ouverture. En fin manipulateur, il acceptait d'échanger des balivernes de temps en temps s'il sentait que cela pouvait contribuer à la motivation de son collaborateur. Un salarié épanoui est un salarié productif et, au final, cela servait bien ses intérêts.

Je n'eus donc pas trop de mal à le faire parler de sa petite famille. Celle-ci nous amena sur le terrain des loisirs, des sorties avec les enfants, et les marionnettes firent leur apparition dans la conversation le plus naturellement du monde.

Il était finalement assez jouissif de manipuler un manipulateur.

Je reçus cinq SMS de Dubreuil dans la journée, m'amenant chaque fois à descendre fumer une cigarette sur le trottoir de l'avenue, toujours sans en comprendre la raison profonde.

Ma journée se termina dans le bureau d'Alice, où elle me confia une nouvelle fois son inquiétude sur les dysfonctionnements de la société. Thomas vint nous saluer en partant, agitant subtilement sous nos yeux le BlackBerry dernier cri qu'il venait d'acquérir. Une envie irrésistible s'empara soudain de moi.

— J'ai reçu aujourd'hui un candidat impressionnant, dis-je. Un sacré type.

— Ah oui ?

Chaque fois que l'on disait du bien de quelqu'un en sa présence, son sourire se figeait légèrement, comme si sa valeur était soudain mise en péril par celle de l'autre.

— C'est un ancien directeur financier. Très brillant, et surtout… un look ! Une classe incroyable !

Alice me regarda, un peu surprise par mes propos.

— Il a sorti un stylo pour prendre des notes, repris-je. Magnifique ! Devinez ce que c'était…

— Un Montblanc ? dit-il.

C'était la marque du sien. Ne rêve pas, coco.

— Mauvaise pioche. Essaye encore.

— Vas-y, dis-le, fit-il en souriant jaune.

— Un Dupont. Avec une pointe en or ! Vous vous rendez compte ? Un Dupont !

J'écarquillais les yeux en parlant pour bien appuyer mes paroles. Son sourire se crispa. Je vis à l'expression d'Alice qu'elle avait compris mon petit jeu.

— Un vrai Dupont ? demanda-t-elle, simulant l'incrédulité.

— Un vrai.

— Waouh ! Quel mec…

— C'est clair… On n'en voit pas tous les jours.

— Ça envoie une image de *winner*. À mon avis, il ne va pas avoir de problème pour trouver un super-poste.

Je me demandai jusqu'où l'on pouvait aller avant que Thomas ne trouve nos propos louches…

— Je suis sûr que toutes les filles craquent pour lui.

— C'est évident.

Bon, là, ça devenait un peu gros… Mais Thomas continuait d'afficher un air contrarié. Il était tellement convaincu qu'on attribuait à sa personne la valeur des objets qu'il arborait qu'il ne pouvait pas déceler l'énormité de nos affirmations. Elles correspondaient trop bien à sa vision du monde.

Il finit par nous souhaiter une bonne soirée et nous quitta. Nous attendîmes qu'il s'éloigne avant d'exploser de rire.

Il était près de 20 heures et je ne tardai pas à quitter le bureau à mon tour. Arrivé sur le trottoir, je ne pus m'empêcher de jeter un coup d'œil alentour. Personne ne me sembla à l'affût de ma sortie. Je m'engouffrai dans le métro et dus en ressortir trente secondes plus tard. Dubreuil me demandait de fumer une cigarette. La coïncidence du timing était troublante… Je scrutai à nouveau les lieux. Les passants se faisaient plus rares à cette heure tardive, dans ce quartier d'affaires. Je ne repérai rien d'anormal.

Trois minutes plus tard, j'étais de nouveau dans les sous-sols du métro. Je décidai de m'essayer à la synchronisation gestuelle, que j'avais laissée de côté jusqu'à présent. J'avais préféré aborder l'univers de l'autre en tentant d'endosser sa façon de penser, ses préoccupations et ses valeurs.

Une rame entra dans la station, dans un crissement de roues presque aussi strident que le bruit d'une craie sur un tableau. Un clochard assoupi sur un banc grogna quelque chose d'incompréhensible, diffusant autour de lui une forte odeur d'alcool. Les wagons défilèrent sous mes yeux, puis s'arrêtèrent assez brutalement, secouant les rares passagers qui ne sourcillèrent pas, habitués à être ainsi malmenés. Je montai. La promesse de Dubreuil s'étendait à la faculté de créer une relation avec des personnes de culture et d'attitude très différentes des miennes. Je jetai un coup d'œil aux quelques voyageurs assis et repérai un grand Noir vêtu d'un jogging et d'un blouson de cuir noir. Le blouson était ouvert sur une espèce de tee-shirt en filet dont la transparence mettait en évidence de puissants pectoraux. Je m'assis en face de lui, puis rectifiai ma position pour adopter la même posture avachie. Je cherchai son regard, mais celui-ci semblait perdu dans le vague. J'essayai de ressentir ce qu'il pouvait ressentir, pour mieux entrer dans son monde. Pas facile. J'étais, il est vrai, un peu engoncé dans mon costume… Je détendis mon nœud de cravate, puis tentai de m'imaginer vêtu comme lui, avec la même grosse chaîne en or à maille forçat autour du cou. Cela me fit une drôle d'impression. Il ne tarda pas à changer de position, et je le suivis immédiatement. Il fallait que je garde le contact…

Je ne le quittais pas des yeux. Quelques secondes plus tard, il croisa les bras. Je fis de même. Je me demandais combien de temps il fallait pour vraiment créer le lien, puis que l'autre se mette inconsciemment à suivre à son tour mes mouvements. J'avais très envie d'expérimenter ça... Il allongea ses jambes. J'attendis un instant, puis en fis autant. Je n'avais pas l'habitude de me vautrer ainsi dans le métro, mais c'était finalement assez amusant. D'ailleurs, je n'avais jamais essayé de me mettre à la place d'une personne très différente de moi, de me comporter comme elle, et de voir ce que ça faisait. Il posa ses mains sur ses cuisses. Je l'imitai. Il regardait droit devant lui mais, bien qu'étant dans l'axe, je n'avais pas le sentiment qu'il me voyait vraiment. Son visage était assez figé, et je m'efforçai d'adopter une expression similaire. Nous restâmes ainsi quelques instants, toujours parfaitement en phase. Son regard restait insondable, mais il me semblait que quelque chose nous rapprochait. C'était sûr, il devait me sentir sur la même longueur d'onde. Il se redressa, s'asseyant droit sur sa banquette, et je ne tardai pas à en faire autant. Il se pencha alors vers moi, cette fois-ci me regardant dans les yeux, sans détour, cherchant manifestement à entrer en contact, et je sentis à l'avance qu'il allait s'exprimer. J'avais gagné, j'étais parvenu à créer un lien, à amener un étranger à s'ouvrir à moi, sans même avoir besoin de lui parler. La puissance du geste sur l'inconscient. La supériorité du corps sur le verbe. C'était extraordinaire, inouï. Il prit la parole, le regard sombre, s'exprimant avec un fort accent africain :

— Tu vas te fout'e de ma gueule longtemps, dis donc ?

15

Ce matin-là, j'arrivai à la réunion hebdomadaire bien insouciant, loin de savoir que j'allais vivre l'une des pires heures de mon existence, qui serait à l'origine du changement le plus… bénéfique qui soit. La vie est ainsi ; on réalise rarement dans l'instant que les moments difficiles ont une fonction cachée : nous amener à grandir. Les anges se déguisent en sorcières et nous délivrent de merveilleux cadeaux soigneusement enveloppés dans d'ignobles emballages.

Qu'il s'agisse d'un échec, d'une maladie, ou des vicissitudes du quotidien, on n'a pas toujours envie d'accepter le « cadeau », ni le réflexe de le déballer pour découvrir le message caché qu'il contient : nous faut-il apprendre la volonté, le courage ? Ou au contraire le lâcher-prise sur ce qui n'a finalement que peu d'importance ? La vie me demande-t-elle d'écouter un peu plus mes envies et mes aspirations profondes ? de prendre la décision d'exprimer les talents dont elle m'a paré ? de cesser d'accepter ce qui ne correspond pas à mes valeurs ? Qu'ai-je besoin d'apprendre dans cette situation ?

Quand l'épreuve survient, on réagit souvent avec colère ou désespoir, rejetant légitimement ce qui nous semble injuste. Mais la colère rend sourd, et le désespoir aveugle. Nous laissons passer l'occasion qui nous était offerte de grandir. Alors, les coups durs et les échecs se multiplient. Ce n'est pas le sort qui s'acharne contre nous, c'est la vie qui tente de renouveler son message.

La salle était comble. Il restait une place libre près d'Alice, qu'elle m'avait sans doute réservée. Nous étions beaucoup plus nombreux qu'à l'accoutumée. Une fois par mois, nous réunissions tout le département Recrutement, et pas seulement notre service. Je jetai mon *Closer* sur ma tablette et m'assis tranquillement. Ce n'était finalement pas désagréable d'être le dernier arrivé : on se sentait attendu.

— Regarde Thomas, me glissa Alice à l'oreille.

Je le cherchai dans l'assistance, puis le localisai.

— Qu'est-ce qu'il y a ?

— Regarde mieux.

Je me penchai pour mieux le scruter et n'aperçus rien d'autre que l'air fier et détaché qu'il arborait habituellement. C'est alors que je le vis. Je n'en crus pas mes yeux. Il l'avait posé sur la tablette, négligemment de biais, mais on ne voyait que lui. Un Dupont flambant neuf. À côté de moi, Alice se couvrait d'une main le nez et la bouche pour se retenir de rire.

— Bonjour à tous !

La voix puissante me fit presque sursauter. Marc Dunker, notre P-DG, s'était invité à la réunion hebdomadaire. Je ne l'avais même pas remarqué en entrant. Le silence se fit dans la salle.

— Je ne vais pas interférer longtemps avec votre ordre du jour, dit-il, mais je voulais vous faire part d'un nouveau type de test d'évaluation que je viens de découvrir lors d'un déplacement en Autriche, où nous venons d'ouvrir notre dix-huitième bureau. Je sais que vous avez déjà une bonne douzaine d'outils à votre disposition, mais celui-ci est d'un genre différent et je tenais à vous le présenter personnellement.

La curiosité nous piqua. Qu'avait-il encore dégoté ?

— Nous savons tous, reprit-il, qu'il est plus difficile d'évaluer le caractère d'un candidat que ses compétences. Vous êtes tous issus des métiers pour lesquels vous recrutez, et vous savez donc poser de bonnes questions pour découvrir si le candidat dispose des savoir-faire nécessaires pour mener à bien la mission proposée. En revanche, il n'est pas toujours évident de distinguer ses qualités réelles et celles qu'il affiche. Je ne parle même pas des défauts, que 90 % de vos candidats affirment être le perfectionnisme et la tendance au surmenage, n'est-ce pas ?... Entre des qualités imaginaires et des défauts convenus, il n'est pas facile de se faire une image exacte de leurs tendances au travail. Le test en question permet d'évaluer un trait de caractère fondamental pour bon nombre de postes à responsabilité, et notamment pour ceux qui offrent une mission d'encadrement. J'ai nommé la confiance en soi. C'est extrêmement difficile à mesurer en recrutement. J'ai connu des gens qui ont passé tellement d'entretiens d'embauche qu'ils ont l'air très sûrs d'eux dans ce contexte, alors qu'en fait, vous les mettez dans une entreprise, et ils se liquéfient face au premier collaborateur qui les titille un peu. On peut faire le mariole en entretien et n'en mener pas large devant son équipe.

— Ce que tu dis est vrai, mais, la plupart du temps, celui qui manque de confiance en soi dans sa vie en manque aussi face au recruteur.

Il y eut un murmure dans l'assistance. Celui qui venait de s'exprimer était un jeune consultant fraîchement arrivé dans l'entreprise, en provenance d'un cabinet concurrent où le tutoiement était de mise. Certes, nous autres consultants nous tutoyions entre nous, mais notre patron ne s'était jamais plié à cette mode de pseudo-proximité relationnelle. Cette dernière était en effet assez hypocrite, mais la résistance de Marc Dunker était ailleurs : il tenait aux signes de respect de ses collaborateurs à son égard.

— On n'a pas gardé les vaches ensemble, monsieur.

C'était sa réplique habituelle dans ce genre de circonstances. Je me penchai vers Alice.

— Il sait de quoi il parle…

Elle pouffa de rire. Fausteri nous lança un regard glacial.

Dunker reprit, se dispensant au passage de répondre à la remarque du consultant :

— Le test que je vous propose est contraignant à mettre en place, parce qu'il nécessite la présence d'au moins trois personnes. Mais ce ne sont pas forcément des consultants. En pratique, vous pouvez même faire intervenir n'importe qui, dit-il en ricanant.

Notre curiosité était piquée au vif. Nous nous demandions de quoi il s'agissait. Il continua :

— Le test repose sur le principe selon lequel la véritable confiance en soi est indépendante du regard des autres. C'est une caractéristique personnelle, ancrée en soi. Elle correspond à une sorte de foi inébranlable de la personne en sa valeur, en ses capacités, et elle ne peut donc pas être mise à mal par des critiques extérieures. À l'inverse, une confiance en soi indue ou simulée ne résiste pas à un environnement hostile, et la personne perd une bonne partie de ses facultés… Mais j'en ai assez dit. Une bonne démonstration vaut mieux qu'un long discours ! Il me faut un volontaire parmi vous…

Il parcourut des yeux le groupe, un petit sourire indéfinissable aux lèvres. Les regards se tournèrent vers le sol ou se perdirent dans le vague.

— L'idéal serait un membre de l'équipe Recrutement métiers comptables, car il me faut un bon en maths !

La moitié de l'assistance se détendit, tandis que l'autre se crispa un peu plus. L'étau se resserrait autour de nous. Il prit tout son temps, et je devinais un plaisir sadique dans cette attente qu'il nous imposait.

— Qui se propose ?

Il était évident que personne ne répondrait à une telle invitation, ne sachant pas à quelle sauce on allait être mangés.

— Bon, alors vous m'obligez à désigner moi-même le volontaire…

Je crois que les nazis faisaient de même, invoquant la responsabilité de l'autre dans ce qu'ils s'apprêtaient à lui infliger.

— Voyons, voyons…

Je pris l'air le plus détaché possible, laissant mon regard errer sur la couverture de mon *Closer*. Angelina Jolie avait-elle vraiment eu les seins abîmés par l'allaitement ? Passionnant sujet... On aurait entendu une mouche voler dans la salle. L'atmosphère devenait assez irrespirable. Je sentis le regard lourd de Dunker peser dans ma direction.

— Monsieur Greenmor.

C'était tombé sur moi... Mon sang ne fit qu'un tour. Il fallait s'accrocher. Ne pas faiblir. À tous les coups, il allait me faire passer en public son test à la noix. Et si c'était une vengeance ? Larcher lui avait sans doute rapporté notre altercation lors de la dernière réunion commerciale. Il voulait peut-être me recadrer, me couper l'envie de recommencer, me faire rentrer dans le rang ? Restons calme. Ne pas capituler. Ne pas lui faire ce plaisir.

— Venez, Alan.

Allons bon, il m'appelle par mon petit nom. Pour m'amadouer, sans doute. Pour que je ne sois pas sur mes gardes. Redoublons de vigilance. Je me levai et avançai vers lui. Tous les yeux étaient braqués sur moi. L'appréhension, encore palpable il y a quelques secondes, avait cédé la place à la curiosité. Ils étaient au théâtre, en somme. Peut-être même au Colisée... Je regardai Dunker. *Ave Cæsar, morituri te salutant*... Non, je n'ai pas une âme de gladiateur.

Il me désigna une chaise, placée à deux mètres de lui, face au groupe. Je m'assis, tentant de paraître à la fois indifférent et sûr de moi. Pas facile...

— Voici comment nous allons procéder, dit-il en s'adressant au groupe. Tout d'abord, il faut préciser au candidat que c'est un jeu et que rien de ce que nous allons lui dire ne correspond à la réalité : c'est juste pour les besoins du test. Il est important de l'en informer, pour ne pas s'attirer d'ennuis. La presse nous malmène déjà assez comme ça en ce moment…

Qu'est-ce qu'il me faisait, là ? Je sentais que ça n'allait pas être triste… Il fallait que je m'accroche à tout prix…

— Mon rôle, reprit-il, va être de poser à monsieur Greenmor des questions de calcul mental assez simples.

Du calcul mental ? Ça va, je m'attendais à pire. Je saurais me débrouiller.

— Pendant ce temps, continua-t-il, vous allez lui dire des choses… plutôt… peu flatteuses, des critiques… des reproches… enfin, bref, votre objectif est de lui saper le moral en lui disant toutes les choses désagréables qui vous passent par la tête à son sujet. Je sais que certains d'entre vous connaissent peu, voire pas du tout, Alan Greenmor. C'est sans importance. De toute façon, une fois de plus, ne cherchez pas à lui dire des vérités, juste des critiques déplaisantes pour tenter de le décourager.

Qu'est-ce que c'était que ce délire ? Je n'allais quand même pas me laisser lyncher en public ?

— Je ne vois pas l'intérêt de ce test, contestai-je.

— C'est pourtant évident : le candidat qui dispose d'une authentique confiance en soi ne sera aucunement perturbé par des reproches qui ne sont pas justifiés.

Je compris surtout que Dunker avait vu en moi le sujet idéal qui lui servirait de faire-valoir. Ce pervers avait évidemment senti que j'étais assez facilement déstabilisable. Il était presque certain de réussir brillamment sa démonstration, d'épater la galerie à mes dépens. Il ne fallait pas que je participe... Surtout pas. Je n'avais rien à gagner, et tout à perdre... Vite, trouver une excuse, n'importe quoi, mais me désister.

— Monsieur Dunker, ce test me semble difficilement utilisable en recrutement... Ce n'est pas très... éthique.

— Cela ne pose aucun problème dans la mesure où l'on annonce la couleur en toute transparence. D'ailleurs, le candidat sera libre d'accepter ou non.

— Justement, personne n'acceptera.

— Monsieur Greenmor, vous êtes consultant, n'est-ce pas ?

Je déteste les gens qui vous posent des questions dont ils connaissent la réponse, juste pour vous amener à confirmer leurs dires.

Je me contentai de le regarder dans les yeux.

— Vous devriez donc savoir que les candidats sont prêts à faire beaucoup d'efforts pour décrocher un poste haut placé...

Je ne l'emporterai pas sur ce terrain-là. Il aura toujours réponse à tout. Vite. Trouver autre chose. Tout de suite... ou... dire la vérité.

— Je n'ai pas envie de participer à cet exercice, dis-je en me levant.

Un murmure parcourut l'assistance. J'étais fier d'avoir eu le courage de refuser. Je ne l'aurais sans doute pas eu quelques semaines auparavant.

J'avais déjà fait trois pas en direction de ma place quand il m'interpella :

— Connaissez-vous la définition d'une faute lourde en droit français, monsieur Greenmor ?

Je me figeai, lui tournant toujours le dos. Je ne répondis pas. Un silence total se fit dans la salle. Pesant. J'avalai ma salive.

– Une faute lourde, reprit-il de sa voix odieuse, est définie par l'intention du salarié de nuire à son employeur. Un refus de participer à ce test me serait nuisible car cela saperait ma démonstration devant toute l'équipe réunie spécialement pour l'occasion… Cela n'est pas votre intention, n'est-ce pas, monsieur Greenmor ?

Je restai muet, toujours le dos tourné. Le sang battait dans mes tempes.

Pas besoin de dessin… Je connaissais parfaitement les conséquences d'une faute lourde : pas d'indemnité de licenciement, pas de préavis, et perte de l'indemnité de congés payés… Je devrais partir immédiatement, sans rien…

— N'est-ce pas, monsieur Greenmor ?

J'avais l'impression que mon corps formait un bloc de béton de deux tonnes, ancré au sol. Ma tête était vide.

— Décidez-vous, Greenmor.

Avais-je vraiment le choix ? C'était… assez horrible. Finalement, je n'aurais pas dû refuser de prime abord. Je ne me serais pas retrouvé dans cette posture humiliante… La seule issue, c'était de faire son test à la con. Il fallait prendre sur moi. Ravaler ma fierté. Allez… Allez… Je fis un effort surhumain et… me retournai. Tous les regards pesaient sur moi. Je rejoignis la chaise sans regarder Dunker, m'assis silencieusement, les yeux fixés sur un point au sol. J'étais brûlant. Mes oreilles bourdonnaient. Je devais reprendre le dessus. Vite. Oublier la honte. Rassembler mes esprits. Retrouver de l'énergie. La canaliser. Respirer. Oui, c'est ça. Respirer… Me calmer.

Il prit tout son temps, puis commença à égrener ses ordres de calcul.

— 9 fois 12 ?

Ne pas me presser pour répondre. Je n'étais pas son élève.

— 108.

— 14 plus 17 ?

— 31.

— 23 moins 8 ?

Je me forçai à ralentir encore la cadence de mes réponses. Il fallait que je me recentre, que je regagne des forces. J'en aurais besoin. Zen.

— 15.

Il fit de grands gestes vers le groupe pour l'inviter à formuler des critiques. Je continuais d'éviter leurs regards. J'entendis des toussotements, un brouhaha gêné et… aucune parole. Il se leva d'un bond dans leur direction.

— C'est à vous, maintenant ! Vous devez dire tout ce qui vous passe par la tête de… négatif sur monsieur Greenmor.

J'étais redevenu « monsieur ».

— Soyez tranquilles, dit-il au groupe, je vous rappelle que vous ne cherchez pas à dire des vérités. D'ailleurs, on sait tous qu'Alan a surtout des qualités.

C'est juste un jeu, pour les besoins du test. Lâchez-vous !

Allons bon, j'étais Alan maintenant. Autant dire son copain. Et je n'avais que des qualités. Quel manipulateur… Quel pervers minable.

— Tu es mauvais !

La première critique venait de fuser.

— 8 fois 9 ? s'empressa de demander Dunker.

— 72.

— 47 fois 2 ?

— 94.

— Encore, encore, lança-t-il au groupe en accompagnant ses mots de grands gestes.

Il tançait mes collègues comme un général exhortant ses troupes à sortir des tranchées pour aller combattre sous le feu ennemi.

— Tu ne sais pas compter !

Deuxième critique.

— 38 divisé par 2 ?

Je pris le temps de respirer pour casser le rythme qu'il essayait d'imposer.

— 19.

— Allez ! Allez !

On avait l'impression qu'il criait sur des gens poussant une voiture en panne pour les amener à atteindre la vitesse qui permettrait de lancer le moteur.

— T'es pas bon !

Jusque-là, les critiques me laissaient indifférent. Elles sonnaient très faux, mes collègues étaient encore plus gênés que moi…

— 13 fois 4 ?

— 52.

— Amateur !
— 37 plus 28 ?
— T'es lent !
— 65.
— Plus vite ! Lâchez-vous ! cria-t-il au groupe.
— Traînard !
— 19 fois 3 ?
— Tu lambines !
— Trop lent !
— 57.
— Nul en calcul !
Dunker arborait maintenant un sourire satisfait.
— 64 moins 18 ?
— Mauvais !
— Tu sais pas compter !
— Pas bon !
Les attaques commençaient à fuser de toutes parts.
Il fallait que je me concentre sur les questions de Dunker. Oublier les autres. Ne pas les entendre.
— 46.
— Médiocre !
— Tout mou !
— Tu comptes à deux à l'heure !
— T'es lent !
La machine s'emballait. Tout le monde me criait dessus en même temps. Dunker avait gagné.
— 23 plus 18 ?
— T'y arriveras pas !
Ne pas les écouter. Visualiser les chiffres. Rien que les chiffres. 23, 18.
— T'es pas capable !
— Beaucoup trop lent !

Des rires sordides dans la salle…

— Lambinard !

— Pas doué !

— Nul en maths !

— T'as aucune chance, t'es cuit !

— Foutu !

Ils devenaient comme des fauves excités, ils se prenaient au jeu.

— 23 plus 18 ? répéta Dunker, tout sourire.

— 42, non…

Le sourire s'accentua encore.

— Tu t'es gouré !

— Tu sais pas compter !

— 41.

— 12 plus 14 ?

— T'y arriveras pas

— T'es qu'un incapable !

— T'es lamentable !

12 plus 14. 12, 14.

— 24. 26 !

— T'es de plus en plus nul !

— 8 fois 9 ?

— Mauvais !

— 62. Non… 8 fois 9, 72.

— Tu connais pas tes tables, t'es en dessous de tout !

Je perdais pied. Complètement. Me recentrer. Me couper de mon ressenti.

— 4 fois 7 ?

— Nul !

— T'y arriveras pas !

— Tu sais pas !

— T'es un raté !
— 4 fois 7 ? répéta Dunker.
— Incapable !
— Vingt… quatre.
— Tu t'es gouré !
— T'es nul !
— Complètement gourde !
— Grosse tache !
— 3 fois 2 ?
— Ah, ah, ah ! Il sait pas compter !
— Nullissime !
— Un boulet !
— T'es une mauviette !
— 3 fois 2 !
Des rires, appuyés, horribles. Certains se pliaient en deux. Je ne savais plus du tout où j'en étais.
— 2 plus 2 ?
— Il connaît pas ses tables de 2 !
— Nul ! Nul ! Nul !
— Un cancre !
— Sous-doué !
— 2 plus 2 ? répétait Dunker, euphorique.
— Euh…
— 2 plus 2 ? jubilait Dunker.
— Gros naze !
Dunker s'interrompit brutalement, se leva d'un bond et fit taire le groupe.
— Ok, ça suffit. Assez !
— Bon à rien !
— Stop, ça suffit, ça suffit…
J'étais abasourdi, assommé. Je me sentais très, très mal. Dunker l'avait soudainement réalisé et il

était devenu d'un seul coup très sérieux. Ça avait méchamment dérapé, il se savait responsable et devait connaître les risques qu'il encourait.

— C'est terminé, dit-il. On est allés un peu loin… C'est inutile, en pratique… Mais là, nous avons affaire à quelqu'un de fort… On pouvait se le permettre… n'est-ce pas ? Bon, je vous propose qu'on applaudisse Alan pour son courage. C'était pas une épreuve facile !

Le groupe, sorti brutalement de sa transe, l'air décontenancé, soudain gêné, applaudit mollement. J'aperçus Alice, des larmes plein les yeux.

— Bravo, mon ami ! Tu t'en es bien tiré, dit-elle en me donnant une grande tape dans le dos tandis que je quittais les lieux.

16

Je fuis le bureau dans la foulée, me dispensant de finir la journée. Personne n'oserait me le reprocher. Je sortis dans la rue, pris le trottoir à gauche, et foulai le pavé d'un pas rapide sans direction précise. Il fallait que j'évacue le stress.

Cette expérience éprouvante m'avait complètement décentré, et je ressentais une violente colère contre Dunker. Comment pourrais-je maintenant affronter le regard de mes collègues quand je les croiserais ? Ce salopard m'avait humilié en public. Il me le payerait. Très cher. Je trouverais le moyen de lui faire regretter de jouer comme ça avec les gens.

Le fait que le test ait démontré mon manque de confiance en moi me mettait paradoxalement en position de force : il y avait eu dérapage, en public, et Dunker en était responsable. J'étais sans doute en mesure de lui causer quelques soucis sur le plan juridique, et il devait le savoir. Je devenais presque intouchable…

Je reçus un SMS de Dubreuil et allumai la cigarette prescrite. Lui saurait m'aider à me venger, c'était certain. Mais si seulement il pouvait cesser de m'ordonner de fumer à tout bout de champ ! Fumer, c'est bon quand on le décide, pas quand on le subit…

Je marchai en ruminant ma vengeance dans les rues de Paris, sous un ciel menaçant, traversé par de gros nuages noirs se déplaçant à vive allure. L'air chaud, électrique, sentait l'orage. Je marchais vite, et la sueur commençait à perler sur mon front. Était-ce l'effort ou la colère ? Je pouvais certes porter plainte et obtenir quelques dommages et intérêts, mais ensuite ? Comment continuer de travailler dans ces conditions ? L'atmosphère deviendrait invivable. Mes collègues n'oseraient sans doute plus s'afficher en ma compagnie… Tiendrais-je longtemps dans ce contexte ? C'était peine perdue.

Petit à petit, ma colère céda la place à l'amertume, puis à l'abattement. Toute mon énergie m'avait abandonné. Je ne m'étais pas senti aussi déprimé depuis le jour où Audrey m'avait quitté. Audrey. Une étoile filante dans ma vie, venue me faire connaître la joie avant de s'évanouir dans la nuit. Si au moins elle m'avait dit les raisons de sa décision, si elle avait formulé des reproches, des critiques… J'aurais pu les accepter et m'en blâmer, ou la trouver injuste et renoncer à elle plus facilement… Tandis que son départ soudain et inexpliqué m'avait empêché de tourner la page, de faire le deuil de notre relation, et je ressentais cruellement son absence. Quand mes pensées revenaient vers elle, le manque assaillait mon cœur et le tenaillait. Le souvenir de son sourire me baignait de tristesse. Une partie de moi-même avait disparu avec elle. Son corps manquait à mon corps, et mon âme se sentait orpheline.

Il se mit à pleuvoir, une petite pluie fine, mélancolique. Je continuai de marcher, plus lentement maintenant. Je n'avais pas envie de rentrer chez moi. Tournant le dos au Louvre, je délaissai la rue de Rivoli pour pénétrer dans le jardin des Tuileries, abandonné des passants que l'averse avait chassés des lieux. Je pris sous les arbres, foulant la terre battue recouverte çà et là de quelques feuilles tombées précocement. Les arbres distillaient l'eau tombée du ciel, goutte à goutte, comme à contrecœur, non sans l'avoir au préalable imprégnée de leur parfum délicat. Je finis par m'asseoir sur une souche isolée. La vie était parfois injuste. Mon enfance expliquait sans doute le manque de confiance en moi dont je souffrais. Je n'en étais pas responsable et le subissais. Comme s'il ne suffisait pas à lui seul, cet état attirait à moi les pervers dont j'étais la victime désignée, me pénalisant une nouvelle fois. La vie n'épargne pas les souffrants. Elle leur inflige une double peine.

Je restai longtemps ainsi, me fondant dans la nature, mes pensées progressivement absorbées par l'atmosphère du lieu.

Je finis par me lever et, instinctivement, je pris la direction du quartier de Dubreuil. Lui seul serait en mesure de me remonter le moral.

La pluie commençait à ruisseler le long de mes joues, de mon cou. J'avais l'impression qu'elle me lavait de ce que j'avais subi, emportant ma honte avec elle.

J'arrivai devant les grilles de l'hôtel particulier en fin de journée. Les fenêtres étaient fermées, et le lieu semblait figé, sans vie. Je fus tout de suite certain que

Dubreuil n'y était pas. Il diffusait habituellement une telle énergie qu'il me semblait possible de sentir sa présence même sans le voir, comme si son aura pouvait rayonner à travers les murs.

Je sonnai au vidéophone.

Un domestique m'apprit que Monsieur était sorti. Il ignorait quand il reviendrait.

— Et Catherine ?

— Elle n'est jamais là en son absence, monsieur.

Je flânai un peu dans le quartier, trouvant des prétextes pour ne pas regagner mon domicile, puis finis par manger un morceau dans l'un des rares bistrots du coin. J'étais frustré de ne pas voir Dubreuil. Une pensée me traversa l'esprit : et s'il était lui aussi une sorte de pervers attiré par ma faiblesse ? Après tout, je l'avais rencontré dans des circonstances plus que particulières, où ma fragilité s'était retrouvée totalement exhibée… Tout cela me ramenait une fois de plus à sa motivation de s'intéresser à moi, de m'aider. Pourquoi faisait-il tout ça ? J'aurais tellement aimé en savoir plus, mais comment ? Je n'avais aucun moyen d'enquêter.

Une image me revint à l'esprit. Le carnet. Le carnet contenait des éléments de réponse, c'était évident. Mais comment y accéder sans se faire dévorer par son maudit chien ? Il devait bien y avoir un moyen… Je réglai ma note, achetai *Les Échos*, dont une pile était en vente sur le comptoir, et retournai au château, restant cette fois sur le trottoir d'en face. Je m'installai sur un banc de l'autre côté de l'avenue et ouvris mon journal. Quatre rangées d'arbres me séparaient de la grille. Je pensais raisonnablement pouvoir observer sans être repéré. J'avais une idée en tête que je voulais vérifier… Je parcourus *Les Échos*, me plongeant dans les actualités d'entreprises grandes ou moyennes, qui toutes avaient le même objectif : accroître leur valeur en Bourse. Je levais parfois les yeux en direction du château. Rien. Le temps passa lentement, très lentement. Aux alentours de 21 h 30, une lumière s'alluma au rez-de-chaussée, bientôt suivie par d'autres dans les pièces voisines. Je ne pouvais voir la fenêtre du bureau de Dubreuil puisqu'elle donnait sur le parc, de l'autre côté. Je regardai attentivement, mais ne vis personne. Je repris la lecture de mon journal, en gardant un œil sur les fenêtres. Il ferait encore jour pendant environ une demi-heure. Au-delà, j'aurais du mal à rester crédible, mon journal ouvert… Il faudrait trouver autre chose. Je tombai sur un article du journaliste Fisherman, qui exprimait une fois de plus ses doutes quant à la stratégie de Dunker Consulting. « La direction manque de vision », disait-il. C'était triste d'en arriver là, mais j'étais content de lire du mal de mon entreprise…

L'attente devenait longue. Il faisait de plus en plus sombre. Les voitures se raréfiaient. L'air, chargé d'humidité après la pluie de l'après-midi, diffusait la senteur prononcée des tilleuls de l'avenue. Je finis par m'allonger sur le banc, le journal en guise d'oreiller. Je ne quittai plus le château des yeux. Le lieu était baigné d'un calme étonnant, à peine perturbé de temps à autre par le bruit lointain de l'accélération d'une moto.

À 22 heures précises, je distinguai au loin un léger bruit que je reconnus aussitôt : celui de la gâche électrique de la petite porte de la grille. J'observai attentivement, mais ne vis personne. J'étais pourtant sûr d'avoir entendu ce son caractéristique...

La porte d'entrée de la maison s'ouvrit soudain. Je me raidis. J'avais envie de me redresser pour mieux voir, mais craignais d'attirer l'attention sur moi. Il valait mieux rester dans cette position. Je ne vis rien pendant plusieurs secondes, puis quatre personnes sortirent ensemble sur le perron. Elles refermèrent la porte derrière elles, puis traversèrent le jardin. Elles franchirent la petite grille qui avait été déverrouillée électriquement de l'intérieur. C'étaient les domestiques. Ils échangèrent brièvement quelques mots, puis se séparèrent. L'un d'eux traversa l'avenue dans ma direction. Mon pouls s'accéléra. M'avait-il repéré ? Difficile à croire... Je décidai de rester immobile. S'il venait jusqu'à moi, je fermerais les yeux et simulerais le sommeil. Après tout, j'étais passé plus tôt dans la soirée, on m'avait averti de l'absence de Dubreuil, il n'était donc pas absurde que je l'aie attendu sur un banc et me sois endormi. Et s'il était revenu entre-temps, j'aurais très bien pu le louper pendant que je dînais... Je plissai les paupières, sans perdre des yeux l'employé. Après avoir rejoint le trottoir, il bifurqua sur la gauche et s'arrêta sous un abribus. Je me détendis... Je repris mon observation patiente du château, de nouveau plongé dans un calme plat. Sept minutes plus tard, un bus arriva. Je vérifiai que le domestique montait bien à bord. Il était 22 h 13. Je commençais à avoir des crampes. Il ne se passa plus rien pendant un long moment. Mon inconfort devenait insupportable. Je finis par me redresser et, à cet instant précis, une lumière forte illumina le jardin devant le château, tel un projecteur dans une salle obscure. Je plongeai sur mon banc, ravivant mes douleurs. La porte s'ouvrit presque instantanément et Dubreuil apparut sur le seuil. Staline se mit immédiatement à aboyer, poussant des jappements de joie. Son maître se dirigea vers lui. J'entendis quelques éclats de voix et aperçus le chien qui remuait la queue. Dubreuil se pencha vers lui et, un instant après, Staline fit des bonds tout autour de lui. Il était libre. 22 h 30 précises.

Le chien se redressa sur ses pattes arrière, et Dubreuil le saisit affectueusement par le cou. Ils jouèrent ainsi quelques minutes, puis le maître rentra et éteignit la lumière extérieure, plongeant le jardin dans l'obscurité. Le chien partit en courant de l'autre côté du château.

Je me levai, tiraillé de douleurs, et marchai jusqu'à l'arrêt de bus. Un coup d'œil à la grille des horaires : le bus de 22 h 13 était prévu à 10. Il avait eu trois minutes de retard.

Il s'écoulait donc dix-sept minutes entre le départ des domestiques et le lâchage de Staline. Dix-sept minutes. Était-ce suffisant pour envisager de s'introduire dans la maison ? Peut-être… Mais ne restait-il pas d'autres employés à l'intérieur ? Et comment pénétrer dans le jardin ? Ensuite, il serait facile d'entrer dans le château, puisque les fenêtres restaient souvent ouvertes en cette saison, mais comment accéder au bureau du maître des lieux sans être vu ? Tout cela me semblait très hasardeux. Il me faudrait réunir d'autres informations.

Je pris le chemin du métro et rentrai chez moi. Je n'étais pas arrivé depuis cinq minutes que madame Blanchard débarquait. Comment pouvait-elle se permettre d'importuner son locataire à une heure aussi avancée ? Je n'avais même pas l'impression d'avoir été particulièrement bruyant…

Je ne sais pas si ma rancœur accumulée depuis le matin contre Dunker en était la cause, mais je laissai pour la première fois exploser ma colère contre ma propriétaire. Très surprise au début, elle ne se laissa pas décontenancer et me rappela avec véhémence ses règles de savoir-vivre. Elle était finalement pire que tous les autres réunis : rien ni personne ne pourrait en venir à bout !

17

Yves Dubreuil éclata de rire, d'un rire franc et continu. Il ne s'arrêtait plus. Catherine, d'ordinaire impassible, se tenait les côtes elle aussi. Je venais de leur raconter mes tentatives infructueuses de synchronisation gestuelle avec le grand Noir dans le métro.

— Je ne vois pas ce qu'il y a de si drôle. J'ai failli me faire casser la figure à cause de vous.

Ils ne me répondaient pas, continuant de se bidonner.

— C'est plutôt moi qui devrais me moquer de vous ! Ça marche pas, votre truc !

Entre deux spasmes, il reprit la phrase que je leur avais rapportée, imitant l'accent africain :

— Tu vas te fout'e de ma gueule longtemps, dis donc ?

Ils partirent de nouveau dans un fou rire incontrôlable, tellement contagieux que je finis par les rejoindre.

Nous étions sur la terrasse de l'hôtel particulier, côté parc, confortablement installés dans de profonds fauteuils en teck. Il faisait bon, bien plus beau que la veille. Le soleil de fin de journée donnait une couleur mordorée à la pierre sculptée du bâtiment. Celle-ci commençait à rediffuser la chaleur accumulée, et avec elle le parfum délicat de l'immense rosier grimpant qui embrassait le mur.

J'appréciais ce moment de repos, car je commençais à ressentir la fatigue de la nuit précédente : à trois reprises, j'avais été interrompu dans mon sommeil pour fumer une cigarette…

Je me resservis du jus d'orange, soulevant avec peine l'imposante carafe en cristal ouvragé dans laquelle tintaient des glaçons. Nous avions dîné de bonne heure, un repas thaï très léger, préparé par le cuisinier du château, sur une table magnifiquement décorée, le plus étonnant étant sans doute ces pyramides d'épices disposées au centre de la table dans des assiettes en argent.

— En fait, dit Dubreuil, qui retrouvait progressivement son sérieux, tu as fait deux erreurs qui expliquent ton échec. D'abord, quand on se synchronise sur la posture de l'autre, il faut respecter un certain laps de temps avant de suivre ses mouvements, pour qu'il ne se sente pas singé. Ensuite, et c'est en fait le point crucial, tu as fait cela comme une technique qu'on applique. Mais c'est tout sauf une technique ! C'est d'abord et avant tout un état d'esprit à adopter, une philosophie de la découverte de l'autre. Cela ne marche que si tu as envie d'entrer dans l'univers de l'autre, de le vivre de l'intérieur en te mettant à sa place pour ressentir ce qu'il ressent et voir le monde avec ses yeux. Alors, si ton désir est sincère, la synchronisation gestuelle est la petite touche de magie qui t'aide en ce sens et te permet d'établir le contact, d'induire une qualité de relation que l'autre voudra conserver, ce qui explique qu'il pourra ensuite inconsciemment suivre à son tour tes mouvements. Mais ce dernier point est seulement la résultante ; cela ne peut être le but.

— Oui, mais vous avouerez que c'est un phénomène suffisamment incroyable pour qu'on ait envie de l'expérimenter !

— Bien sûr.

— Bon, j'ai aussi essayé autre chose, qui a plus ou moins fonctionné : créer le contact avec mon manager en me synchronisant sur sa façon de penser. C'est Luc Fausteri, quelqu'un de froid, très rationnel, qui n'aime pas beaucoup bavarder…

— Tu as très bien choisi.

— Pourquoi dites-vous ça ?

— Quitte à embrasser l'univers de quelqu'un d'autre, autant choisir une personne très différente de soi, cela a plus d'intérêt. C'est un plus grand voyage… Au fait, t'ai-je rapporté ce que disait Proust à ce sujet ?

— Marcel Proust, l'écrivain français ? Non, pas que je me souvienne.

Dubreuil récita de mémoire :

— *Le seul véritable voyage, le seul bain de Jouvence, ce ne serait pas d'aller vers de nouveaux paysages, mais d'avoir d'autres yeux, de voir l'univers avec les yeux d'un autre, de cent autres, de voir les cent univers que chacun d'eux voit, que chacun d'eux est.*

Catherine inclina la tête en signe d'approbation.

Un oiseau se posa sur le bord de la table, visiblement intéressé par le contenu de la belle assiette d'amuse-gueules que nous avions à peine entamée. Ça devait être drôle de voir le monde à travers des yeux d'oiseau. Les animaux avaient-ils eux aussi une personnalité les conduisant à vivre chacun différemment une même situation ?

Dubreuil saisit un petit canapé au saumon, et l'oiseau s'envola.

— Ce n'est pas évident, repris-je, de se mettre dans la peau de quelqu'un dont on n'aime pas particulièrement l'univers. C'est ce qui a été dur pour moi avec Fausteri. Je ne suis pas passionné comme lui par les chiffres, l'évolution des résultats ou du cours de l'action de la boîte. Je me suis efforcé d'aborder ces sujets, mais j'ai sans doute manqué de conviction… ou de sincérité. En tout cas, je ne l'ai pas senti s'ouvrir à moi…

— Je comprends que tu n'aimes pas les chiffres, et l'idée n'est pas de simuler ton intérêt pour les goûts ou les affaires de l'autre. Non. Le principe, c'est de t'intéresser à sa *personne* au point d'essayer de ressentir le plaisir que *lui* peut trouver dans les chiffres. C'est très différent… Ainsi, lorsque tu te synchronises sur ses mouvements, que tu endosses ses valeurs, que tu partages ses préoccupations, fais-le simplement dans l'intention de te glisser dans sa peau pour vivre son univers de l'intérieur.

— Ok. Ce que vous voulez dire, c'est que je n'ai pas à essayer de m'intéresser aux chiffres, mais juste de me mettre dans ses baskets en me disant : « Tiens, qu'est-ce que ça fait ? Qu'est-ce qu'on ressent quand on s'intéresse aux chiffres ? » C'est ça ?

— Exactement ! Et de prendre plaisir à expérimenter ce qui est en l'occurrence complètement nouveau pour toi… Et c'est là que le miracle va s'opérer sur le plan relationnel, que vous allez être vraiment en phase.

Je tendis la main et pris un canapé. Une fine tranche de saumon délicatement fumé sur du pain de mie, auréolé d'une pointe de crème fraîche et surmonté d'une asperge miniature arrosée de citron. Un délice fondant en bouche…

— Il y a quand même une limite. Ça ne marche pas avec tout le monde.

— Si. C'est même le propre de cette démarche.

— S'il faut s'intéresser sincèrement à la personne de l'autre pour que ça fonctionne, c'est quasi impossible de faire ça avec… ses ennemis.

— C'est au contraire le meilleur moyen de les combattre ! *J'embrasse mon rival, mais c'est pour l'étouffer.*

— Quand on déteste quelqu'un ou qu'il nous fait souffrir, on n'a absolument pas envie de se glisser dans sa peau pour ressentir ce qu'il ressent…

— C'est vrai, et pourtant, c'est souvent la seule façon de comprendre ce qui le motive à se comporter de la sorte avec nous. Tant qu'on reste à sa place, on se contente de souffrir ou de rejeter l'autre, mais ça ne change rien à la situation. On n'a pas d'influence sur lui. Tandis que si tu te mets à sa place, tu peux découvrir pourquoi il agit ainsi. Si c'est un tortionnaire, alors regarde la scène avec ses yeux de tortionnaire, et tu comprendras ce qui le pousse à torturer. C'est le seul espoir que tu aies de le faire arrêter. On ne change pas les gens en les rejetant.

— Mouais…

— Quand tu rejettes quelqu'un, ou même simplement ses idées, tu le pousses à fermer les écoutilles et à camper sur ses positions. Pourquoi s'intéresserait-il à ce que tu as à dire si tu refuses son point de vue ?

— C'est pas faux…

— Si tu fais l'effort – parfois désagréable – d'endosser sa vision des choses, tu saisis ce qui l'amène à penser ce qu'il pense, à se comporter comme il se comporte. Et s'il se sent compris et non pas jugé, il pourra peut-être entendre ce que tu as à dire pour faire évoluer sa position.

— Ça ne doit pas marcher à tous les coups…

— Certes, mais la démarche inverse ne marche *jamais*.

— Je vois ce que vous voulez dire.

— D'une façon générale, plus tu cherches à convaincre quelqu'un, et plus tu génères de résistance chez lui. Plus tu veux qu'il change d'avis, et moins il en change. D'ailleurs, les physiciens le savent depuis longtemps…

— Les physiciens ? Mais quel est le rapport entre la physique et les relations humaines ?

— C'est la loi de la dynamique. Isaac Newton a prouvé que lorsque tu exerces sur un matériau une force d'une certaine intensité, cela engendre une force contraire de même intensité.

— Oui, ça, je me souviens vaguement…

— Eh bien, c'est pareil pour les relations humaines : quand tu déploies de l'énergie à essayer de convaincre quelqu'un, c'est comme si tu envoyais dans sa direction une force qui s'exerce sur lui, qui le pousse. Il le ressent, et ça l'amène à pousser dans le sens contraire. *Pousse-le, il te repousse.*

— Bon, quelle est la solution, alors ? Parce que si ce que vous dites est vrai, plus on veut convaincre et moins on y parvient, c'est bien ça ? Alors on fait quoi, au juste ?

— On ne pousse pas, on tire…

— Mouais… Concrètement, ça donne quoi ?

— Pousser, c'est partir de notre position et vouloir l'imposer à l'autre. Tirer, c'est partir de la position de l'autre, et petit à petit l'amener à soi. Tu vois, on reste dans la philosophie de la synchronisation. On entre là aussi dans l'univers de l'autre, cette fois-ci pour lui permettre d'en changer. Mais le point de départ est toujours le même : aller chercher l'autre là où il est.

— *Pousse-le, il te repousse…*

Je me répétai à mi-voix la formule de Dubreuil, pensant à toutes les fois où j'avais effectivement fait preuve de conviction, en vain.

— Le contraire est vrai aussi, d'ailleurs. Quand tu cherches à te débarrasser de quelqu'un d'intrusif, plus tu le repousses, plus il va insister.

Cela me rappela mes échanges avec madame Blanchard : plus j'essayais de lutter contre ses reproches et son intrusion abusive dans ma vie privée, plus elle continuait. La dernière fois, quand je m'étais franchement mis en colère, lui claquant presque la porte au nez, elle l'avait repoussée en m'assenant ses reproches sur un ton plus véhément que jamais…

Je racontai la scène à Dubreuil. Il m'écouta attentivement en silence, puis je vis ses yeux briller. Il venait clairement d'avoir une idée dont il semblait assez fier…

— Vous avez une solution ?

— Voilà ce que tu vas faire…

Il m'exposa son idée.

Je me sentis devenir de plus en plus blême. Plus il avançait dans son explication, puis il devenait directif sur la façon dont je devais m'y prendre, sentant peut-être qu'il fallait pallier mon incrédulité par des consignes précises. Ce qu'il me demandait était tout simplement i-nac-cep-table. J'avais rechigné à plusieurs de ses tâches par le passé, finissant toujours par céder. Là, c'était tout bonnement impossible. Rien que d'imaginer ce qu'il me demandait, je me sentais défaillir.

— Non, arrêtez. Vous vous doutez bien que je ne ferai jamais ça.

Je jetai un coup d'œil en direction de Catherine, cherchant un appui. Elle avait l'air aussi embarrassée que moi.

— Et tu sais que tu n'as pas le choix.

— Vous n'appliquez pas vos principes. Plus je résiste, plus vous jouez sur le rapport de force…

— C'est vrai.

— Et ça ne vous dérange pas outre mesure ? Faites ce que je dis, pas ce que je fais…

— J'ai une bonne raison à cela.

— Laquelle ?

— J'ai le pouvoir, mon ami. Le pouvoir. Alors pourquoi m'embarrasser ?

Il avait dit cela d'un air satisfait, en souriant. Il porta à ses lèvres son verre de vin blanc, tellement frais qu'une fine buée s'était formée sur les parois. Je repris du jus d'orange. Je m'en voulais de lui avoir confié mes problèmes de voisinage. Je le poussais au crime, après quoi je regrettais qu'il m'impose ses solutions. J'étais peut-être un peu maso sur les bords, finalement…

Les branches du grand cèdre, majestueuses, étaient parfaitement immobiles, comme si elles retenaient leur souffle. La douceur du soir nous enveloppait. Les platanes géants nous dominaient de toute leur hauteur protectrice. Mes yeux se posèrent négligemment sur Catherine et se figèrent subitement. Il était là, posé sur ses genoux. Elle le soutenait d'une seule main, l'autre tenant un crayon. Le carnet…

Elle surprit peut-être mon regard, ou le sentit inconsciemment, car elle posa son autre main dessus, comme pour le recouvrir.

Une pensée me traversa l'esprit. Et si je demandais tout simplement à le consulter ? Après tout, je n'avais pas à présupposer quoi que ce soit. Ils accepteraient peut-être… Je me faisais peut-être tout un cinéma pour rien.

Je pris soin d'affecter un air détaché.

— Je vois qu'il y a mon nom sur ce carnet. Je peux jeter un coup d'œil ? dis-je à Catherine en tendant la main dans sa direction. Je suis très curieux de nature…

Elle se raidit, sans répondre, et chercha Dubreuil du regard.

— Sûrement pas ! dit celui-ci d'un ton sans appel.

J'insistai. C'était le moment ou jamais. Ne pas me débiner.

— Si ce qui est écrit me concerne, il serait normal que je puisse le lire…

— Est-ce qu'un cinéaste montre aux spectateurs son scénario pendant la projection du film ?

— Je ne suis pas qu'un spectateur, dans cette affaire. Je suis même l'un des principaux acteurs, il me semble…

— Eh bien justement ! Un acteur joue mieux quand on lui communique au dernier moment la scène qu'il va jouer ! Il est plus spontané.

— Moi, je suis meilleur quand je peux me préparer à l'avance.

— Le scénario de ta vie n'est pas écrit d'avance, Alan.

Ces mots restèrent comme suspendus en l'air. Catherine regarda ses pieds.

Je n'aimais pas cette réponse ambiguë. Que signifiait-elle ? que personne ne peut connaître à l'avance son destin ? Ou que lui, Yves Dubreuil, était en train d'écrire le scénario de *ma* vie ? Cette pensée me fit froid dans le dos.

Mes yeux se tournèrent instinctivement vers la façade de l'hôtel particulier. La fenêtre du bureau, au premier étage, était grande ouverte. Au-dessous, une corniche sculptée courait sur toute la largeur du bâtiment. Dans l'angle, une gouttière en pierre tombait jusqu'au sol. Il serait très facile de se hisser jusqu'à la corniche, et de là, de rejoindre la fenêtre du bureau…

Je repris un canapé au saumon.

— À propos de pouvoir et de rapport de force, j'ai vécu un truc horrible au bureau…

Je lui racontai la réunion de la veille avec Marc Dunker et son test de calcul mental. Il m'écouta attentivement. Je savais que je risquais de me voir assigner une fois de plus une tâche pénible, mais j'étais prêt à tout pour châtier mon président, et j'avais besoin de la créativité de Dubreuil. Il avait la force de Dunker, le génie en plus.

— Je veux me venger.

— Mais contre qui es-tu en colère dans cette histoire ?

— Ça me semble évident, non ?

— Réponds.

— D'après vous ?

— C'est à toi que je pose la question.

— Dunker, bien sûr !

Il se pencha lentement vers moi, plongeant dans mes yeux son regard pénétrant. Un regard à hypnotiser un hyperactif.

— Alan, contre qui es-tu vraiment en colère ?

Je me sentais pris au piège, obligé de détourner mon attention d'une réponse trop facile pour l'orienter à l'intérieur de moi-même et interroger mes émotions. Quel pouvait être le véritable objet de ma colère, si ce n'était pas Dunker ? Dubreuil continuait de me fixer, immobile. Ses yeux étaient… un miroir de mon âme. J'y vis la réponse, soudain évidente. Je la chuchotai :

— Je m'en veux. À moi. D'avoir cédé à son odieuse pression… Et de n'avoir pas su réussir son test infâme.

Le silence du jardin me sembla pesant. C'était vrai : j'étais en colère contre moi-même, en colère d'avoir laissé se dérouler une situation profondément humiliante. Mais cela ne m'empêchait pas d'en vouloir aussi à Dunker pour avoir été à l'origine de tout ça. Je lui en voulais à mort.

— C'est quand même sa faute. Tout est parti de lui. Je veux me venger. Par tous les moyens. Ça m'obsède…

— Ah ! La vengeance, la vengeance ! Pendant des décennies, je n'ai pensé qu'à ça dès que l'on se mettait en travers de mon chemin ! Combien de fois me suis-je vengé ! Combien de fois ai-je jubilé en voyant souffrir mes adversaires ! Combien de fois ai-je exulté en leur faisant payer leurs actes… Et puis, un jour, j'ai réalisé que tout cela était vain, que ça ne servait à rien, et surtout… que je me faisais du mal à moi-même.

— Du mal à vous-même ?

— Quand on rumine sa vengeance, vois-tu, on ressent une énergie certes très stimulante, mais une énergie négative, destructrice, qui nous tire vers le bas. On n'en sort pas grandi… Et puis, il y a autre chose…

— Oui ?

— Si l'on se venge de quelqu'un, c'est qu'il nous a fait du mal. En se vengeant, on cherche à lui en faire en retour, n'est-ce pas ? On fait finalement comme lui, on adopte son mode de fonctionnement…

— Certes…

— C'est donc lui qui gagne : il aura réussi à nous imposer son modèle, même s'il ne l'a pas fait sciemment. Il nous aura poussés à le rejoindre dans le mal…

Je n'avais jamais pensé à ça. C'était une analyse plutôt… dérangeante. Si je parvenais à faire du tort à Dunker, ce dont je rêvais évidemment, cela signifierait qu'il aurait déteint sur moi… Quelle horreur ! Et pourtant, je n'allais quand même pas me laisser faire sans rien dire…

— Tu sais, reprit-il, il y aura beaucoup moins de guerres sur cette terre le jour où les hommes cesseront de vouloir se venger. Regarde le conflit israélo-palestinien. Tant que les habitants de chaque camp voudront venger le frère, la cousine ou l'oncle tués par l'ennemi, la guerre continuera, produisant chaque jour plus de morts… à venger. Ça ne finira jamais, tant que l'on n'aidera pas ces hommes et ces femmes en souffrance à faire le deuil, non pas de leurs morts, mais… de leur vengeance.

C'était bizarre, presque incongru, d'évoquer les guerres dans ce havre de paix qu'était le parc du château, avec ses senteurs apaisantes, ses grands arbres rassurants, et ce calme si envoûtant qu'on en oubliait la ville toute proche.

Mais ce qui peut sembler une évidence quand on observe les conflits des autres prend une tout autre proportion quand il s'agit des siens… La nécessité du pardon au Moyen-Orient me paraissait aller de soi ; pardonner à Dunker n'était même pas envisageable…

— Vous dites que l'on se fait du mal à soi-même quand on cherche à se venger. J'accepte cette idée, mais j'ai le sentiment que ravaler ma colère me ferait au moins autant de mal !

— Ta colère produit une énergie, une force, et cette force peut être réorientée et utilisée pour agir et servir tes intérêts, tandis que la vengeance ne t'apporte rien, elle ne fait que détruire.

— C'est bien joli mais, concrètement, comment je fais ?

— Il faut déjà, avant tout, que tu exprimes ce que tu as sur le cœur, soit en disant simplement à ce type ce que tu penses de ce qu'il a fait, soit en le faisant de façon symbolique.

— De façon symbolique ?

— Oui, tu peux par exemple lui écrire une lettre dans laquelle tu vides ton sac et exprimes toute ta rancœur, puis noyer cette lettre dans la Seine ou la brûler.

J'avais le sentiment que quelque chose m'avait échappé...

— Ça sert à quoi ?

— À te purger de la haine accumulée en toi qui te fait du mal. Il faut que ça sorte, tu comprends ? Ça te permettra de passer à la seconde phase. Tant que tu restes dans un état de colère, ton esprit est obnubilé par le désir de revanche et ça t'empêche d'agir pour toi. Tu rumines, tu ressasses tes griefs, et tu n'avances pas. Tes émotions te bloquent ; il faut les libérer. Un acte symbolique peut le permettre.

— Et la seconde phase, c'est quoi ?

— La seconde phase, c'est utiliser l'énergie issue de la colère pour agir, par exemple pour réaliser ce que tu n'aurais jamais osé faire. Quelque chose de constructif qui serve vraiment tes intérêts.

L'image qui m'apparut était assez ambitieuse. Je rêvais de faire changer les choses dans mon entreprise, de devenir une force de proposition plutôt que de continuer à déplorer la tournure des évènements et à me lamenter en boucle avec Alice.

J'irais rencontrer Marc Dunker en personne. Son faux pas de la veille le mettait en position délicate vis-à-vis de moi. J'en profiterais : il se garderait de rejeter d'emblée mes idées et serait forcé de m'écouter un peu, j'en avais la certitude. Je lui ferais part de mes constats, de mes idées et je tenterais de négocier leur mise à l'épreuve. Après tout, qu'avais-je à perdre ?

Une ombre passa sur mon enthousiasme. Pourquoi Dunker suivrait-il les idées de quelqu'un dont il avait lui-même prouvé le manque de confiance en soi ? Vu sa personnalité écrasante, il devait maintenant me mépriser profondément…

Je fis part de mon projet et de mes doutes à Dubreuil.

— C'est sûr que la confiance en soi facilite grandement les choses pour obtenir ce que l'on veut au travail…

J'avalai ma salive.

— Vous m'aviez promis de travailler sur ce point.

Il me regarda en silence pendant quelques instants, puis prit un verre d'eau, un verre à pied en cristal d'une finesse presque irréelle. Il le porta au-dessus de la pyramide de safran et commença à l'incliner lentement. Je ne quittai pas des yeux le cristal ciselé dans lequel l'eau apparaissait lumineuse.

— Nous naissons tous avec le même potentiel en matière de confiance en soi, dit-il. Puis nous recevons les commentaires de nos parents, nos nounous, nos instituteurs…

Une goutte d'eau se détacha et tomba sur le sommet de la pyramide, formant comme une loupe grossissant à l'excès chaque particule orange de la précieuse épice. La goutte sembla hésiter puis se fraya lentement un chemin, dévalant la pente en accélérant jusqu'à la base.

— Si par malchance, reprit-il, ils tendent tous dans un sens négatif, formulant des critiques, des reproches, attirant notre attention sur nos manquements, nos erreurs et nos échecs, alors le sentiment d'insuffisance et l'autocritique s'inscrivent dans nos habitudes de pensée.

Dubreuil inclina de nouveau le verre, lentement, et une deuxième goutte tomba au même endroit. Elle hésita à son tour puis emprunta le même chemin que la première. La troisième goutte fit de même, plus vite que la précédente. Au bout de quelques secondes, un sillon s'était dessiné et les gouttes s'y précipitaient, le creusant un peu plus à chaque passage.

— À la longue, la plus petite des maladresses nous met mal à l'aise, le plus secondaire des échecs nous amène à douter de nous, et la plus insignifiante des critiques nous déstabilise et nous fait perdre nos moyens. Le cerveau s'habitue à réagir négativement, les liens neuronaux se renforçant à chaque expérience.

J'étais clairement dans ce cas de figure. Tout ce qu'il disait me parlait, avait un écho particulier en moi. J'étais donc un sacrifié de la vie, abandonné par mes pères, écrasé par ma mère pour qui je n'avais jamais été assez bon. Et maintenant, bien qu'étant adulte, j'allais continuer de payer pour cette enfance que je n'avais pas choisie. Mes parents n'étaient plus là mais je subissais toujours les effets néfastes de leur éducation. Je commençais à me sentir profondément déprimé lorsque je réalisai soudain que cette déprime elle-même devait certainement contribuer à accentuer ma perte de confiance en moi…

— Il y a moyen de sortir de ce cercle infernal ? demandai-je.

— Ce n'est pas définitif, en effet. Mais c'est dur d'en sortir. Cela demande des efforts…

Il pencha la tête de côté et, déposant une nouvelle goutte d'eau sur le sommet de la pyramide, il souffla dessus suffisamment pour l'obliger à prendre une autre direction. Elle se fraya lentement un nouveau chemin jusqu'à la base.

— Et surtout, reprit-il, ces efforts doivent être impérativement soutenus dans le temps. Car notre esprit est très attaché à nos habitudes de pensée, même lorsqu'elles font souffrir.

Il renversa une nouvelle goutte sur la pointe du monticule et elle se précipita dans l'ancien sillon.

— Ce qu'il faut, dit-il, c'est…

Il maintint un souffle continu, comme il l'avait fait précédemment, et les gouttes suivantes furent contraintes d'emprunter le nouveau chemin, creusant progressivement un nouveau sillon. Au bout d'un moment il cessa de souffler, et les gouttes continuèrent de suivre cette nouvelle voie.

— … c'est créer de nouvelles habitudes de l'esprit. Reproduire suffisamment souvent des pensées valorisantes associées à des émotions positives, jusqu'à ce que de nouveaux liens neuronaux se créent, se renforcent, puis deviennent prépondérants. Cela prend du temps.

Je ne quittais pas des yeux la belle pyramide orange, maintenant creusée de deux sillons bien marqués.

— On ne supprime pas les mauvaises habitudes de l'esprit, dit-il. Mais il est possible d'en ajouter de nouvelles et de faire en sorte qu'elles deviennent irrésistibles. On ne peut pas changer les gens, tu sais. On peut juste leur montrer un chemin, puis leur donner envie de l'emprunter.

Je me demandais quelle était la profondeur du sillon de mon manque de confiance en moi... Parviendrais-je un jour à graver en moi une assurance, une sérénité face aux critiques en tous genres ? Saurais-je développer cette force intérieure qui vous rend inattaquable puisque les persécuteurs semblent ne s'en prendre qu'aux plus vulnérables d'entre nous ?

— Alors, qu'est-ce que vous me proposez par rapport à mon problème ?

Il reposa le verre d'eau, se resservit du vin blanc, puis se rejeta tranquillement en arrière dans son fauteuil. Il but une gorgée.

— Tout d'abord, il faut que tu saches que je vais te donner une tâche que tu devras faire tous les jours pendant... cent jours.

— Cent jours !

Ce n'était pas la durée de la besogne qui me faisait peur, mais la perspective d'être toujours sous l'emprise de Dubreuil à si longue échéance...

— Oui, cent jours. C'est ce que je viens de t'expliquer : on ne crée pas de nouvelles habitudes de l'esprit du jour au lendemain. Si tu exécutes la tâche que je vais te donner pendant huit jours, ça ne te servira à rien. Rigoureusement à rien. Il est nécessaire de l'inscrire dans la durée en la répétant suffisamment longtemps pour que ses effets s'imprègnent en toi.

— De quoi s'agit-il ?

— C'est très simple, mais c'est nouveau pour toi. Tous les soirs, tu vas prendre deux minutes pour repenser à la journée qui vient de s'écouler, et noter quelque part trois choses que tu as accomplies et dont tu es fier.

— Je ne suis pas sûr d'accomplir autant d'actes de bravoure tous les jours…

— Il ne s'agit pas d'actes de bravoure, non. Cela peut être de toutes petites actions, et pas forcément au bureau. Peut-être as-tu pris le temps d'aider un aveugle à traverser la rue alors que tu étais pressé. Peut-être as-tu signalé à un commerçant qu'il s'était trompé en ta faveur en te rendant la monnaie, ou encore as-tu dit à quelqu'un tout le bien que tu pensais de lui. Tu vois, cela peut être absolument n'importe quoi, à condition qu'il s'agisse de quelque chose dont tu puisses être fier. D'ailleurs, il ne s'agit même pas forcément d'une action : tu peux être satisfait de la façon dont tu as réagi, de ce que tu as ressenti. Fier d'être resté calme dans les situations qui habituellement t'énervent…

— Je vois…

J'étais un peu déçu. Je m'attendais à ce qu'il me donne une tâche plus conséquente, plus sophistiquée…

— Mais… vous pensez vraiment que ça va m'aider à développer de la confiance en moi ? Ça paraît tellement simple…

— Ah ! On voit bien que tu n'es pas un pur Américain ! Tu ne peux pas cacher tes origines françaises… Pour les Français, une idée doit forcément être complexe, sinon on la soupçonne d'être simpliste ! C'est sans doute pour ça que tout est si compliqué dans ce pays. On adore se prendre la tête, ici !

Cela me rappela qu'il avait un accent dont je n'avais jamais identifié la provenance.

En vérité, reprit-il, il n'existe pas de solution miracle pour te donner du jour au lendemain confiance en toi. Il faut voir la tâche que je te confie comme une petite boule de neige. Je la pousse du haut de la montagne et, si tu l'accompagnes dans sa descente suffisamment longtemps, elle prendra peut-être de l'ampleur pour, au final, déclencher une avalanche de changements positifs dans ton existence.

J'étais convaincu d'une chose : la confiance en moi était la clé de mon équilibre dans bien des domaines. La développer contribuerait à m'offrir une vie épanouie.

— Cette tâche, reprit-il, va t'amener à prendre conscience de tout ce que tu fais de bien, tout ce que tu réussis au jour le jour. Petit à petit, tu vas ainsi apprendre à orienter ton attention sur tes qualités, tes valeurs, tout ce qui fait de toi quelqu'un de bien. Le sentiment de ta valeur personnelle va progressivement s'inscrire en toi, jusqu'à devenir une certitude. Dès lors, aucune attaque, aucune critique, aucun reproche ne pourra te déstabiliser. Cela ne te touchera pas, et tu pourras même t'offrir le luxe de pardonner et de ressentir de la compassion pour ton agresseur…

J'étais loin de m'imaginer ressentant de la compassion pour Marc Dunker. C'était sans doute le signe de la longueur du chemin à parcourir…

Dubreuil se leva.

— Allez, je te raccompagne. Il se fait tard.

Je saluai Catherine, qui me regardait comme si j'étais un animal de laboratoire, et le suivis. Nous contournâmes le château par le jardin. Le jour déclinant lui donnait une atmosphère mystérieuse.

— Ça doit représenter beaucoup de travail d'entretenir une bâtisse et un parc de cette dimension. Je comprends que vous ayez des domestiques.

— Difficile de s'en passer, en effet.

— Pourtant, je ne me sentirais pas chez moi avec tout ce monde dans ma maison. Ils restent là jour et nuit ?

— Non. Ils s'en vont tous à 22 heures. La nuit, je suis le seul à hanter ces lieux !

Nous passâmes à proximité du grand cèdre dont les branches les plus basses semblaient caresser le sol dans la pénombre, tels de longs bras vêtus d'un sombre manteau d'aiguilles, tandis que les senteurs de résine nous enveloppaient dans la tiédeur du soir.

Nous marchâmes sans dire un mot jusqu'à la haute grille noire, préservant le calme troublant qui imprégnait le lieu.

Staline resta couché, mais il ne me quittait pas des yeux, attendant sans doute le moment propice pour s'élancer. Je réalisai soudain que, derrière lui, il y avait non pas une, mais quatre niches alignées.

— Vous avez quatre chiens ?

— Non, c'est Staline qui a quatre niches pour lui tout seul. Tous les jours, il choisit celle dans laquelle il va dormir. Personne d'autre que lui ne le sait. Il a une forte tendance paranoïaque…

J'avais parfois le sentiment d'avoir mis les pieds dans une maison de fous.

Je me tournai vers Dubreuil. L'éclairage provenant des réverbères de la rue lui donnait un teint blafard.

— J'aimerais quand même savoir une chose, dis-je, brisant le silence.

— Oui ?

— Vous vous occupez de moi et je vous en suis reconnaissant, mais j'aimerais pouvoir me sentir... libre. Quand me libérerez-vous de mon engagement ?

— La liberté, cela se gagne !

— Dites-moi quand. Je veux connaître l'échéance.

— Tu le sauras quand tu seras prêt.

— Arrêtez de jouer au chat et à la souris. Je veux le savoir maintenant. Après tout, je suis quand même le premier concerné dans cette affaire...

— Tu n'es pas concerné, tu es impliqué.

— Vous voyez, vous continuez à jouer sur les mots. Concerné et impliqué, c'est bien la même chose, non ?

— Non, pas du tout.

— Ben voyons ! Et quelle est la différence, selon vous ?

— C'est l'omelette au lard.

— Mais qu'est-ce que vous racontez ?

— Tout le monde sait cela, voyons ! Dans l'omelette au lard, la poule est concernée, et le cochon est impliqué.

18

Monsieur,

Je vous écris pour vous faire part de la forte contrariété qu'a générée en moi l'exercice que vous avez organisé il y a quelques jours, en présence des équipes du département Recrutement de votre société. Avec le respect que je porte par ailleurs à la fonction que vous occupez, il est nécessaire que je vous fasse part de ce que je ressens depuis cet évènement : je vous déteste vous êtes un gros connard un gros connard un gros connard un gros connard je vous hais je vous vomis j'exècre les gens comme vous vous êtes un minable un salaud un abruti de salopard de merde.

Je vous remercie de votre attention et vous prie d'agréer, Monsieur, l'expression de mes salutations distinguées.

Alan Greenmor

19

21 heures. Je poussai la porte de mon immeuble, ma lettre à la main. Les tilleuls opulents de la rue embaumaient l'air du soir. Je descendis le perron et passai devant Étienne. Assis contre le mur, il regardait vers le ciel, l'air inspiré.

— Il fait doux, ce soir.

— Il fait l'temps qu'y fait, mon gars.

Je longeai le bord du trottoir, puis glissai ma lettre dans la première bouche d'égout venue. « Et voilà, livrée à domicile. »

Je marchai jusqu'au métro, foulant tranquillement le pavé parisien. Montmartre a cet avantage d'être situé sur une colline, si bien qu'on a la sensation particulière d'être à Paris sans pour autant être *dans* la ville. On ne se sent pas absorbé par la cité, enfoui dans le bruit et la pollution au cœur d'une mégapole dont on ne percevrait pas les contours. Non, à Montmartre, au contraire, le ciel est omniprésent et l'on respire. La Butte est un village et, lorsqu'au détour d'une rue tortueuse on aperçoit la ville en contrebas, elle semble si lointaine et affaissée que l'on se sent soudain plus proche des nuages que du tumulte parisien.

J'arrivai devant chez Dubreuil à 21 h 40 et retrouvai mon banc familier. Cela faisait maintenant trois soirs que je venais faire la planque devant l'hôtel particulier. J'avais finalement renoncé à rester allongé, mais avais pris soin d'enfiler un bonnet de coton jusqu'aux sourcils. De loin, cela devait suffire à me rendre méconnaissable.

J'étais à peine installé que surgit sur l'avenue la longue Mercedes noire du maître des lieux. Elle s'arrêta devant la grille et Vladi en sortit prestement. Il contourna la voiture et ouvrit la portière arrière. Je vis une jeune femme en descendre, immédiatement suivie de Dubreuil qui la saisit par la taille. Elle était brune, ses cheveux courts dévoilant une jolie nuque. Une jupe très courte et des jambes d'une longueur sans fin. Elle avait une démarche particulièrement féminine, sans doute imposée par ses hauts talons, mais n'était-elle pas… légèrement chancelante ? Elle se pendit au cou de Dubreuil. J'entendis des rires très révélateurs du nombre de verres qu'elle avait dû absorber…

Ils pénétrèrent dans la propriété, gravirent les quelques marches du perron, puis disparurent dans la maison. Des lumières s'allumèrent successivement aux fenêtres.

Il ne se passa plus rien pendant une bonne dizaine de minutes, puis j'entendis le vibreur de la petite porte, comme les jours précédents. 22 h 01. Mes yeux ne quittaient plus l'entrée, guettant la sortie des domestiques. Ils apparurent cinquante-cinq secondes plus tard. À vingt secondes près, il s'était écoulé le même laps de temps que les jours précédents. Même rituel de séparation sur le trottoir, avec quelques paroles échangées avant que le groupe ne se disloque. L'usager du bus traversa l'avenue. Le véhicule arriva à 22 h 09. Une minute d'avance sur l'horaire officiel. Nous arrivions au moment crucial : dans combien de temps Dubreuil viendrait-il lâcher Staline ? Je croisais les doigts pour qu'il respecte le timing des jours précédents : 22 h 30 précises.

Mon regard oscillait de la porte du château à ma montre, chaque minute écoulée renforçant simultanément mon espoir et mes craintes. À 18, la lumière du hall d'entrée s'alluma, et mon cœur se serra. J'attendis, tendu, que la porte s'ouvre. Je ne la quittai plus des yeux. Rien. Puis une autre lumière apparut, cette fois dans la bibliothèque, et je repris mon souffle. Il était 21. Le bus était parti depuis douze minutes. Je me détendis. Rien de nouveau ne se passait. 24. Toujours rien. 28. Rien. 22 h 30. Je ressentais maintenant le désir contraire : que Dubreuil apparaisse le plus vite possible. De la régularité de son timing pour lâcher Staline dépendait ma sérénité pour le jour J. Il était 31 quand la porte s'ouvrit, et je poussai un soupir de soulagement. Pour le troisième jour consécutif, Dubreuil venait détacher son chien à la même heure, à une minute près. L'habitude semblait ancrée.

Je ne vérifierais pas le lendemain. Nous étions vendredi, et il était probable que l'organisation change le week-end. Il fallait que je m'en tienne aux horaires des jours de semaine.

J'attendis la fin de l'opération, puis me levai pour rejoindre le métro. Je marchais en silence, regardant le sol, perdu dans mes pensées. Une sonnerie brève de mon portable m'en extirpa. Un SMS. C'était lui. Même en bonne compagnie, il ne m'oubliait pas... Je pris la cigarette prescrite et l'allumai tout en marchant. J'aurais préféré humer l'air doux du soir, chargé de l'humidité des arbres de l'avenue. Je commençais à en avoir marre que l'on m'impose de fumer quand je n'en avais pas envie.

Je repensai au déroulement de ma journée. De quoi pouvais-je être fier aujourd'hui ? Voyons... Il fallait trois choses... Fier... Eh bien, tout d'abord, j'étais fier d'avoir eu le courage de quitter le bureau à 18 heures. Auparavant je me sentais obligé de rester comme tout le monde jusqu'à 19 heures, même si je n'avais plus rien à faire. Ensuite... voyons, ah oui, j'étais fier d'avoir cédé ma place à une femme enceinte dans le métro. Enfin, j'étais fier de la décision irrévocable que je venais de prendre pour mettre fin à mes interrogations incessantes sur le fameux carnet de Dubreuil : lundi soir, dans précisément soixante-douze heures, je saurais ce qu'il contenait.

20

La nuit qui suivit fut mouvementée. À quatre reprises, je fus réveillé par l'ordre de prendre une cigarette. La pire fut celle de 5 heures du matin. Je la fumai à la fenêtre, à moitié endormi et transi de froid, pour ne pas laisser l'odeur envahir l'appartement. Elle me dégoûta violemment. Dubreuil me prescrivait une cigarette une bonne trentaine de fois par jour, et je commençais à ne plus le supporter. J'en arrivais à attendre avec une certaine hantise le SMS qui allait m'infliger la tâche. À table, je me surpris à manger de plus en plus vite, de peur de devoir m'interrompre pour fumer. Lorsque bourdonnait la brève sonnerie annonciatrice de la corvée, j'étais aussitôt sujet à un début de nausée, avant que ma main ne plonge à regret dans ma poche pour en sortir le maudit paquet.

Comme c'était samedi, je fis la grasse matinée jusqu'à 11 heures, rattrapant un peu de mon retard de sommeil. Après une bonne douche revigorante, je pris mon café avec des viennoiseries achetées la veille que je venais de réchauffer dans mon minifour. L'odeur de croissant chaud avait envahi l'appartement. En temps ordinaire, cela aurait excité mon appétit.

Le samedi avait toujours été mon jour préféré. Le seul jour de détente qui en annonçait un autre, le lendemain. Mais aujourd'hui était un jour particulier. J'avais le trac. Un trac latent, souterrain et qui, même lorsque je ne pensais pas à ce qui en était la cause, restait présent en filigrane et continuait de me nouer l'estomac. Aujourd'hui était le jour que j'avais choisi pour mettre en œuvre la mission exigée par Dubreuil auprès de madame Blanchard. Il fallait bien que je m'en débarrasse, et le plus tôt serait le mieux. Dans une heure, je n'y penserais plus. Mais, d'ici là, j'allais devoir rassembler tout mon courage…

J'étais donc plutôt anxieux en mâchonnant mes croissants, et seule la chaleur du café irradiant dans ma gorge parvint à me détendre un peu. Je le savourai jusqu'à la dernière goutte, moins pour en profiter que pour repousser le moment fatidique.

Je finis par me lever, pieds nus, et traversai la pièce en direction de ma minichaîne. Je faillis retirer le casque audio branché en permanence mais me ravisai. Je ne voulais surtout pas lui fournir une raison valable de se plaindre. J'aurais d'ailleurs pu me passer complètement de musique, mais j'en ressentais le besoin pour me mettre en condition. Il me fallait même un truc un peu… déjanté. Voyons, voyons… Qu'est-ce que je pouvais mettre… Non, pas ça… pas ça… Voilà : une reprise de *My Way* par l'ancien bassiste des Sex Pistols. Frank Sinatra revu et corrigé par les hard-rockeurs. Je pris mon casque, un grand casque aux écouteurs bien enveloppants qui vous isolent et vous font sentir seul au monde, et le mis sur les oreilles. La voix grave de Sid Vicious jaillit de l'au-delà, entonnant très calmement le premier couplet. Je montai le son, me déplaçant, le fil du casque à la main, comme un chanteur tenant le câble de son micro. Soudain, les guitares électriques s'excitèrent furieusement. Je commençai à bouger en rythme, mes pieds nus bien en contact avec le plancher. La voix du chanteur dérapait dans tous les sens, comme s'il vomissait sa chanson. Oublier la voisine. Monter encore le son. Plus fort. Se laisser aller. Fermer les yeux. Allez. Se fondre dans la musique. La musique, en moi, dans mon corps. Bouger, vibrer, danser. À fond. Se libérer de tout. Sauter, tout ressentir…

Cela dura sans doute plusieurs minutes, avant que je ne réalise que la batterie ne suivait plus le rythme… Les coups répétés venaient d'ailleurs, et malgré la sorte de transe dans laquelle je m'étais laissé glisser, je connaissais bien leur provenance…

J'arrachai le casque et fus plongé dans le silence étourdissant de la pièce, mes oreilles bourdonnant encore de ce que je leur avais fait subir.

Les coups à ma porte reprirent soudain, plus forts. Elle ne frappait plus, elle cognait.

— Monsieur Greenmor !

Le moment était bel et bien venu…

« Pousse-le, il te repousse… et le contraire est vrai aussi », disait Dubreuil, « plus tu le repousses, plus il va insister »…

— Monsieur Greenmor ! Ouvrez-moi !

Je restai figé, soudain saisi par le doute. Et si Dubreuil se trompait ?

Les coups redoublèrent. Comment peut-on être aussi odieux ? J'avais dû rebondir cinq ou six fois sur le plancher en dansant. On ne devait pas entendre grand-chose de chez elle… Elle voulait vraiment me pourrir la vie. Quelle sale bonne femme !

La colère me poussa à l'action. Je retirai d'un coup mon pull, puis mon tee-shirt. Je me retrouvai torse nu, en jean, les pieds nus.

— Monsieur Greenmor, je sais que vous êtes là !

Je fis un pas vers la porte, puis m'arrêtai. Je sentais mon cœur battre à un rythme accéléré.

Allez.

Je retirai mon jean et le laissai choir sur le plancher. Dubreuil était vraiment fou…

— Ouvrez cette porte !

Sa voix était à la fois autoritaire et haineuse. Je fis les quelques pas qui me séparaient de la fameuse porte. J'avais un trac monstre.

Maintenant.

Retenant mon souffle, je fis glisser mon caleçon jusqu'au sol, puis le jetai au loin. C'était horrible d'être nu dans un tel contexte.

— Je sais que vous m'entendez, monsieur Greenmor !

Courage.

Je tendis la main vers la poignée. Je n'arrivais pas à croire ce que j'étais en train de faire. Je n'étais plus tout à fait moi-même.

Elle tapa trois ultimes coups tandis que je baissais la poignée. J'avais l'impression d'actionner ma propre guillotine. Je tirai la porte à moi, et, dès que je l'eus entrouverte, un courant d'air frais me chatouilla les testicules, comme pour bien me rappeler que j'étais nu. Un supplice.

La phrase. Il faut dire la phrase. Avec entrain. Allez, c'est trop tard pour reculer.

J'ouvris la porte en grand.

— Madame Blanchard ! Quel plaisir de vous voir !

Elle eut visiblement le choc de sa vie. Tout de noir vêtue et les cheveux cendre tirés en chignon, elle avait dû s'arc-bouter contre ma porte pour mieux la cogner, car lorsque celle-ci s'ouvrit, elle faillit perdre l'équilibre. Elle eut un mouvement de recul avant de se figer, écarquillant les yeux tandis que son teint s'empourprait violemment. Sa bouche s'ouvrit mais aucun son n'en sortit.

— Entrez donc, vous êtes la bienvenue !

Elle resta pétrifiée, la bouche ouverte, fixant ma nudité, incapable de prononcer un seul mot.

C'était atroce de me retrouver nu devant ma vieille voisine, mais j'étais encouragé par sa réaction. Cela me donnait presque envie d'en rajouter.

— Venez, vous prendrez bien un petit verre avec moi !

— Je… je… non… je… mais… Mon… mon… monsieur… je… mais… je…

Elle était comme statufiée, le visage écarlate, balbutiant des mots inintelligibles, le regard vissé sur mon sexe.

Il lui fallut plusieurs minutes avant de pouvoir retrouver en partie ses esprits, bredouiller des excuses et s'en aller à reculons.

Elle ne revint jamais se plaindre du bruit.

21

Dimanche, 6 heures du matin. La sonnerie me tira d'un sommeil profond. Il n'y a rien de plus pénible que d'être réveillé en plein rêve. Une immense lassitude s'empara de moi. C'était le troisième SMS de la nuit. Pitié. Je n'en pouvais plus. Je n'avais même plus la force de me lever. Je restai un long moment allongé, me forçant à garder les yeux ouverts, luttant pour ne pas me rendormir. Quel cauchemar, ce truc !

J'eus toutes les peines du monde à me redresser dans mon lit. J'étais tout engourdi de sommeil. Je ne supportais plus de devoir fumer à toute heure du jour ou de la nuit. C'était un véritable calvaire. Dépité, je finis par tourner la tête vers la table de chevet.

Il n'y a rien de plus affreux que ce paquet rouge et blanc. C'est laid et ça pue.

Je tendis le bras, l'attrapai et en sortis une cigarette. Je n'avais pas le courage de me lever pour aller à la fenêtre. Tant pis pour l'odeur. Je roulerais le mégot et les cendres dans un mouchoir pour ne pas sentir les ignobles relents de tabac froid en me rendormant.

J'attrapai ma boîte d'allumettes. Une boîte miniature, décorée d'un dessin de la tour Eiffel. La première allumette se brisa en deux entre mes doigts engourdis. La seconde crépita et la petite flamme jaillit en libérant sa senteur caractéristique. C'était mon seul instant de plaisir avant la corvée. J'approchai l'allumette de ma cigarette. La flamme lécha son extrémité et j'aspirai. Le bout rougit et une bouffée de fumée envahit ma bouche, agressant mon palais, ma langue et ma gorge, en y répandant son goût âpre et fort. *Trop* fort. J'exhalai au plus vite ce mauvais air. L'horrible sensation de bouche pâteuse demeura. Répugnant.

Je tirai une seconde bouffée. La fumée me brûla la trachée, enflammant mes poumons. Je toussai. Une toux sèche qui accentua le goût ignoble sur ma langue. J'avais envie de pleurer. Je ne pouvais plus continuer comme ça. Ce n'était plus possible. Au-delà de mes forces. Stop. Pitié…

Hagard, je regardai autour de moi, cherchant ce qui pourrait me soulager, et finis par tomber sur le coupable messager de l'ignoble : mon téléphone portable. Les SMS de Dubreuil… Dubreuil ! Je tendis nerveusement la main et attrapai le mobile. En cliquant sur les touches, je fis défiler les messages reçus. Les yeux me piquaient et j'avais du mal à lire. Je finis par retrouver le numéro d'envoi du SMS. J'hésitai quelques secondes, puis appuyai sur la touche verte. Le téléphone composa le numéro. Le cœur battant, je portai l'appareil à mon oreille et attendis. Un silence, puis une sonnerie. Deux sonneries. Trois sonneries. On décrocha.

— Bonjour.

La voix de Dubreuil.

— C'est moi, Alan.

— Je sais.

— Je… je n'en peux plus. Arrêtez de m'envoyer des SMS tout le temps. Je… je craque.

Silence. Il ne répondit pas.

— Je vous en supplie. Laissez-moi arrêter. Je ne veux plus du tout fumer, vous entendez ? Je ne supporte plus vos cigarettes. Laissez-moi arrêter…

Un silence, de nouveau. Est-ce qu'au moins il comprenait mon état ?

— Je vous en supplie…

Il rompit le silence, d'une voix très calme.

— C'est d'accord. Si c'est ce que tu veux, alors je te laisse libre d'arrêter de fumer.

Il raccrocha avant que j'aie eu le temps de dire merci.

Une bouffée de soulagement, de bonheur, s'empara de moi. Je respirai un grand coup. L'air me sembla délicieux, léger. Je me retrouvai à sourire aux anges, seul dans mon lit à 6 heures du matin !

C'est le cœur rempli d'allégresse que j'éteignis, en l'écrasant directement sur la table de nuit, celle qui serait la dernière cigarette de ma vie.

22

Dubreuil avait commencé par refuser de m'aider à préparer mon entretien prévu avec Marc Dunker. « Je ne connais pas ton entreprise, qu'est-ce que tu veux que je te conseille de lui dire ? » m'avait-il répliqué. Cédant à mon insistance, il avait fini par me donner quelques tuyaux.

— En quoi c'est difficile pour toi ? m'avait-il demandé.

— C'est quelqu'un de mauvaise foi, qui fait facilement des reproches injustifiés. Dès qu'on lui demande quelque chose, ou que l'on pointe du doigt un dysfonctionnement, il a tendance à attaquer pour ne pas avoir à répondre…

— Je vois… Et qu'est-ce que vous faites, toi et tes collègues, quand il vous fait ces reproches ?

— On ne se laisse pas faire. On essaye de lui prouver que c'est faux, que ces reproches sont injustes…

— Donc, vous cherchez à vous justifier, c'est ça ?

— Oui, bien sûr.

— Donc, c'est vous qui faites le boulot !

— Je ne comprends pas…

— Face à des reproches indus, il ne faut surtout pas se justifier, sinon vous entrez dans son jeu !

— Peut-être, mais qu'est-ce que vous voulez qu'on fasse d'autre ?

Il avait pris son petit air amusé.

— Le torturer.

— Très drôle.

— Je ne plaisante pas…

— Vous oubliez juste un petit détail…

— Quoi ?

— Je n'ai pas envie de perdre mon job.

— Fais comme les Inquisiteurs au Moyen Âge. Que disaient-ils pour désigner les séances de torture insoutenables qu'ils s'apprêtaient à infliger à quelqu'un ?

— Je ne sais pas…

— *On va le soumettre à la question.*

— Le soumettre à la question ?

— Oui.

— Et quel est le rapport avec mon boss ?

— Face aux reproches infondés, torture-le en lui posant des questions…

— C'est-à-dire, concrètement ?…

— Plutôt que de te justifier, pose-lui des questions pour l'obliger, lui, à se justifier ! Et ne le lâche pas. C'est à lui d'apporter la preuve de ses reproches, pas à toi de prouver qu'ils sont abusifs ! Autrement dit, fais-le bosser…

— Je vois…

— Pousse-le dans ses retranchements. Demande-lui ce qui lui permet d'affirmer ce qu'il dit, et ne le laisse pas s'abriter derrière des généralités : creuse, réclame des précisions, des faits. S'il est de mauvaise foi, il va passer un sale moment… Et tu sais quoi ?

— Dites.

— Le plus génial dans tout ça, c'est que tu n'as même pas besoin d'être agressif. Si tu t'y prends bien, tu peux le mettre à genoux avec beaucoup de douceur, avec un ton de voix très respectueux en apparence. Bref, tu l'obligeras à justifier ses reproches tout en étant… irréprochable.

— Pas mal…

— Et si tu y parviens, il y a de bonnes chances qu'il te foute la paix par la suite…

*

J'avais pris rendez-vous avec Marc Dunker par téléphone auprès de son secrétaire. J'ai bien dit *son* secrétaire car – fait rarissime en entreprise – il s'agissait d'un homme, en l'occurrence un jeune Anglais très distingué, prénommé Andrew. Son recrutement avait surpris tout le monde. Dunker étant clairement du genre macho, on l'aurait volontiers imaginé choisissant une nymphette en minijupe et décolleté, soumise à ses ordres, une fille assez expérimentée pour bien le servir tout en étant suffisamment docile pour le rassurer sur sa supériorité de mâle dominant.

Mais son choix n'était sans doute pas un hasard non plus : je le soupçonnais d'être secrètement complexé par son parcours d'autodidacte d'origine paysanne. Le secrétaire anglais, qui le suivait dans tous ses déplacements, compensait ce déficit d'image par une élégance, une politesse et une distinction poussées à l'extrême et, cerise sur le gâteau, un langage châtié prononcé avec un fort accent british : toute la classe d'un authentique sujet de Sa Majesté qui, par sa simple présence, anoblissait son patron. Seules quelques rares fautes de genre venaient compléter le tableau en apportant une touche de charme.

Ce matin-là, j'arrivai volontairement avec cinq minutes de retard, juste assez pour envoyer à Dunker le message que je n'étais pas à sa botte. Ce fut Andrew qui m'accueillit.

— Je vais devoir, dit-il avec son accent à couper au couteau, vous faire patienter un peu. Monsieur Dunker n'est pas encore prête à vous recevoir.

Normal… Il répondait à mon retard par un retard plus grand. En France, le temps est un instrument de pouvoir.

Andrew m'invita à m'asseoir sur un canapé en cuir rouge qui tranchait avec les murs d'un blanc parfait. La pièce, assez vaste, comportait en effet un coin salon où l'on faisait patienter les visiteurs. De l'autre côté, le bureau du jeune Anglais, entièrement recouvert d'un cuir rouge assorti au canapé, était impeccablement rangé. Pas un papier ne traînait.

— Voulez-vous un café ?

Je fus presque surpris par sa demande, tellement il paraissait incongru qu'un tel personnage semblant tout droit sorti de Buckingham Palace puisse vous offrir autre chose que du thé dans de la porcelaine de Chine.

— Non, merci… Oh, et puis oui, finalement, je veux bien…

Andrew acquiesça silencieusement et se dirigea dans un coin de la salle vers une cafetière à capsules dernier cri, tout en inox. Elle crépita quelques instants tandis que le café s'écoulait dans la tasse. Une goutte eut le malheur d'éclabousser l'inox immaculé. Andrew dégaina instantanément une lingette et fit disparaître la goutte rebelle, aussi rapide qu'un lézard attrapant un moustique d'un coup de langue furtif. L'inox retrouva l'aspect neuf qu'il avait une seconde auparavant.

Il déposa ensuite avec beaucoup de précision la tasse sur la table basse devant moi. Une tasse rouge vif d'un design plus prétentieux que vraiment beau.

— S'il vous plaît, dit-il en s'éclipsant.

— Merci.

Andrew retourna à son bureau et se plongea dans la lecture d'un dossier. Il se tenait très droit dans son fauteuil, gardant la tête haute de telle sorte que seuls ses yeux étaient baissés vers le document qu'il lisait, lui maintenant les paupières à moitié fermées. De temps en temps, il s'emparait d'un stylo en laque noire pour noter quelque chose en marge du document, puis le reposait, exactement à la même place, bien perpendiculaire au bord du bureau.

Au bout de plusieurs longues minutes, la porte qui nous séparait du bureau de Dunker s'ouvrit d'un seul coup comme si elle avait été enfoncée d'un coup d'épaule par un agent du RAID, et le président se retrouva propulsé au milieu de la pièce.

— Qui a écrit ce rapport ? cria-t-il d'un ton accusateur.

— C'est Alice, Monsieur le président.

Andrew avait répondu sans sourciller. L'entrée en force de son patron n'avait pas provoqué la moindre expression sur son visage impassible. James Bond, dont pas une mèche de cheveux ne se soulève alors que tout explose autour de lui.

— Mais c'est pas possible, enfin ! Elle fait des fautes plus grosses que son cul ! Dites-lui de relire ses notes avant de me donner des torchons !

Il jeta le document, dont les pages s'éparpillèrent sur le bureau de son secrétaire. Celui-ci les rassembla et, en un instant, le meuble avait retrouvé son ordre immuable.

J'avalai ma salive.

Dunker se tourna vers moi et me tendit la main, subitement calme et souriant.

— Bonjour, Alan.

Je le suivis dans son sanctuaire. Un vaste espace au milieu duquel trônait un imposant bureau triangulaire, la pointe tournée vers le visiteur. Il s'installa derrière et me désigna un fauteuil en face de lui, d'un style recherché mais très inconfortable.

La fenêtre était entrouverte mais les bruits de l'avenue semblaient lointains, comme s'il ne leur était pas permis d'atteindre le dernier étage de l'immeuble. On apercevait, par-dessus les toits, la pointe de l'obélisque de la place de la Concorde et, au loin, le sommet de l'Arc de Triomphe. Un léger courant d'air parvenait jusqu'à nous. Un air assez frais, mais totalement dénué de senteurs. Un air mort.

— La vue est belle, n'est-ce pas ? dit-il, voyant que mon regard s'attardait au-dehors.

— Oui, elle est belle. Mais c'est dommage que l'avenue de l'Opéra n'ait pas d'arbres, dis-je pour briser la glace. Ça sentirait bon, un peu de verdure sous les fenêtres…

— C'est la seule avenue de Paris qui n'en ait pas. Savez-vous pourquoi ?

— Non.

— Quand Haussmann l'a réalisée à la demande de Napoléon III, il a cédé devant l'exigence de l'architecte de l'Opéra qui voulait que rien ne puisse entraver la vue sur son œuvre depuis le Palais des Tuileries. Toute la perspective devait rester dégagée.

Une mouche entra dans le bureau et tournoya autour de nous.

— Vous vouliez me voir, dit-il.

— Oui, merci de me recevoir.

— Je vous en prie. Que puis-je faire pour vous ?

— Eh bien, je voulais vous faire part d'un certain nombre de choses que l'on pourrait améliorer dans l'entreprise.

Il fronça imperceptiblement les sourcils.

— Améliorer ?

Ma stratégie pour le convaincre était d'épouser son univers en me synchronisant sur ses valeurs : « Efficacité » et « Rentabilité ». Il n'avait que ces mots-là à la bouche. Toutes ses décisions se ramenaient à ça. J'allais tenter de lui prouver que mes demandes servaient ses préoccupations.

— Oui, pour le bien-être de tous, et dans un souci d'accroissement de la rentabilité du cabinet.

— Les deux vont rarement de pair, dit-il, affectant un petit air amusé.

Il commençait fort.

— Sauf si un salarié qui se sent bien travaille mieux…

La mouche se posa sur son bureau. Il la chassa d'un revers de main.

— Si vous ne vous sentez pas bien chez nous, Alan…

— Je n'ai pas dit cela.

— Ne vous énervez pas.

— Je ne m'énerve pas, dis-je, m'efforçant de paraître le plus calme possible, alors que j'avais déjà envie de le passer par la fenêtre.

Et s'il faisait exprès d'interpréter mes propos de travers, juste pour me déstabiliser ?

Arrête de répondre. Torture-le avec des questions. Des questions.

— Mais d'ailleurs, repris-je, quel est le lien entre mon opinion qu'un salarié se sentant bien travaille mieux et votre hypothèse que je ne me sentirais pas bien chez vous ?

Trois secondes de silence.

— Ça me semble clair, non ?

— Non, qu'est-ce que vous entendez par là ? demandai-je en m'efforçant de prendre un ton candide.

— Eh bien… les mauvais résultats ne doivent pas être excusés par des causes externes…

— Pourtant mes…

Ne pas se justifier. Questionner. Calmement…

— Qui a de mauvais résultats ? repris-je.

Une expression d'agacement passa sur son visage. La mouche se posa sur son stylo. Il la chassa de nouveau. Puis changea de sujet.

— Bon, alors dites-moi : quelles sont vos idées de choses qu'on pourrait améliorer ?

Je venais de remporter la première manche…

— Eh bien, tout d'abord, je pense que l'on devrait recruter une seconde assistante dans notre service, pour aider Vanessa. Elle est tout le temps débordée et on la sent hyperstressée. Cette personne pourrait du coup taper nos rapports à notre place. J'ai calculé que nous autres consultants passions près de 20 % de notre temps à taper nos comptes rendus d'entretiens. Vu notre taux de salaire horaire moyen, ce n'est pas du tout rentable pour le cabinet. Si on avait une seconde assistante, elle pourrait prendre note en sténo de ce que l'on veut mettre dans les rapports, et c'est elle qui les rédigerait et les taperait. On utiliserait ce temps gagné pour faire des choses vraiment utiles que nous seuls pouvons faire.

— Non, chaque consultant doit taper ses rapports, c'est la règle.

— C'est justement cette règle que je remets en question…

— Quand on est bien organisé, cela ne prend pas tant de temps que ça.

— Mais il est logique que ce travail soit effectué par quelqu'un dont le taux de salaire est plus bas. Il vaut mieux qu'un consultant utilise son temps pour des actions plus rentables pour le cabinet.

— Justement, le recrutement d'une personne supplémentaire dans le service ferait chuter la rentabilité du service.

— Au contraire, je…

Arrête d'argumenter… Pose des questions.

— En quoi ferait-elle chuter la rentabilité ? dis-je.

— Cela accroîtrait le montant global des salaires du service, bien sûr.

— Mais puisque les consultants libéreraient du temps pour s'occuper des prospects et des clients, ça développerait le chiffre d'affaires. Au final, on serait gagnants…

— Je ne crois pas que cela développerait le chiffre.

— Qu'est-ce qui vous fait croire cela ?

— Tout le monde sait que moins on a de travail à faire, moins on en fait.

Pose des questions. En douceur…

— Tout le monde ? C'est qui, tout le monde ?

Il chercha ses mots quelques secondes, ses yeux allant de gauche à droite.

— En tout cas, moi, je le sais.

— Et… d'où savez-vous cela ?

La mouche se posa sur son nez. Il la chassa brutalement avec un geste de profond énervement.

— C'est toujours comme ça que ça se passe, bien sûr !

— Ah… vous l'avez déjà expérimenté ?

— Oui… enfin… non, mais je sais bien comment ça se passe.

Pour qu'il ne puisse pas me reprocher une quelconque agressivité, je m'efforçai de conserver un air très candide, presque l'idiot du village…

— Comment pouvez-vous le savoir, si… vous ne l'avez pas expérimenté ?

Il me sembla voir quelques gouttes de sueur perler sur son front, à moins que ce ne soit mon imagination… En tout cas, il ne trouva pas de réponse satisfaisante.

— Est-ce que ça veut dire, repris-je, que vous, si vous aviez moins de travail à faire, vous vous laisseriez aller à en faire de moins en moins ?

— Moi, c'est différent, explosa-t-il avant de se reprendre. Écoutez, Alan, je commence à vous trouver très arrogant !

Nous y voilà enfin… Je pris tout mon temps.

— Arrogant ? dis-je, me calant tranquillement au fond du fauteuil. Mais l'autre jour, vous avez démontré devant tout le monde que je manquais de confiance en moi…

Il se figea. Un nuage passa devant le soleil et le bureau fut soudain plus sombre. Au loin, une ambulance filait, sirène hurlante.

Il finit par prendre son inspiration.

— Écoutez, Greenmor, revenons-en à nos moutons. Concernant votre demande de réorganisation : que le service atteigne déjà ses objectifs, et l'on reparlera ensuite du recrutement d'une assistante !

— Oui, bien sûr, bien sûr, répondis-je d'un air profondément inspiré. Mais… et si c'était ce recrutement qui nous permettait d'atteindre nos objectifs ?

Il prit un air très condescendant.

— Vous voyez le problème par le petit bout de la lorgnette. Moi, j'ai une vision stratégique du développement de l'entreprise. Et cette vision m'interdit de laisser enfler la masse salariale… Vous ne disposez pas de tous les éléments pour juger, vous ne pouvez pas comprendre…

— Il m'est en effet difficile de me positionner sur la vision stratégique de l'entreprise, puisqu'elle n'est pas vraiment connue de ses salariés… Mais vous savez, moi, je suis un adepte du bon sens. Et il me semble que, pour se développer, toute entreprise a besoin de moyens. N'est-ce pas incontournable ?

— Vous oubliez une chose, Alan. Une chose majeure. Notre entreprise est maintenant cotée en Bourse. Le marché nous a à l'œil. On ne peut pas faire n'importe quoi.

— Recruter pour se donner les moyens de se développer, c'est faire n'importe quoi ?

La mouche tournoya autour de nous. Dunker saisit un verre posé sur le bureau, en jeta le contenu dans une plante verte et garda le verre à la main.

— Le marché ne préjuge de l'avenir qu'en extrapolant les résultats présents. Les investisseurs n'attendront pas de savoir si les recrutements produiront un effet positif à terme. Si on a plus de salaires, l'action baissera. C'est automatique. On est observés à la loupe. Il veille, dit-il, me désignant une coupure de journal.

On voyait une photo du journaliste Fisherman, la bête noire de Dunker, et l'article titrait sur notre action : « Un certain potentiel, mais doit faire des efforts. »

La mouche se posa sur le bureau. Dans un geste aussi rapide qu'habile, Dunker retourna le verre sur elle et l'emprisonna. Un petit sourire sadique passa sur son visage.

— J'ai l'impression qu'on est vraiment esclaves du cours de l'action… Mais, finalement, si on prend un peu de recul, ça nous apporte quoi à nous, dans l'entreprise, que l'action monte ou baisse à court terme ? On s'en fiche un peu, non ?

— Vous dites ça parce que vous n'en avez pas !

— Mais ce qui compte, même pour vous qui en détenez, c'est qu'elle monte au bout du compte. Si l'entreprise se développe, le cours de l'action finira forcément par suivre à la hausse un jour ou l'autre…

— Oui, mais on ne peut pas se permettre d'avoir une action qui baisse, même si ce n'est que sur du court terme.

— Pourquoi ?

— À cause des risques d'OPA. Vous devriez le savoir, vous avez fait des études économiques, non ? Seul un cours élevé nous met à l'abri d'une tentative de rachat par une autre entreprise, parce que ça lui coûterait alors trop cher d'acquérir le nombre d'actions nécessaire pour prendre le contrôle de notre société. C'est pour ça qu'il est vital d'avoir un cours de Bourse qui ne cesse de monter, et plus vite que celui de nos concurrents.

— S'il y a ce risque, alors pourquoi s'être introduit en Bourse ?

— Pour se développer vite. Comme vous le savez, quand une entreprise entre en Bourse, elle recueille l'argent de tous ceux qui souhaitent en devenir actionnaires. Ça finance les projets.

— Oui, mais si ensuite ça empêche de prendre de saines décisions permettant ce développement, parce qu'il faut maintenir la progression du cours de l'action, on obtient le contraire de ce qu'on veut…

— Ce sont juste des contraintes à gérer.

— Mais nous ne sommes plus libres ! Fausteri disait que l'on n'a pas pu ouvrir le bureau de Bruxelles cette année parce que les bénéfices de l'année dernière avaient dû être distribués en dividendes aux actionnaires, et qu'on ne voulait pas amputer les résultats de l'année à venir.

— Oui, mais ça, c'est autre chose. C'est sans rapport avec le cours de l'action. C'est juste une exigence de nos actionnaires.

— Pourquoi ? Si on fait cette année des dépenses nécessaires à notre développement, on peut se passer de bénéfices cette année, et on en aura l'année prochaine, non ?

— Nous avons deux groupes d'actionnaires importants qui exigent que l'on fasse 12 % de bénéfices chaque année et qu'on leur en reverse l'essentiel sous forme de dividendes. C'est normal : les dividendes sont la rémunération des actionnaires. C'est le revenu de leur investissement dans l'entreprise.

— Mais si cette exigence nuit à la croissance de leur entreprise, ils peuvent bien patienter un an ou deux, non ?

— Non, nos difficultés ne les regardent pas. Ils ont investi dans notre société, mais pas forcément dans une optique de long terme. Ils veulent un retour sur investissement rapide, et c'est leur droit.

— Mais si une fois de plus ça nous oblige à prendre des décisions néfastes pour nous…

— C'est comme ça. On n'a pas le choix : les vrais patrons, ce sont les actionnaires.

— Si leur but est uniquement financier et à court terme, et sans doute avec l'intention de revendre leurs actions à brève échéance, alors ils se moquent complètement du sort de l'entreprise dans la durée…

— Cela fait partie du jeu.

— Un jeu ? Mais c'est pas un jeu, c'est la réalité ! Ce sont de vraies gens qui travaillent ici ! Leur vie et celle de leur famille dépendent en partie de la bonne marche de cette société. Vous appelez ça un jeu ?

— Qu'est-ce que vous voulez que je vous dise !

— Donc, en résumé, on est non seulement esclaves du cours de l'action, mais en plus soumis à des exigences absurdes d'actionnaires qui ne le resteront pas… Vous n'auriez pas l'impression qu'on marche un peu sur la tête ? Décidément, je ne vois pas l'intérêt d'être entré en Bourse. De toute façon, vous auriez pu vous développer sans, ne serait-ce qu'en réinvestissant chaque année les bénéfices de l'année précédente.

— Oui, mais pas aussi vite.

Vite, vite… Je restai perplexe, n'ayant jamais saisi cette obsession de la vitesse. Pourquoi toujours aller vite ? À quoi cela mène-t-il, d'ailleurs ? Les gens pressés sont déjà morts…

— Si on prend du recul, ça sert à quoi de se développer vite ?

— Il faut se retrouver rapidement en position dominante avant que des concurrents ne s'installent durablement.

— Parce que sinon ?

— Sinon, ce serait plus dur de leur prendre des parts de marché, de faire progresser notre chiffre d'affaires.

— Mais si, par un développement lent et sain, on améliore la qualité de notre offre, de nos services, on trouvera bien de nouveaux clients, non ?

Silence. Dunker s'était-il au moins déjà posé la question ?

— Ce serait plus lent.

— Et… en quoi serait-ce un problème ? Je ne vois pas ce qui nous empêche de prendre notre temps en faisant du bon boulot…

Il leva les yeux au ciel.

— À propos de temps, vous me prenez le mien en ce moment… Je n'ai pas que ça à faire, de philosopher…

Il entreprit d'ajuster les piles de dossiers sur son bureau, ne m'adressant plus un regard.

— J'ai le sentiment, dis-je en cherchant mes mots, que c'est toujours utile de… prendre un peu de recul, de s'interroger sur… le sens de nos actions…

— Le sens ?

— Oui, ce pour quoi on agit, ce que ça apporte…

La mouche tournoyait sous sa cloche de verre.

— Il ne faut pas chercher du sens là où il n'y en a pas. Vous croyez que la vie a un sens, vous ? Ce sont les plus forts et les plus malins qui s'en tirent, c'est tout. À eux le pouvoir et l'argent. Et quand on possède le pouvoir et l'argent, on peut avoir tout ce qu'on veut dans sa vie. C'est pas plus compliqué que ça, Greenmor. Le reste est masturbation intellectuelle.

Je le regardai, songeur. Comment pouvait-on croire une seule seconde qu'il suffit d'être riche et puissant pour avoir une vie accomplie ? Qui peut se mentir au point de se croire heureux parce qu'il roule en Porsche ?

— Mon pauvre Alan, reprit-il, vous ne saurez sans doute jamais à quel point c'est bon, la puissance !

Je me sentais en effet un extraterrestre devant ce genre de considérations… J'en devenais presque curieux. D'ailleurs, Dubreuil ne m'avait-il pas invité à me glisser dans la peau des gens différents pour essayer de comprendre de l'intérieur leur ressenti ?

— Quand vous faites tout ça… vous vous sentez… puissant ?

— Oui.

— Et… si vous ne le faisiez pas… vous vous sentiriez donc…

Dunker rougit. Du coup, j'avais envie d'exploser de rire, alors que je ne l'avais pas fait exprès. Maintenant défilait dans mon imagination le film d'un homme d'affaires s'activant professionnellement pour compenser ses insuffisances sexuelles.

— Bon, en tout cas, reprit-il, pour l'assistante, c'est non. Vous aviez d'autres requêtes ?

Je lui présentai mes autres idées, mais aucune n'obtint son assentiment. Je n'en fus pas surpris, maintenant que je comprenais son fonctionnement et les règles du « jeu ».

J'avais quand même une dernière demande – d'explication, cette fois.

— J'ai remarqué dans la presse une explosion du nombre d'annonces que notre cabinet publie.

— Oui, c'est exact, dit-il, visiblement content de lui.

— Mais on ne me confie pas plus de recrutements en ce moment… Comment ça se fait ?

— Ne vous inquiétez pas, c'est normal.

— Comment ça, c'est normal ?

— Faites-moi confiance, je vous garantis que vous n'êtes pas défavorisé par rapport à vos collègues. Les missions sont réparties équitablement. Sur ce, Alan, il faut que je vous laisse, j'ai du travail…

Il joignit le geste à la parole, s'emparant d'un dossier sur le bureau. Je ne bougeai pas.

— Mais alors, comment se fait-il que je n'aie pas plus de missions ? Ce n'est pas logique.

— Ah… Alan, vous voulez toujours tout comprendre… Vous devez réaliser que dans une entreprise de la taille de la nôtre, il y a des décisions que l'on ne crie pas sur les toits. En l'occurrence, ce n'est pas parce que l'on publie des annonces qu'il y a de vrais postes à pourvoir derrière…

— Vous voulez dire que l'on publie… de fausses annonces ? De fausses offres d'emploi ?

— Fausses, fausses, tout de suite les grands mots !

— Mais pour quoi ?

— Décidément, vous manquez complètement de vision stratégique, Greenmor. Je vous explique depuis une heure en quoi il est vital pour nous que le cours de notre action monte de jour en jour. Vous devriez savoir que le marché ne réagit pas seulement aux résultats objectifs ! Il y a aussi une part de psychologie, figurez-vous. Et voir des offres d'emploi Dunker Consulting dans les journaux, c'est bon pour le moral des investisseurs.

Je n'en revenais pas.

— Mais c'est malhonnête !

— Il faut bien sortir du troupeau.

— Vous publiez de fausses offres juste pour soigner votre image et faire monter le cours de l'action ? Mais… et les candidats ?

— Ça ne change rigoureusement rien pour eux !

— Mais ils prennent du temps pour envoyer leur CV, rédiger des lettres de motivation…

Il soupira en guise de réponse.

— Sans compter, repris-je, que plus ils posent de candidatures qui n'aboutissent pas, et plus leur moral et leur confiance en eux chutent !

Il leva les yeux au ciel.

— Alan, vous avez déjà songé à travailler pour une association de chômeurs ?

Je restai un instant interdit, éberlué par tout ce que je venais d'entendre. Il m'était impossible de comprendre que l'on puisse à ce point se désintéresser du sort des autres, fussent-ils des inconnus…

Je finis par me lever et tournai les talons. De toute façon, je n'en tirerais rien. Inutile de rester. Ses décisions obéissaient à une logique biaisée qui ne laissait pas de place à des idées issues d'une volonté sincère d'améliorer les choses.

Je fis deux pas puis m'arrêtai. Il me semblait tellement inconcevable que l'on puisse se satisfaire d'une vision de l'existence aussi vide de sens que celle qu'il m'avait décrite quelques minutes plus tôt que je voulais en avoir le cœur net.

Il prit un air contrarié, mais ne leva pas les yeux du dossier dans lequel il s'était déjà replongé.

— Monsieur Dunker, est-ce que tout cela… ça fait vraiment de vous… un homme heureux ?

Il eut une drôle d'expression, mais resta ainsi sans répondre, continuant de fixer son document. Mon temps imparti était écoulé. C'était peut-être aussi la première fois de sa vie qu'on lui posait la question. Je le regardai, avec curiosité et peut-être finalement une certaine pitié, puis repris le chemin de la sortie, traversant silencieusement la vaste pièce, l'épaisse moquette absorbant le bruit de mes pas. Parvenu à la porte, je me retournai pour la fermer derrière moi. Il fixait toujours son dossier et m'avait sans doute déjà oublié. Mais son regard me semblait figé, arborant la même expression bizarre, peut-être perdu dans ses pensées. Puis, lentement, sa main s'approcha du verre et le souleva.

La mouche s'envola instantanément et s'enfuit par la fenêtre.

23

Le soir même, je pris le bus pour me rendre au château. J'étais assailli de sentiments contradictoires : l'envie prononcée de découvrir enfin le contenu du carnet de Dubreuil, dont j'étais convaincu qu'il m'en dirait plus sur ses motivations ; la peur, aussi, peur de m'introduire de nuit dans un lieu déjà impressionnant en plein jour, peur d'être pris en flagrant délit…

Le bus était loin d'être vide, malgré l'heure tardive. Une petite vieille était assise à ma droite, et un moustachu sur la banquette d'en face. J'avais posé à mes pieds un sac plastique contenant un énorme gigot d'agneau acheté à la boucherie du coin. Après une dizaine de minutes, l'air chaud de l'intérieur du bus s'imbiba de relents de viande crue. L'odeur, légère au début, ne tarda pas à s'accentuer pour devenir franchement répugnante. La petite vieille commença à me jeter des regards en coin, puis finit par se tourner ostensiblement de l'autre côté. Le moustachu se mit à me fixer d'un regard vide, où l'on pouvait quand même lire un certain dégoût. Je faillis me lever et changer de place, puis me ravisai : ce gigot était mon *Closer* du jour… Je devais lâcher prise sur le regard des autres. Finalement, la vie est fabuleuse : elle nous fournit à chaque instant des occasions de grandir.

Je restai donc à ma place, m'efforçant de me détendre et de chasser le sentiment de honte qui s'était insinué en moi. Après tout, il n'est pas interdit de voyager avec un gigot…

Je fus très fier de ma décision, me rappelant du même coup mon devoir de noter chaque jour trois choses dont je pouvais me flatter. Voyons, voyons… que pouvais-je ajouter aujourd'hui ? Mon entrevue avec Dunker, bien sûr ! Certes, je n'avais rien obtenu, mais j'avais quand même eu le courage d'aller l'affronter, et aussi j'avais réussi à ne pas me justifier face à ses attaques. J'avais même le sentiment que la tactique des questions, suggérée par Dubreuil, l'avait quelque peu perturbé. J'avais de quoi être fier.

Le moustachu matait maintenant mon sac plastique d'un air suspicieux, essayant sans doute d'en deviner le contenu. Peut-être pensait-il que je trimbalais des morceaux de cadavre à travers Paris…

Je descendis à l'arrêt précédant celui du château, afin de faire les dernières centaines de mètres à pied. Le bus repartit immédiatement, le bruit de son moteur s'éloignant avec lui, et le quartier retrouva son calme. L'air était doux, délicatement imprégné du léger parfum des arbres de l'avenue, comme s'ils avaient attendu que la nuit tombe pour libérer leurs subtils effluves. Je marchais en me concentrant sur ma mission à venir, me repassant le déroulement des opérations, minute par minute.

21 h 38. Ma première action débuterait dans vingt-deux minutes. Je m'étais habillé en sportswear

sombre, pour être libre de mes mouvements et passer inaperçu dans la pénombre.

Au fur et à mesure que j'approchais, l'appréhension montait en moi, ouvrant une petite brèche au doute. Avais-je raison de vouloir à tout prix lire ce carnet ? N'allais-je pas me faire prendre à coup sûr ? N'était-ce pas pure folie de tenter pareille expédition ? La peur me titillait, mais elle était dominée par une autre peur, plus préoccupante encore : Dubreuil me cachait quelque chose, j'en étais convaincu. Sinon, pourquoi entretenir autant le flou, lui d'ordinaire si franc du collier ? Pourquoi ne pas répondre à mes questions ? Il fallait que je sache. Il le fallait pour ma tranquillité d'esprit. Il le fallait aussi pour ma sécurité...

J'arrivai sur place à 47. Treize minutes avant le moment clé. Je pris place sur le banc de l'autre côté de l'avenue, mon sac plastique à mes côtés. Le quartier était désert. Au cœur de l'été, la plupart de ses habitants étaient sans doute très loin, sur leurs lieux de vacances. Je m'efforçai de respirer profondément pour me détendre.

La façade de l'hôtel particulier était sombre. La lumière blafarde diffusée faiblement par le réverbère le plus proche lui donnait une allure lugubre. Un château hanté. Seules les fenêtres du grand salon, donnant sur le côté du bâtiment, étaient illuminées.

À 52, je me levai. L'estomac noué, j'entrepris de traverser l'avenue en biais, en prenant tout mon temps. Il fallait maintenant que je reste à proximité de la porte, sans pour autant paraître à l'affût si jamais un riverain me voyait.

58. Ça ne devait plus tarder. Après avoir parcouru toute la longueur de la grille du jardin, je m'arrêtai,

faisant semblant de refaire mes lacets, puis fis demi-tour. 22 heures. Rien. Je commençais à compter les secondes quand le vibreur de la porte se fit entendre. Mon cœur se mit à battre plus vite, tandis que j'accélérais le pas, jetant des coups d'œil autour de moi pour m'assurer de ma solitude. Moins de dix secondes plus tard, j'étais devant la porte noire. Je sortis prestement de ma poche le petit rectangle de métal que j'avais dégoté l'avant-veille au rayon bricolage du BHV. Je tendis l'oreille. Personne. Je poussai la porte, et elle s'entrouvrit. M'accroupissant, je déposai l'objet au sol, contre le chambranle. J'eus un peu de mal à le maintenir en équilibre sur la tranche. Je relâchai la porte et, le cœur serré, l'observai tandis qu'elle se refermait lentement. Elle cogna mon rectangle, les métaux s'entrechoquant avec un son caractéristique qui me sembla peu éloigné du bruit habituel de la fermeture. Je la poussai de nouveau et, à mon grand soulagement, elle s'ouvrit. L'épaisseur du rectangle était suffisante pour empêcher le pêne de s'enclencher dans la gâche. Je relâchai la porte et m'éloignai de quelques pas, puis, après avoir vérifié que l'endroit était toujours désert, je traversai de nouveau l'avenue. Je n'avais pas encore atteint mon banc que déjà j'entendais des éclats de voix en provenance du perron. Les domestiques quittaient la maison. Ils sortirent dans la rue et ne semblèrent pas remarquer quoi que ce soit. Parfait. Ils se séparèrent assez rapidement, et l'un d'eux se dirigea comme d'habitude vers l'arrêt de bus. 22 h 06. Pour l'instant, tout se déroulait impeccablement. L'arrivée du bus était planifiée dans quatre minutes.

Une dame avec un petit chien au bout d'une laisse apparut sur le trottoir d'en face. De loin, j'apercevais le bout incandescent de sa cigarette décrivant des courbes dans la pénombre. Son compagnon, un pékinois un peu poussif, la suivait à deux à l'heure en s'arrêtant tous les vingt centimètres pour renifler quelque chose, ses longs poils fauves époussetant le sol. La femme tirait alors une bouffée sur sa cigarette, dont l'extrémité devenait plus rougeoyante, et attendait patiemment que son chien ait fini de se délecter de l'odeur repérée.

22 h 09. Le bus allait arriver d'une seconde à l'autre, mais la promeneuse m'empêcherait d'entrer dans la propriété. Pas de chance… Il fallait que la seule habitante encore présente dans le quartier se promène juste à l'endroit où j'avais besoin d'être seul…

Elle se trouvait maintenant à la hauteur de la grille de l'hôtel particulier. De temps en temps, elle semblait s'impatienter de l'immobilité de son chien reniflant tel ou tel point particulièrement intéressant du trottoir, et elle tirait légèrement sur sa laisse. De loin, on avait l'impression qu'elle traînait un balai. Le pékinois, loin d'obéir au désir de sa maîtresse, s'arc-boutait alors en rentrant sa petite tête renfrognée dans ses épaules, se bloquant au sol. La maîtresse capitulait et portait la cigarette à sa bouche.

22 h 11. Le bus avait du retard. Le domestique attendait toujours. Moi aussi. Pourtant, même s'il arrivait maintenant, il faudrait au moins cinq bonnes minutes à la dame au petit chien pour libérer la voie. Il ne me resterait pas suffisamment de temps. J'allais devoir reporter ma mission…

J'étais en train de penser que mon gigot sentirait encore plus fort le lendemain quand je reconnus le vrombissement du moteur. Au moment où l'autobus s'arrêta à son emplacement, un miracle se produisit. La dame prit son chien dans les bras et se mit à courir dans sa direction. La tête du pékinois dodelinait comme celle des chiens en plastique que les gens plaçaient sur la lunette arrière de leur voiture dans les années soixante-dix. Elle arriva à temps et monta à bord. Les portes se refermèrent derrière elle et le bus démarra aussitôt.

Je n'en revenais pas... Du coup, j'avais le choix, mais il fallait trancher immédiatement. Il était 22 h 13. Dubreuil libérerait son molosse dans dix-sept minutes... Je devais avoir le temps. Allez.

Je me levai d'un bond et traversai l'avenue. Après un bref temps d'arrêt devant la porte, tous mes sens en éveil, j'exerçai une pression sur celle-ci et elle s'ouvrit comme prévu. Je me glissai à l'intérieur. Aussitôt, Staline se redressa, puis s'élança dans ma direction en aboyant. Je me positionnai légèrement au-delà de l'endroit où je savais que la chaîne se tendrait sous le poids du molosse et plongeai la main dans le sac plastique. Mes doigts glissèrent sur la viande froide et visqueuse tandis que j'essayais de la saisir. Je réussis à empoigner le gros os et, d'un geste rapide, le sortis du sac, brandissant mon gigot comme un énorme gourdin. Je m'accroupis en signe d'apaisement, le bras tendu devant moi. Staline cessa instantanément d'aboyer et referma sa gueule sur la viande, ses crocs baveux pénétrant la chair crue. Je le flattai de deux ou trois paroles prononcées à voix basse. J'avais fait le pari qu'il accepterait ce cadeau irrésistible, me connaissant suffisamment. Même les chiens sont corruptibles. Je chiffonnai rapidement le sac pour le glisser dans ma poche, puis essuyai ma main souillée sur mon pantalon.

Je ne pouvais pas longer le bâtiment sans risquer d'être vu en passant devant les fenêtres éclairées. Je me faufilai donc derrière les buissons ceinturant le jardin et entrepris d'en faire ainsi le tour au pas de charge.

Parvenu de l'autre côté, essoufflé, une surprise désagréable m'attendait : toutes les fenêtres du premier étage étaient fermées, malgré la douceur du soir et la chaleur sans doute accumulée à l'intérieur. Seules quelques-unes du rez-de-jardin étaient ouvertes, dont celle du hall. C'était beaucoup plus risqué... 22 h 19. Plus que onze minutes. Ça restait jouable.

Je sortis des fourrés et, traversant le jardin à découvert, courus jusqu'à la maison, le cœur battant. En approchant, j'entendis de la musique... Dubreuil écoutait du piano. La première sonate de Rachmaninov. Il avait réglé le son très fort... La chance revenait dans mon camp.

Je repris mon souffle quelques instants puis, l'estomac noué, je me glissai à l'intérieur.

Un parfum capiteux, un parfum de femme, envoûtant, flottait dans l'air. Un parfum... diablement attirant... Le maître des lieux n'était pas seul ce soir...

Le piano résonnait fortement jusque dans le grand hall couvert de marbre où je me trouvais. Le lustre monumental était éteint mais, dans la pénombre, ses pampilles réfléchissaient dans toutes les directions de fins rayons de lumière venus de l'extérieur. La porte menant au salon devait être ouverte car un faisceau lumineux créait une longue bande jaune sur le sol en marbre, tel un projecteur de cinéma éclairant seulement une zone spécifique de la scène à filmer.

Il y avait un risque élevé que je sois vu en traversant le hall pour atteindre l'escalier… Allais-je devoir renoncer, si près du but, après m'être donné tout ce mal ?

À cet instant se produisit une chose étonnante : une fausse note suivie d'un juron dans une langue étrangère. La voix de Dubreuil. Après deux secondes d'interruption, la musique reprit. Ce n'était pas un enregistrement, c'était *lui* qui jouait ! C'était inespéré.

Le parfum…

Restait sa probable invitée, qui pourrait me voir… Pourtant, s'il jouait pour une femme, il y avait de fortes chances qu'elle le regarde. Une spectatrice unique n'a sans doute d'yeux que pour le pianiste.

C'était un risque à prendre…

Je le pris sans vraiment réfléchir, obéissant à mon instinct, et peut-être aussi sous l'emprise de ce parfum envoûtant dont je brûlais d'envie… d'apercevoir celle qui le portait.

Le cœur serré, j'avançai à tâtons en direction de l'escalier, chaque pas me rapprochant de l'ouverture aussi menaçante qu'attirante. La musique tourmentée de Rachmaninov, tumultueuse et fracassante, envahissait l'espace, faisant résonner ses vibrations au plus profond de moi. Chaque centimètre de ma lente progression dévoilait à ma vue une portion grandissante du salon, tandis que mon pouls s'accélérait, aiguillonné par les accords endiablés que des mains puissantes imposaient au clavier.

Très spacieux sous ses hauts plafonds moulurés, le salon projetait une atmosphère forte et chaude malgré ses grandes dimensions. Le parquet Versailles était recouvert d'immenses tapis persans aux couleurs chatoyantes. De grandes bibliothèques au bois patiné par les siècles se dressaient sur les murs, regorgeant de livres anciens reliés de cuir sombre.

Je continuai ma lente progression, personne n'apparaissant pour l'instant dans mon champ de vision. Tout était démesuré : des sofas en velours rouge, des canapés aussi profonds que des lits, des consoles dorées aux pieds généreusement sculptés, de hauts miroirs baroques, d'imposantes toiles de maîtres avec des personnages en clair-obscur dont les visages semblaient émerger de la nuit des temps, une longue table noire rectangulaire dotée, à chaque extrémité, d'un fauteuil noir capitonné dont le dossier très ouvragé s'élevait à près de deux mètres. Les deux grands lustres en cristal étaient éteints mais, sur chaque console, chaque table, chaque rebord, des chandeliers portaient d'immenses bougies, impudiquement dressées vers le ciel, les flammes vacillantes projetant leur lumière dansante sur les surfaces laquées de noir de la table et… du piano. Le piano…

Dubreuil, vêtu d'un costume sombre, me tournait le dos, assis devant son clavier, les bras naviguant sur toute son étendue tandis que résonnait la sonate de Rachmaninov. Devant lui, allongée parallèlement au clavier sur l'immense piano à queue noir, une femme aux longs cheveux blonds reposait sur le flanc… entièrement nue. La tête délicatement soutenue par la paume de sa main, rehaussée sur son coude, elle posait sur le pianiste un regard détaché. Je ne pouvais détourner mes yeux de sa grâce infinie, et je restai ainsi, contemplant sa beauté, sa finesse, son extrême féminité…

Le temps s'était suspendu, et il me fallut un long moment pour réaliser que les yeux de cette femme s'étaient tournés… vers moi, et qu'elle me regardait en silence. Je fus saisi par la situation, tout à la fois en alerte, terrifié d'avoir été repéré, et aussi… troublé, fasciné par ces yeux qui s'étaient emparés de mon regard et ne le lâchaient plus. Je restai ainsi, statufié, incapable d'effectuer un seul mouvement.

Moi qui avais tout fait pour passer inaperçu, m'habillant de noir pour disparaître dans le soir, j'avais la sensation très particulière d'être regardé comme je ne l'avais jamais été : avec intensité. Cette femme avait un regard de sphinx. Nullement gênée de sa nudité en présence d'un inconnu, jouissant au contraire d'un aplomb troublant, elle posait sur moi des yeux teintés de défi.

J'aurais donné tout ce que je possédais juste pour sentir son parfum sur sa peau… Tandis que les doigts de Dubreuil poursuivaient leur folle escapade sur les touches blanches et noires inondant le château de leurs sons colorés, j'eus le sentiment, puis la conviction, qu'elle ne me dénoncerait pas. Bien qu'elle me semblât très ancrée dans la situation présente, habitant pleinement son corps, je la sentais dans le même temps complètement détachée de tous les évènements pouvant survenir.

Luttant terriblement contre moi-même, je finis par reculer lentement, très lentement, jusqu'à ce que, s'estimant sans doute vaincue, elle détourne son regard.

Je gravis en silence les marches du grand escalier, encore tout en émoi, son image toujours présente dans mon esprit. Retrouvant peu à peu mes facultés, je jetai un coup d'œil à ma montre. 22 h 24 ! Staline risquait d'être lâché d'ici six minutes… Vite !

Je pris le couloir, plongé dans une semi-pénombre, aussi rapidement que le permettait la nécessité de rester silencieux. Les chandeliers éteints projetaient leurs faibles ombres sur les murs, dessinant des motifs lugubres sur les tapisseries.

Une nouvelle fausse note, suivie d'un nouveau juron, puis la musique reprit. Vite, le bureau ! J'en poussai la porte et me glissai à l'intérieur, le cœur serré.

Je vis tout de suite le carnet, posé à côté du long coupe-papier menaçant, la pointe toujours tournée vers le visiteur. Je bondis, le cœur battant. Plus que quatre minutes. C'était pure folie… Vite.

Je le saisis et, m'approchant de la fenêtre pour bénéficier de la faible lueur de la lune, je l'ouvris en plein milieu, au hasard. Me poursuivant depuis le rez-de-chaussée, la complainte de Rachmaninov amplifiait le trac qui m'assaillait. Le carnet était tenu comme un journal intime, manuscrit, chaque nouveau paragraphe commençant par une date soulignée d'un trait appuyé. J'en parcourus précipitamment des bribes saisies çà et là, frustré de ne pouvoir tout lire.

21 juillet – Alan reproche aux autres d'entraver sa liberté et ne réalise pas que c'est lui qui se soumet… Il s'offre en soumission puisqu'il se croit obligé de répondre à leurs attentes pour se sentir accepté. C'est un esclave volontaire qui en veut à ses maîtres de sa propre nature d'esclave…

Alan est soumis au doute comme fixation de son esprit quand il est sous l'emprise de sa compulsion d'évitement de la déviance...

Chaque paragraphe était bourré de commentaires sur moi et ma personnalité. J'avais l'impression d'être un animal de laboratoire observé à la loupe par un chercheur.

Je tournai les pages à rebours. Soudain, mon cœur se serra.

16 juillet – Alan a quitté précipitamment le taxi en pleine circulation, après en avoir claqué la portière, signe qu'il a vraisemblablement accompli la tâche prescrite de mismatching.

J'étais donc bien suivi... Mes intuitions étaient fondées... Mais alors... Cette idée me fit frémir : il savait peut-être que j'étais ici en ce moment ?

J'accélérai et feuilletai rapidement les pages à rebours. Soudain, je pris conscience que le piano avait cessé de jouer. Le château était maintenant plongé dans un silence angoissant.

Une dernière fois, je tournai dix ou douze pages d'un coup, continuant de remonter le temps. Lorsque mes yeux se posèrent sur le texte, mon cœur cessa de battre et mon sang se glaça.

J'avais rencontré Yves Dubreuil pour la première fois le jour de ma tentative de suicide à la tour Eiffel. La date était pour moi inoubliable parce que douloureuse, chargée d'angoisse et de honte : 27 juin.

Le paragraphe qui s'étalait sous mes yeux était daté du 11.

24

J'étais encore pétrifié, le carnet à la main, lorsque je perçus un infime grincement derrière moi. Je me retournai et, saisi d'effroi, vis la poignée de la porte basculer.

Mon sang ne fit qu'un tour. Abandonnant le carnet sur le bureau, je me glissai derrière l'épais rideau, craignant que ce ne fût peine perdue, que l'on ne sût déjà ma présence en ces lieux…

Les mailles du tissu étaient relativement lâches malgré son épaisseur, et je pouvais voir à travers, ce qui me fit redouter d'être moi-même aperçu.

La porte s'entrebâilla et un visage se pencha à l'intérieur, scrutant l'obscurité. C'était celui de la jeune femme. Mon cœur se serra. Ce qu'elle vit dut correspondre à son attente car elle poussa la porte et entra, toute nue, ses pieds joliment cambrés s'enfonçant dans l'épais tapis.

Elle fila droit sur moi, et je retins mon souffle. Elle s'arrêta devant le bureau, et je repris ma respiration, mi-soulagé, mi-déçu. Ses yeux fouillaient la pénombre, à la recherche de quelque chose. J'étais à moins d'un mètre. Elle se pencha au-dessus du bureau, ses seins ondulant délicieusement, et tendit la main vers le carnet… Son parfum me rejoignit, m'enveloppant de sa sensualité, me faisant fondre de désir. Il m'aurait suffi de tendre la main pour effleurer sa peau, de me pencher pour y poser mes lèvres…

Elle poussa le carnet et se pencha davantage encore pour atteindre une boîte rectangulaire. Elle l'ouvrit et s'empara d'un énorme cigare.

Elle abandonna la boîte ouverte et, à mon grand regret, s'en retourna de suite vers la porte, ses doigts délicats refermés sur le cigare qu'elle rapportait au maître des lieux.

J'attendis vingt secondes avant de bouger. 22 h 29. Et si Dubreuil avait profité de l'absence de la jeune femme pour aller libérer son molosse ?… Que faire ? Tenter ma chance, ou me planquer toute la nuit à l'intérieur du château pour repartir quand il serait de nouveau attaché, au petit matin ?

Le piano se remit à jouer… Je sentis une bouffée de soulagement. Vite, ne pas perdre de temps. Repartir directement par la fenêtre. Je l'ouvris et me hissai dehors. L'air me sembla frais comparé à celui, confiné, de l'intérieur du bureau. Nous n'étions qu'au premier étage, mais la hauteur sous plafond était telle au rez-de-chaussée que je me retrouvai en équilibre sur l'étroite corniche à plus de quatre mètres du sol. J'avançai, les bras en croix, funambule noctambule, m'efforçant de chasser de mon esprit le pénible souvenir qui remontait à la surface… Je dus aller jusqu'à l'angle du bâtiment puis, me cramponnant au rebord, me laissai glisser le long de la gouttière. Je refis le tour extérieur du jardin au pas de charge. Arrivé en vue des niches, je poussai un soupir de soulagement : Staline était toujours attaché, s'acharnant sur son os. Il me vit émerger des fourrés et se redressa instantanément, les oreilles en alerte. Je l'interpellai doucement par son nom, tentant de désamorcer son agressivité pour éviter qu'il n'ameute le quartier. Il ne put s'empêcher de grogner méchamment, les babines tremblantes, dévoilant des crocs menaçants, avant de se rasseoir devant son os, sans toutefois me quitter des yeux. Espèce d'ingrat.

Une lumière s'alluma à l'intérieur du château. Vite ! Je m'élançai vers la petite porte, la tirai et… bloquée ! La porte était complètement refermée, le pêne enclenché dans la gâche. Mon rectangle de métal gisait par terre, juste devant. En entrant, j'avais relâché la porte sans y prendre garde, préoccupé par le chien…

J'étais pris au piège. Fait comme un rat. C'était une question de secondes avant que je ne sois découvert. L'angoisse me saisit, violente et oppressante, à laquelle s'ajouta la colère de l'impuissance. Aucune autre issue ! Le jardin tout entier était ceinturé par des grilles infranchissables, de plus de trois mètres de haut, ornées de piques… Aucun arbre auquel s'adosser à proximité, aucun muret, aucune… Mon regard se posa sur Staline. Il bougeait sa tête, la gueule refermée sur l'os qu'il agitait, les crocs jetant par moments des éclats de blancheur dans la nuit. Derrière lui, les quatre grandes niches étaient parfaitement alignées, juste… sous la grille.

J'avalai ma salive.

Dubreuil disait que, dans le monde de l'entreprise, les persécuteurs ne choisissaient pas leurs victimes au hasard. Et… les chiens ? Staline m'attaquerait-il si je n'étais pas tenaillé par la peur dès que je le voyais ? Comment réagirait-il si j'étais parfaitement serein, détendu, et même… confiant ?

C'est l'unique issue…

Une petite voix s'éleva en moi, infime chuchotement me soufflant que je devais affronter cette épreuve. Le rectangle métallique était certes tombé par hasard, mais le hasard, disait Einstein, c'est Dieu qui se promène incognito… J'eus le pressentiment que la vie me livrait cette épreuve pour me donner une chance d'évoluer et que si je ne saisissais pas l'occasion qui m'était offerte, je resterais à jamais englué dans mes peurs…

Mes peurs… Staline me terrorisait. À quel point sa méchanceté était-elle induite par la vision que j'avais de lui ? Ma frayeur était-elle le fruit de son agressivité, ou… son déclencheur ? Aurais-je le courage d'affronter ma peur, de la dompter, puis d'aller vers lui ? Le courageux ne meurt qu'une fois, dit le proverbe, tandis que le lâche est déjà mort mille fois…

J'inspirai profondément la douceur du soir, puis chassai lentement tout l'air contenu dans mes poumons. Je recommençai, le souffle ample, tout en me détendant, relâchant mes épaules, mes muscles, libérant la moindre contraction. Chaque expiration m'aidait à me détendre de plus en plus, à être plus calme. Au bout d'un moment je sentis que mon cœur battait plus lentement.

Staline est un ami, un gentil chien… Je suis bien… je me sens bien… j'ai confiance en moi… j'ai confiance en lui… Je l'aime, et il m'aime aussi… Tout va bien…

Je me mis à avancer, doucement, les yeux vaguement dans la direction de la première niche, respirant calmement, me détendant de plus en plus… Tout va bien…

Je continuai de marcher, ignorant le chien, orientant ma pensée sur la couleur de la niche, la douceur du soir, la quiétude du jardin…

Jamais mes yeux ne se posèrent sur lui, et pourtant je perçus dans ma vision périphérique qu'il relevait la tête. Je continuai d'avancer, maintenant mon attention et mes pensées sur des éléments anodins de l'environnement, entretenant mon sentiment de confiance et ma détente. Je finis par me hisser doucement sur la niche. Le gentil chien ne bougea pas. J'escaladai la grille, puis me laissai glisser de l'autre côté, avant de m'éclipser dans la nuit.

25

Depuis plus d'un mois, je laissais des gens que je ne connaissais pas diriger ma vie. J'avais mis un point d'honneur à respecter mon engagement. Qu'avais-je espéré, au juste ? que Dubreuil tienne sa promesse de faire de moi un homme libre et épanoui ? Mais comment pouvait-on devenir libre en se soumettant à la volonté d'un autre ? Je m'étais voilé la face, refusant de voir ce criant paradoxe, aveuglé par le plaisir égocentrique que l'on s'intéressât à moi. Et maintenant, je découvrais que notre rencontre n'était pas due au hasard. Ces gens avaient des motivations cachées que j'ignorais.

J'aurais certes pu comprendre que Dubreuil se soit préoccupé de mon sort après m'avoir tiré d'affaire à la tour Eiffel : sauver la vie de quelqu'un, c'est comme manger des cacahuètes. Quelque chose d'irrésistible vous pousse à continuer dans la direction que vous avez amorcée. Mais il était impossible d'expliquer qu'il ait rédigé des rapports sur moi *avant* notre rencontre…

Cette incompréhension devint une source d'angoisse qui ne me lâcha plus. Mon sommeil devint perturbé, agité. Dans la journée j'étais tendu, inquiet, attendant, impuissant, qu'un nouvel évènement survienne.

J'avais désormais en permanence à l'esprit la formulation des termes de notre pacte.

Tu devras respecter ton engagement, sinon... tu ne resteras pas en vie.

Je l'avais soigneusement oublié, passé sous silence. Ces mots avaient soudain émergé de ma mémoire, me revenant comme un boomerang des profondeurs de ma conscience.

Ma vie était totalement entre les mains de cet homme.

À cela s'ajoutait le fait que, dorénavant, je me savais suivi. Il est difficile de vivre normalement dans de telles conditions. Que vous soyez dans le métro, au supermarché, ou même tranquillement assis à une terrasse de café, regardant les Parisiens pressés courir après leur stress de peur de le perdre, vous gardez toujours dans un recoin de votre tête la pensée que quelqu'un vous observe.

Les premiers jours, cela m'amena à prendre de nouvelles habitudes, telles que descendre du métro au dernier moment, juste avant que les portes ne se referment, ou encore quitter une salle de cinéma par la sortie de secours. Mais, loin de libérer mon esprit, ces actions dérisoires ne faisaient qu'entretenir mon inquiétude, et je finis par décider d'y renoncer.

Je n'eus aucune nouvelle de Dubreuil les jours qui suivirent, ce qui, au lieu de me rassurer, fit gamberger mon imagination et redoubler mon questionnement. Était-il informé de mon intrusion ? Avais-je été pris en filature ce soir-là ? La fille nue lui avait-elle révélé ma présence ? Et quel serait l'effet sur le pacte qui me liait à lui ? Allait-il... me rendre ma liberté ou, au contraire, accentuer la pression qu'il m'imposait ? Je ne le sentais pas du genre à capituler si facilement...

Je passai la journée du samedi à flâner dans Paris, tentant d'oublier la situation inextricable dans laquelle je m'étais mis. Je marchai au hasard des ruelles étroites du Marais, où les immeubles moyenâgeux sont parfois si inclinés que l'on se demande par quelle opération du Saint-Esprit ils tiennent encore debout. Je m'attardai sous les arcades de la place des Vosges, où résonnaient les notes dansantes d'un saxophoniste de jazz. Je fis un petit tour rue des Rosiers, où j'entrai dans une authentique pâtisserie juive qui avait conservé intacts le charme et l'atmosphère des siècles passés. Les senteurs des gâteaux à peine sortis du vieux four vous donnaient envie de tout acheter. Je repartis avec un *Apfelstrudel* encore chaud dont je me régalai sans attendre, déambulant sur les vieux trottoirs pavés parmi les sympathiques promeneurs du week-end.

Le soir venu, je rejoignis mon quartier, à bout de forces mais satisfait de ma journée, sentant pleinement la saine fatigue des marcheurs.

Parvenu à l'angle de deux rues sombres et désertes, je fis un bond en sentant une main sur mon épaule. Je me retournai. Vladi me faisait face, me dominant de sa haute stature carrée.

— Suivez-moi, me dit-il calmement mais sans donner plus d'explications.

— Pourquoi ? m'empressai-je de répliquer tout en balayant du regard les environs, constatant, dépité, que nous étions seuls.

Il ne prit pas la peine de répondre et, de la main, désigna la Mercedes garée sur le trottoir. Le reste de son corps demeurait immobile comme un roc.

Je n'avais pas la force de piquer un sprint. Crier n'aurait servi à rien.

— Dites-moi juste pourquoi.

— Ordre monsieur Dubreuil.

On ne pouvait guère faire plus laconique… Je savais que je n'en tirerais rien de plus.

Il ouvrit la portière. Je ne bougeai pas. Il resta lui aussi immobile, me regardant calmement, sans aucune agressivité dans les yeux. Je finis par monter à contrecœur. La portière se referma avec un bruit mat. J'étais seul à bord… Dix secondes plus tard, il démarrait.

Le confort moelleux de mon siège transforma ma peur en abattement. Résigné. Un fugitif rattrapé par la police et qui, habitué des voyages en fourgon, s'y sent presque soulagé. Je me laissai aller à bâiller.

Vladi alluma la radio. Un vieil air de music-hall qui contrastait avec son personnage grinça dans les haut-parleurs. La Mercedes enfilait des rues désolées, abandonnées des habitants qui leur avaient préféré les plages de la Côte d'Azur ou de l'Atlantique. Nous rejoignîmes le boulevard de Clichy, tristement dépeuplé lui aussi. De rares voitures, certaines transportant des couples habillés pour leur sortie hebdomadaire. Un feu rouge. Un taxi avec, à l'arrière, un homme seul, au regard happé par les sex-shops aux lumières suppliantes. Vladi redémarra en baissant sa vitre. Le souffle chaud de la nuit s'invita dans l'habitacle, se mêlant aux accents mélancoliques de l'air de music-hall. Nous franchîmes un carrefour et continuâmes sur le boulevard. Un autocar déversait son flot de touristes devant le Moulin Rouge.

La Mercedes fila jusqu'à la place de Clichy mais, au lieu de prendre le boulevard des Batignolles, dans la direction de l'hôtel particulier de Dubreuil, elle bifurqua soudain à gauche et s'engouffra dans la rue d'Amsterdam, plein sud.

— Où m'emmenez-vous ?

Pas de réponse. Seule la voix de Fred Astaire grésillait dans l'enregistrement d'époque de *Let Yourself Go*.

— Dites-moi où nous allons, sinon je descends !

Aucune réaction. Je ressentis un mélange de colère et d'appréhension.

La voiture finit par s'arrêter à un feu. Les muscles contractés, prêt à bondir dehors, j'actionnai le loqueteau de ma portière. Bloqué !

— Moi mettre protection enfants pour vous pas tomber cette nuit sur autoroute.

— Comment ça, l'autoroute, cette nuit ?

— Moi conseille vous dormir. Voiture toute la nuit.

Je me raidis instinctivement, saisi d'un sentiment de panique. Qu'est-ce que c'était que ce délire ? Vite, il fallait que je me tire de là !

Nous arrivions en vue de la Madeleine. La Mercedes la contourna puis embraya dans la rue Royale. Pas un policier en vue à qui j'aurais pu tenter de faire des signes par la vitre. La vitre… Mais oui, la vitre ! Je pouvais sortir par là… Celle de Vladi était déjà baissée, l'air s'engouffrait à l'intérieur. Il ne m'entendrait pas ouvrir la mienne si je le faisais pendant une accélération.

J'attendis nerveusement, le doigt sur le bouton. Nous arrivâmes sur la place de la Concorde. À un moment, Vladi tourna la tête vers la fontaine des Fleuves sous laquelle des adolescents s'aspergeaient d'eau en poussant des cris. Conscient de jouer ma dernière carte, j'appuyai sur le bouton, et la vitre descendit. Pas de réaction. Je retins mon souffle. Nous passâmes devant l'obélisque, puis le feu vira au rouge à l'angle des Champs-Élysées. La voiture s'arrêta.

Je plongeai.

On me serra très fort la cheville, puis je me sentis happé en arrière. Je hurlai, m'accrochant à la portière pour maintenir mon buste au-dehors. Je fis de grands gestes dans la direction des quelques voitures voisines. Mais les passagers étaient tous tournés de l'autre côté, admirant comme des cons les Champs-Élysées illuminés. Je me débattis, criai, tambourinai sur la carrosserie. En vain.

Vladi parvint à me ramener entièrement à l'intérieur, m'arrachant presque une oreille au passage.

— Calmez-vous, calmez-vous, dit-il.

Il n'y a rien de plus énervant que d'entendre ça. Surtout dans la bouche d'un homme dont le pouls est à vingt-cinq quand le vôtre est à deux cents.

Je continuai de me débattre, lui assenant quelques coups en vain. Puis, quand il eut réussi à m'immobiliser de force, je finis par ravaler ma colère, me résigner, et la voiture repartit. Ensuite, tout s'enchaîna très vite. La Seine, l'Assemblée nationale, le boulevard Saint-Germain, le jardin du Luxembourg…

Dix minutes plus tard, la longue Mercedes noire s'élançait sur l'autoroute du Sud, oiseau de proie fendant la nuit.

26

Les secousses me réveillèrent. J'ouvris les yeux et je me redressai, complètement perturbé, ne sachant plus où j'étais. La situation me ramena vite sur terre. La Mercedes était en train de gravir au pas un chemin pierreux très escarpé. Vladi ne se donnait même pas la peine d'éviter les nombreux nids-de-poule, et ses phares projetaient de haut en bas leurs faisceaux lumineux dans la nuit, éclairant des débris de pierre ou se perdant dans les étoiles.

J'avais tenté de rester éveillé, mais les longues heures monotones sur l'autoroute avaient eu raison de moi.

Ma bouche était desséchée.

Où sommes-nous ? articulai-je difficilement.

— Bientôt arrivés.

La voiture escaladait un talus qui semblait très aride. Aucune habitation en vue. Seules les sombres silhouettes d'arbres maigrichons au tronc tortueux se détachaient sur les cailloux et les touffes d'herbes sèches. Je me sentis sur la route du bagne.

La voiture s'arrêta sur un replat, presque au sommet de la colline. Le chemin était parsemé de grosses pierres tombées d'un muret à moitié effondré. Vladi coupa le moteur et tout parut d'un seul coup très silencieux. Il resta quelques instants immobile, semblant scruter les alentours, puis sortit. De l'air chaud pénétra à l'intérieur. Mon pouls s'accéléra. Que faisions-nous dans un endroit pareil ?

Il fit quelques contorsions pour se détendre le dos. Géant dans son costume noir, il ressemblait à un épouvantail agité par le vent de la nuit. Il ouvrit ma portière. Je frémis.

— Descendez, s'il vous plaît.

Je sortis, des douleurs me tiraillant de partout. Le « s'il vous plaît » me rassura un peu, mais quand je vis mieux le lieu dans lequel nous étions, mon angoisse remonta de deux crans.

Devant nous se dressaient, hautes et imposantes, les ruines inquiétantes d'un château abandonné. Éclairés de loin par les phares de la Mercedes qui leur donnaient une teinte blafarde, les murs, partiellement effondrés, se détachaient sur le ciel noir. Une vieille tour moyenâgeuse à créneaux tenait debout comme par magie, tant ses soubassements semblaient fragilisés par les pierres manquantes, formant des trous béants et ténébreux.

Un silence de mort hantait les lieux, par moments troublé par le cri lugubre d'un chat-huant.

— Venez, dit-il.

Il nous fraya un passage à travers les pierres éparpillées et les herbes folles. Les ronces griffaient bruyamment nos pantalons, ralentissant notre avancée.

Ma dernière heure était arrivée. Il était évident qu'il allait me liquider, ici, dans un endroit perdu au milieu de nulle part, où personne ne pouvait nous voir ni nous entendre. Je ne sais pas ce qui me terrifiait le plus : l'idée de ma mort certaine, ou ce lieu effrayant digne d'un film d'épouvante.

Après quelques mètres seulement, il se retourna.

— Levez bras.

— Quoi ?

— Vous, levez bras, s'il vous plaît.

Ce salaud allait m'abattre comme un chien, et il avait le culot d'user de formules de politesse. Je sentis mon sang fouetter mes tempes.

Je levai les mains.

Il s'approcha de moi et me palpa de haut en bas, des épaules jusqu'aux genoux. À deux reprises, il s'interrompit et fouilla mes poches, les vidant de leur contenu. Il prit mon portefeuille avec tous mes papiers d'identité, mon porte-monnaie, mon chéquier, mes tickets de métro, et les fourra dans un sac noir dont il referma soigneusement la grosse fermeture éclair. Plus personne ne pourrait identifier mon cadavre, et comme je n'avais pas de famille, nul ne le réclamerait. Je finirais dans une fosse commune.

Il jeta furtivement un coup d'œil alentour pour s'assurer de l'absence de témoins, puis il plongea la main dans sa poche.

Je regardai une ultime fois autour de nous, désirant emporter avec moi les dernières images du monde, mais le lieu était tellement glauque que je préférai fermer les yeux. Je fis des efforts considérables pour tenter d'oublier l'approche de ma mort et mettre toute mon attention à l'intérieur de moi-même. J'écoutai mon souffle, sentis mon cœur, mes muscles, j'essayai de visualiser mon corps, d'avoir conscience de ma conscience. Je voulais « être » une dernière fois, juste être. Ressentir ma vie.

— Prenez ça.

J'entrouvris les paupières. Il me tendait quelque chose. Il n'allait quand même pas me demander de mettre moi-même fin à mes jours…

— Tenez !

Je me penchai, n'arrivant pas à voir dans la pénombre le petit objet qu'il tenait. Une pièce… Une pièce de un euro.

— Qu'est-ce que… qu'est-ce que… vous voulez que j'en fasse… ?

À cet instant, un son guttural me fit sursauter. Dans un horrible froissement d'ailes, une nuée de chauves-souris s'échappa d'une des meurtrières de la tour.

Vladi reprit, imperturbable :

— Prenez, s'il vous plaît. Vous avoir droit à ça. C'est tout.

— Mais… je… ne comprends pas.

— Monsieur Dubreuil dit vous devoir apprendre débrouillarder tout seul. Tout seul. Un euro, c'est tout. Monsieur Dubreuil attend vous ce soir à sept heures dîner chez lui. Vous être à l'heure. Monsieur Dubreuil déteste retard dîner.

Sa mission terminée, il fit demi-tour.

Un énorme poids s'envola de mes épaules et de tout mon être. Je me sentis… vide. Mes jambes flageolèrent. Je n'arrivais pas à y croire… Je me serais jeté à son cou si j'en avais eu la force.

— Attendez !

Il ne se retourna même pas, rejoignit la voiture et démarra. Il entreprit un demi-tour périlleux, soulevant un nuage de poussière qui sembla s'enflammer sous l'éclairage des phares, puis la longue Mercedes noire s'éloigna, secouée en tous sens par les ornières du chemin. Elle disparut et le silence retomba, pesant comme une chape de plomb. L'obscurité était presque totale. Je me retournai vers le château et frissonnai. Sous la faible lueur de la lune descendante, les ruines étaient encore plus effrayantes. Seules les lointaines étoiles scintillantes de la voûte céleste apportaient de petites lueurs de réconfort. Un profond malaise se dégageait de ce lieu, et pas seulement la peur naturelle que l'on peut légitimement ressentir dans ce genre d'endroit. S'imposant à moi comme une évidence, j'avais le sentiment inexplicable que ces ruines étaient chargées d'émotions lourdes, de souffrances passées. Des choses horribles avaient eu lieu ici, et les pierres en gardaient les stigmates invisibles. Je l'aurais juré.

Je dévalai la pente, pressé de quitter au plus vite cet endroit angoissant. À plusieurs reprises, je faillis me tordre la cheville sur la caillasse. J'arrivai hors d'haleine à proximité des premières habitations, de vieilles maisons en pierres grises au toit recouvert de drôles de tuiles rondes. Je ralentis le pas, me remettant peu à peu de mes émotions.

La faim commençait à surgir. Il ne fallait surtout pas que j'y pense. Je n'avais rien mangé la veille au soir, ayant attendu d'être rentré chez moi pour dîner. Je le regrettais amèrement.

Je continuai ma route et entrai dans un vieux village encore endormi, accroché à la colline. Il n'y avait rien que je puisse faire avant le lever du soleil.

Je m'assis sur un banc de pierre usé par le temps et je respirai profondément, laissant mes mains effleurer sa surface rugueuse. J'imaginai, derrière les épais murs de pierre des maisons, les villageois ensommeillés, dormant paisiblement dans des lits aux draps rêches sentant bon le soleil qui les a séchés. Je me sentais heureux d'être en vie, revenu parmi la communauté des humains.

Le jour finit par se lever et, avec lui, les discrètes senteurs de la nature au petit matin. Sous mes yeux apparut lentement une vue enchanteresse, d'une beauté à couper le souffle. Le village où je me trouvais était suspendu au versant d'une petite montagne aux pentes abruptes, recouvertes d'arbres ou de terrasses cultivées en espalier. Devant moi, un immense espace s'ouvrait, plongeant sur la vallée. Juste en face, éloignée de quelques centaines de mètres à vol d'oiseau, une autre petite montagne s'érigeait, concurrençant en hauteur celle où je me trouvais. À son sommet, un autre village d'apparence similaire, composé de vieilles maisons en pierres grises. Et partout, couvrant les flancs des monts et le fond des vallées, des broussailles, des arbustes et des arbres, pour la plupart des épineux offrant un camaïeu de verts teintés de bleu.

Le soleil apparut, illuminant la beauté du site, réveillant le parfum du pin parasol qui me couvrait de son dôme protecteur.

J'entrepris d'explorer le village. Il me fallait, le plus tôt possible, rassembler les informations dont j'avais besoin pour organiser mon retour. Il m'apparut rapidement qu'il n'existait qu'une seule rue principale, qui descendait à flanc de coteau. Je tombai vite sous le charme de ce joli hameau aux maisons de caractère, d'un calme ressourçant, à des années-lumière du tumulte parisien. Je le parcourus sur toute sa longueur sans croiser personne. Pourtant, quelques éclats de voix aux accents rocailleux jaillissaient çà et là d'une fenêtre ouverte.

Au détour d'un virage en épingle à cheveux, je vis un café qui semblait occuper la dernière maison du village, ou plutôt la première pour ceux qui montaient de la vallée. Sa terrasse aménagée le long de la route offrait une vue vertigineuse. Les portes étaient grandes ouvertes. J'entrai.

Les conversations qui animaient une petite dizaine de personnes réparties dans la salle, autour de tables recouvertes de formica, stoppèrent instantanément. Le barman, un moustachu d'une bonne cinquantaine d'années, essuyait des verres derrière le comptoir. Je traversai la salle dans sa direction, osant un « bonjour » qui resta sans réponse, les clients se trouvant subitement absorbés dans leurs pensées, le regard baissé vers leurs verres.

Parvenu au comptoir, je renouvelai mes salutations à l'adresse du barman, qui se contenta de lever la tête.

— Est-ce que je peux avoir un verre d'eau, s'il vous plaît ?

— Un quoi ? dit-il en parlant fort, son regard balayant l'assistance.

Je me retournai et eus le temps d'apercevoir des sourires narquois, avant que les visages ne se baissent de nouveau.

— Un verre d'eau. Je n'ai pas d'argent sur moi et… je meurs de soif.

Il ne répondit pas mais saisit un verre sur une étagère, le remplit sous le jet du robinet de l'évier et le posa sur le comptoir d'un geste viril.

Je bus quelques gorgées. Le silence était pesant. Il fallait que je brise la glace.

— Il va faire beau aujourd'hui, n'est-ce pas ?

Pas de réponse. Je continuai :

— J'espère qu'il ne fera pas trop chaud quand même…

Il me regarda d'un air légèrement moqueur, tout en essuyant ses verres.

— Vous venez d'où, vous ?

Miracle. Il avait parlé.

— Là, j'arrive… du château… là-haut. Je viens de descendre ce matin.

Il commença par lever les yeux vers les autres clients.

— Écoute, petit, c'est pas parce que t'es pas du coin que tu dois jouer au malin avec nous, d'accord ? Ici, tout le monde sait que personne n'habite là-haut.

— Non… mais… enfin… j'ai été déposé au château cette nuit, et je suis redescendu ce matin, c'est tout ce que je voulais dire. Je ne me moque pas de vous.

— T'es de Paris, c'est bien ça ?

— Oui, on peut dire ça.

— T'es de Paris ou t'es pas de Paris, c'est pas la question de savoir si on peut le dire.

Il avait un accent tellement chantant que je n'arrivais pas à savoir si son ton était naturel ou énervé. J'avais besoin de lui. Il fallait que j'alimente la conversation.

— Au fait, ce château, il date de quand ?

— Le château, dit-il en ralentissant l'essuyage de ses verres, le château, c'était celui… du marquis de Sade.

— Du marquis de Sade ?!!

Je ne pus réprimer un frisson, rétrospectivement.

— Oui.

— Et… on est où, au juste ?

— Comment ça, on est où ?

— Oui, là, en ce moment, on se trouve à quel endroit ?

Un sourire amusé aux lèvres, il balaya la salle du regard.

— Dis donc, petit, tu bois pas que de l'eau, toi !

— Si, mais… c'est une histoire compliquée… Dites-moi juste où je suis.

— Moi, je suis à Lacoste, dans le Luberon. Toi, tu es sur une autre planète, petit…

Quelques gloussements étouffés dans l'assistance. Le barman était content de lui.

— Le Luberon… On est en Provence, c'est ça ?

— Eh ben, tu vois quand tu veux !

La Provence… c'était bien à huit ou neuf cents kilomètres de la capitale.

— Quelle est la gare la plus proche ?

Il jeta de nouveau un regard à l'assistance.

— La gare la plus proche est à Bonnieux, dit-il en désignant le village perché sur la montagne d'en face.

J'étais sauvé. Une heure ou deux de marche, et le tour était joué.

— Vous savez à quelle heure part le prochain train pour Paris ?

Des éclats de rire dans la salle. Le barman jubilait.

— Quoi, qu'est-ce qu'il y a de drôle ? Il est déjà parti, c'est ça ?

Il regarda sa montre. Nouveaux rires.

— Mais il est très tôt ! dis-je. Il doit bien y en avoir un autre plus tard dans la journée. Quand part le dernier train ?

— Le dernier train est parti… en 1938.

Explosion de rires dans l'assistance. J'avalai ma salive. Le barman savourait son succès. Sur sa lancée, il offrit une tournée générale. Les conversations reprirent leur cours d'avant mon arrivée.

— Tiens, petit, je t'offre un verre, dit-il en posant un ballon de vin blanc sur le comptoir devant moi. À la tienne !

Nous trinquâmes. Je n'allais pas lui dire que je ne buvais pas le ventre creux. J'avais reçu ma dose de moqueries pour la journée.

— La gare de Bonnieux, vois-tu, est fermée depuis plus de soixante-dix ans. Les trains pour Paris partent tous d'Avignon, maintenant. Tu trouveras rien de plus proche, petit.

— Et Avignon… c'est loin ?

Il but une gorgée de vin blanc puis s'essuya la moustache d'un revers de manche.

— Quarante-trois kilomètres.

Ça faisait beaucoup…

— Il y a peut-être des bus qui y mènent ?

— En semaine, oui, mais pas le dimanche, petit. Aujourd'hui, à part moi, personne ne travaille, ici, dit-il en portant son verre à sa bouche.

Il avait vraiment un drôle d'accent, prononçant tous les *e*, même là où il n'y en avait pas.

— Et… vous connaîtriez pas quelqu'un qui pourrait m'y déposer ?

— Aujourd'hui ? Avé la chaleur, les gens sortent pas trop de chez eux, tu sais. Sauf pour aller à l'église. Tu peux pas attendre demain ?

— Non, il faut absolument que je sois à Paris ce soir.

— Ah ! Les Parisiens, ils sont toujours pressés, même le dimanche !

Je finis par prendre congé, saluant la compagnie qui, cette fois-ci, me le rendit.

Je repris la rue qui sortait du village. « La direction d'Avignon, c'est en bas à gauche », m'avait-il dit. Je finirais bien par me faire prendre en stop…

La petite route descendait joliment dans la nature, à flanc de colline parmi les épineux odorants. J'étais en Provence ! La Provence… Depuis le temps que j'en entendais parler… C'était encore plus beau que dans mes rêves. J'avais imaginé une terre aride, belle mais desséchée. J'avais sous les yeux du vert à perte de vue, une végétation d'une richesse inouïe. Des chênes verts, des pins au tronc rougeoyant sous le soleil, des cèdres, des hêtres, des cyprès élevant leur teinte bleutée jusqu'au ciel, et au sol des chardons, des genêts, de grosses touffes de romarin, des arbustes aux feuilles vernissées exhibant sans retenue leur beauté clinquante, et mille autres variétés de plantes que je découvrais, émerveillé.

Le soleil, bien qu'encore bas, commençait à taper fort, et la chaleur avivait les parfums de la nature, diffusant mille senteurs exquises qui m'accompagnaient dans ce paradis des sens.

Au pied de la montagne, la route serpentait dans la vallée, parmi les vergers et les bosquets. Je marchais depuis plus d'une heure sans avoir vu une seule voiture. Pour le stop, c'était pas gagné... J'avais un énorme trou dans l'estomac, ainsi qu'un léger mal de tête. Il commençait à faire vraiment très chaud. Je n'allais pas pouvoir continuer à marcher très longtemps...

Vingt minutes s'étaient encore écoulées quand j'entendis le ronronnement d'un moteur. Une fourgonnette grise apparut dans le virage derrière moi, roulant à une allure modérée. Elle datait d'au moins vingt ou trente ans : la version camionnette de la 2 CV de Citroën que j'avais vue dans des livres d'images sur la France, quand j'étais gamin. Je me mis carrément en travers de la route, les bras en croix. Elle pila dans un crissement de freins, toussa, puis cala. Le silence revint instantanément. Le conducteur sortit, un petit homme bedonnant aux cheveux gris et au teint rouge, manifestement en colère contre moi, et peut-être aussi vexé d'avoir calé...

— Ça va pas de faire des choses pareilles ? Mais qu'est-ce qui vous prend, bon sang ? Y a pas des freins de Ferrari là-dessus, j'ai failli vous écraser, moi ! Et qui c'est qu'aurait réparé ma voiture, hein ? Y a belle lurette qu'y a plus de pièces détachées.

— Je suis désolé. Écoutez, j'ai un problème : il faut absolument que je sois le plus vite possible à Avignon. Ça fait deux heures que je marche sous le soleil. Je n'ai rien mangé depuis hier après-midi, et je n'en peux plus... Vous n'allez pas dans cette direction, par hasard ?

— Avignon ? Non, je vais pas à Avignon, pour sûr ! Qu'est-ce que vous voulez que je fasse là-bas, moi ?

— Oui, mais peut-être que là où vous allez, ça me rapprocherait un peu ?

— Eh bé... moi, je vais aux Poulivets... C'est ben un peu dans la direction, oui mais voilà, moi je m'arrête d'abord un peu en chemin, j'ai à faire, moi.

— Pas de problème ! Si vous me rapprochez, c'est l'essentiel. Après, je trouverai bien une autre voiture...

Je le sentais près de céder.

— S'il vous plaît...

— Ben alors, vous montez derrière, parce que devant, moi j'ai tout plein de paquets, et je vais pas tout déménager pour vous. Je vous connais même pas, moi !

— Super !

Le siège passager était en effet bien encombré. Nous contournâmes le véhicule et il ouvrit le portillon à doubles battants verticaux.

— Tenez, assoyez-vous là ! dit-il, me désignant les deux espèces de caisses en bois qui occupaient l'espace exigu à l'intérieur.

J'étais à peine monté qu'il claquait le portillon, me plongeant dans le noir complet. Je repérai les caisses en tâtonnant et m'assis tant bien que mal sur l'une d'elles.

Il s'y reprit à deux fois pour démarrer, faisant toussoter le moteur, puis la fourgonnette se mit en branle, vibrant de partout. Une forte odeur de gasoil se répandit autour de moi.

J'eus toutes les peines du monde à me maintenir assis. Le dessus de ma caisse était bizarrement incliné et je manquais de tomber à chaque accélération, chaque virage, chaque coup de frein. Je n'y voyais absolument rien et j'avais beau palper à l'aveuglette la face latérale du véhicule, je ne trouvais rien pour me tenir. Alors je me retrouvai là, à serrer les cuisses de part et d'autre de la caisse pour me maintenir en place, tandis que la camionnette filait en vrombissant. La situation était tellement cocasse que je fus littéralement pris d'une crise de fou rire. Je ne pouvais plus m'arrêter, secoué comme un prunier et sniffant dans le noir complet des vapeurs de gasoil. Je crois que c'était la première fois de ma vie que je riais tout seul…

La fourgonnette finit par s'arrêter. Le moteur s'étouffa et j'entendis la portière du conducteur claquer. Ensuite, plus rien. Silence. Il n'allait pas m'oublier là-dedans, tout de même ?

— Ohé ! Ohé !

Pas de réponse.

Soudain, je perçus un léger bourdonnement. C'était bizarre, j'avais l'impression que ça venait du dessous de la voiture… Quelques éclats de voix à l'extérieur. Quand on est aveugle, les autres sens prennent tout de suite une importance accrue. Les bourdonnements s'intensifièrent mais… oui, c'est ça, ils venaient… de l'intérieur de ma caisse ! Mais… mon Dieu ! C'était quand même pas… UNE RUCHE !

Je me redressai d'un coup et me cognai la tête au plafond. À cet instant, la portière avant claqua, le moteur toussa et la fourgonnette fit un bond en avant. Je fus projeté contre le portillon et tombai, désormais coincé entre lui et les ruches.

On devait emprunter un chemin de terre car nous étions secoués dans tous les sens. Ça grinçait de partout. Rester dans cette position était sans doute ce que j'avais de mieux à faire. Je n'avais qu'une seule angoisse : me faire piquer par les milliers de voyageuses qui m'accompagnaient. Pouvaient-elles seulement sortir de leurs ruches ?

Nous finîmes par nous arrêter, non sans une ultime secousse du moteur. La portière avant claqua. J'attendis. Le portillon s'ouvrit d'un coup et je roulai par terre aux pieds de mon libérateur.

— J'me disais bien qu't'avais une haleine de vinasse ! On mange rien mais on s'prive pas de boire un p'tit coup, hein ?

Je levai les yeux vers lui, complètement aveuglé par la lumière.

— C'est pas ce que vous croyez…

— Moi, j'crois c'que j'vois, comme saint Thomas, ou plutôt c'que j'sens !

Je me relevai en clignant des paupières pour m'habituer à la forte luminosité.

Le paysage qui s'offrit à ma vue était éblouissant de beauté. À mes pieds s'étendaient d'opulentes rangées de lavande inondant de bleu le vallon où nous nous trouvions, caressant le pied des arbres fruitiers qui le bordaient, remontant sur la colline d'en face. Et de cette beauté colorée émanait un parfum délicieux qui m'en faisait presque oublier ma situation délicate. Mais le plus impressionnant, sans doute parce que j'étais loin de l'imaginer ainsi, était le chant, que dis-je, le vacarme des cigales ! Car ces jolis crissements qui se mariaient si bien avec la chaleur sèche de cet air parfumé étaient tellement forts que l'on aurait pu croire que toutes les cigales de Provence s'étaient donné rendez-vous ici pour m'accueillir.

— Allez, pousse-toi, j'ai pas que ça à faire, moi !

Il se pencha à l'intérieur de la fourgonnette et saisit l'une des deux ruches.

— Tiens, aide-moi ! On en prend une chacun.

Je le suivis, portant ma ruche à bout de bras.

— On va les poser là, dit-il, désignant des emplacements au milieu des fleurs.

— Vous faites du miel de lavande… dis-je, émerveillé.

— Pardi ! Ça va pas faire du Nutella…

— C'est drôle, je n'avais jamais imaginé qu'on déplaçait les ruches pour les déposer dans les champs de lavande.

— Qu'est-ce que tu crois ? qu'il suffit de leur donner une carte Michelin en leur disant de pas s'arrêter en route sur les autres fleurs ?

Sur ce, il rebroussa chemin.

— Alors dis-moi tout, maintenant : pourquoi es-tu si pressé d'aller prendre le train à Avignon ?

— En fait, c'est un peu compliqué… Disons que j'ai une sorte de défi à relever. On m'a retiré mes papiers et mon argent, et je dois me débrouiller pour rentrer à Paris par n'importe quel moyen. Pour réussir cette épreuve, il faut que je sois de retour au plus tard en fin d'après-midi.

— Une épreuve ? C'est un jeu, c'est ça ?

— En quelque sorte, oui.

Il me regarda de travers, puis une lumière brilla dans ses yeux.

— Ah ! Mais j'ai deviné, tu fais les épreuves de sélection pour un jeu télé genre *Koh-Lanta*. C'est ça ?

— En fait…

— Ben ça alors ! Quand je vais le dire à Josette, elle va pas me croire, pardi !

— Non mais…

— Et donc si t'es sélectionné, on va te voir à la télé cet hiver !

— Attendez, j'ai pas…

— Elle va pas le croire ! Pas le croire !

— Écoutez…

— Attends, attends…

Il avait un air soudain inspiré.

— Dis donc, reprit-il, si je te dépose direct à la gare d'Avignon, t'es sûr de gagner l'épreuve, alors ?

— Oui, mais…

— Eh bé, je vais te dire, petit : je te dépose direct à la gare si en échange tu viens d'abord à la maison faire des photos-souvenirs avé la famille. Qu'est-ce que t'en dis ?

— Ben, en fait…

— Juste quelques photos, et on part à la gare ! Comme ça, tu seras sélectionné, et on te verra à la télé !

— Ne croyez pas…

— Allez, on y va ! Dépêche-toi, petit !

Il rouvrit le portillon, tout excité.

— Tu restes derrière, je vais pas déménager tous mes paquets, moi, on n'a pas le temps, on a un défi à relever !

Je m'assis par terre, pas mécontent de voyager seul, cette fois-ci.

La fourgonnette eut beaucoup de mal à démarrer, puis les vibrations se réveillèrent, et enfin les secousses qui me faisaient mal aux fesses.

J'entendis parler de l'autre côté de la fine cloison de métal. Mon conducteur téléphonait.

— Allô, Josette ! Prépare l'apéro, je ramène un candidat de *Koh-Lanta*. Non, *Koh-Lanta*, je te dis. *Koh-Lanta*. Allô ? On le verra cet hiver à la télé. Mais si, c'est vrai ! Va chercher l'appareil photo, et regarde qu'on a des piles dedans ! Des piles, je te dis. Oui. Et préviens Michel, y va pas le croire. Et appelle aussi Babette, qu'elle ramène ses fesses si elle veut être sur la photo. Je capte plus. Dépêche-toi. Allô ?

Mon Dieu, il rameutait la terre entière… C'est pas vrai… Qu'allais-je leur dire ?

Après un petit quart d'heure de trajet, la voiture finit par s'arrêter et je perçus des conversations animées.

On actionna mon portillon et, une fois mes yeux de nouveau adaptés à la lumière éblouissante, je vis une bonne douzaine de personnes immobiles, rassemblées en comité d'accueil, qui me fixaient, ouvrant de grands yeux scrutateurs. Je me sentais vraiment con assis par terre dans cette bétaillère poussiéreuse.

— Hé, au fait, me demanda mon conducteur, comment tu t'appelles, déjà ?

— Alan.

— Alan ? Ça, c'est un nom de star américaine. Ça fera bien à la télé.

— Alan… répéta dans un murmure une femme enceinte dans l'assistance, l'air inspiré.

On me fit entrer dans la maison, puis tout le monde se regroupa dans le jardin autour d'un barbecue où grillaient déjà des saucisses dans une odeur alléchante. *Très* alléchante. Les photos commencèrent. Que pouvais-je leur dire ? J'étais pris en étau entre ma volonté d'être sincère et mon envie de ne pas décevoir ces gens qui s'étaient embarqués tout seuls dans leur rêve… Sans parler de mon impératif…

Je crois que l'on ne m'avait jamais autant photographié de ma vie entière. Je m'imaginais déjà trônant sur bon nombre de cheminées, jusqu'au démarrage de la prochaine saison du jeu télévisé…

Mon conducteur jubilait. C'était l'homme du jour. Il enfilait apéro sur apéro et commençait à devenir bien rouge. À trois reprises il déclina ma demande de départ pour la gare. « Plus tard, plus tard », répétait-il.

Je n'arrivais toujours pas à manger, tiraillé que j'étais de gauche et de droite pour poser avec chacun.

— Écoutez, finis-je par lui dire, il faut vraiment que j'y aille, sinon, je vais louper le train et alors tout ça ne sert à rien.

— Attends, attends… Ah, ils sont stressés, ces Parisiens !

Il prit son téléphone.

— Maman, dépêche-toi, je t'ai dit. Et préviens Papé, il me le pardonnera pas, sinon !

— Non, écoutez, dis-je, c'est plus possible. Il faut tenir votre engagement, maintenant…

Il n'apprécia pas du tout ma remarque et, de rouge, il devint écarlate.

— Écoute, petit, c'est pas moi qui t'ai forcé à monter à bord de ma fourgonnette, d'accord ? Il me semble que c'est même plutôt le contraire, vois-tu ! Alors maintenant sois pas ingrat, sinon moi, je vais pas à Avignon !

Plutôt sanguin, le monsieur…

Comment le faire bouger ? Le temps filait, et je n'avais aucune idée des horaires des trains. Il était peut-être déjà trop tard pour être à 19 heures chez Dubreuil. Dubreuil… Il affirmait qu'il était important dans la vie de savoir obtenir des choses des autres… Mais comment pouvais-je m'y prendre ici ? Tiens, comment Dubreuil s'y prendrait-il, lui ?

Pousse-le, il te repousse…

Ne pousse pas, tire…

J'eus immédiatement une idée, mais… quelque chose me gênait. J'avais jusqu'ici surfé sur un malentendu, mais je ne voulais pas mentir explicitement. Bon, tournons les choses autrement…

— Vous savez, si je me retrouve un jour dans ma vie sur un plateau de télé, j'aurai sans doute le droit d'inviter une personne, peut-être deux…

Il leva les yeux vers moi, tout à coup très attentif.

— Mais bon, repris-je, je ne veux pas vous donner de faux espoirs…

— Petit…

— Non, non… N'insistez pas…

— Si je t'accompagne de suite à la gare, tu promets de m'inviter sur le plateau ? demanda-t-il d'un air soudain aussi sérieux que s'il négociait le dépôt de cent ruches sur mon champ de lavande.

— Oui… mais ça me gêne d'interrompre votre petite fête…

Il se tourna vers l'assistance et prit une grosse voix.

— Les amis, dit-il, continuez sans nous. Je reviens dans une petite heure, je dépose Alan à Avignon. Il faut qu'il réussisse son épreuve.

Trente minutes plus tard, je sautais dans un TGV pour la capitale, le ventre toujours aussi creux, mon unique euro au fond de ma poche.

Je connaissais la règle : voyager sans billet était passible d'une amende ; sans papiers sur moi, c'était la police à l'arrivée…

J'avais un maigre plan, qui valait le coup d'être tenté. Je restai debout à guetter de loin l'arrivée du contrôleur. Quand je le vis pointer son nez à l'autre bout du wagon, j'entrai dans les toilettes et fermai la porte sans mettre le verrou. S'il le croyait vide, il passerait sans s'arrêter. J'attendis. Les minutes s'écoulèrent, et il n'arrivait rien. J'étais seul, enfermé avec le bruit continu du train, ses tremblements, parfois de légères secousses qui menaçaient mon équilibre, et l'odeur infecte de ce lieu exigu.

Soudain, la porte s'ouvrit d'un seul coup, et un voyageur très surpris tomba nez à nez avec moi. Par-dessus son épaule, mon regard croisa celui, visiblement satisfait, d'un petit homme doté d'une moustache noire, d'épais sourcils froncés, d'une casquette bleu marine et d'un uniforme.

27

Les sourcils froncés, Catherine se pencha légèrement en avant.

— J'aimerais parler de la manière dont tu as aidé Alan à s'arrêter de fumer.

Yves Dubreuil se laissa retomber en arrière dans son profond fauteuil en teck et fit tournoyer les glaçons dans son verre de bourbon, un léger sourire aux lèvres. Il adorait revenir sur ses exploits pour les commenter.

— Tu l'as obligé, reprit-elle, à en consommer de plus en plus jusqu'à ce qu'il en soit dégoûté, c'est ça ?

— Pas du tout, répondit-il avec la satisfaction de celui dont même les professionnels ne peuvent comprendre les actes, tellement ils sont géniaux.

— Je croyais…

— Non, en fait, je me suis contenté d'inverser la vapeur, dit-il, faussement modeste, en utilisant une formulation abstraite qui obligeait son interlocutrice à le questionner davantage.

— Inverser la vapeur ?

Il prit tout son temps, savourant autant la gorgée d'alcool que l'attente qu'il induisait chez Catherine.

La journée avait été particulièrement chaude, et la soirée offrait maintenant une douceur exquise dont ils profitaient nonchalamment dans le jardin, confortablement installés devant un plateau de petits-fours sucrés, tous plus délicieux les uns que les autres.

— Rappelle-toi. Alan nous avait dit que son problème, c'était la liberté. Il avait bien envie, quelque part au fond de lui, de cesser de fumer, mais ce qui le retenait, c'était le sentiment de liberté qu'il associait à la cigarette. Tout le monde lui conseillait d'arrêter, si bien qu'il ne se sentait pas libre de son choix. Mettre fin à sa consommation lui aurait donné le sentiment de renoncer à sa liberté pour se soumettre à la volonté des autres.

— Oui, on peut le comprendre.

Catherine l'écoutait, visiblement très concentrée sur ses réponses, ne faiblissant pas devant les douceurs sucrées s'offrant à elle qui auraient pu détourner son attention.

— Alors, j'ai inversé la vapeur : j'ai fait en sorte que fumer devienne pour lui un acte contraignant imposé par l'extérieur. Dès lors, la liberté changeait de camp… C'était désormais en arrêtant qu'il pouvait satisfaire sa soif de liberté.

Catherine ne dit rien, mais un observateur attentif aurait pu discerner dans ses yeux une lueur d'admiration.

28

Quand il était gamin, l'inspecteur Petitjean passait ses week-ends et ses vacances à suivre des passants sur son vélo, dans les rues pavillonnaires de Bourg-la-Reine, en banlieue parisienne. Il notait soigneusement toutes ses observations sur un petit carnet bleu à spirales qui ne le quittait pas. Certains se rendaient à la gare ; il relevait l'heure et surveillait, à travers les grilles de la voie ferrée, s'ils montaient bien à bord du prochain train. Ils auraient pu faire semblant et rebrousser chemin, peut-être pour aller assassiner leur voisin. Quel meilleur alibi que d'être vu par des témoins sur le quai de départ, juste avant l'heure du crime… D'autres rentraient chez eux, et il se demandait ce qui pouvait les pousser à s'enfermer à la maison quand il faisait beau dehors. Ils avaient forcément une raison cachée. Il finirait par la découvrir. Tiens, tiens… La dame avec la grande jupe bleue, il l'avait déjà vue la semaine passée. Voyons, voyons… Il parcourait alors son calepin et retrouvait immanquablement l'information. Elle s'était rendue à la pharmacie ? Ça alors ! Mais pourquoi y retournait-elle aujourd'hui ? Deux fois en l'espace de quelques jours, c'était louche. Et si elle s'y procurait un médicament dangereux pour se débarrasser de son mari ? Mais oui, c'était évident ! Il allait être vigilant...

Sa déception fut grande lorsque, des années plus tard, il fut recalé en fac de droit. La grande carrière dans la police dont il avait toujours rêvé se refusait à lui. Mais le jeune Petitjean n'était pas du genre à renoncer si vite à ses rêves d'enfant. S'il n'entrait pas par la grande porte, eh bien, tant pis ! Il rejoindrait la base puis gravirait un à un les échelons du succès.

Il intégra la police en qualité d'inspecteur et fut affecté à la gare de Lyon, au service des voyageurs sans billet. Le jour où il enfila son uniforme pour la première fois, il se sentit véritablement investi d'une mission, comme si la sécurité de la France entière reposait sur ses épaules.

Il refusa de se laisser aller à la déception quand il découvrit la profonde inutilité de son rôle : il se dit que c'était un passage, qu'il fallait tenir bon. Bien sûr, certains jours, la morosité ambiante, conjuguée au délabrement des locaux, avait raison de sa bonne humeur. Mais il continuait d'y croire. Son heure viendrait.

Le poste de police était installé au niveau inférieur de la gare, sans aucune fenêtre ni ouverture sur la rue. Quelques tubes de néons fixés derrière de vieux caches en plastique jauni diffusaient une faible lumière, aussi glauque que les murs qui semblaient n'avoir jamais été peints, ou le mobilier en métal gris datant du milieu du siècle dernier. L'odeur de moisi qui se dégageait de ce lieu insalubre ne s'effaçait de temps à autre que pour laisser la place à quelques effluves provenant des toilettes d'à côté.

Mais le plus dur était sans doute sa relation avec son chef, un homme proche de la retraite, vaincu par le système, totalement démotivé, dont la seule satisfaction était d'aboyer des consignes sans jamais chercher à savoir par quels actes réels celles-ci se traduisaient sur le terrain. Plus rien ne l'intéressait, sauf peut-être quelques magazines cochons ou les grilles de loto qu'il alignait sur son bureau et auxquelles la triste lumière des néons donnait un aspect aussi vieilli que le mobilier.

L'inspecteur Petitjean se l'était promis : jamais il ne se laisserait aller à la déprime ou à la démotivation. « Le jour où t'y crois plus, t'es fini », se répétait-il sans cesse. Alors, il se donnait corps et âme à l'unique tâche qu'on lui confiait, et faisait subir aux voyageurs sans billet un interrogatoire digne des plus grandes affaires criminelles, les poussant dans leurs retranchements, les amenant parfois à avouer d'autres méfaits mineurs, et surtout – c'était son obsession – mettant à nu des intentions cachées. Outrepassant largement ses attributions, il menait l'enquête à fond. Il lui était même arrivé de se rendre sur le terrain pour vérifier certains dires, profitant de l'absence totale de contrôle de son travail par la hiérarchie. La plupart des contrevenants étaient des étudiants insolvables, dont le seul crime avait été de prendre le train sans billet. Plusieurs avaient craqué lors de l'interrogatoire, et Petitjean, bien qu'il ne l'ait jamais cherché, était convaincu que c'était le résultat inévitable de son professionnalisme. Certains s'étaient plaints auprès de son chef, qui n'en avait absolument rien à faire et, d'ailleurs, ne voulait rien savoir.

Ce jour-là, l'inspecteur Petitjean était d'assez mauvaise humeur. C'était son troisième dimanche d'affilée au travail. Il commençait à sentir que son zèle faisait de lui une cible désignée pour ce genre de corvée…

Le téléphone sonna dans la pièce à côté. Une vieille sonnerie très forte. Son chef décrocha sans dire un mot, puis posa abruptement les mêmes questions qu'il répétait plusieurs dizaines de fois par jour depuis des années.

— Quel train ? Quel quai ? Quelle heure ?

Il raccrocha virilement, puis on l'entendit beugler à travers sa porte :

— Petitjean ! Voie 19 ! Marseille ! 18 h 02 !

Sans rien dire, l'inspecteur se mit en route. Courage et patience. Un jour, il en était certain, il cueillerait ainsi un criminel en cavale dont il saurait mettre au jour les exactions. On reconnaîtrait alors enfin ses talents d'enquêteur. Sa promotion serait fulgurante.

29

Le cuir crissa sous leurs fesses tandis qu'ils prenaient place dans les profonds fauteuils invitant à la détente. Ils attendirent tranquillement que le serveur de l'hôtel Intercontinental ait fini de les servir.

— Je vous prie de sonner si vous avez besoin de quoi que ce soit, monsieur Dunker, murmura-t-il avant de se retirer.

La porte capitonnée de cuir brun du salon privé se referma silencieusement, déplaçant les quelques vapeurs de cognac qui flottaient dans l'air. Marc Dunker promena son regard autour de lui. Des bibliothèques cossues, en acajou, agrémentées de livres reliés de cuir rouge, un peu trop brillants pour être anciens. Des lampes au pied doré coiffé d'une opaline vert émeraude, qui diffusaient une lumière raffinée sans altérer l'atmosphère intime et plutôt sombre de la pièce.

Il avait choisi ce lieu sur le conseil d'Andrew. Situé place de l'Opéra, à quelques encablures du bureau, il offrait un cadre intérieur qui invitait, selon lui, au respect et à une certaine retenue, critères anglais s'il en est, propices à de bonnes négociations. C'était la cinquième fois que le trio s'y réunissait, et Dunker restait satisfait de ce choix. Il en appréciait surtout les grands fauteuils qui semblaient engloutir ses deux principaux actionnaires, tandis que sa stature lui permettait de maintenir son buste à une hauteur convenable, jouissant ainsi d'une position avantageuse. Il était convaincu que cette configuration avait un impact non négligeable sur leur relation.

— Nous nous sommes concertés, dit le plus rondouillard des deux en jetant un coup d'œil au troisième personnage.

Il parlait en souriant et, de temps en temps, levait les sourcils, ce qui créait des vagues de plis sur son crâne aux trois quarts chauve. Dunker trouvait qu'il portait remarquablement bien son nom : David Poupon. Petit et grassouillet, il avait en effet, malgré son âge, des allures de gros poupon souriant et des airs amicaux dont Dunker se méfiait énormément. Il lui préférait l'autre, Rosenblack, beaucoup plus sec et moins aimable, qui ne cachait donc pas son jeu. Ce dernier ne faisait d'ailleurs aucun effort pour masquer son désintérêt total envers la personne de Dunker, ne levant jamais les yeux des papiers qu'il feuilletait sur ses genoux. Il se grattait presque en permanence le cuir chevelu derrière l'oreille droite.

Dunker plissa les yeux, se concentrant sur celui qui parlait. David Poupon reprit :

— Nous sommes parvenus à la conclusion que tant pour le fonds d'investissement que je préside que pour le fonds de pension ici représenté par notre ami, dit-il en jetant un sourire en direction de son confrère toujours absorbé dans ses papiers, il faut que votre société dégage 15 % de bénéfices dès le prochain trimestre, et que le cours de Bourse atteigne une hausse annuelle de 18 % minimum.

Il annonçait ses exigences sans se défaire de son ignoble petit sourire.

Dunker, qui ne le lâchait pas des yeux, resta silencieux jusqu'à ce qu'il soit certain que son interlocuteur eût terminé. Il s'accorda ensuite quelques secondes pour boire une gorgée de cognac : il connaissait la force du silence imposé à celui qui attend votre parole.

— Je ne m'engagerai pas sur 18 % de hausse du cours de la Bourse, car je ne contrôle pas tous les paramètres, comme vous le savez. Et puis…

Il prit une deuxième gorgée d'alcool, maintenant son interlocuteur en haleine.

— Et puis, reprit-il, il y a ce journaliste à la con, Fisherman, qui continue de saper notre image en répétant des conneries sur notre dos. Et malheureusement, ses analyses sont très suivies des marchés financiers…

— Nous sommes convaincus que vous êtes capable de gérer ce genre de situations. C'est d'ailleurs pour cette raison qu'à la dernière assemblée générale nous avons choisi de vous maintenir à la tête de l'entreprise.

Dunker reçut cinq sur cinq la menace à peine voilée, prononcée toujours en souriant.

— Vous savez comme moi que les journalistes sont incontrôlables… On a beau l'abreuver de bonnes nouvelles à tout bout de champ, Fisherman répète à longueur d'articles que nos équipes sont insuffisamment productives, ce qui est totalement faux. Je leur mets la pression et ils bossent dur, dit-il avec l'orgueil d'un capitaine qui prend la défense de ses troupes.

— Il y a rarement de fumée sans feu, dit Rosenblack sans lever les yeux.

Dunker prit une gorgée de cognac, passablement agacé. Quelle galère de rendre des comptes à des gens qui ne connaissent rien à vos affaires et n'ont jamais mis les pieds sur le terrain !

— Allez, dit Poupon, je suis confiant en votre capacité de trouver une solution.

Plusieurs longues secondes de silence.

— J'ai bien une idée, mais il me faut votre accord préalable, car ce n'est pas sans conséquence.

— Ah ! Vous voyez quand vous voulez…

Gros Poupon était clairement satisfait d'avoir vu juste. Il se trémoussa dans son fauteuil comme on le fait parfois au cinéma, après les pubs, pour chercher une position confortable avant que le film commence.

— Mon idée repose sur un gonflement artificiel du chiffre d'affaires…

Rosenblack leva enfin un œil morne en direction de Dunker, tel un vieux chien somnolant au coin du feu, qui se demande sans trop y croire si le mot « promener » n'aurait pas été glissé par son maître dans la conversation.

— Jusqu'à présent, expliqua Dunker, nous avons suivi une procédure stricte de vérification de la solvabilité de nos clients avant de signer des contrats. S'ils montrent des difficultés financières, nous exigeons un paiement d'avance de la totalité de nos honoraires, ce qui est bien sûr rarement accepté. Si nous changions cette règle et fermions les yeux sur l'état des finances des nouveaux clients, nous obtiendrions une hausse immédiate du chiffre d'affaires d'environ 20 %.

Poupon, attentif, avait un regard complice. Rosenblack, attentiste, affichait un air sceptique.

— J'ai estimé, continua Dunker, que nous risquions d'avoir 30 % d'impayés sur ce chiffre d'affaires, ce qui n'est pas trop gênant pour deux raisons : un, la Bourse n'a d'yeux que pour le chiffre d'affaires et se moque pas mal des impayés ; deux, nos consultants touchent leurs commissions non pas sur le chiffre d'affaires réalisé, mais… sur le chiffre d'affaires encaissé. Pas de paiement, pas de com. Donc on s'y retrouvera de ce côté-là. Globalement, on ne perdra pas trop, et l'action grimpera…

— Excellent, dit Poupon.

Rosenblack fit mine d'approuver, acquiesçant lentement de la tête, une moue aux lèvres.

— Et pour les 15 % de bénéfices ? demanda-t-il.

Dunker but lentement une nouvelle gorgée de cognac.

— J'en fais mon affaire, dit-il entre ses dents.

Poupon sourit.

— Parfait ! J'ai donc une mauvaise nouvelle pour vous : ce n'est pas encore cette année que vous toucherez le parachute de trois millions d'euros prévu dans votre contrat en cas de rupture !

Ils rirent et Rosenblack fit un effort. Les verres s'entrechoquèrent.

— Allez, reprit Poupon, vous nous trouvez exigeants, mais c'est comme ça que le monde tourne : vous l'êtes avec vos collaborateurs, nous le sommes avec vous, nos propres clients le sont avec nous-mêmes… On a toujours quelqu'un au-dessus de soi, n'est-ce pas ?

30

— Je ne vous crois pas. Pas une seule seconde.

L'affirmation était tombée comme une sentence sans appel, suivie d'un silence pesant, dans la lumière déprimante d'un vieux néon fatigué.

— C'est pourtant la vérité, répondis-je, désemparé.

L'inspecteur Petitjean marchait de long en large derrière son bureau. Moi, j'étais mal assis sur ce qui ressemblait à une petite chaise d'écolier très inconfortable. L'endroit me foutait le cafard... J'avais faim. Désespérément faim. Et j'en avais marre. Vraiment marre.

— Reprenons tout depuis le début.

— C'est la quatrième fois...

J'avais commencé à répondre à ses questions en essayant de rester le plus vague possible, parlant d'un défi que j'étais censé relever, essayant de lui faire croire, sans mentir explicitement, que j'étais victime d'une sorte de bizutage quelconque. Mais le bonhomme avait du ressort et semblait prendre l'affaire très au sérieux. Tout ça pour un simple voyage sans ticket... N'avait-il donc rien de mieux à faire ? Il finit par me coincer avec un bombardement de questions et des recoupements, et je fus obligé de lui cracher le morceau, lui racontant ma relation avec Dubreuil. Pourtant, je vis le doute continuer de s'installer en lui. Il refusait obstinément de me croire. Je mis alors toute mon énergie pour tenter de le convaincre de ma bonne foi, mais plus j'argumentais, plus il mettait ma parole en question.

— Vous dites que vous suivez les instructions d'un homme que vous ne connaissez pas, qui vous veut du bien mais qui vous fait quand même peur, qui vous a subtilisé vos papiers et vous a déposé en Mercedes à l'autre bout de la France pour développer votre débrouillardise. C'est bien ça ?

— Oui, en résumé.

— Et vous pensez que je vais gober un truc pareil ? Mais depuis que je fais ce métier, j'ai jamais entendu une histoire aussi ridicule !

Je ne pourrais jamais le convaincre. J'allais y passer la soirée, peut-être la nuit…

Il fallait que je m'y prenne autrement… Comment faire pour le persuader de ma bonne foi ?

Si tu pousses, il résiste. Inverse la vapeur…

J'eus une idée…

— Il y a autre chose… dis-je sur le ton de la confession.

Il ne put réprimer une ébauche de sourire, croyant être sur le point de me faire cracher le morceau.

— Quoi ?

J'attendis quelques instants.

— Oh… et puis non, je ne vous le dirai pas.

Il me dévisagea, un peu surpris.

— Pourquoi ?

Je le regardai droit dans les yeux.

— Parce que je n'ai pas confiance.

Son teint s'empourpra imperceptiblement.

— Comment ça... comment ça, pas confiance ?

Je pris tout mon temps.

— Je n'ai pas confiance... en votre capacité d'écoute.

— Qu'est-ce que vous me racontez ? bredouilla-t-il, le teint de plus en plus rouge.

Je détournai le regard, balayant le sol en affectant un air triste.

— C'est une histoire... intime, et je n'ai pas envie de la confier à quelqu'un qui ne prend même pas la peine de s'asseoir pour m'écouter.

Il avala sa salive.

— Et de toute façon, repris-je, comme vous ne me croirez pas, ça ne sert à rien que je vous en parle.

Plusieurs secondes s'écoulèrent. Je ne le regardais pas, mais je sentais que lui ne me quittait pas des yeux, le visage cramoisi. Je percevais le bruit de sa respiration.

Il s'assit.

Le silence perdura un long moment. Tout était immobile. Même l'air moisi de la pièce semblait figé.

Je décidai de vider mon sac.

— J'ai fait une tentative de suicide, il y a quelque temps. Un homme se trouvait là par hasard... ou plutôt, c'est ce que je croyais. Il m'a sauvé la vie en échange de mon engagement irrévocable de faire tout ce qu'il demandait. Pour mon bien.

Il m'écouta en silence.

— C'est une sorte de pacte, repris-je. Je l'ai accepté, de plein gré.

La chaleur du bureau était étouffante. J'avais besoin d'air.

— Et vous avez vraiment fait... tout ce qu'il vous demandait ?

— On peut dire ça, oui.

— Vous réalisez que s'il vous a poussé à effectuer des actes illégaux, c'est vous qui êtes responsable ?

— Il ne me l'a pas demandé. D'ailleurs, il ne m'a pas explicitement dit de prendre le train sans billet. Le problème n'est pas là...

— Tout de même, je n'arrive pas à comprendre pourquoi vous avez suivi ses ordres comme ça. Vous étiez libre de mettre fin à votre engagement, après tout. N'importe qui l'aurait fait à votre place...

— Je me suis souvent posé la question. Je ne sais pas, je crois que j'attachais beaucoup d'importance au respect de ma parole.

— Allons, allons, on n'est plus au temps des Trois Mousquetaires ! La loyauté, c'est très bien, mais là, votre intérêt est en jeu, quand même !

— Jusqu'à un passé récent, ce qu'il exigeait de moi me demandait certes des efforts très coûteux, mais dans le même temps ça m'apportait beaucoup... J'avais le sentiment d'évoluer...

— Je ne vois vraiment pas comment ça a pu vous apporter quoi que ce soit, à part des ennuis.

— Vous savez, j'étais très seul quand je l'ai rencontré... Et, en fait... c'est très agréable qu'une personne s'intéresse à vous, s'occupe de vous...

— Attendez. Si je résume, il vous a extorqué votre engagement à un moment où vous étiez faible, désespéré. Il vous prend en main, vous le suivez à la lettre et vous fermez les yeux sur ses intentions, c'est ça ? Mais c'est le procédé des sectes !

— Non, c'est pas ça qui me fait peur. D'ailleurs, les sectes en veulent à votre argent. Lui ne me demande rien. Vu son âge et sa richesse, il ne doit plus avoir besoin de grand-chose.

— Il fait pas ça pour vos beaux yeux, voyons !

— En fait, le problème est là. Je ne sais pas ce qui le motive. J'ai découvert récemment qu'il me faisait suivre, et qu'il avait commencé avant la… rencontre à la tour Eiffel.

— Donc il n'était pas là par hasard le jour de votre…

— Tentative de suicide. Non, il n'était pas là par hasard. Mais je ne l'avais jamais vu avant, je pourrais le jurer. Je ne sais pas non plus pourquoi il m'a fait suivre auparavant. Ça ne s'explique pas et… c'est flippant.

La lumière du vieux néon tremblotait en grésillant. Il n'était pas loin de rendre l'âme. L'inspecteur me regardait, soucieux. Lui qui m'avait poussé à bout au début de l'interrogatoire exprimait maintenant une certaine empathie. Je le sentais sincèrement préoccupé par mon sort.

— Vous pouvez faire quelque chose pour moi ? demandai-je.

— Rien. Absolument rien. S'il n'a pas commis de délit, je ne peux même pas commencer une enquête.

— Il y a, chez lui, un carnet rempli de notes sur moi. Ces notes prouvent qu'il me fait suivre.

— Si ce carnet est chez lui, je n'y ai pas accès. Il nous faudrait un mandat de perquisition, et aucun juge ne nous en donnerait un puisqu'il n'y a pas le début du commencement d'un délit. Et de toute façon, il n'est pas interdit de suivre les gens. Tous les gamins font ça.

— Vous savez, le plus compliqué dans cette histoire, c'est que j'ai des doutes, et d'ailleurs il y a une partie de moi qui culpabilise de vous avoir raconté tout ça.

— Je ne vous suis pas.

— Je ne peux pas être certain à 100 % qu'il ait de mauvaises intentions. J'ai certes été effrayé de découvrir qu'il m'avait fait suivre avant notre première rencontre. Mais si je mets ça de côté, à ce jour je ne peux rien lui reprocher. Tout à fait objectivement, il n'a rien fait de nuisible pour moi…

— Écoutez, on ne peut pas exclure que ce soit juste un vieux fou qui se prenne pour je ne sais qui et se complaise dans un rôle de sauveur et de mentor à la noix. Le plus simple, c'est de lui dire que vous n'avez pas envie de continuer. Vous rompez le pacte. Vous lui dites : « Merci pour tout et au revoir », et on n'en parle plus.

— Impossible.

— Qu'est-ce qui vous en empêche ?

— Je ne vous ai pas dit, mais… notre pacte repose sur un engagement sur la vie.

— Comment ça, sur la vie ?

— J'ai accepté de perdre la vie si je ne fais pas ce qu'il demande.

Il me regarda un instant complètement interloqué.

— C'est une plaisanterie ?

— Non.

— Et, bien sûr, vous avez accepté, c'est ça que vous êtes en train de me dire ?

— Il faut se remettre dans le contexte…

— Vous êtes aussi fou que lui ! Ne me demandez pas de vous aider, maintenant !

— Je ne pouvais pas savoir que…

— De toute façon, vous vous êtes dit ça par oral. Il n'y a aucune preuve. Je ne peux rien faire.

— Mais vous ne pouvez pas me laisser en danger maintenant que vous êtes au courant de la situation ?

— Qu'est-ce que vous croyez ? que le contribuable va vous payer un agent pour vous escorter jour et nuit en attendant qu'il s'en prenne réellement à vous ? On n'a déjà pas les moyens de s'occuper des délits commis…

Il avait dit cela comme à regret, et je sentais que, derrière l'agacement qu'il affichait à mon égard, il conservait une certaine préoccupation pour la situation.

Je jetai un coup d'œil à la triste pendule accrochée en haut du mur.

— Bon, eh bien, il va falloir que j'y aille, alors. Je dois être chez lui à 19 heures.

Je me levai.

Il me regarda sans rien dire, absorbé dans ses pensées, puis se leva d'un bond, soudain tracassé.

— Attendez… Qu'est-ce qui me prouve que tout ça… c'est pas des sornettes ? que vous n'avez pas inventé cette histoire de toutes pièces pour rentrer tranquillement chez vous ?

Il fronçait les sourcils, le teint à nouveau empourpré.

— Si vous ne me croyez pas… accompagnez-moi chez lui.

Il ne s'attendait visiblement pas à cette réponse. Il resta figé un certain temps, puis son regard fit un aller-retour entre moi et la pendule.

— C'est où ?

Je fouillai dans mes poches et finis par en sortir la carte de visite de Dubreuil, toute cornée, le bristol ramolli comme un vieux tissu. Il la saisit et la lut en fronçant les sourcils.

— Dans le 16e ?

Il hésita quelques instants, puis traversa la pièce pour aller frapper doucement à une porte.

— Débrouillez-vous, Petitjean ! grommela une voix de l'autre côté.

L'inspecteur réfléchit une minute, manifestement tiraillé entre des envies contraires, et alla ouvrir une petite armoire métallique. Il y prit une clé de voiture.

— Suivez-moi !

*

Une heure plus tard, l'inspecteur Petitjean reposait avec précaution la clé dans l'armoirette. Toujours enfermé dans son bureau, son chef ne s'était apparemment rendu compte de rien.

Il ne fallait pas perdre de temps. L'affaire qu'il attendait depuis des mois venait de tomber toute seule dans son sac, exactement comme il l'avait espéré. Car il en avait l'intuition, la conviction, même : il tenait bien une affaire. Le jeune homme n'avait pas menti. Il était bien entré dans l'hôtel particulier du dénommé Dubreuil. Quelle maison ! Il n'en avait jamais vu de pareille. On ne trouvait pas ce genre de demeure autour de la gare de Lyon, ni dans les autres quartiers qu'il fréquentait. Qui pouvait se payer un truc comme ça ? Sans doute encore de l'argent sale, se dit-il.

Il fallait enquêter sans éveiller les soupçons de son chef, qui sinon ne manquerait pas de tout arrêter, ou de lui retirer ce qui allait, il en était certain, lui permettre de révéler enfin au grand jour son vrai talent de policier.

La gare de Lyon devrait bientôt se passer de lui.

31

L'hôtel particulier se détachait sur le ciel encore clair de la fin de journée, sombre bâtisse chargée de mystères et de secrets.

On me conduisit jusqu'à la bibliothèque. En traversant le hall, je ne pus m'empêcher de glisser un regard dans le salon où j'avais vu la jeune femme dénudée sur le piano. Ce dernier était tristement abandonné dans la pénombre de l'immense pièce, sans muse ni musicien pour lui donner vie.

Je trouvai Dubreuil en train de fumer, confortablement installé dans l'un des profonds fauteuils de cuir de la bibliothèque. J'étais certain qu'il ne m'avait pas fait suivre depuis le village de Lacoste. C'eût été mission impossible. Il ne pouvait donc pas savoir que je m'étais confié à la police.

Catherine était assise face à lui. Elle me salua. Sur la table basse devant eux, je reconnus mon portefeuille et le reste de mes affaires personnelles.

— Tu vois, finalement, l'argent ne sert à rien, on peut très bien s'en passer ! dit-il, un énorme montecristo entre les dents.

Que cachait-il derrière son sourire ? Qu'est-ce que cet homme énigmatique voulait obtenir de moi au bout du compte ? Et si l'inspecteur avait raison ? C'était peut-être le gourou d'une secte, ou même un ancien gourou à la retraite qui, bourré de l'argent extorqué à ses disciples, s'acharnait sur une ultime brebis égarée pour passer le temps…

— Au fait, reprit-il, tu ne m'as pas dit comment s'est déroulé ton entretien avec ton président.

Il s'était passé tellement d'évènements pour moi depuis, que cela me semblait très lointain…

— Pas mal.

J'avais l'estomac dans les talons depuis un jour et demi, mais Dubreuil n'avait pas l'air pressé de passer à table.

— As-tu résisté à la tentation de te justifier face à ses piques, pour lui poser des questions gênantes en retour ?

— Oui, et ça a très bien marché. Par contre, je n'ai pas pu obtenir grand-chose par ailleurs. Je voulais négocier des moyens supplémentaires pour notre service. J'ai dû me rhabiller.

— Est-ce que tu as fait suffisamment l'effort d'entrer dans son univers pour le rejoindre dans son mode de pensée avant d'essayer de le convaincre ?

— Oui, plus ou moins. Disons que j'ai tenté de lui démontrer que mes idées servaient ses critères d'efficacité et de rentabilité. Mais bon, je crois qu'on a de toute façon des valeurs tellement éloignées qu'il m'est impossible d'adhérer à sa vision des choses, ni même de faire semblant… Vous savez, c'est dur d'endosser les valeurs de son ennemi…

Dubreuil tira une bouffée de son cigare.

— L'idée n'est pas d'adhérer à ses valeurs. Si ce ne sont pas les tiennes, c'est impossible. Mais il est utile de faire une distinction dans ton esprit entre la personne et ses valeurs. Même si les valeurs sont abjectes, la personne est toujours… récupérable. Donc ce qui compte, c'est de renoncer ponctuellement à juger ces valeurs, de te dire que même si elles te choquent, le seul espoir que tu as d'amener cette personne à évoluer dans sa vision est lié au fait de ne pas la rejeter en bloc avec ses idées. Entrer dans son univers signifie alors essayer de te mettre à sa place, comme si tu étais dans sa peau pour expérimenter de l'intérieur ce que c'est de croire ce qu'elle croit, de penser ce qu'elle pense, de ressentir ce qu'elle ressent, avant de retourner à ta position. Seule cette démarche te permet de vraiment comprendre sans jugement cette personne, ce qui l'anime, et aussi ce qui l'amène peut-être à se tromper, si c'est le cas.

— Mouais…

— Il y a une différence entre adhérer et comprendre. Si tu te mets suffisamment à la place de ton patron pour comprendre son mode de pensée sans le juger, tu seras plus tolérant à son égard, ce qu'il sentira, et, dès lors, tu pourras caresser l'espoir qu'il change…

— Je ne suis pas sûr qu'il ressente quoi que ce soit de l'opinion des autres à son égard, ni qu'il s'en préoccupe ! Mais bon, admettons que ce soit le cas et que je parvienne à entrer suffisamment dans son univers pour qu'il ne se sente plus jugé ou rejeté, qu'est-ce qui le ferait bouger de sa position actuelle ? Je ne risque pas au contraire de l'y conforter ?

— Tu te souviens, l'autre jour, on s'est entraînés à se synchroniser sur la gestuelle de l'autre. Je t'avais dit qu'au bout d'un moment, si on le fait suffisamment longtemps avec l'intention sincère de rejoindre cette personne dans son univers, puis que l'on change ensuite doucement de posture, l'autre se met à nous suivre, sans même s'en rendre compte.

— Oui.

— Je pense que cela s'explique par le fait que se crée une sorte de fusion, à un niveau inconscient et très profond de la relation, même si l'on n'a pas échangé de mots. Cette qualité de relation est ressentie d'une façon ou d'une autre, et elle est tellement rare que chacun souhaite la préserver, la faire durer.

— Je vois…

— Donc, pour répondre à ta question précédente, je dirais que si tu parviens, en entrant sans jugement dans l'univers de ton ennemi, en te glissant dans sa peau, ses ressentis et son mode de pensée, à créer cette qualité de relation humaine si rare qu'il ne l'aura peut-être jamais vécue auparavant, il aura au fond de lui tellement envie de la préserver qu'il te suffira de redevenir progressivement toi-même en sa présence, d'exprimer de façon naturelle tes propres valeurs, pour qu'il désire alors s'y intéresser. Tu n'auras pas besoin de lui demander de changer ni de lui faire une leçon de morale. Être toi-même sera suffisant, grâce à la relation que tu auras induite. Tu lui auras donné inconsciemment envie de s'ouvrir à toi, à ta différence, de découvrir à son tour tes valeurs, et finalement d'accepter de se laisser un peu influencer, d'évoluer sur ses positions, de changer.

— Vous voulez dire que, l'ayant rejoint sur son terrain, je lui donne envie de venir découvrir le mien ?

— En quelque sorte. Et, à ce moment-là, en étant toi-même, tu lui présentes un autre modèle du monde, une autre vision des choses, une autre façon de se comporter et d'agir, auxquels il s'intéressera sans que tu aies de reproche à lui faire ou de demande à formuler.

— Cela me fait penser à notre échange sur Gandhi…

— Oui : « Nous devons être le changement que nous voulons voir dans le monde… »

Je restai songeur. Cette perspective me semblait à la fois très belle, admirable et, dans le même temps, difficilement accessible. Aurais-je l'envie, le courage et la patience nécessaires pour créer cette relation que Dubreuil présentait comme un préalable indispensable au changement de l'autre ?

— Vous savez, j'ai vraiment énormément de mal à me mettre à sa place, je me sens tellement différent, à des années-lumière de ses préoccupations… Pour tout vous dire, je n'arrive même pas à comprendre ce qui peut pousser des hommes comme lui à se battre du matin au soir pour gagner quelques points de part de marché, ou quelques décimales au taux de rentabilité de l'entreprise. Quel intérêt cela a-t-il ? Quand on prend un peu de recul, à l'échelle d'une vie, ça apporte quoi en fin de compte ? Comment peut-on avoir son niveau d'intelligence et se jeter corps et âme dans une course effrénée au développement de ce qui n'est jamais qu'une entreprise ? N'est-ce pas un peu vide de sens ? Vivre pour… sa boîte. Ça me semble tellement dérisoire. Quand j'étais aux États-Unis, j'ai connu un gars, Brian, qui avait coutume de dire : « Vous voulez faire marrer Dieu ? Oui ? Eh bien, racontez-lui tous vos projets ! »

Catherine pouffa de rire. J'avais oublié sa présence. Dubreuil prit une gorgée de bourbon.

— C'est peut-être, pour ton patron, une façon d'oublier le drame de son existence…

— Le drame de son existence ?

— Vois-tu, je suis convaincu que ce n'est pas un hasard si l'on trouve beaucoup plus d'hommes que de femmes dans les équipes dirigeantes des entreprises. Je crois que ceux qui dénoncent une discrimination dont seraient victimes les femmes se trompent. D'ailleurs, les financiers aux mains desquels se trouve dorénavant notre économie se foutent pas mal du sexe de ceux qu'ils mettent à la tête des entreprises où sont placés leurs capitaux, tout comme ils se foutent pas mal de leur personne tout court. Seuls les résultats produits trouvent grâce à leurs yeux. Non, je pense que la grande rareté des femmes aux postes de direction a une tout autre explication.

Catherine leva les yeux de son carnet de notes et les posa sur Dubreuil.

— Laquelle ? demandai-je.

— Les femmes possèdent un don du ciel, une faveur accordée par les dieux, qui fait d'elles des êtres tellement privilégiés qu'elles n'éprouvent pas le besoin de se battre pour ce genre de futilités…

— Vous voulez dire…

— Quand on est capable de créer une âme, une vie, de la porter en soi, puis de l'offrir à l'univers tout entier, tu crois vraiment qu'on peut soudain se passionner pour la cotation en Bourse d'une action ?

Créer une âme… C'est vrai que c'est extraordinaire, quand on y pense… La venue au monde des enfants fait partie des choses tellement courantes autour de nous que l'on oublie parfois l'énormité, la grandeur, la magie de cette chose inouïe. Créer une âme…

Fidèle à son habitude, Dubreuil faisait doucement tourner entre ses doigts son verre de bourbon.

De tels propos dans sa bouche avaient quelque chose de rassurant pour moi qui me sentais menacé depuis la lecture de son carnet secret. Celui qui s'émerveillait ainsi de la vie pouvait-il vraiment s'en prendre à celle d'un autre ?

Catherine regardait dans le vague, perdue dans ses songes.

— Nous, les hommes, reprit-il, nous sommes, au plus profond de notre inconscient, meurtris par notre incapacité de porter et de donner la vie. Je suis convaincu que l'ambition professionnelle, si fréquente chez la plupart d'entre nous, vient du besoin irrésolu de compenser ce manque, de combler cette sorte de vide existentiel.

— Vous croyez vraiment ?

— Il suffit pour s'en convaincre d'écouter attentivement les conversations des cadres dirigeants, au bureau. Le vocabulaire que nous utilisons n'est jamais le fruit du hasard, tu sais. C'est un peu le miroir de l'âme… Écoute bien ces dirigeants et tu entendras souvent des métaphores liées à la grossesse et à l'enfantement. En entreprise, ne dit-on pas d'un projet difficile qu'il a *accouché dans la douleur*, ou encore que *sa gestation a été longue* ? S'il échoue, on dit bien *le projet a avorté*, n'est-ce pas ? S'il est interminable et qu'il faut de nouveaux financements et des aides à n'en plus finir, on dira qu'il *est né avec les forceps*. Un programme initialement ambitieux s'avère décevant ?

C'est *la montagne qui accouche d'une souris*. Un plan d'action est bientôt terminé ? Il *arrive à terme*. Une idée se concrétise ? C'est un *projet qui voit le jour*...

Je restai sans voix, abasourdi. Je n'avais jamais imaginé une chose pareille, jamais fait un tel lien. Pour moi, la course effrénée au pouvoir n'était que la résultante d'un mélange d'agressivité et d'énergie compétitive, attributs banalement masculins...

C'était drôle d'entendre ça dans la bouche de Dubreuil, dont je sentais précisément qu'il devait avoir un certain goût pour le pouvoir. Serait-il à ce point lucide sur lui-même ?

Finalement, la misogynie de certains hommes cachait peut-être paradoxalement un complexe d'infériorité...

— Pour en revenir à ma situation au bureau, je ne sais pas si mon président est jaloux de sa femme ou s'il a juste un taux de testostérone qui crève le plafond, mais en tout cas je ne peux rien obtenir de lui.

Dubreuil prit un air passablement agacé. M'en voulait-il de ne pas réussir à mettre en œuvre tous ses enseignements, ou s'en voulait-il de ne savoir me les transmettre aussi efficacement qu'il l'aurait souhaité ?

Il jeta son cigare dans un grand cendrier de cuivre martelé.

— Tu as maintenant en toi les ressources nécessaires pour prendre ta vie en main sans subir ce que les autres veulent t'imposer.

Il vida d'un trait le reste de son bourbon, reposa brutalement le verre sur la table basse et se leva.

Catherine gardait les yeux baissés sur ses notes.

— Voilà ce que tu vas faire, dit-il avec un sourire machiavélique en arpentant l'espace devant les bibliothèques. C'est une nouvelle tâche que tu dois accomplir.

— Oui ?

L'air était saturé de l'odeur du cigare.

— Tu penses que ton président est dans l'erreur, que ses décisions sont mauvaises pour l'entreprise ?

— Ça me semble clair.

— Tu as le sentiment qu'il faudrait la diriger autrement, en intégrant des éléments autres que des critères purement financiers…

— Tout à fait.

— Tu vas donc prendre sa place.

— Très drôle.

Il me regarda dans les yeux.

— Je ne plaisante pas, Alan.

— Bien sûr que si !

Il fronça les sourcils.

— Non, je t'assure.

J'eus soudain un gros doute. Était-il vraiment… sérieux ?

Devant mon embarras manifeste, il me scruta en silence quelques instants.

— Qu'est-ce qui t'en empêche ? demanda-t-il d'une voix doucereuse.

Je me sentis déstabilisé par la question, tellement elle était incongrue. Que répondre à un proche qui vous demande gentiment ce qui vous empêche de devenir ministre ou star internationale ?

— Mais… ça me semble… évident… Enfin, soyons réalistes, il y a des limites à ce qu'on est capable de faire, tout de même…

— Les seules limites sont celles que l'on se donne.

Je commençais à sentir la colère monter en moi. Je le connaissais trop pour savoir qu'il ne lâcherait pas le morceau comme ça… J'étais dans la panade. Décidément, ce type alternait entre des moments de lucidité, de finesse d'analyse, et des dérapages insensés.

— Vous réalisez que ce n'est même pas mon chef ? C'est le chef du chef de mon chef ! Il y a trois niveaux hiérarchiques entre nous !!!

Catherine avait levé les yeux et fixait maintenant Dubreuil.

— Celui qui veut gravir la montagne ne doit pas se laisser impressionner par sa hauteur.

— Mais vous avez déjà mis les pieds dans une entreprise ? On ne saute pas les échelons comme ça ! Il y a des règles !

— Celui qui se conforme aux règles évite de réfléchir. Si tu raisonnes en restant dans le cadre, tu ne trouveras jamais de solution autre que celles auxquelles tout le monde a déjà pensé. Il faut sortir du cadre…

— Ce sont de belles paroles, tout ça, mais concrètement, hein, comment vous feriez, à ma place ?

Il s'assit sur l'accoudoir de son fauteuil et me regarda en souriant.

— Débrouille-toi, Alan. Puise dans tes ressources.

Je me levai, décidé à partir. Je n'allais pas rester dîner avec un fou.

— Je n'ai aucun moyen d'y arriver.

Il s'exprima lentement, d'une voix profonde :

— C'est ta dernière mission. Exécute-la, et je te rendrai… ta liberté.

Ma liberté… Ma liberté… Je levai les yeux vers lui. Il souriait tranquillement, manifestement très décidé.

— Vous ne pouvez pas conditionner ma liberté à une tâche irréalisable. Je ne peux pas accepter.

— Mais… tu n'es pas en mesure de choisir, mon cher Alan. Dois-je te rappeler… ton engagement ?

— Comment voulez-vous que je tienne mon engagement si vous le rendez intenable ?

Il plongea dans mes yeux un regard impérieux, exigeant, impitoyable.

— Je t'ordonne de devenir président de Dunker Consulting.

Sa voix sentencieuse résonna dans le silence de la grande pièce.

Je soutins son regard sans faiblir.

— Je te laisse trois semaines, dit-il.

— C'est impossible.

— C'est un ordre. Retrouve-moi quoi qu'il advienne le 29 août. Je t'attendrai à 20 heures… au Jules Verne.

Mon cœur se serra. Le Jules Verne… le restaurant de la tour Eiffel… Il avait dit cela en baissant la voix, prononçant ce nom très lentement, sans me quitter des yeux. La menace était claire, terrible. Je sentis mes jambes flageoler. Mes espoirs passés étaient vains. J'étais bel et bien entre les mains d'un fou.

Nous restâmes immobiles et silencieux de longues secondes, face à face, puis je tournai les talons. Marchant vers la porte, je croisai le regard de Catherine. Elle avait l'air aussi atterrée que moi.

32

— Yves Dubreuil n'existe pas.

— Pardon ?

— Inspecteur Petitjean au téléphone. Vous m'avez bien entendu : Yves Dubreuil n'existe pas.

— J'étais encore avec lui il y a deux heures.

— Son vrai nom est Igor Dubrovski.

En entendant ce nom, je ressentis immédiatement un vague malaise, sans savoir pourquoi.

— C'est un Russe blanc, reprit-il, un noble, quoi. Ses parents ont quitté la Russie au moment de la Révolution. Ils ont emporté avec eux leur magot. Apparemment, y avait un sacré paquet de pognon. Ensuite, le fiston a fait ses études en France et aux États-Unis. Il est devenu psychiatre.

— Psychiatre ?

— Oui, médecin psychiatre. Mais il a très peu exercé.

— Pourquoi ?

— Je manque d'infos, à c't'heure-ci, un dimanche, c'est pas facile… Il semblerait qu'il se soit fait radier de l'Ordre des médecins. On m'a dit que c'était très rare, donc il a dû faire un truc grave.

— Un truc grave…

Je restai songeur.

— À votre place, je me méfierais.

À cet instant, j'entendis quelqu'un beugler en arrière-plan. Des bribes de paroles.

« À qui c'est qu'vous parlez, Petitjean ? C'est qui ? »

Des bruits étouffés. L'inspecteur devait mettre par moments sa main devant le combiné.

« Y a le central qu'a rappelé. Y disent que vous avez demandé des fiches. C'est quoi, c'bordel ? J'veux pas d'emmerdes, Petitjean, compris ? Et puis… »

On raccrocha. Le bip-bip intermittent de la ligne interrompue se répéta à l'infini. Je me sentis soudain seul, très seul, avec une angoisse qui montait en moi.

Je reposai le téléphone. Mon appartement me sembla tout d'un coup très silencieux, très vide. Je m'approchai de la fenêtre. Les innombrables lumières de Paris m'empêchaient de voir les étoiles.

J'étais abasourdi. Le simple fait que Dubreuil m'ait menti sur son identité me mettait profondément mal à l'aise. L'homme à qui je m'étais confié n'était pas celui que je croyais.

Un truc grave… Jusqu'où s'étendait la gravité de l'acte commis ?

La fatigue nerveuse et physique accumulée sans répit depuis mon kidnapping, vingt-quatre heures auparavant, me tomba dessus comme une masse, et je me sentis soudain vidé, sans force.

J'éteignis les lumières et me blottis au fond du lit. Mais le sommeil ne venait pas, malgré mon épuisement.

La formulation de mon engagement envers Dubreuil me revenait sans cesse à l'esprit, assourdissante, étouffante, tandis que la peur prenait lentement possession de moi.

Sur la vie…

Ce type était capable de passer à l'acte, j'en étais maintenant certain.

*

Je me réveillai au milieu de la nuit, en sueur. Une réponse m'était apparue dans mon sommeil, à l'heure où notre inconscient, devenu seul maître à bord, est en mesure de retrouver un élément égaré dans le puits sans fond de nos connaissances, de nos expériences, et des milliards d'informations depuis longtemps oubliées, perdues dans l'abîme de notre esprit.

Dubrovski était le nom de l'auteur de l'article sur le thème du suicide, article qui m'avait révélé l'existence du passage pour accéder aux poutrelles de la tour Eiffel, présentée comme un lieu de choix pour un suicide grandiose.

33

Je passai la journée du lendemain dans un état bizarre. Au-delà de la peur sournoise qui m'accompagnait désormais en permanence, je me sentais de nouveau affreusement seul. Seul au monde. C'était sans doute le plus difficile à supporter.

Dans cet univers hostile, seule Alice trouvait grâce à mes yeux. Ce n'était certes qu'une collègue, pas une amie, mais j'appréciais son authenticité, son naturel. Je sentais qu'elle m'appréciait, tout simplement, sans arrière-pensée opportuniste. C'était déjà beaucoup.

Je reçus quatre candidats dans la journée. Des inconnus, bien sûr, qui me racontèrent leur vie sous un jour favorable. Je me pris à les envier, à désirer être à leur place, dans l'insouciance d'un parcours professionnel auquel ils se raccrochaient pour faire carrière, sans se poser de questions métaphysiques sur le sens de leur vie. J'avais envie de devenir leur ami, oubliant que leurs regards cordiaux n'avaient pour but que de s'attirer mes faveurs de recruteur.

Je quittai le bureau de bonne heure. Devant chez moi, je m'attardai avec Étienne. Nous nous assîmes tous les deux sur les marches usées du vieil escalier de pierre. Je ne sais pas pourquoi sa présence et sa mine sereine me rassuraient autant sur mon sort. Nous parlâmes de tout et de rien en dégustant les chaussons aux pommes encore chauds que j'avais achetés à la boulangerie d'en face. Les piétons défilaient devant nous, toujours agités malgré la fin de la journée.

Une fois revenu à la maison, j'entrepris de fouiller l'appartement de fond en comble, passant tout au peigne fin pour mettre la main sur d'éventuels micros. Je ne trouvai rien.

Puis je me mis sur Internet. Sur Google, je tapai « Igor Dubrovski » et, un nœud à l'estomac, lançai la recherche. Sept cent trois résultats. La plupart dans des langues inconnues, sans doute du russe... Je fis défiler les pages, parcourant des yeux les liens à la recherche d'informations compréhensibles. Je vis les quelques lignes d'un résultat en français. Une liste de noms, chacun étant suivi d'un pourcentage :

« Bernard Vialley 13,4 % – Jérôme Cordier 8,9 % – Igor Dubrovski 76,2 % – Jacques Ma... »

Un coup d'œil à l'adresse du site éditeur : societe.com, un site d'informations financières sur les entreprises. Sans doute un homonyme... Je cliquai par acquit de conscience. La page web présentait la liste des actionnaires d'une société du nom de Luxares SA. Aucun rapport. Retour à la liste de résultats... Un autre en français : « Dubrovski a-t-il tué François Littrec ? » Je frémis. L'info était publiée par un site de presse, lagazettedetoulouse.com. Mon cœur battait de plus en plus fort. Je cliquai.

Message d'erreur. Page introuvable. Bon sang, ils ne peuvent pas mettre à jour leurs liens...

Retour sur Google. D'autres articles suivaient, évoquant vraisemblablement la même affaire, publiés sur divers sites de presse. « Affaire Dubrovski. Quand l'accusé prend les choses en main. » Je cliquai. Un texte commentait le déroulement d'un procès mais, au lieu de révéler le fond de l'affaire, décrivait le comportement du dénommé Dubrovski à l'audience. Celui-ci, disait-on, reprenait sans cesse son avocat et finissait par s'exprimer à sa place. L'article rapportait que les jurés avaient été manifestement déstabilisés par ses interventions…

Les jurés… Il s'agissait donc d'une cour d'assises. Et une cour d'assises, on y allait pour meurtre.

Je consultai un autre article : « Saurons-nous un jour la vérité ? » Le journaliste expliquait le retournement de situation au procès et s'étonnait qu'un homme présenté par la police comme un coupable évident parvienne à distiller le doute dans l'esprit de tout le monde.

Plusieurs articles disaient plus ou moins la même chose. Tous étaient datés… des années soixante-dix. Près de trente ans en arrière… Les journaux avaient publié leurs archives sur le net.

Un article du journal *Le Monde*. « Freud, réveille-toi, ils sont devenus fous ! » Je cliquai. Il était signé d'un certain Jean Calusacq et daté de 1976. Un long texte qui était surtout consacré à une sorte de dénonciation des méthodes qualifiées de dangereuses du psychiatre Igor Dubrovski. Je frémis. C'était lui… L'auteur s'en prenait aux modèles psychothérapiques venus des États-Unis dont, disait-il, Dubrovski était l'apôtre. Il dénonçait avec une certaine virulence le bien-fondé de son travail. L'article ne laissait guère de doutes sur la culpabilité de Dubrovski : il paraissait évident qu'il avait poussé le jeune François Littrec à se suicider dans des conditions encore mystérieuses. Calusacq réclamait sa tête.

J'étais atterré. Je m'étais mis entre les mains d'un dangereux psychiatre, de toute évidence plus fou que les gens qu'il était censé soigner quand il exerçait encore… Mon Dieu…

Je trouvai d'autres articles. Le mot « acquitté » me sauta soudain aux yeux. « Dubrovski acquitté », titrait *Le Parisien*. Je cliquai.

« L'acquittement de Dubrovski pose problème à toute la profession. Comment la cour, disait le journaliste, a-t-elle pu relaxer un homme dont la culpabilité était si flagrante ? »

Un autre article se demandait si le psychiatre n'avait pas hypnotisé les jurés pour influencer leur vote, rapportant les commentaires troublants de personnes ayant assisté aux débats.

Deux autres titraient sur sa radiation par le conseil de l'Ordre des médecins, tout en dénonçant l'opacité des décisions de cette instance, qui refusait de communiquer à la presse les raisons de la sanction.

J'en avais assez lu.

J'éteignis mon ordinateur, un nœud à l'estomac. Il fallait que je me protège, et que je me sorte de ce guêpier. Mais comment ? Une seule chose était sûre : ce ne serait pas en tentant d'effectuer la mission impossible qu'il m'avait assignée.

34

Cela faisait deux jours que je retournais dans ma tête toutes les possibilités. Aucune n'était satisfaisante. Je dus me rendre à l'évidence : il n'y en avait pas, dès lors que la police refusait de me protéger. Je finis par admettre que mon seul espoir était de convaincre Dubreuil de revenir sur son exigence, de renoncer à cette ultime mission. C'était ce qu'il y avait de plus sage à faire. J'allais mettre à profit ses enseignements, en les utilisant contre lui, pour le faire changer d'avis.

Je bâtis un scénario précis, préparant un enchaînement d'attitudes, de questions et d'arguments, anticipant toutes les objections possibles, imaginant tous les cas de figure, les multiples réactions envisageables.

Je mis plusieurs jours à peaufiner mon approche, jusqu'à ce que je réalise que j'étais prêt depuis longtemps, mes efforts de préparation poussée ne trouvant de justification que dans ma volonté de retarder le passage à l'acte. Dubreuil me faisait peur, et j'angoissais à l'idée de retourner dans son antre me jeter délibérément entre ses griffes.

Je finis par planifier l'action. Je décidai de débarquer par surprise chez lui, un soir après dîner, à l'heure où son énergie serait sans doute la plus basse, mais avant le départ des domestiques.

J'arrivai donc sur l'avenue aux alentours de 21 h 30. Je descendis du bus à l'arrêt précédent. Je voulais oxygéner mon cerveau et dénouer mon estomac crispé par le trac en marchant. Les tilleuls embaumaient l'atmosphère. Pourtant, l'air chaud et étouffant sentait surtout l'orage.

Le quartier restait très calme bien que certains vacanciers de juillet aient déjà fait leur retour, réinvestissant leur appartement. Je me répétai mentalement les différents scénarios possibles. Mes chances étaient assez faibles, mais je gardais espoir, mû par l'impérieuse nécessité de me libérer de l'emprise de Dubreuil.

L'ombre du château se dressa lentement devant moi, tandis que j'approchais. Je m'arrêtai devant les hautes grilles noires ornées de pointes menaçantes. Les fenêtres de la façade étaient plongées dans le noir. Un silence de mort régnait dans ce lieu qui semblait abandonné. De temps à autre, quelques éclairs zébraient le ciel en silence.

J'attendis, hésitant, avant de sonner, scrutant l'obscurité. J'entendis soudain de violents éclats de voix. Une voix de femme. La lumière du hall s'alluma.

— J'en ai marre ! Ras-le-bol ! cria la femme.

La porte s'ouvrit d'un coup et sa silhouette apparut dans la lumière. Je fus tétanisé, saisi par la surprise et l'incompréhension. La jeune femme qui dévalait les marches du perron n'était autre que… Audrey. Audrey, mon amour…

Avant que j'aie pu amorcer le moindre mouvement, la petite porte de la grille s'ouvrit violemment et elle se retrouva nez à nez avec moi. Cela la stoppa net dans son élan. Je vis la stupeur sur son visage, les yeux écarquillés.

— Audrey…

Elle ne répondit pas, mais me fixa d'un regard déchiré, le visage comme saisi de douleur.

Dans le ciel assombri, les éclairs se multipliaient, toujours silencieux.

— Audrey…

Des larmes jaillirent de ses yeux, tandis qu'elle reculait pour s'échapper.

— Audrey…

Je fis un pas vers elle, submergé par mes émotions, torturé entre mon attirance inchangée et l'insoutenable douleur qu'avait provoquée son rejet.

Elle m'arrêta d'un geste de la main, en pleurs, et me dit entre deux sanglots :

— Je… je ne peux pas.

Puis elle s'enfuit en courant sans se retourner.

*

Ma douleur se transforma rapidement en violente colère. Oubliant ma peur, je me jetai contre la porte de la grille. Fermée. Je sonnai comme un fou à l'interphone, appuyant des dizaines de fois sur le bouton, puis maintins mon doigt enfoncé.

Personne ne répondait.

J'empoignai la grille à deux mains et la secouai tant que je pus, lâchant ma colère, criant de toutes mes forces, ma voix couvrant le déluge d'aboiements de Staline.

— Je sais que vous êtes là !

Je sonnai de nouveau, en vain. L'orage se mit enfin à éclater, le tonnerre grondant sourdement. Les premières gouttes apparurent, d'abord éparses et chaudes, puis très vite elles s'intensifièrent, et la pluie tomba en trombes.

Sans réfléchir, je me jetai à l'assaut de la grille. Les barreaux verticaux, mouillés et glissants, n'offraient aucune prise, mais j'étais mû par la colère et celle-ci décuplait mon énergie. Je me hissai à la force des bras et parvins tant bien que mal à me dresser au sommet, les pieds coincés entre les piques, puis sautai dans le vide.

Les buissons amortirent ma chute. Je me relevai et me précipitai sur la lourde porte, à bout de souffle. Je pénétrai dans le hall froid. De la lumière provenait du grand salon. Je traversai le hall à grandes enjambées, mes talons martelant le marbre, le bruit résonnant dans l'espace démesuré. J'entrai dans le salon. Les lumières tamisées contrastaient avec mon état de colère. Je vis tout de suite Dubreuil. Il me tournait le dos, assis, immobile, au piano, les mains sur les genoux. J'étais trempé jusqu'aux os ; l'eau ruisselait encore sur mon visage et mes vêtements, dégoulinant sur le tapis persan.

— Tu es en colère, dit-il le plus tranquillement du monde, sans se retourner. C'est bien. Il ne faut jamais garder pour soi sa frustration ou sa rancœur… Vas-y. Exprime-toi. Crie si tu le veux.

Cela me coupa l'herbe sous le pied. J'avais prévu de lui crier dessus mais… crier revenait maintenant à obéir à son injonction… Je me sentis piégé, brisé dans mon élan. J'avais l'odieuse impression d'être un pantin dont on manipule les émotions et les actes en tirant délicatement sur des ficelles invisibles. Je décidai de déjouer son influence, et laissai éclater ma colère.

— Qu'est-ce que vous avez fait à Audrey ? hurlai-je.

Aucune réponse.

— Qu'est-ce qu'elle faisait chez vous ?

Silence.

— Je vous interdis de vous immiscer dans ma vie amoureuse ! Notre pacte ne vous donne pas le droit de jouer avec mes sentiments !

Il ne répondait toujours pas. J'aperçus Catherine, assise sur l'un des canapés, dans un coin du salon. Je repris :

— Je sais que vous méprisez l'amour. Ça ne compte pas pour vous. En vérité, vous n'êtes pas capable d'aimer. Vous multipliez les aventures avec des femmes qui n'ont pas la moitié de votre âge parce que vous avez peur de vous laisser aller à en aimer vraiment une. C'est bien de savoir obtenir ce qu'on veut dans la vie, d'avoir le courage d'affirmer sa volonté et d'aller au bout de ses rêves. Je vous dois ça, et je reconnais que c'est précieux. Mais ça ne sert à rien si l'on n'est pas capable d'aimer, aimer une personne, aimer les autres en général… Vous fumez dans les lieux publics, roulez dans les couloirs de bus, sur les trottoirs. Vous méprisez le bien-être des autres. Mais ça apporte quoi de savoir obtenir ce qu'on veut si par ailleurs on se coupe des autres ? On ne peut pas vivre que pour soi, sinon la vie n'a pas de sens. Tout le luxe du monde ne pourra jamais remplacer la beauté d'une relation, la pureté d'un sentiment, ni même tout simplement le sourire sincère d'un voisin ou d'un passant à qui l'on tient la porte, ou le regard touchant d'un inconnu. Vos belles théories sont parfaites, efficaces, géniales même, pourtant vous oubliez une chose, juste une chose, mais elle est essentielle : vous oubliez d'aimer.

Je me tus, et ma voix, dont la force était décuplée par la colère, s'éteignit dans l'immense pièce, cédant la place à un silence absolu. Dubreuil restait le dos tourné, Catherine les yeux baissés, tous deux complètement immobiles.

Je fis demi-tour. Arrivé sur le pas de la porte, je me retournai.

— Et ne touchez pas à Audrey !

*

Longtemps après son départ, les paroles du jeune homme semblaient résonner encore dans le vaste salon. Puis un silence profond s'abattit sur le lieu.

Catherine était assez traumatisée par la scène qui venait de se dérouler. Peu habituée aux débordements émotionnels, elle détestait en être le témoin.

Elle resta en retrait, sans dire un mot, attendant la réaction d'Igor.

Celui-ci était immobile, l'air grave, le regard toujours tourné vers le sol.

Le silence dura une éternité, puis elle l'entendit murmurer, la mort dans l'âme :

— Il a raison.

35

Le lendemain, ma rage s'effaça peu à peu au profit de l'incompréhension qui me minait.

Plus j'avançais, et plus des évènements inexplicables survenaient, rendant énigmatique ma relation avec Dubreuil, ou plutôt Dubrovski. Comment pouvait-il avoir à ce point infiltré ma vie ? Et surtout, que préparait-il ? Ce n'était pas seulement un vieux psy en mal de patients. C'était un pervers dangereux, manipulateur, capable de tout.

Je pensais néanmoins avoir mis le doigt sur son point faible, et sur celui de ses théories sur les rapports humains. Pour qu'il se passe vraiment quelque chose de magique dans une relation, il fallait s'autoriser à aimer l'autre. *Aimer l'autre.* C'était la clé, évidemment. La clé de toutes les relations, qu'elles soient amicales ou professionnelles. La clé qui manquait à Dubrovski. Et qui me faisait défaut à moi aussi lorsqu'il s'agissait de convaincre mon patron. Je ne l'aimais pas et, forcément, il le sentait… Tous mes efforts étaient vains, inutiles. Il aurait fallu que je trouve le moyen de lui pardonner suffisamment son comportement odieux pour parvenir à l'aimer un peu, juste un peu… Et là, seulement à cette condition, il aurait pu en effet s'ouvrir à moi, à mes idées, à mes propositions... Mais comment trouver le courage d'aimer son pire ennemi ?

La journée terminée, j'arrivai dans ma rue, et l'approche de cet environnement familier m'amena à me détendre un peu. Le village de Montmartre avait un côté tellement sympathique... J'en oubliais presque que j'étais dans une grande ville.

J'étais encore dans mes pensées et mes considérations sur l'amour lorsque j'aperçus ma vieille voisine qui avançait dans ma direction, comme toujours vêtue de noir des pieds à la tête. Depuis sa dernière visite à la maison, elle évitait de m'adresser la parole.

Nos regards se croisèrent, mais elle détourna les yeux pour faire semblant de s'intéresser à la vitrine la plus proche. Par malchance, c'était celle d'une boutique de sous-vêtements particulièrement affriolants. Elle se retrouva à fixer des strings et des porte-jarretelles disposés sur des mannequins aux poses très suggestives. Au centre de la vitrine, face à elle, elle ne pouvait manquer le conseil d'une grande marque de lingerie, sur une immense affiche dévoilant les charmes d'une créature pulpeuse : « Leçon n° 36 : Arrondir les angles. » Elle tourna vivement la tête et reprit son chemin en regardant le sol.

— Bonjour, madame Blanchard ! criai-je gaiement.

Elle leva lentement les yeux.

— Bonjour, monsieur Greenmor, dit-elle en rougissant très légèrement, se remémorant sans doute la scène de notre dernière rencontre.

— Comment allez-vous ?

— Bien, merci.

— Qu'est-ce qu'il fait beau aujourd'hui ! Ça change d'hier soir…

— Oui, c'est vrai. Puisque je vous vois, il faut que je vous dise : je vais faire passer une pétition contre notre voisine du quatrième. Son chat se promène sur la corniche et entre dans les appartements. L'autre jour, je l'ai retrouvé couché sur mon canapé. C'est intolérable.

— Son petit chat gris ?

— Oui. Quant à monsieur Robert, j'en ai assez de ses odeurs de cuisine. Il pourrait quand même fermer la fenêtre quand il prépare à manger. J'en ai déjà parlé au moins trois fois au syndic, mais si je suis la seule à me plaindre…

Bon, changeons de sujet… J'avais tellement envie de l'amener dans le positif…

— Vous allez faire vos courses ?

— Non, je vais à l'église.

— Un jour de semaine ?

— Je m'y rends tous les jours, monsieur Greenmor, dit-elle avec une certaine fierté.

— Tous les jours…

— Bien sûr !

— Et… pourquoi y allez-vous tous les jours ?…

— Mais… Voyons ! Pour dire au Seigneur Jésus l'amour que je lui porte.

— Ah oui, je vois…

— Jésus est…

— Vous allez tous les jours à l'église pour dire à Jésus que vous l'aimez ?

— Oui…

J'hésitai une seconde.

— Vous savez, madame Blanchard, il faut que je vous dise…

— Quoi ?

— J'ai… comment dire… quelques doutes…

— Des doutes, monsieur Greenmor ? Mais sur quoi ?

— Eh bien… Je ne sais pas si vous êtes une bonne chrétienne…

Elle se figea, piquée au vif, puis se mit à trembler, toute rouge.

— Comment osez-vous !

— Eh bien… Je crois que vous ne suivez pas les préceptes de Jésus…

— Bien sûr que si !

— Je ne suis pas un spécialiste, mais… je n'ai pas souvenir que Jésus ait jamais dit : « Aimez-moi. » En revanche, je suis certain qu'il a dit : « Aimez-vous les uns les autres »…

Elle me regarda en silence, la bouche entrouverte, complètement interloquée. Sonnée.

Elle resta ainsi un long moment, pétrifiée, me fixant de ses yeux grands ouverts. Je la trouvais presque touchante. J'avais finalement pitié d'elle.

— En revanche, dis-je, je reconnais que vous suivez bien la parole de Jésus quand il ordonne : « Aime ton prochain comme tu t'aimes toi-même. »

Son regard se teinta d'incompréhension. Elle restait silencieuse, interdite, de plus en plus touchante. J'y mis beaucoup de douceur et, sincère, lui demandai :

— Madame Blanchard, pourquoi ne vous aimez-vous pas ?

36

Deux heures du matin. Je n'arriverais jamais à me rendormir en retournant en boucle les mêmes pensées dans mon esprit. De toute façon, je n'avais pas de réponse. Je ne savais pas ce que voulait vraiment Dubrovski. C'est fou ce que l'impossibilité de comprendre une situation peut être source de stress…

Et cette liste d'actionnaires comportant son nom, que j'avais vue sur Google ? Était-ce vraiment un homonyme ? Et si c'était lui ? J'aurais peut-être dû creuser un peu… J'avais été léger sur ce coup-là… Quelle était cette boîte, déjà ? Luxores, Luxares, un truc comme ça…

Ça y est, maintenant que j'étais parti dans cette direction, il me serait impossible de me rendormir sans vérifier… Quelle galère ! Pourquoi ne puis-je pas débrancher mon mental la nuit, cesser de cogiter comme un dingue, et dormir sereinement ?

Je tendis le bras vers l'interrupteur de ma lampe de chevet, fermant à moitié les paupières pour prévenir l'aveuglement.

Clac ! La lampe fit un bref éclair puis s'éteignit. L'ampoule venait de claquer. Mince… Tant pis, ça me réveillera moins et je me rendormirai plus facilement.

Je me levai dans l'obscurité et me glissai jusqu'à la fenêtre. J'entrouvris le rideau pour faire entrer la pâle lueur de la nuit. La ville endormie continuait de scintiller timidement.

Je traversai la chambre et m'assis devant mon ordinateur. Il s'alluma en diffusant sa faible lumière froide dans la pénombre. Les trois notes de musique familières qui accompagnaient toujours son réveil brisèrent un instant le profond silence de la nuit.

Le clavier cliqueta tandis que mes doigts ankylosés en enfonçaient les touches pour taper le nom d'Igor sur Google.

Les résultats en russe s'affichèrent de nouveau sur l'écran. Je fis défiler les pages, l'une après l'autre, parcourant en diagonale les listes de résultats. Je ne pus réprimer un bâillement puis un léger frisson. J'étais en caleçon, torse nu, et la nuit était fraîche.

Je reconnus soudain la liste de noms, chacun étant suivi d'un pourcentage. Je cliquai. La société dont cet Igor Dubrovski était actionnaire majoritaire à 76,2 % s'appelait Luxares SA. Mais le site qui publiait la page ne donnait rien d'autre que des chiffres issus de la comptabilité de l'entreprise.

Je copiai son nom dans la zone de recherche de Google et cliquai sur *Entrée*. Vingt-trois résultats seulement. Tant mieux. Des sites de presse, d'informations financières, puis je repérai celui qui semblait être le site officiel de cette entreprise : « luxares.fr, Luxares SA, société de restauration spécialis… ».

Je cliquai.

Je ne pus réprimer un mouvement de recul, stupéfait de ce que j'avais sous les yeux.

La photo qui venait d'apparaître en plein écran, déchirant l'obscurité de ma chambre, avait été prise de nuit. Au premier plan, les odieuses poutrelles métalliques s'enchevêtraient dans la pénombre comme pour barrer la route à d'invisibles assaillants. Derrière elles, les baies vitrées illuminées de l'intérieur révélaient le décor luxueux du Jules Verne.

37

J'avais peur. Ce n'était plus la légère appréhension qui m'accompagnait depuis le commencement de notre pacte, mais une angoisse qui me tenaillait et ne me lâchait plus. L'homme qui avait pris le contrôle de ma vie était d'autant plus dangereux qu'il était puissant et riche. Je n'avais plus qu'une obsession : me délivrer de son étreinte.

Je rappelai l'inspecteur Petitjean, lui confiai ma découverte et insistai pour avoir la protection de la police. Il me répéta ce qu'il m'avait déjà dit : tout cela n'était qu'un faisceau de présomptions certes inquiétantes, mais ne constituant pas l'amorce d'un délit. Il ne pouvait rien pour moi.

J'avais recherché en vain toutes les options envisageables pour me libérer. La seule idée à peu près réaliste avait été de tenter de négocier avec Igor. La présence d'Audrey avait fait capoter ce projet, et je n'avais maintenant plus le courage d'y retourner, après l'esclandre que j'avais provoqué. Je l'avais insulté en présence de Catherine, et il n'était pas du genre à pardonner facilement…

Je dus me rendre à l'évidence : mon seul espoir d'en finir avec ce pacte serait d'accomplir la dernière épreuve qu'il m'imposait, ce qui était bien sûr infaisable. J'étais pris au piège, fait comme un rat.

Les deux jours qui suivirent furent pour moi une torture. Je cherchai désespérément une solution à cette équation impossible. Mes nuits devinrent perturbées, hachées. Au travail, j'eus toutes les peines du monde à me concentrer sur mes entretiens. Il m'arriva de poser deux fois de suite la même question à un candidat qui me le fit gentiment remarquer... Alice me dit que j'avais une tête de déterré et me conseilla de consulter un médecin au plus vite. J'étais sur la mauvaise pente...

Le soir du deuxième jour, alors que je rebroussais chemin en sortant du bureau pour retourner y prendre mon portefeuille, que j'avais oublié, je surpris Vladi qui se trouvait comme par hasard quelques mètres derrière moi, avenue de l'Opéra. Ma peur monta d'un cran.

La nuit suivante, je fis un drôle de rêve. Ça se passait aux États-Unis, dans une ferme du Mississippi. Une grenouille était tombée dans une cuve contenant de la crème. Les bords étaient très hauts, et elle se trouvait prise au piège, dans l'incapacité de prendre appui sur la crème, trop liquide, pour se propulser à l'extérieur. Aucune chance de s'en sortir. Son sort était scellé. Elle n'avait plus qu'à se laisser mourir au fond. Mais elle était trop bête pour comprendre cette évidence, et elle continuait de se débattre tant qu'elle pouvait, sans réfléchir à la futilité de son action, dépensant en vain son énergie pour tenter de s'extirper de sa prison mortelle. À force de s'agiter, elle battit tellement la crème que celle-ci se transforma en beurre. La grenouille put alors prendre appui dessus. Elle sauta hors de la cuve et gagna sa liberté.

Au petit matin, ma décision était prise. J'allais me battre bec et ongles pour prendre la place de mon président.

38

Je ne perdis pas une seconde.

Le jour même, je me procurai sur le site web de la Chambre de commerce les statuts de Dunker Consulting, ainsi que les derniers comptes et rapports officiels publiés. Il fallait que je connaisse tous les rouages de l'organisation.

Je me plongeai deux soirs de suite dans cette littérature d'un érotisme torride. Pourquoi les juristes français ont-ils des formulations aussi alambiquées pour exprimer des choses parfois simples ? Je dus rapidement me rendre à l'évidence : ma formation en comptabilité anglo-saxonne ne me permettait pas de comprendre tout ce charabia. Il me fallait de l'aide.

Un des bons aspects du métier de recruteur est que vous vous faites rapidement un carnet d'adresses impressionnant. Je pris contact avec un jeune directeur financier que j'avais recruté pour une PME quelques semaines auparavant. Un type sympa, qui m'avait laissé une bonne impression. Je tâtai le terrain, évoquant l'aide dont j'avais besoin. Il répondit tout de suite positivement. Tous les documents en ma possession partirent le soir même en express.

Nous nous retrouvâmes, quelques jours plus tard en fin d'après-midi, à une terrasse de café près du jardin du Luxembourg. Il arriva précisément à l'heure. Grand et mince, il portait un costume beige très chic et une chemise blanche dont il avait défait le dernier bouton. Sa cravate était légèrement dénouée.

Il avait eu la gentillesse de prendre le temps de tout lire.

— Dunker Consulting est une SAS cotée au Nouveau Marché de la Bourse de Paris, me dit-il.

— Une SAS ?

— Oui, une société par actions simplifiée. C'est une forme juridique dont la spécificité est que la plupart des règles de fonctionnement sont régies par les statuts, et non par le droit commun.

— Les créateurs dictent leurs règles, c'est ça ?

— En quelque sorte, oui.

— Et quelles sont les règles qui la caractérisent, en l'occurrence ?

— Rien de spécial, à part la nomination du président.

— Ça m'intéresse, justement...

— Le président est élu directement par l'assemblée générale des actionnaires, ce qui n'est pas très courant.

— Donc tous les actionnaires votent pour choisir le président, c'est bien ça ?

— Non, pas tout à fait. Seuls ceux qui sont présents à l'assemblée. Tous ont le droit d'y participer, bien sûr, mais en pratique ça n'intéresse pratiquement personne... sauf les gros actionnaires, bien sûr.

— Les gros actionnaires...

— Oui. Il y a deux actionnaires principaux, et des dizaines de milliers de petits porteurs.

— Laissez-moi deviner… Je parie que l'un des gros est Marc Dunker…

— Non, il ne détient que 8 % des actions.

Je me souvins alors qu'Alice me l'avait déjà dit. En introduisant son affaire en Bourse, il n'avait gardé qu'une petite part de l'entreprise. Le pouvoir n'était plus vraiment entre ses mains… Excellente chose…

— Qui sont les autres ?

— Un fonds d'investissement, INVENIRA, représenté par son dirigeant, David Poupon, et un fonds de pension américain, STRAVEX, représenté par un certain Rosenblack, gérant de la filiale française. À eux deux, ils détiennent 34 % de la société. Aucun autre actionnaire, en dehors de Dunker lui-même, ne possède seul plus de 1 % des actions. Autant dire que les deux gros ont les coudées franches…

Les passants se multipliaient devant nous, pour la plupart des touristes ou des badauds portant des lunettes de soleil, moins pressés que les Parisiens sortant du travail. Sur le trottoir d'en face, nombreux étaient ceux qui s'attardaient à regarder les grandes photos exposées sur les grilles du jardin du Luxembourg. À la table d'à côté, une jeune fille dévorait des beignets tout chauds qui diffusaient une bonne odeur de pommes et de sucre caramélisé.

Je pris alors un risque énorme et avouai à mon interlocuteur le fond de mon projet.

Il eut la délicatesse de ne pas ricaner, se contentant d'une grimace.

— Je ne veux pas vous décourager, mais c'est pas gagné…

— Oui, je me doute bien…

— Non, en fait, vous n'avez mathématiquement aucune chance. Si Dunker est resté président, cela signifie forcément qu'il a eu les voix des deux gros actionnaires.

— Pourquoi ? Ils n'ont que 34 % des parts, pas 50…

— Pour la raison que j'indiquais tout à l'heure : les petits actionnaires ne viennent pas aux assemblées générales. Ça ne leur apporterait rien… On trouve juste quelques retraités qui s'ennuient et rappliquent dans l'espoir qu'on organise un buffet-cocktail après la réunion. Ils sont trois pelés et un tondu. Bien sûr, ils ne changent rien aux votes. Je vous rappelle que les petits porteurs sont plusieurs dizaines de milliers, il faudrait presque qu'ils débarquent tous ensemble pour espérer peser de leurs voix… Ça n'arrive bien sûr jamais, sauf peut-être quand une entreprise est au bord du gouffre et qu'ils ont peur de perdre leurs petites économies. Alors, ils viennent pleurer en chœur…

C'était moi qui avais envie de pleurer, dans le cas présent.

— Si Dunker a été réélu président, reprit-il, c'est donc forcément qu'il a le soutien des deux gros. Ils ont 34 % des parts, ce qui doit représenter au moins 80 % des droits de vote des actionnaires présents à l'assemblée… Je ne veux pas préjuger de vos talents ni de votre pouvoir de conviction, mais je ne vois pas pourquoi ces deux-là changeraient d'avis pour soutenir un jeune consultant, salarié de l'entreprise…

Je restai songeur, découragé par tant de bon sens.

Les touristes en tenue estivale continuaient de défiler d'un pas nonchalant devant les grilles du jardin, admirant les photos.

— Je suis désolé pour vous, finit-il par dire avec un accent de sincérité.

C'est toujours agréable de sentir la compassion des autres quand tout va mal, mais je n'étais pas encore prêt à me morfondre. Il fallait que je trouve une solution, un plan d'attaque. Il devait bien y en avoir…

— Si vous étiez à ma place, qu'est-ce que vous feriez ? Quelle est la meilleure chose à faire dans ce contexte ?

Il répondit sans hésiter.

— Renoncer. Il n'y a rien que vous puissiez faire. Dans votre situation, vous avez tout à perdre et rien à gagner.

Ma situation… Si seulement tu la connaissais, mon vieux…

Je réglai les deux Perrier et le remerciai de son aide. Nous nous séparâmes.

Je pris à travers le jardin du Luxembourg. Marcher m'avait toujours aidé à décompresser, me défaire de mon anxiété et me ressourcer. J'étais abattu, mais ne voulais pas capituler. Cette bataille était mon seul espoir de retrouver la liberté, peut-être même de rester en vie. J'allais m'y jeter corps et âme, même si mes chances de l'emporter étaient voisines de zéro. Il fallait que je trouve un angle d'attaque…

J'enviais l'insouciance des promeneurs du jardin. Des petits vieux tendaient du pain aux oiseaux, à bout de bras, leurs mains servant de perchoir aux pattes délicates des moineaux venant saisir la nourriture avant de s'envoler pour l'arbre le plus proche. Des étudiants tentaient leur chance en séduisant les jeunes femmes qui révisaient leurs cours de fac sur les jolies chaises de métal vert, alanguies par le parfum des rosiers. Une file indienne de poneys parcourait le jardin, des enfants à la mine réjouie sur le dos, suivis de près par quelques parents protecteurs.

Je pris la sortie proche du Sénat, puis empruntai les petites rues qui descendaient en contrebas du théâtre de l'Odéon.

Je passai la soirée à marcher, traversant la capitale pour rentrer chez moi, retournant la situation dans tous les sens, cherchant les failles du système, envisageant différents scénarios. J'avais le pressentiment que je parviendrais à trouver un point d'entrée, une idée qui me permettrait de redistribuer les cartes et d'être au moins en mesure de tenter quelque chose dans cette affaire. Mais était-ce une réelle intuition, ou simplement l'expression de mon désir ardent de trouver une solution ?

En rentrant à la maison, je vis un sac en papier accroché à la poignée de la porte de mon appartement. J'entrai et le déballai sur la table de la cuisine. À l'intérieur, un plat encore chaud recouvert de papier d'aluminium. Dessus, une petite enveloppe bleue au rabat finement dentelé. Je l'ouvris. Elle contenait une carte de la même couleur, également dentelée. L'écriture était très régulière, tracée à la plume avec des pleins et des déliés comme nul ne sait le faire de nos jours. « Bon appétit de la part de Mme Blanchard. »

Ce soir-là, je dînai d'un délicieux gâteau au chocolat.

39

Malgré ma volonté de tout mettre en œuvre pour tenter de réussir ma dernière épreuve, il fallait que je me rende à l'évidence et assure mes arrières. Mes chances de réussite étaient tellement faibles que je devais anticiper l'échec et me préparer à affronter ses conséquences. Question de survie.

Je décidai donc de commencer une enquête approfondie sur le passé louche d'Igor Dubrovski. S'il avait obtenu sa relaxe en hypnotisant des jurés, ce que je ne saurais sans doute jamais avec certitude, il restait peut-être des éléments à découvrir qui me procureraient un certain pouvoir de négociation face à lui. Si je déterrais des cadavres, je disposerais d'une monnaie d'échange… J'étais mû par la conviction intime que les clés de ma libération reposaient dans son passé.

Je retournai sur Internet, à la recherche de l'article virulent du journaliste du *Monde* dont j'avais oublié le nom, celui qui était beaucoup plus documenté que les autres sur l'affaire du suicide. Je me souvenais qu'il donnait des détails tellement précis sur Dubrovski et ses méthodes qu'il l'avait vraisemblablement connu. Il fallait absolument que je lui parle.

Je retrouvai sans peine l'article en ligne. L'auteur s'appelait Jean Calusacq. Dans la foulée, je décrochai mon téléphone.

— Bonjour, je cherche à joindre un journaliste qui travaillait au *Monde* dans les années soixante-dix, je ne sais pas s'il est toujours chez vous…

— Comment s'appelle-t-il ?

— Jean Calusacq.

— Comment vous dites ?

— Calusacq. Jean Calusacq.

— Jamais entendu parler. Et ça fait huit ans que je suis là… Il doit être à la retraite depuis longtemps, votre copain !

— Ce n'est pas mon copain… mais il faut absolument que je retrouve sa trace. C'est très important. Il y a bien quelqu'un chez vous qui l'a connu et a conservé ses coordonnées ?

— Comment voulez-vous que je le sache ? Je vais pas lancer un appel à tous les étages !

— Bon, vous avez forcément quelque part le nom du rédacteur en chef de l'époque. Lui pourrait me renseigner.

J'entendis un soupir.

— Ça remonte à quand, vous dites ?

— 1976.

— Quittez pas…

Un air de jazz au saxophone prit le relais pendant de longues minutes. Tellement longues que je commençais à me demander si on ne m'avait pas oublié.

— Je vous le donne mais sans garantie. Ça fait longtemps qu'on a perdu le contact. Raymond Verger, zéro un, quarante-sept, vingt…

— Attendez ! Je note… Raymond Verger, zéro un, quarante… ?

— Quarante-sept, vingt-huit, onze, zéro trois.

— Parfait ! Merci !

On raccrocha avant de prendre le risque que je ne demande autre chose.

Je composai le numéro, anxieux à l'idée qu'il ne soit peut-être plus attribué… Une sonnerie. Ouf ! Un poids en moins… Quatre sonneries, cinq… Personne. Sept, huit… J'avais décidé de renoncer quand on décrocha. Un silence, puis une voix de femme, un peu chevrotante. Croisant les doigts, je formulai ma demande.

— C'est de la part de qui, monsieur ?

— Alan Greenmor.

— Il vous connaît ?

— Non, pas encore, mais j'aimerais lui parler, à propos d'un de ses anciens collaborateurs.

— Très bien ! Ça va le distraire… Articulez bien si vous voulez qu'il vous comprenne.

S'ensuivit un long silence. J'attendis patiemment. Je finis par percevoir des chuchotements, puis de nouveau le silence.

— Allô… fit enfin une voix traînante.

Je suivis les conseils de la femme, détachant chaque syllabe.

— Bonjour, monsieur Verger. Mon nom est Alan Greenmor, j'ai eu votre numéro par le journal *Le Monde*. Je me permets de vous appeler car j'ai absolument besoin de m'entretenir avec un de vos anciens journalistes. C'est très important pour moi, et le journal pense que vous avez peut-être ses coordonnées.

— Un ancien journaliste ? J'en fréquente toujours quelques-uns, oui. Comment s'appelle-t-il ? Je me souviens de chacun d'eux. Ma femme vous dirait que je suis incollable.

— Jean Calusacq.

— Comment ?

— Jean Calusacq.

Un long silence.

— Monsieur Verger, vous êtes toujours là ?

— Ça ne me dit rien, avoua-t-il.

— Cela remonte à plus de trente ans…

— Non, non ! Ce n'est pas le problème ! Je m'en souviendrais… Non, c'était sans doute un pseudonyme.

— Un pseudonyme ?

— Oui, les journalistes en utilisent souvent, pour signer des articles qui ne sont pas dans la veine de ce qu'ils écrivent habituellement, par exemple.

— Et… vous pourriez retrouver son vrai nom ?

— Oui. J'ai la liste de mes journalistes et de chacun de leurs pseudonymes. J'ai tout gardé, vous savez… Rappelez-moi dans trente minutes et je vous dirai ça.

Une demi-heure plus tard, la femme me le passait de nouveau, non sans m'avoir conseillé d'être bref afin de ne pas empiéter sur l'heure de la sieste.

— Il n'y a pas de Calusacq dans ma liste. Vous êtes sûr du nom ?

— Oui, absolument.

— Alors, c'était sans doute quelqu'un de célèbre. Dans ce cas, on ne notait rien pour protéger à fond l'anonymat.

Quelqu'un de célèbre ? Pourquoi s'intéresserait-il au suicide d'un inconnu ?

— Je suis désolé, dit-il, visiblement déçu. Je ne vais pas pouvoir vous aider. Laissez-moi quand même vos coordonnées, si la mémoire me revient…

40

On dit que la chance sourit aux audacieux. Dans mon cas, elle se faisait attendre. J'allais de malchance en déveine. Je tentais de relever un incroyable défi, tout en me battant seul contre un fou génial et puissant. Mais les étoiles n'étaient manifestement pas de mon côté.

Ce matin-là, j'arrivai au bureau tardivement. Les premiers candidats de la journée se présentaient déjà à l'accueil du rez-de-chaussée, sobrement vêtus, sans un faux pli sur le pantalon ou la jupe. Je traversai rapidement le hall où se perdaient par endroits quelques effluves de parfum et d'after-shave, et pris l'escalier pour ne pas me retrouver dans le même ascenseur que mon chef de service, nous évitant ainsi à tous deux le silence gêné qui nous aurait accompagnés d'étage en étage.

J'eus à peine le temps de m'installer à mon bureau qu'Alice entrait et refermait soigneusement la porte derrière elle.

— Regarde ça, dit-elle en me tendant deux feuillets.

Je pris les documents. L'un émanait du service administratif. Je reconnus la liste noire des sociétés en proie à des difficultés financières ayant sollicité les services de notre cabinet. Elle était éditée chaque mois pour les chefs de service qui, habituellement, nous la transmettaient. Ce mois-ci, nous ne l'avions pas eue.

L'autre feuillet donnait la répartition par consultant des prospects à contacter ou à relancer dans la semaine, que l'on nous remettait chaque lundi. Un coup d'œil suffisait pour se rendre compte que la plupart des noms de sociétés figuraient sur les deux pages. La liste noire était datée du 1er août. Celle des prospects, du 5…

— Tu te rends compte ? dit-elle, offusquée. Tu réalises ce que ça veut dire ? On nous pousse à faire du chiffre avec des clients dont on sait qu'une bonne partie d'entre eux ne nous réglera pas ! C'est n'importe quoi ! La direction prend de plus en plus de décisions en dépit du bon sens ! Je ne comprends plus cette boîte, moi. Et je ne sais pas si tu vois ce que ça veut dire pour nous, hein ? Si le client ne paye pas, on touche pas nos com ! Tu réalises ? On va bosser pour des prunes, on…

Je ne l'écoutais plus. Mes pensées étaient parties à la dérive, absorbées par une idée qui venait de naître dans mon esprit et qui prenait forme, lentement, comme une image encore floue dans le viseur de l'appareil photo avant la mise au point, mais dont on sait déjà qu'elle deviendra nette, précise, lumineuse…

— Pourquoi tu souris ? demanda-t-elle, dépitée que je ne partage pas sa révolte.

— Alice… Je peux garder ces documents ? Tu permets ?

— Oui, bien sûr, mais…

— Merci. Merci mille fois, Alice. Tu viens peut-être de me sauver la vie…

— Disons juste que ça t'évitera de bosser pour rien…

— Alice, il faut que j'y aille, pardonne-moi…

Je décrochai mon téléphone, appelai Vanessa et lui demandai de reporter tous mes rendez-vous. Il fallait que je prenne ma journée. Cela allait faire des étincelles, mais de toute façon, mon avenir de salarié était compromis, quoi qu'il advienne.

*

L'assemblée générale des actionnaires devait se réunir le 28 août. 28 août… Igor Dubrovski m'avait donné rendez-vous le 29… Il était donc très bien informé et n'avait pas choisi la date au hasard. Moi qui pensais que l'idée de cette dernière épreuve lui était venue dans le feu de l'action, pendant notre entrevue… C'était prémédité.

De retour chez moi, j'appelai ma banque et passai un ordre d'achat d'une action Dunker Consulting, condition nécessaire pour pouvoir postuler à la présidence. Les statuts prévoyaient qu'il n'était pas nécessaire de déclarer sa candidature à l'avance, mais seulement au début de l'assemblée générale. Je pouvais donc rester dans l'ombre jusqu'au dernier moment.

Mon idée n'avait qu'une chance sur mille d'aboutir. Et, dans ce cas, je pourrais me présenter devant les actionnaires pour essayer de les convaincre. Mon Dieu, cette seule perspective me faisait frémir… Moi qui avais le trac quand il s'agissait de m'exprimer en réunion devant dix ou quinze collègues…

Rien que d'y penser, j'en avais la gorge sèche et les mains tremblantes. Il fallait faire quelque chose… Je ne pouvais pas gâcher mes chances juste pour une histoire de trac. Il devait bien exister une méthode pour apprendre à parler sereinement en public, tout de même… Je fis des recherches sur Internet. Plusieurs instituts proposaient des cours ou des séminaires. Je réussis à n'en joindre qu'un seul par téléphone, tous les autres étant fermés au mois d'août. Le nom était prometteur : SPEECH-MASTERS. La personne qui décrocha me proposa de venir rencontrer l'animateur avant de m'inscrire. Je pris rendez-vous.

Ensuite je rappelai Alice au bureau.

— Je t'avais dit que Dunker publiait des offres d'emploi bidon dans la presse ?

— Oui, Alan. Je ne m'en suis toujours pas remise.

— Écoute, j'ai besoin de toi. Est-ce que tu pourrais en reconstituer la liste ?

— La liste des fausses offres ?

— Oui, c'est ça.

Silence.

— Ce serait très long à faire. Tu voudrais remonter combien de temps en arrière ?

— Je ne sais pas… Disons les trois derniers mois.

— Il faudrait que je pointe une par une toutes les annonces publiées dans chacun des journaux et que je recoupe l'information avec nos listes en interne…

— Tu pourrais faire ça pour moi ? C'est… super important.

— Je te trouve un peu mystérieux, aujourd'hui.

— S'il te plaît, Alice.

41

Puisque je ne pouvais retrouver la trace de l'ancien journaliste du *Monde*, je décidai d'aller chercher l'information à la source. C'était délicat, difficile sur le plan émotionnel, mais je pourrais sans doute en savoir beaucoup plus de cette façon.

La maison ne fut pas très difficile à localiser. Les journaux de l'époque avaient suffisamment décrit les lieux. Il n'y avait pas d'homonyme dans le quartier, et je trouvai facilement l'adresse dans l'annuaire en ligne.

Je me rendis sur place en voiture, Vitry-sur-Seine étant à quelques kilomètres au sud-est de Paris. Me sachant suivi, je conduisis les yeux rivés au rétroviseur. Je ne repérai rien de particulier, mais ne pouvais prendre aucun risque. Igor ne devait en aucun cas me savoir là. Je pris donc l'autoroute du sud à la porte d'Orléans, puis me rangeai sur la bande d'arrêt d'urgence quelques kilomètres plus loin. J'entrepris alors de remonter en marche arrière une bretelle d'accès à l'autoroute. La manœuvre était périlleuse, mais infaillible.

C'est toujours difficile de se repérer en banlieue parisienne. À chaque feu rouge, je me plongeais dans le plan que j'avais déplié sur le siège passager.

J'arrivai à Vitry par le boulevard Maxime-Gorki, passai devant le collège Makarenko, puis rejoignis l'avenue Iouri-Gagarine et le boulevard de Stalingrad. Où avais-je mis les pieds ? Je croyais que l'URSS avait été dissoute vingt ans plus tôt... Tournant la tête sur ma droite, je vis la mairie. Dans ma surprise, je faillis emboutir la voiture qui me précédait : c'était une sorte de Kremlin en miniature !

Bon, tout cela était drôle mais il fallait quand même que je trouve mon chemin... Voyons, où étais-je maintenant ? Avenue Robespierre, rue Marat... hum... rien que des grands démocrates... Bon, j'étais franchement perdu. Je mis les warnings et m'arrêtai en double file pour essayer de me repérer sur le plan. Ah oui, ok, il suffisait de prendre l'avenue de l'Insurrection, enchaîner sur l'allée du Poteau et prendre le pont des Fusillés. Tout un programme...

Je finis par déboucher dans une rue très calme, bordée de pavillons de banlieue, maisonnettes très modestes mais touchantes dans leur simplicité. Je me garai et continuai à pied. Au numéro 19 se trouvait une petite maison en briques peintes en blanc, étroite et haute. Elle avait dû être charmante à une certaine époque, avant que le temps n'y laisse son empreinte déprimante couleur de pollution. La peinture était écaillée par endroits, dévoilant partiellement les briquettes. Des taches brunes sur une peau malade.

Je m'approchai du portillon de bois. Le jardin, si l'on peut nommer ainsi le maigre espace séparant la maison de la rue, était à l'abandon, les mauvaises herbes se frayant un chemin à travers les gravillons mal répartis sur le sol.

Le numéro 19 était peint sur une petite plaque en tôle émaillée galbée, juste au-dessus d'une boîte aux lettres sans nom.

Je pris mon courage à deux mains et sonnai un coup bref.

Il ne se passa rien pendant un long moment, la maison restant plongée dans un silence de mort, puis la porte s'entrouvrit, laissant apparaître le visage éteint d'un vieil homme, les traits creusés par le temps. On devinait que la tristesse en avait été le principal sculpteur. Je sus tout de suite que je ne m'étais pas trompé d'adresse.

— Monsieur Littrec ?

— Bonjour, monsieur.

— Je m'appelle Alan Greenmor, je viens vous voir car j'ai besoin de vous poser quelques questions. Je vous prie par avance de m'excuser de réveiller de bien mauvais souvenirs, mais il faudrait que je vous parle de votre fils.

Le pli vertical entre ses sourcils se creusa encore plus, tandis qu'il secouait négativement la tête.

— Non, monsieur, dit-il faiblement. Je ne veux pas en parler. Désolé.

J'insistai.

— J'ai des raisons de penser que je suis dans une situation similaire à celle de votre fils à l'époque, et…

— Laisse-le entrer ! cria une voix de femme provenant de la maison.

L'homme baissa les yeux, soupira tristement, puis se résigna à ouvrir plus largement la porte, tandis qu'il se retirait à l'intérieur.

Je poussai le portillon de bois, qui s'entrebâilla dans un gémissement, rejoignis le perron et entrai.

La décoration était simple et vieillotte, mais on voyait tout de suite que la maison était d'une propreté impeccable malgré une légère odeur de renfermé.

— Je ne me lève pas pour vous saluer, mes jambes me font trop souffrir, dit la vieille femme aux cheveux noués, calée au fond de son fauteuil.

— Je vous en prie, et je vous remercie de me recevoir, dis-je en m'asseyant sur la chaise cannelée qu'elle me désignait.

J'entendis craquer le bois de l'escalier tandis que son mari s'éclipsait à l'étage.

— Je vis actuellement sous la menace d'un homme, un psychiatre du nom d'Igor Dubrovski. Si mes informations sont exactes, vous avez porté plainte contre lui à l'époque du…

— Suicide de mon fils, oui.

— Et il s'en est tiré, acquitté pour absence de preuves. Est-ce que vous pouvez me confier tout ce que vous savez sur cet homme ?

— Cela fait plus de trente ans… dit-elle d'un air songeur.

— Racontez-moi ce dont vous vous souvenez, c'est important pour que je puisse tenter de… me protéger.

— Vous savez… je ne l'avais rencontré qu'une seule fois avant le procès…

— C'est quand même lui qui suivait votre fils en thérapie…

— Oui, notamment, et on lui avait parlé le jour où mon mari et moi lui avions confié François. Pour être franche, je ne me souviens même pas de ce qu'il nous a dit ce jour-là…

— Comment ça « notamment » ?

— Ils étaient deux à s'occuper de François.

— Votre fils avait deux psys ?

— Oui. Le docteur Dubrovski et un autre, à l'hôpital.

Je restai pensif.

— Est-ce que vous voulez que mon mari vous prépare un café ? proposa-t-elle gentiment.

— Non, merci beaucoup. Dites-moi, qu'est-ce que votre fils vous racontait sur Igor Dubrovski ?

— Oh, il ne me disait rien, monsieur. Il n'était pas bavard, vous savez. Il avait l'habitude de tout garder pour lui.

Elle soupira une seconde, puis ajouta :

— C'est sans doute ce qui lui pesait tant…

— Mais… pourquoi avoir porté plainte contre Dubrovski, s'ils étaient deux à s'occuper de lui ?

— Vous savez, monsieur, il y a des choses qui nous dépassent. Nous, ça nous intéressait pas tellement, de toute façon, on savait bien que c'était pas ça qui nous rendrait notre François. C'était notre fils unique. Le monde s'est écroulé sous nos pieds à sa mort. Tout le reste n'avait plus d'importance. On a porté plainte parce qu'on nous l'a demandé, mais on n'a jamais été dans la vengeance, nous. Ça ne sert à rien de lutter contre la fatalité.

— Mais pourquoi avoir porté plainte contre Igor Dubrovski et pas contre l'autre psy ? Pourquoi pas les deux ? Et au fait… qu'est-ce que vous aviez à lui reprocher au juste ?

— On nous a bien expliqué que c'était lui qui l'avait poussé à se suicider. On n'a rien inventé, vous savez. On s'est contentés de dire ce qu'on nous a dit de dire. Et encore, on est allés au procès à contrecœur chaque jour. On avait surtout envie de rester seuls.

— Attendez, attendez… Qui vous a dit ça ?

— Le monsieur qui nous conseillait. Il répétait sans cesse : « Pensez aux jeunes que vous allez sauver. »

— Vous voulez dire votre avocat ?

— Non, pas l'avocat. Lui ne s'est jamais déplacé…

— Mais qui était-ce, alors ?

— Je ne me souviens plus bien. Ça fait plus de trente ans… Et beaucoup de gens sont venus à la maison, à l'époque… D'abord des pompiers, puis des policiers, un commissaire, des assureurs… Tous des gens qu'on ne connaissait pas, mon mari et moi.

— Et cet homme, vous ne savez plus quel était son titre, ou son rôle officiel ?

Elle hésita, fouillant en vain sa mémoire.

— Non… mais c'était un monsieur haut placé.

— Vous pourriez me le décrire ?

— Oh… non, je suis désolée… Je ne me rappelle absolument plus son visage, non. La seule chose qui me revienne, c'est qu'il était maniaque de ses chaussures. Ça nous avait suffisamment intrigués pour que je m'en souvienne !

Je n'irais pas loin avec ce genre d'information…

— Vraiment maniaque, reprit-elle, se remémorant la scène avec un sourire triste. Il nous avait demandé avec insistance que notre chien ne s'approche pas de ses mocassins. Je reconnais qu'il bavait un peu... Et pendant notre discussion, il avait sorti de sa poche à plusieurs reprises un mouchoir pour les épousseter. En sortant, il s'était longuement essuyé les pieds sur le paillasson. Cela m'avait un peu vexée, je dois dire...

42

Les ennemis de vos ennemis ne sont pas forcément vos amis. L'homme avec qui j'avais rendez-vous ce matin-là derrière la Bourse ne l'était pas et ne le serait sans doute jamais.

Il était pourtant le seul homme au monde capable d'empêcher Dunker de dormir la nuit. Fisherman. Fisherman, le journaliste qui publiait régulièrement des avis négatifs sur notre société dans *Les Échos*. Fisherman qui, sans avoir jamais mis les pieds dans nos bureaux, avait un jour osé écrire que les équipes de Dunker Consulting étaient insuffisamment productives, déclenchant en interne une vague de mesures dignes du pire des plans de rigueur, accentuant encore d'un cran la pression que nous subissions.

Nous nous étions parlé au téléphone, et je l'avais convaincu de me rencontrer en étant suffisamment énigmatique pour susciter son intérêt tout en le laissant sur sa faim.

J'arrivai en avance et m'assis derrière une petite table ronde en marbre sertie de métal. Il n'y avait pas beaucoup de clients en cette fin de matinée, mais le lieu recelait quand même une certaine agitation à l'approche du déjeuner. Un serveur s'activait à dresser le couvert. Le barman servait des bières à quelques habitués debout derrière le zinc, échangeant quelques paroles d'une voix qui se voulait virile, tandis que la cafetière derrière lui crachotait des expressos, répandant des effluves d'arabica. Un laveur de carreaux maniait d'un mouvement fluide sa raclette, effaçant comme par magie les traînées d'eau savonneuse déposées un instant plus tôt par son éponge. Sur le trottoir, une valse ininterrompue de costumes-cravates et de tailleurs sombres.

Je m'étais décrit à Fisherman afin qu'il puisse me reconnaître une fois sur place. Mais, lorsque je vis entrer un homme avec une veste en tweed, la chemise au col ouvert, le visage très sérieux et de grosses lunettes marron en écaille masquant à peine d'épais sourcils, j'eus l'intuition que c'était lui avant même qu'il ne m'ait vu.

Il me salua du bout des lèvres, sans sourire. Je lui offris un café qu'il refusa.

— Comme je l'évoquais au téléphone, lui dis-je, je serai, certains jours, en mesure de vous communiquer la tendance prévisible du cours de l'action Dunker Consulting pour le lendemain.

— Qu'est-ce qui vous donne cette… capacité ?

— J'ai de temps en temps connaissance de certains évènements avant qu'ils ne soient rendus publics.

Il me regarda d'un air suspicieux.

— Et comment avez-vous accès à cette information ?

— Je suis salarié de l'entreprise.

Il me dévisagea avec un certain mépris.

— Qu'est-ce que vous voulez en échange ? dit-il de l'air de celui qui ne se fait plus aucune illusion sur la nature humaine.

— Rien.

— Vous ne le feriez pas si vous n'y aviez pas un intérêt.

— Nous sommes d'accord.

— Alors, qu'est-ce que ça vous apporte ? demanda-t-il, inquisiteur.

Je soutins son regard.

— Je déteste Marc Dunker. Tout ce qui peut lui nuire me ravit.

Il parut accepter ma réponse. Elle collait à sa vision du monde.

Il fit signe au serveur de lui apporter un café. Je repris :

— Chaque fois que vous publiez un avis négatif sur sa boîte, ça le met dans tous ses états.

Il ne manifesta aucune réaction particulière, son visage restant de marbre.

— Donc vous allez me communiquer à l'avance les… évènements dont vous avez connaissance, c'est ça ?

— Non, je ne vous révélerai pas les évènements. Mais quand j'aurai la certitude qu'une information ne va pas tarder à devenir publique, je vous préviendrai.

— Dans ce cas, qu'est-ce que ça changera ?

— Si vous en tenez compte et publiez un avis négatif sur l'action, avant même qu'une information d'importance ne soit rendue publique, cela accentuera le sentiment général que quelque chose ne va pas chez Dunker Consulting. Cela *aggravera* les choses. C'est ce que je souhaite.

Il me regarda en silence quelques instants.

— Ce qui m'intéresse, dit-il, c'est l'information, pas seulement l'annonce qu'elle va tomber.

— Ça, je ne vous le donnerai pas. Il ne faut pas être trop gourmand… De toute façon, votre métier est de faire des prévisions sur les cours de Bourse des sociétés cotées, n'est-ce pas ? Moi, je vous donne le moyen d'annoncer avant tout le monde quand l'action Dunker Consulting va baisser. C'est déjà énorme…

Il ne répondit pas, mais continua de me fixer de son regard méfiant.

— En exclusivité, ajoutai-je.

— Rien ne me prouve que vos prédictions se révéleront exactes…

— Vous jugerez par vous-même dès cette semaine.

Il leva un sourcil.

Je me penchai légèrement vers lui et baissai la voix pour souligner l'importance de ma révélation.

— Après-demain, dis-je, l'action Dunker Consulting va chuter d'au moins 3 % dans la journée.

Il me fixa quelques instants, le regard morne, puis but son café silencieusement, l'air très dubitatif.

— De toute façon, finit-il par lâcher, je ne peux pas publier un avis sur la base d'une rumeur portée par quelqu'un que je ne connais même pas.

— Faites ce que vous voulez. Je vous donnerai… disons… trois tuyaux. Si vous ne vous en servez pas, alors je donnerai les suivants à l'un de vos confrères, dans un journal concurrent.

Je me levai, sortis de ma poche quelques pièces et posai sur la table de quoi régler mon café. Pas le sien. Puis je partis, l'abandonnant à son scepticisme.

43

La sonnerie du téléphone me tira de mes pensées. Je décrochai.

— Ne quittez pas, je vous passe mon mari…

Un long silence.

— Allô ? Monsieur Greenmor ?

Je reconnus tout de suite la voix traînante.

— Lui-même.

— Raymond Verger à l'appareil. Vous savez, l'ancien rédacteur en chef du *Monde*…

— Oui, oui, bien sûr, comment allez-vous ?

— Très bien, merci, cher monsieur. Je vous appelle parce que je crois avoir retrouvé le nom de celui qui se cachait derrière le pseudonyme de Jean Calusacq…

La chance tournait en ma faveur. J'allais enfin pouvoir dialoguer avec l'auteur d'un article, certes assassin, mais tellement précis sur Igor Dubrovski qu'il était impossible que cet homme ne l'ait pas connu personnellement.

— C'est bien ce que je pensais, reprit-il, il s'agissait de quelqu'un de célèbre. C'est pour ça que son nom ne figurait pas sur ma liste de pseudonymes.

Je sentis mon cœur s'emballer.

— Dites-moi tout. Comment s'appelle-t-il ?

— Je vous demande pardon ?

J'avais oublié qu'il était sourd. Je repris en articulant bien :

— Comment s'appelle-t-il ?

— Eh bien, tout d'abord, je vous prie de noter que je respecte l'usage, cher monsieur. Je vous révèle son identité seulement parce qu'il est mort depuis fort longtemps, sinon je protégerais son anonymat. Mais là, depuis le temps, il y a prescription…

Mon sang se glaça. C'était fichu.

— J'ai retrouvé son patronyme en me souvenant que certains s'amusaient à se doter d'un pseudo qui était l'anagramme de leur nom. Il m'a fallu une bonne heure pour identifier que, derrière Jean Calusacq, se cachait Jacques Lacan.

— Lacan, le grand psychanalyste ?

— Lui-même.

J'étais interloqué. Pourquoi Lacan en voulait-il à Dubrovski au point d'écrire contre lui un article au vitriol ?

Je posai la question à mon interlocuteur.

— Ça, je ne sais pas, cher monsieur. Seul un spécialiste pourrait peut-être vous répondre… Vous pourriez à tout hasard demander à Christine Vespalles.

— Qui ça ?

— Christine Vespalles, ancienne journaliste à la revue *Sciences humaines*. La psychanalyse et toutes ces choses-là, c'est sa passion. Elle aurait grand plaisir à répondre à vos questions. Vous la trouverez facilement : depuis qu'elle est à la retraite, elle passe ses après-midi aux Deux Magots.

— Le café de Saint-Germain-des-Prés ?

— Comment ?

Je répétai en détachant chaque syllabe.

— C'est cela même. Vous pourriez passer la voir. On la repère facilement, elle porte toujours des chapeaux extravagants. À notre époque, on n'en voit plus beaucoup... Elle est d'un abord très facile, vous verrez. Je vais lui passer un petit coup de fil et lui parler de vous.

*

J'eus du mal à trouver la rue, perdue derrière la place de la Bastille, quand on va vers République, dans un quartier non rénové qui avait conservé le charme désuet des rues populaires d'autrefois. La plupart des immeubles hébergeaient au rez-de-chaussée un commerce ou un artisan. Leurs portes étaient ouvertes sur la rue, et tout ce petit monde se retrouvait gaiement sur les trottoirs, occupé au moins autant par les conversations de quartier que par le travail. Les livreurs déchargeaient leurs marchandises au milieu de la chaussée, interpellant les visages familiers et s'immisçant dans les discussions en cours en parlant plus fort que les autres. Ils maniaient bruyamment leur transpalette, renversant occasionnellement un colis, ce qui déclenchait le rire moqueur des spectateurs.

Il y avait un cordonnier que l'on pouvait voir à l'œuvre sur sa machine, l'odeur de cuir chauffé se répandant alentour. Son voisin était un droguiste à l'enseigne poétique « Marchand de couleurs ». Un coup d'œil à son étal suffisait à se rendre compte qu'il tenait sa promesse : on y trouvait un enchevêtrement incroyable d'objets du quotidien dont on n'imagine même pas l'étendue et la diversité. Des cintres, des pinces à linge multicolores, des éponges, des torchons de cuisine en vichy, des tabliers verts, jaunes ou bleus, toute une collection de bassines et de seaux en plastique rouge, jaune ou beige... Tout cela débordait joyeusement sur le trottoir. Un maraîcher alpaguait les clients en criant le prix des fruits et légumes de sa voix de stentor. Plus loin, le présentoir métallique d'un revendeur de presse, dont les journaux annonçaient des scandales en gros titres, gênait le passage en plein milieu du trottoir. On entendait les jets de vapeur provenant du teinturier d'à côté, diffusant dans la rue son odeur caractéristique. En face, la devanture du charcutier était magnifique avec ses énormes saucisses de Morteau, ses gougères au fromage encore fumantes, ses saucissons corses suspendus par une ficelle à des crochets de fer, et mille autres mets plus alléchants les uns que les autres.

Moi qui ne connaissais que trop les centres commerciaux américains, impersonnels et froids, je réalisais à quel point les Français avaient de la chance de disposer encore par endroits d'une vie de quartier, animée par les petits commerces. S'en rendaient-ils compte, ou allaient-ils laisser ces derniers mourir, emportant avec eux le reste de chaleur humaine qui existait encore en ville ? À quoi cela servirait-il de consommer plus à moindre prix dans les hypermarchés, si c'était pour rentrer s'enfermer dans des lieux devenus des cités-dortoirs où ces petites boutiques, l'âme des villes, auraient depuis longtemps disparu ?

Au numéro 51 se dressait un immeuble dont la façade était patinée par le temps. À côté du porche, une jolie plaque, manifestement faite à la main, indiquait fièrement : « Association SPEECH-MASTERS escalier sur cour. »

Je m'engouffrai sous le porche et débouchai dans une cour intérieure. En face, un deuxième immeuble, dont la porte était close. Accès par digicode. Aucune plaque, aucun signe de l'association. Bizarre... Je retraversais la cour dans l'autre sens quand mon regard fut attiré par un escalier descendant le long d'un mur latéral qui faisait la jonction entre les deux bâtiments. J'aperçus de loin une petite pancarte accrochée au garde-corps par du fil de fer. À tout hasard, j'allai voir, sans conviction : un tel escalier ne pouvait guère mener ailleurs qu'aux caves. Me rapprochant, je reconnus le nom de l'association inscrit à la main, accompagné d'une flèche dirigée vers le bas. Je me penchai au-dessus de l'escalier. Seules les premières marches étaient vaguement éclairées par la lumière du jour, les autres étant plongées dans la pénombre, puis le noir. On n'en voyait pas la base. Pas très engageant...

Je descendis néanmoins, avec le sentiment de m'enfoncer dans les entrailles du quartier. Tout en bas, une porte en fer, et une sonnette. J'appuyai et attendis. Il faisait froid et humide. La porte s'ouvrit et un homme d'une trentaine d'années, aux cheveux roux, me salua.

— Bonjour. Je m'appelle Éric.

— Alan. Enchanté.

Son sourire n'entamait pas sa mine très sérieuse. J'entrai.

Le lieu me plut tout de suite. Un espace étonnamment vaste, sous un magnifique plafond voûté en pierre. Dans chaque angle, des pavés de verre créaient des puits de lumière naturelle. Des halogènes bon marché complétaient l'éclairage. Au sol, un vieux plancher complètement usé, très abîmé par endroits. On l'imaginait aisément chargé d'histoire. À l'autre extrémité de la pièce, une estrade en bois, de celles que l'on trouvait autrefois dans les écoles. Un charme fou. Au sol, occupant pratiquement toute la surface de la pièce, plusieurs dizaines de tabourets, peut-être une centaine. Près de l'entrée, à côté de nous, une table de cuisine avec une cafetière et une quantité très impressionnante de gobelets en plastique empilés. Dessous, un petit frigo ronronnait tranquillement.

— Était-ce… une cave, auparavant ?

— Vous êtes dans l'ancien entrepôt d'une famille d'ébénistes. Ils ont travaillé ici de père en fils sur plusieurs générations, jusqu'en 1975, puis le dernier a pris sa retraite sans trouver de repreneur.

J'imaginai les artisans en train de travailler le bois avec leurs couteaux, ciseaux et maillets, puis d'entreposer leurs œuvres dans cet endroit qui devait être parfumé d'essences de pin, de chêne, de noyer, de palissandre ou d'acajou.

— Dites-moi tout : qu'est-ce qui vous motive à vous inscrire ici ? me demanda-t-il, très sérieux.

Affirmé, sans paraître imbu de lui-même, il s'exprimait d'une voix posée, qui résonnait agréablement. Mais il me regardait presque sévèrement, comme s'il me jaugeait. J'avais l'impression de devoir me justifier alors que je m'attendais à ce qu'il me vante les qualités de son institut...

— Ce qui me motive ? Eh bien, je ne sais pas parler en public, j'ai un trac fou qui me fait perdre mes moyens, et il se trouve que je vais sans doute être amené prochainement à prendre la parole devant un groupe assez important. Je voudrais m'entraîner avant, pour éviter la catastrophe...

— Je vois.

— Comment se déroulent les cours ?

— Ce ne sont pas des cours.

— Ah bon ?

— Chaque membre s'entraîne en se jetant à l'eau, avec un discours d'une dizaine de minutes sur le thème de son choix. Après quoi, les autres écrivent un feedback sur un bout de papier et le lui remettent.

— Un feedback... ?

— Oui, un retour sur sa prestation. Des commentaires essentiellement basés sur ses axes de progrès : ses petits défauts, ses tics de langage, ses imperfections, bref, tout ce qui peut être amélioré, que ce soit sur le plan de la voix, de la posture, ou de la structure du discours.

— Je vois.

— Si nous sommes trente, vous aurez trente bouts de papier. À vous de voir ensuite ce qui revient le plus fréquemment dans les commentaires et d'en tenir compte la fois suivante pour vous corriger et essayer de faire mieux.

Il avait accentué les mots « corriger » et « mieux », tout en fronçant légèrement les sourcils, comme un professeur d'école. Malgré tout, la méthode me sembla intéressante.

— Je peux commencer quand ?

— Nous reprenons les séances le 22 août. Ensuite il y en aura toutes les semaines.

— Le 22 août seulement ? Pas avant ?

— Non, tout le monde est en vacances.

J'étais cuit… L'assemblée générale, si j'y participais, se tenait le 28. Je ne pourrais bénéficier que d'une seule séance, ce qui me semblait très léger… Je lui confiai mon problème.

— Ce n'est pas l'idéal, c'est sûr. Notre pédagogie exige des efforts sur le long terme. Mais vous recueillerez tout de même des remarques qui pourront vous aider un peu pour votre prestation… Il aurait fallu vous y prendre à l'avance.

Il avait dit cette dernière phrase sur un ton de reproche.

44

— Mon cher Alan Greenmor ! Comment allez-vous ?

J'étais décontenancé qu'une femme que je voyais pour la première fois de ma vie puisse s'adresser à moi avec une telle emphase, comme si nous étions amis depuis vingt ans… La moitié des clients se retourna vers nous. Elle me tendit une main relâchée, paume en dessous, dans un geste théâtral, les paupières à demi fermées. Que voulait-elle ? un baise-main ?

Je la lui serrai tant bien que mal.

— Bonjour, madame Vespalles.

— Mon tendre Raymond Verger m'a dit tellement de bien de vous…

J'imaginais mal l'ancien rédacteur en chef du *Monde* se répandant en compliments sur ma personne.

— Asseyez-vous, reprit-elle, me désignant une chaise à côté d'elle. Ceci est ma table, vous êtes le bienvenu. Georges ?

— Madame ?

Elle se tourna vers moi.

— Que prendrez-vous, Alan ? Vous permettez que je vous appelle Alan, n'est-ce pas ? C'est un si joli prénom… Vous êtes anglais, je présume.

— Américain.

— C'est la même chose. Qu'est-ce qui vous tente ?

— Euh… un café.

— Vous prendrez bien un peu de champagne, quand même ? Georges, deux flûtes, mon ami !

La terrasse des Deux Magots était bondée, en cette fin d'après-midi d'août, autant de touristes que d'habitués, ces derniers ayant manifestement tendance à se parler d'une table à l'autre. Christine Vespalles portait comme prévu un chapeau monumental, rose pâle, une voilette relevée sur le dessus, un oiseau fuchsia cousu sur le bord. Tout de rose vêtue, très élégante malgré son excentricité, elle avait bien soixante-dix ans même si l'on sentait en elle un esprit et un élan vital dignes d'une jeune femme de vingt ans.

— Mon doux Raymond m'a dit que vous vous intéressiez à Jacquot ?

— Jacquot ?

— Oui, il m'a dit : « Raconte-lui tout ce que tu sais sur Lacan. » Je lui ai répondu : « Mon chéri, tu sous-estimes totalement l'étendue de ma culture sur le sujet ! La nuit entière n'y suffirait pas, et j'ignore la disponibilité d'Alan… »

— En fait… ce qui m'intéresse, ce sont plus précisément ses relations avec un autre psy. Un certain Igor Dubrovski.

Je lui parlai de l'article que j'avais lu.

— Ah ! Lacan et Dubrovski. On pourrait écrire un roman sur ces deux-là et leur rivalité éternelle !

— Leur rivalité ?

— Bien sûr ! Il faut appeler un chat un chat, et cette relation-là, une rivalité ! Lacan était jaloux de Dubrovski, c'est une évidence...

— Jaloux... mais à quelle époque ?

— Dans les années soixante-dix, quand Dubrovski a commencé à faire un peu parler de lui.

— Mais Jacques Lacan était déjà célèbre et reconnu, me semble-t-il. C'était à la fin de sa vie, non ? Comment pouvait-il être jaloux d'un jeune inconnu ?

— Il faut remettre cela dans le contexte de l'époque, vous savez. Lacan était la figure de proue de la psychanalyse en France. La psychanalyse étant ce qu'elle est, tout le monde trouvait normal qu'un patient passe quinze ans sur un divan à parler de ses difficultés. Un beau jour débarque un jeune Russe qui résout les problèmes de ses patients en quelques séances... Ça fait un peu désordre, non ?

— Peut-être qu'ils n'étaient pas soignés... en profondeur ?

— Ça, je n'ai aucun moyen de le savoir. Toujours est-il qu'un patient souffrant d'une phobie, je ne sais pas moi... des araignées, par exemple, avait le choix entre quinze ans de divan chez Lacan ou trente minutes avec Dubrovski. Vous choisiriez quoi, vous ?

— Donc Lacan était jaloux des résultats obtenus par Dubrovski.

— Oui, et pas seulement... En fait, tout les opposait.

— C'est-à-dire ?

— Tout. L'un était vieux, l'autre jeune. Lacan était un intellectuel qui conceptualisait son approche et publiait des livres. Dubrovski était un pragmatique prônant l'action et cherchant des résultats. Et puis, il y a aussi l'origine de chacun de leurs modèles.

— Vous voulez dire des méthodes qu'ils utilisaient ?

— Oui. La psychanalyse est une création européenne. Dubrovski était le précurseur en France de l'utilisation des thérapies cognitives, venues des États-Unis.

— En quoi était-ce un problème ?

— Disons que c'était une époque où l'anti-américanisme était de mise dans les milieux intellectuels. Mais ce n'est pas tout, vous savez… il y avait aussi l'argent qui les séparait.

— L'argent ?

— Oui, Dubrovski était riche, très riche. Une fortune de famille. Ce n'était pas le cas de Lacan qui, de plus, avait manifestement une relation problématique avec l'argent.

Elle prit une gorgée de champagne.

— En fait, continua-t-elle, je crois que Lacan est devenu complètement obsédé par Dubrovski. Jalousant la rapidité de ses actes, il s'est mis à raccourcir de plus en plus la durée de ses propres séances. À la fin, quand un patient arrivait dans son cabinet, il avait à peine commencé à ouvrir la bouche qu'au bout de cinq minutes, Lacan lui coupait la parole et lui disait : « Votre séance est terminée. »

— C'est fou…

— Et ce n'est pas tout. Il jalousait tellement la fortune de Dubrovski qu'il s'est mis à augmenter ses tarifs de façon exorbitante. On l'a vu demander cinq cents francs, ce qui était une sacrée somme, pour quelques minutes d'entretien. Une de ses patientes a protesté. Il a saisi son sac à main pour prendre lui-même l'argent dans son porte-monnaie. Il avait vraiment pété les plombs, mon Jacquot.

Je bus une gorgée de champagne, savourant son arôme délicat. De l'autre côté de la place, l'église Saint-Germain-des-Prés, éclairée par la lumière chaude de fin de journée, semblait plus belle que jamais.

— Le plus dommage, reprit-elle, c'est que si Lacan avait simplement ignoré Dubrovski, tout le monde l'aurait très vite oublié.

— Dubrovski ? Pourquoi ? S'il avait de meilleurs résultats…

— Ah, mon pauvre ami, il faut vraiment que vous soyez américain pour poser cette question. Vous autres, vous valorisez les résultats. Nous, en France, on admire l'intellect. Les résultats nous paraissent presque accessoires…

Elle fouilla dans son sac à main, un sac en croco rose, et en sortit un livre de poche.

— Tenez ! Je vous ai apporté ça. Ouvrez-le au hasard et lisez-en un passage…

Je pris l'ouvrage, signé Jacques Lacan. Je l'ouvris en plein milieu.

En caractérisant la structure du thème des interprétateurs filiaux par le ressort de la privation affective, manifeste dans l'illégitimité fréquente du sujet, et par une formation mentale du type du roman de grandeur d'apparition normale entre huit et treize ans, les auteurs réuniront la fable, mûrie depuis cet âge, de substitution d'enfant, fable par laquelle telle vieille fille de village s'identifie à quelque doublure plus favorisée, et les prétentions, dont la justification paraît équivalente, de quelques faux dauphins. Mais que celui-ci pense appuyer ses droits par la description minutieuse d'une machine d'apparence animale, dans le ventre de laquelle il aurait fallu le cacher pour réaliser l'enlèvement initial…

— C'est incompréhensible, mais bon, je ne suis pas psy.

— Je vous rassure, les psys non plus n'y comprennent rien. Mais on est en France : moins on comprend ce que vous racontez, plus vous passez pour un génie.

— Ouh là…

— Alors imaginez, Dubrovski, avec son côté très concret, pragmatique, ses tâches à accomplir. Il passait presque pour un niais, à côté de Lacan…

À cet instant, je fis un mouvement maladroit et renversai ma flûte de champagne. Il se répandit sur la table, puis dégoulina sur mes chaussures. Par chance, sur les miennes…

— Ah ça, Jacques Lacan ne l'aurait pas supporté.

— De renverser du champagne sur ses pieds ?

— Et comment ! Il était maniaque de chaussures.

Je frémis.

— Un maniaque de chaussures…

— Sa passion ! Il était capable de s'éclipser de son cabinet par une porte dérobée, laissant ses patients poireauter dans la salle d'attente, pour aller s'en acheter une paire entre deux séances. C'est génial, non ?

45

Admettons. Le jeune François Littrec s'est suicidé. Il avait deux psys, dont Igor Dubrovski. Jacques Lacan, maladivement jaloux de ce dernier, fait tout pour provoquer sa chute à cette occasion. Il écrit sous un pseudonyme un article assassin dans *Le Monde* pour dénoncer ses méthodes. Il rend aussi visite aux parents du jeune homme, pour les manipuler et les pousser à accuser Dubrovski. Trahi par son obsession des chaussures… Un comble pour un psy. Ayant échoué à faire condamner son confrère par un tribunal, il influence néanmoins le conseil de l'Ordre des médecins pour obtenir sa radiation, mettant ainsi fin à une carrière devenue gênante. Soit. Pourquoi pas… Mais si Igor Dubrovski était vraiment innocent dans cette affaire, comment expliquer toutes les zones d'ombre qui perduraient ? Pourquoi attirer, par son article sur le droit au suicide, des déprimés à la tour Eiffel, son fief, où il les cueillait avant qu'ils ne passent à l'acte ? Pour mieux les manipuler ? Pour obtenir d'eux des engagements ? Dans quel but ? Pour obtenir quoi ? Et comment expliquer les notes prises sur moi *avant* ma tentative de suicide ? Et que dire de sa relation avec Audrey ?

Perdu dans l'abîme de mes pensées, je ne suivais absolument pas le cours de notre réunion commerciale de ce lundi matin. Luc Fausteri et Grégoire Larcher commentaient avec une certaine animosité des colonnes de chiffres au vidéoprojecteur, des chiffres, encore des chiffres, dans tous les sens, puis des courbes, des diagrammes en bâtons, des camemberts. Je me sentais à des années-lumière de leurs considérations, étranger à tous ces résultats qui n'avaient guère de sens... Leurs voix me parvenaient, sourdes, lointaines, inintelligibles. Deux gardiens d'asile reprochant avec véhémence aux fous rassemblés d'avoir coché les mauvais numéros sur les grilles du Loto. Nous étions mauvais, incompétents, incapables de deviner les tirages. Ils nous projetaient les images de ce avec quoi nous serions punis : un fouet, des coups de bâton, puis privés de camembert. Ensuite ils montrèrent qu'à l'avenir le fouet allait s'allonger et se redresser tel un serpent à l'attaque, les bâtons seraient plus gros, et nous serions privés d'une plus grande part de camembert. Les fous applaudirent. Ils devaient être masos.

La réunion se termina tard, après quoi tout le monde fila déjeuner. Tout le monde sauf moi. Je rejoignis mon bureau et attendis pour être sûr que l'étage était déserté. Puis j'ouvris le dossier perché tout en haut de l'étagère, saisis deux feuillets qui se trouvaient à l'intérieur, sous une collection de CV recalés, et les glissai dans une chemise.

Je sortis dans le couloir, jetai un coup d'œil de part et d'autre et tendis l'oreille. Tout était parfaitement silencieux. Parvenu en haut de l'escalier, je fis une nouvelle pause. Toujours personne. Je descendis à pas feutrés à l'étage inférieur et marquai un temps d'arrêt avant de sortir de la cage d'escalier. Silence. Je pointai mon nez : personne. Une sorte de trac commençait à monter en moi. Je me rendis jusqu'au local où se trouvait le fax et me glissai à l'intérieur, le cœur battant. Je mis mes feuilles dans la machine, prenant soin de bien les positionner entre les guides. Surtout, qu'elles ne se coincent pas... Je jetai un dernier coup d'œil dans le couloir. Toujours rien. J'ouvris mon calepin, puis composai le premier numéro. Mes doigts tremblaient. Chaque touche pressée émit un bip qui me sembla assourdissant. Je finis par appuyer sur *Start* et la machine commença à avaler la première page.

Il me fallut près de vingt minutes pour adresser la liste des fausses offres d'emploi de Dunker Consulting à toutes les rédactions de France. Toutes, excepté *Les Échos*.

46

Igor Dubrovski était seul, ce soir-là. Seul dans son immense salon aux éclairages subtilement étudiés pour créer une ambiance douce et enveloppante. Seul devant son piano, il égrenait les notes d'une sonate de Rachmaninov, ses doigts musclés parcourant le clavier, le maîtrisant, le dominant, tandis que le son du Steinway, d'une pureté absolue, résonnait de toute son ampleur dans le vaste espace.

La porte derrière lui s'ouvrit prestement. Il jeta un coup d'œil par-dessus son épaule sans interrompre son jeu. Tiens, Catherine. Ce n'était pas son habitude d'entrer de façon aussi brusque.

— Vladi est formel ! lâcha-t-elle, en proie à une agitation manifeste.

Igor retira ses mains du clavier, maintenant la pédale de droite enfoncée pour prolonger la vibration du dernier accord.

— Vladi, reprit-elle, affirme qu'Alan se prépare pour présenter sa candidature à la présidence de sa boîte lors de l'assemblée générale !

Igor avala sa salive. Il s'attendait à tout sauf à ça.

Il relâcha la pédale et les dernières vibrations de musique moururent instantanément, créant soudain un silence pesant. Catherine, d'ordinaire si calme, marchait de long en large en parlant, visiblement perturbée.

— Il paraît qu'il s'est inscrit dans un institut spécialisé dans la prise de parole en public. Pour une séance. Une seule. Et il va se retrouver dans trois semaines devant je ne sais combien de personnes pour les convaincre de voter pour lui... Il va se ramasser, se prendre la raclée du siècle. C'est une catastrophe !

Igor détourna la tête, profondément affecté.

— C'est vrai, marmonna-t-il.

— Ça va le détruire ! Tu réalises ? Être humilié en public, c'est ce qu'il y a de pire. Il sera bon à ramasser à la petite cuillère. Tout ce qu'on a fait depuis le début va être réduit en poussière. Tous ses progrès balayés d'un coup. Il se retrouvera encore plus faible et fragile qu'avant...

Igor ne répondit pas, se contentant de hocher doucement la tête. Elle avait bien évidemment raison.

— Mais pourquoi diable lui as-tu ordonné cette épreuve ?

Igor soupira, puis répondit d'une voix monocorde, le regard dans le vague :

— Parce que j'étais convaincu qu'il la refuserait...

— Ben... dans ce cas, pourquoi la lui avoir donnée ?

— Précisément dans le but de l'amener à la refuser...

Un long silence.

— Je ne comprends plus ce que tu racontes, Igor.

Il tourna son regard vers elle.

— Je voulais le pousser à se rebeller. Contre moi. Je voulais le mettre dans une situation tellement inacceptable qu'il n'ait pas d'autre issue que d'oser m'affronter pour rompre notre pacte. Le moment est venu que le disciple se libère de son maître. Tu réalises aisément, Catherine, qu'il y a un paradoxe à guider quelqu'un dans l'atteinte de la liberté en le pilotant à vue. Ce contrôle étroit a été nécessaire car ça l'a obligé à faire ce qu'il n'aurait jamais fait sinon, mais il faut maintenant qu'il se libère de mon emprise pour devenir vraiment libre… Ce n'est pas à moi de l'affranchir. Ça doit venir de lui, sinon… il n'aura jamais véritablement gagné sa liberté…

Igor prit le verre de bourbon posé sur le piano. Les glaçons avaient disparu. Il se contenta de boire une gorgée. Catherine ne le quittait pas des yeux.

— Je vois.

— En lui ordonnant de prendre la place de son président, même si c'est impossible, je lui donnais la permission de remettre en cause l'autorité. Je lui envoyais un message métaphorique concernant notre propre relation…

Il reposa le verre. Il sentait peser sur lui le regard plein de reproches de Catherine.

— Sauf que ça n'a pas marché, dit-elle. Il ne s'est pas rebellé. Au contraire, il continue…

Igor hocha la tête.

— Oui.

— Il faut qu'on l'aide. Il faut faire quelque chose. On ne peut pas le laisser tout seul face à cette situation, après l'avoir amené là !

Un long silence s'installa, puis Igor soupira tristement.

— Pour une fois, je ne vois vraiment pas ce qu'on peut faire, malheureusement…

— Et si tu lui disais tout simplement de laisser tomber, que tu réalises que tu lui as demandé quelque chose de trop difficile, et

— Sûrement pas ! Ce serait pire que tout. Ça reviendrait à lui dire que moi, son mentor, je n'ai pas confiance en ses capacités. Son estime de soi en prendrait un sacré coup. Sans compter que ça renforcerait durablement sa dépendance que je veux au contraire délier !

— Ok, mais il faut trouver quelque chose ! On ne va pas le laisser aller au casse-pipe sans rien faire ! Même si on ne peut pas changer le cours des évènements, il faut au moins faire en sorte qu'il ne vive pas trop violemment son échec. Il faut à tout prix lui éviter une humiliation totale, en public. Qu'il sauve un peu les apparences, qu'il ne se sente pas nul, en dessous de tout, qu'il…

— Je n'ai pas d'idée. Je ne vois pas d'issue. Laisse-moi seul, s'il te plaît.

Catherine réprima une réaction, se figea, puis quitta la pièce. On entendit ses pas résonner dans le hall. Il les écouta s'éloigner puis s'évanouir dans la nuit.

Le silence revint, vide et oppressant. Igor se retrouvait seul face à son erreur, une erreur magistrale, impardonnable. Une erreur lourde de conséquences.

Il posa lentement ses mains sur le clavier, puis rejoignit Rachmaninov dans ses rêves tourmentés.

47

En sortant de chez moi, ce matin-là, j'aperçus la silhouette noire de madame Blanchard au pied de l'escalier. Elle tendait quelque chose à Étienne. Je reconnus à sa forme que c'était un gâteau semblable à celui qu'elle m'avait offert. Étienne avait l'air surpris au plus haut point…

Je traversai la rue pour aller au kiosque, une boule d'appréhension au ventre. La boulangerie diffusait ses odeurs de baguette fraîche et de petits pains au chocolat chauds.

Je pris tous les quotidiens en vente, puis allai m'attabler à la terrasse du bistrot d'à côté. J'ouvris *Le Figaro* et tournai précipitamment les pages, dans un bruit de papier froissé, jusqu'à parvenir à la section Économie. Je sentis mon cœur battre tandis que je balayais du regard les articles, sautant de titre en titre. Mon niveau de stress montait au fur et à mesure que je parcourais en vain les pages noircies par les textes, mes chances diminuant progressivement, lorsque soudain je retins mon souffle.

« Soupçons de malversations chez Dunker Consulting. »

Suivaient quelques lignes expliquant ce dont il était question, sur un ton plutôt neutre.

— Qu'est-ce que je vous sers ? me dit d'une voix peu aimable le serveur, un moustachu au visage fermé.

— Vous avez des pains au chocolat ?

— Non, croissants ou tartines beurrées, répondit-il sans me regarder.

— Alors deux croissants et un café allongé, s'il vous plaît !

Il s'éloigna sans répondre.

Tout excité, je saisis *Le Monde* et y trouvai également une brève sur le sujet, suivie d'un article sur les cabinets de recrutement, leurs méthodes et les reproches qui leur étaient souvent faits. *Libération* publiait un article relativement court mais très visible, avec une photo du siège de notre société et un titre accrocheur : « Quand les chasseurs de têtes se payent la nôtre. » *Le Parisien* calculait le temps qu'aurait passé pour rien un candidat répondant à toutes les offres bidon, et le coût estimé de ses impressions et envois de CV. *France Soir* expliquait la très forte compétition qui existait dans le secteur du recrutement, la nécessité pour un cabinet d'être visible par ses annonces, ce qui avait pu pousser Dunker à franchir la ligne jaune. *L'Humanité* avait consacré une demi-page à l'évènement. Une grande photo montrait un prétendu candidat entourant au feutre noir des annonces dans un journal, tandis qu'un gros titre affirmait : « Le scandale des fausses offres d'emploi de Dunker Consulting. » L'article dénonçait les effets pervers du libéralisme sauvage, et ses conséquences pour les malheureux candidats. De nombreux témoignages de chômeurs racontant qu'ils n'avaient jamais reçu de réponse à leurs candidatures. Et pour cause, disait le journaliste : il n'y avait pas d'emploi à pourvoir ! Quant au *Canard enchaîné*, il titrait : « Le cabinet de recrues te ment. »

Le kiosque ne vendait pas la presse régionale, mais j'étais confiant, d'autant plus que Dunker avait plusieurs bureaux en régions. Mais le plus important pour moi était ce qu'en disaient les journaux financiers. Tous, de *La Tribune* à *La Cote Desfossés* en passant par *Le Journal des finances*, publiaient l'information. Pas de commentaires sur le plan humain, pas d'expressions émotionnelles, mais c'était secondaire. L'info était passée aux décideurs. Mon objectif était atteint.

Je filai au bureau. Je voulais y être avant 9 heures, pour assister en direct à l'ouverture des marchés à la Bourse de Paris et suivre la tendance de l'action.

À 8 h 50, j'étais devant mon ordinateur, sur le site web des *Échos*. Il m'était impossible de savoir si la publication d'une telle information aurait ou non un impact sur la cotation de l'entreprise. Il ne fallait peut-être pas rêver… Je me sentais nerveux, tendu.

À 9 heures précises, le cours d'ouverture de l'action Dunker Consulting s'afficha en rouge sur mon écran. Il était en repli de 1,2 %. J'en restai scotché, peinant à y croire. Je me sentis soudain porté par un enthousiasme, une joie, une excitation extrême. Moi, Alan Greenmor, j'avais influencé le cours de l'action Dunker Consulting à la Bourse de Paris !

C'était incroyable ! Inouï ! 1,2 % ! C'était énorme ! Monumental !

Je me souvins de ma prédiction à Fisherman. Je lui avais annoncé une baisse de 3 % dans la journée. Le chiffre était sorti de mon chapeau, bien sûr. Mais il fallait qu'on s'en rapproche au maximum. Question de crédibilité. Et, dans cette affaire, ma crédibilité était cruciale, essentielle. Vitale. La clé de voûte de tout mon plan... Il fallait donc maintenant que la tendance se confirme et s'amplifie.

Je passai une bonne partie de la journée à consulter le cours à l'écran. J'y retournai cent, deux cents, trois cents fois peut-être. Même pendant mes entretiens, je ne pus m'empêcher de jeter un œil de temps en temps.

La tendance s'accrut tout au long de la journée, malgré une légère amélioration en milieu de journée. À 16 heures, à la clôture, le cours final s'établit en baisse de 2,8 %. La chance était de mon côté.

Dans l'euphorie, je quittai mon bureau pour me précipiter à la salle de pause. Il ne fallait pas s'attendre à trouver du champagne dans les distributeurs. Je bus un Perrier en savourant ma première victoire.

Regagnant mon bureau, je traversai les espaces vitrés où l'on voyait les collaborateurs stressés par le mode de management de plus en plus exigeant et déshumanisé, pressés par des impératifs de rentabilité boursière, et non plus motivés par le développement d'un projet d'entreprise enthousiasmant. Quel gâchis de voir tout ce monde malheureux au bureau alors que chacun pourrait se réaliser, s'épanouir dans son travail ! Le contraste avec mon excitation du moment était criant. Je pris soudain conscience que ce n'était plus seulement la peur de Dubrovski qui me poussait à affronter ma dernière épreuve. Pris dans le tourbillon d'un jeu grisant dont je venais de remporter la toute première manche, je sentais naître en moi les prémices d'un appel, d'une mission. Malgré le risque de tout perdre et de me retrouver à la rue, je n'avais maintenant qu'une seule envie : aller jusqu'au bout.

*

Revenant de déjeuner, Marc Dunker consulta d'un œil distrait le cours de son action sur Internet.

— Qu'est-ce que c'est que ce bordel ? lâcha-t-il à haute voix, se parlant à lui-même.

On entendit la voix d'Andrew provenant de la pièce à côté.

— Monsieur le président a besoin de quelque chose ?

Dunker l'ignora. Le site web ne publiait pas de commentaires explicatifs. Pourtant, il y avait forcément quelque chose…

— Qu'est-ce qui se passe, bon sang…

La silhouette élancée d'Andrew apparut dans l'encadrure de la porte.

— Vous avez lu les journals que j'ai déposés sur votre bureau ce matin, Monsieur le président ?

— Non, pourquoi ? Qu'est-ce qu'il y a ? demanda-t-il, soucieux.

— Euh… il semblerait qu'il y ait eu des fuites, monsieur…

Le sang de Marc Dunker ne fit qu'un tour. Il se leva d'un bond et saisit la pile de quotidiens.

— Quoi ! Qu'est-ce que vous me racontez ?

Il s'empara de *La Tribune* et commença à le feuilleter à toute allure, froissant les pages et les déchirant à moitié.

— Page 12, Monsieur le président.

Dunker vit tout de suite l'article qu'Andrew avait surligné en jaune. Il le lut, puis referma le journal, se rasseyant lentement.

— Il y a une brebis galeuse parmi nous, dit-il d'un air songeur.

Il était calme, mais son visage avait viré au rouge.

— C'est sans importance, affirma-t-il comme pour se convaincre lui-même. D'ici quinze jours, tout le monde aura oublié.

48

La longue Mercedes noire amorça le virage difficilement, puis s'engagea dans la petite rue commerçante, avant de se retrouver coincée derrière un livreur qui déchargeait des cageots de pêches et de nectarines.

Abandonnant la voiture à Vladi, Igor descendit et parcourut les derniers mètres à pied, se frayant un chemin au milieu de la cohue matinale. Paris n'était vraiment pas une ville conçue pour les voitures, pensa-t-il. Surtout ces anciens quartiers à moitié délabrés, qui gagneraient à être rasés et reconstruits dans les normes.

Il s'engouffra sous le porche, un vrai coupe-gorge, déboucha dans la cour et aperçut l'escalier indiqué par Vladi. Il s'en approcha et se pencha au-dessus des marches sombres qui semblaient s'enfoncer dans les entrailles de la terre. Encore pire que la description qu'en avait faite son chauffeur. Pourquoi Alan était-il allé choisir un trou à rats pareil ! Il descendit l'escalier et se retrouva devant ce qui ressemblait à une porte de cachot. Il sonna avec insistance. Pas sûr qu'à cette heure-ci il trouve âme qui vive dans ces oubliettes. Les fantômes et les chauves-souris ne se réveillent que la nuit.

La porte s'entrouvrit et un rouquin apparut. Igor entra.

Malgré la sécheresse de l'été, la cave sentait fortement l'humidité. Ce devait être un cauchemar en hiver.

— Que puis-je pour vous ? demanda le rouquin.

Igor promena son regard tout autour de lui, scrutant le plancher délabré, la vieille estrade à moitié pourrie, la table de cuisine recouverte de formica. Dessous, le vieux frigo faisait un potin d'enfer.

Le rouquin croisa les bras. Igor prit tout son temps.

— Je viens vous parler d'un des clients de votre société.

— Vous voulez dire d'un membre de notre association ?

— Il y a une différence ?

— Nous sommes une organisation à but non lucratif.

Igor sourit.

— C'est amusant de se définir par la négative, en indiquant le but qui n'est pas le vôtre…

L'autre eut un léger temps d'arrêt, puis répondit en parlant lentement, prenant soin de choisir les mots qui traduisaient le plus exactement sa pensée.

— Le but des membres est d'évoluer sur la façon dont ils s'expriment dans leur prise de parole en public.

— Évoluer… Très, très bien. Et… vous êtes membre, vous-même ?

— Bien sûr.

Igor hocha la tête en signe d'approbation.

— Je vous félicite. Sincèrement. À notre époque, rares sont les gens qui souhaitent évoluer… On accepte d'apprendre et d'évoluer quand on est gamin, puis plus rien ! Une fois adulte, on ne veut plus changer quoi que ce soit à la manière dont on communique, à la façon dont on se comporte. Les gens disent : « Non, je veux rester qui je suis », comme si le fait d'évoluer dans ses relations allait changer qui ils sont. C'est aussi bête que si un enfant refusait d'apprendre sa langue maternelle au motif qu'il veut rester qui il est !

Le rouquin acquiesça.

Igor fit quelques pas dans la salle.

— Le membre dont je veux vous parler s'appelle Alan Greenmor. Il est venu s'inscrire il y a quelques jours.

— Exact.

— Il vous a peut-être dit qu'il s'apprêtait à prendre la parole devant un groupe important à la fin du mois.

— Exact.

— Ce qu'il a sans doute omis de vous dire, c'est que son avenir personnel se jouait à cette occasion. J'entends par là tout son équilibre psychologique.

Le rouquin fronça les sourcils.

— Plus précisément, il prendra la parole pour essayer de convaincre les gens présents de lui apporter leur suffrage à une élection privée. Qu'il y parvienne ou non est sans importance. En revanche, il est fondamental dans sa situation, je dirais même vital, qu'il ne se ridiculise pas en public. S'il se vautrait, il en serait durablement affecté, déstabilisé. C'est quelqu'un d'encore fragile. Les conséquences seraient dramatiques.

Igor baissa la tête, imaginant la scène. L'autre resta silencieux.

— Ce que vous ne savez peut-être pas encore, c'est qu'en matière de prise de parole en public, il part de… zéro ou presque. Ce n'est pas son truc, il est très mal à l'aise dans ce genre de contexte. Bref, il a un sacré bout de chemin à parcourir…

— J'entends ce que vous me dites, mais il ne faut pas trop compter sur nous pour ça. C'est un travail de long terme, vous savez. On n'apprend pas ce genre de choses en trois séances et… d'ailleurs, il ne pourra participer qu'à une seule.

— Parlez-moi de vos méthodes.

— C'est très simple. Le membre effectue un discours d'une dizaine de minutes devant les autres membres réunis en spectateurs. Puis chacun note anonymement sur un papier ce qui doit, selon lui, être amélioré dans la prestation. On remet tous les papiers à l'orateur, ce qui lui permet de se corriger à l'avenir. Il progresse ainsi de séance en séance. Au bout d'un an, tout le monde parvient à un assez bon niveau.

— Au bout d'un an, répéta Igor, songeur.

— Je ne vous l'ai pas caché. C'est un travail de longue haleine.

— Sauf que lui n'aura droit qu'à une seule séance…

— Il aurait dû s'y prendre plus tôt.

— J'ai quelque chose à vous proposer, dit Igor, le fixant droit dans les yeux de son regard bleu acier.

Il lui exposa son plan en détail. L'autre l'écouta jusqu'au bout sans dire un mot, mais on sentait aisément qu'il y était hostile. À la fin, il secoua la tête.

— Non, ce n'est pas possible.

— Bien sûr que si. C'est même plutôt facile à mettre en œuvre.

— C'est pas ce que je veux dire. Ce ne sont pas nos méthodes. On ne travaille pas comme ça, je regrette.

— Eh bien, c'est l'occasion d'essayer quelque chose de nouveau !

— Non, l'association a ses règles de fonctionnement. Nos techniques ont fait leurs preuves. Nous avons des résultats satisfaisants. C'est peut-être lent, mais il faut laisser le temps au temps. C'est important de faire les choses comme il faut. Je refuse de changer la méthode que nous mettons en œuvre depuis plus de quatre ans.

Igor tenta en vain de le persuader, mais le rouquin s'arc-boutait sur ses positions, manifestement convaincu de détenir une vérité gravée dans le marbre.

Igor finit par se diriger vers la sortie. Parvenu devant l'affreuse porte de prison, il se retourna.

— C'est étonnant, dit-il, qu'un homme qui consacre son temps à aider les autres à évoluer refuse d'évoluer lui-même dans ses pratiques… J'étais convaincu que vous seriez flexible, apte au changement, ouvert à la nouveauté, prêt à essayer des choses inhabituelles… Je me suis peut-être trompé, finalement.

49

La Bourse a la mémoire courte. L'action Dunker Consulting se maintint pendant une dizaine de jours au niveau auquel elle avait chuté, puis repartit lentement à la hausse. Les investisseurs se fichaient en fait pas mal du sort des malheureux candidats répondant à des offres bidon. Il avait suffi à notre président de publier des comptes prévisionnels tellement optimistes qu'ils en étaient risibles pour que les marchés financiers retrouvent confiance. Les investisseurs ne se posent jamais trop de questions et préfèrent se voiler la face, se leurrant bien volontiers sur les capacités réelles d'une entreprise. Cupidité rime avec crédulité. Et, de toute façon, la réalité importe peu, pourvu que le système s'emballe. Heureusement, j'avais dans mon sac une petite surprise de nature à les calmer un peu.

J'appelai Fisherman aux *Échos* bien avant l'heure du bouclage. On me passa la rédaction et je m'annonçai à la personne qui décrocha. Le journaliste accepta de prendre l'appel. Ma prédiction avérée aurait-elle mis fin à son scepticisme ? Il me fallait maintenant renforcer ce début de crédibilité.

— J'ai une autre information à vous communiquer, dis-je sur le ton de la confidence.

Zéro réaction. Mais il ne raccrocha pas.

— L'action Dunker Consulting va baisser après-demain de plus de 4 %.

Une nouvelle fois, j'avais sorti le chiffre de mon chapeau. Mon petit doigt me disait que le cumul des informations scandaleuses devait amplifier la réaction de la Bourse.

— Après-demain ?

Miracle, il avait parlé. Il léchouillait l'hameçon du bout de la langue...

— Oui, après-demain.

Je lui laissais ainsi le temps de publier ses prévisions dans le prochain numéro du journal à paraître le lendemain.

Pas de réponse.

Je finis par raccrocher, commençant à regretter de l'avoir choisi. J'avais misé sur lui en raison de ses critiques incessantes sur ma société dans ses colonnes. Mon erreur avait été de croire qu'il en voulait personnellement à mon patron et allait se précipiter sur tout ce qui salissait l'entreprise. Je lui avais peut-être prêté mes propres sentiments... À bien y réfléchir, il me semblait en fait totalement dénué d'émotions. Il ne critiquait Dunker que parce qu'il ne croyait pas en sa stratégie.

Cette prise de conscience me gâcha le reste de la journée. Le soir, j'eus beaucoup de mal à trouver le sommeil. Tout mon plan reposait sur lui. Étais-je déjà en train d'échouer ?

Le lendemain, à l'aube, je descendis au kiosque acheter *Les Échos*. Pas la moindre ligne sur Dunker Consulting. J'étais dégoûté.

Il était trop tard pour m'adresser à un autre journaliste. J'allais probablement griller ma dernière cartouche pour rien, mais je devais continuer de miser sur Fisherman. Quand un joueur de casino parie en vain sur le rouge pendant toute une soirée, il a rarement le courage de mettre sa toute dernière mise sur le noir, car alors si par malheur le rouge sortait, il ne se le pardonnerait jamais.

À l'heure du déjeuner, je renouvelai mon opération précédente. M'isolant au bureau pendant la pause-repas, j'envoyai à toutes les rédactions la preuve irréfutable que Dunker Consulting avait sciemment décidé de prospecter des sociétés insolvables, en toute connaissance de cause.

*

Il m'avait fallu près de trois jours rien que pour choisir le thème de mon discours. On ne parle bien que des sujets que l'on maîtrise, c'est évident. Dès lors j'avais le choix entre ceux issus de ma formation d'origine, la comptabilité, ou de mon métier actuel, le recrutement. Je considérai ce dernier comme un terrain miné. Mes spectateurs risquaient de se remémorer des expériences personnelles fâcheuses, puisque tout le monde en a vécu dans ce domaine, et de projeter inconsciemment leur rancœur contre moi. Je pouvais passer un sale moment…

Je me réfugiai donc dans un sujet tournant autour de la comptabilité. D'ailleurs, celle-ci n'était-elle point un refuge pour tous les timides de la terre ? Mon discours risquait certes de ne pas être très excitant mais, au moins, je minimisais les dangers dans ma relation avec les spectateurs. Et s'ils s'endormaient, je ne me sentirais que plus en sécurité.

J'avais longuement préparé mon texte. Quand on subit les affres du trac, il est très utile d'avoir un discours préécrit auquel se raccrocher pour ne pas se retrouver paralysé, cherchant désespérément ses mots, la bouche sèche et la tête vide.

Je me rendis sur place en avance. Ce serait rassurant pour moi de les voir arriver un par un plutôt que de devoir les affronter en masse. Cela me donnerait le temps de m'acclimater, d'apprivoiser ma peur, et non de la laisser me prendre à la gorge et s'emparer de mes moyens.

Éric, le responsable aux cheveux roux qui avait pris mon inscription, m'accueillit gentiment, me mettant tout de suite à l'aise. Je jetai un coup d'œil en direction de l'estrade, comme un condamné regarde l'échafaud. Je fus surpris de voir un micro et un système de sono. Lors de ma précédente visite, je n'avais pas repéré que la salle en était équipée.

Les gens arrivèrent progressivement. Tous saluaient Éric amicalement, puis plaisantaient entre eux comme s'ils se connaissaient depuis des années. C'était très sympathique et rassurant, même si, dans le même temps, je ne pouvais m'empêcher de me dire que si c'étaient des habitués, ils avaient sans doute atteint un niveau très supérieur au mien…

Le responsable referma la porte précisément à l'heure convenue, ce qui était un miracle à Paris, ville où tout le monde trouve normal d'avoir trente minutes de retard. Je fus rassuré de constater que les membres présents n'étaient pas plus de vingt-cinq. Je serais beaucoup plus à l'aise que s'il y en avait eu le doublc…

Éric monta sur l'estrade, prit le micro en main et tapota dessus pour vérifier les branchements. Le son se répercuta dans les haut-parleurs. Il prit la parole d'une voix parfaitement posée, grave et affirmée, qui résonnait très agréablement. Il maîtrisait son art. Il annonça le lancement de la rentrée associative, une nouvelle saison qui promettait d'être fort intéressante. Il en profita pour rappeler quelques règles de base telle que la nécessité d'être à jour de ses cotisations, d'arriver à l'heure à chaque séance, ou de respecter une certaine régularité de présence.

— Et aujourd'hui, finit-il par dire, j'ai le plaisir d'accueillir un nouveau membre…

Mon cœur se serra très fort.

Respire, respire à fond, détends-toi.

— … qui va tout de suite réaliser son premier speech : Alan Greenmor.

Tout le monde applaudit sympathiquement. Je montai sur l'estrade, tandis que le responsable allait s'asseoir sur son tabouret, parmi les autres membres. J'avais le pouls à cent cinquante. Le silence se fit dans la salle. Tous les regards étaient braqués sur moi. Bon sang, pourquoi ne pouvais-je me débarrasser de ce fichu trac ! Quelle plaie, ce truc… Je pris le micro dans la main droite, gardant mon papier dans la gauche afin de m'y référer si besoin était.

C'est horrible de savoir que tout le monde attend votre prise de parole…

— Bonjour à tous.

Ma voix était sourde, comme si elle restait coincée dans ma gorge. Mes lèvres tremblaient, et je me sentais horriblement figé, raide dans mon corps…

Et dire que ces gens venaient d'entendre Éric, si sûr de lui, maîtrisant parfaitement sa voix et son corps. Ils devaient me trouver complètement nul.

— Je vais vous parler d'un sujet dont j'ai conscience qu'il n'est pas d'un érotisme torride : la comptabilité anglo-saxonne.

Éclat de rire général, immédiatement suivi d'un tonnerre d'applaudissements.

Waouh… Que se passe-t-il ?

J'étais tout chamboulé…

J'avais passé près d'une heure à chercher un trait d'humour pour débuter mon speech selon l'usage aux États-Unis, mais je ne m'attendais pas à ce qu'il ait autant de succès. Cela me fit tout de suite chaud au cœur. Mon trac chuta de moitié.

Continuons… Mais il faut que j'articule mieux, que je pose mieux ma voix.

— J'ai étudié cette matière pendant quatre ans aux États-Unis, et… euh…

Mince… qu'est-ce que je dois dire après ? Un trou. Un blanc total… Mais je le connaissais par cœur, ce discours ! Bon sang, c'est pas vrai… Vite… mon papier.

Je repris en lisant :

— Quand j'ai débarqué en France, d'où je suis originaire par ma mère, pour chercher du travail…

Je dois passer pour un naze. Lire son antisèche devant tout le monde, c'est nul…

— … le consultant d'un grand cabinet de recrutement que tout le monde connaît m'a appris avec un grand sourire que les règles comptables françaises étaient tellement différentes que cela revenait à mettre mon diplôme américain à la poubelle.

Nouveaux rires. Ils me regardent tous avec de grands sourires, l'air tellement bienveillant… Je les adore.

— Lui aussi a beaucoup ri en me disant cela. Moi, pas du tout.

Nouvel éclat de rire général, et des applaudissements nourris. Je n'en revenais pas. C'est fou ce que c'est agréable de faire rire une salle. Ça vous porte, ça vous stimule… C'est incroyable. Je comprenais soudain pourquoi certains en faisaient leur métier.

— J'ai donc éprouvé le besoin d'étudier les différences entre les comptabilités anglo-saxonne et française.

Plus de trac… Je n'ai plus le trac… Je me sens bien, léger… c'est génial…

— En France, les normes comptables sont édictées par des fonctionnaires de l'État, tandis qu'aux États-Unis elles le sont par des organismes indépendants, dont l'objectif est que la comptabilité serve les intérêts des investisseurs en leur fournissant l'information dont ils ont besoin pour prendre des décisions rationnelles. Le classement des postes est inverse à celui pratiqué en France…

Je continuai pendant une dizaine de minutes, parvenant à me libérer presque totalement de mes notes. Mes auditeurs avaient l'air d'être vraiment passionnés par le sujet, ce qui n'était pourtant pas gagné d'avance, c'est le moins que l'on puisse dire. Apparemment, je réussissais à capter leur attention, à susciter leur intérêt. Je me sentais étonnamment bien, de plus en plus à l'aise. Je m'offris le luxe de me déplacer sur l'estrade tout en parlant, en regardant l'auditoire, libre de mes mouvements. Parler en public était très excitant, en fin de compte.

Je terminai sous des applaudissements particulièrement intenses, parsemés d'acclamations. Quelques membres se levèrent, bientôt suivis par d'autres, puis toute la salle. *Standing ovation*... Je n'en revenais pas ! Ils scandaient mon prénom... J'étais sur un petit nuage, dans un état second, transporté par mes émotions, heureux...

Éric me rejoignit sur scène, tout en continuant lui-même d'applaudir. Puis il demanda à chacun de prendre quelques minutes pour noter des commentaires individuels. Le silence s'installa.

Quelques instants plus tard, Éric me remettait une grosse enveloppe contenant plein de bouts de papier pliés en quatre. J'allai m'asseoir dans un coin de la salle et dépliai chaque message avec impatience, curieux de savoir quels étaient les fameux petits défauts et points à améliorer que l'assistance aurait repérés. Ma surprise alla grandissant au fur et à mesure du dépouillement. Cent pour cent des commentaires étaient positifs ! Cent pour cent !!! C'était incroyable, inouï... Je n'en revenais pas, j'avais le sentiment que, derrière des peurs jusque-là paralysantes, était enfoui un talent caché, une sorte de don naturel qui ne demandait qu'à s'exprimer.

Éric vint me dire qu'après une toute première séance, il valait mieux rentrer chez soi dans la foulée plutôt que d'assister aux autres discours, afin de bien garder en mémoire sa propre prestation tout en relisant tranquillement les commentaires à la maison.

Je saluai une dernière fois les membres réunis et sortis. L'air frais du soir m'enveloppa. Je gravis le sombre escalier comme on gravit les marches d'un palais, porté par mon succès. Je remontai à la surface de la ville, nourri des nouvelles forces que j'avais puisées, prêt à partir, si ce jour arrivait, à la rencontre de mon destin.

50

— Il y a un mouton noir parmi nous !

— Pardon, monsieur ? dit Andrew apparaissant dans l'encadrure de la porte.

Dunker poussa dans sa direction deux journaux grands ouverts sur le bureau. Puis il se rejeta en arrière dans son fauteuil, avec la mine contrariée des mauvais jours.

Andrew s'approcha.

La Tribune titrait : « Dunker Consulting : après les fausses annonces, les faux clients ? »

Le Figaro : « Après les offres d'emploi sans emploi, les clients sans argent. »

— Ce n'est pas bonne pour notre entreprise, ça ! fit remarquer Andrew, de son accent à couper au couteau.

Dunker le fusilla du regard.

— Vous avez encore d'autres analyses percutantes comme ça, Andrew ?

L'Anglais ne répondit pas, mais rougit légèrement. Il aurait dû rester silencieux dès le début. Quand le boss était dans cet état, il passait ses nerfs en utilisant contre vous la moindre parole que vous aviez prononcée, quelle qu'elle fût...

— On a un mouton noir dans l'équipe, c'est évident ! répéta Dunker. L'action va encore baisser…

Joignant le geste à la parole, il se tourna vers son ordinateur et tapa nerveusement quelques touches sur le clavier.

Eh ben voilà ! Tout de suite… Quelle bande de nazes… Il suffit qu'une info à la con circule pour que ces mauviettes paniquent et vendent ! Tous des gonzesses, oui. Moins 2 % ! Et ce n'est que le début de séance ! N'importe quoi…

*

— Ah oui… carrément !… Vous n'y êtes pas allé de main morte, dites donc !

— Vous m'aviez dit « souriant », je l'ai fait souriant…

— Ça, pour être souriant, il est souriant ! Mais bon… ça me convient : il est très bien.

Je réglai le prix convenu la veille et me retirai, m'extirpant avec peine du groupe de badauds qui se penchaient pour essayer de voir la peinture.

Il y avait foule, en cette belle fin d'après-midi ensoleillée, sur la place du Tertre, sous les arbres diffusant leur doux parfum d'été. Les touristes venaient se faire tirer le portrait par l'un des nombreux peintres installés tout autour de la place, leur chevalet de bois dressé devant eux, la palette de couleurs dans une main et un long pinceau dans l'autre. Le plus fascinant était les yeux de ces artistes : leur regard aiguisé scrutait les visages qu'ils croquaient, déshabillant les sourires de façade pour dénicher l'expression qui allait le plus caractériser la personne.

Des amoureux posaient en couple. Des parents répétaient toutes les trois secondes à leur bambin : « Arrête de bouger, sinon le monsieur va pas y arriver ! » Une petite vieille, au sourire figé devant celui qui était en train de l'immortaliser, le suppliait de la laisser se déplacer à l'ombre, et il répondait « C'est presque fini… » tout en prenant son temps.

Les badauds se glissaient à côté des peintres pour comparer dessins et modèles, chacun y allant de son commentaire. Parmi ceux qui posaient, certains étaient manifestement fiers de focaliser le regard des inconnus. D'autres en étaient gênés, et leur teint s'empourprait. Quelques-uns montraient des signes d'agacement.

Je fis un crochet à la maison pour emballer la peinture. J'étais sur un petit nuage depuis la clôture de la Bourse : l'action Dunker avait chuté de près de 5 %. C'était absolument énorme. Du coup, je me sentais l'âme généreuse…

Dix minutes plus tard, je frappai à la porte de madame Blanchard.

— Qui est là ?

— Monsieur Greenmor, votre voisin…

Elle m'ouvrit.

— Tenez, c'est pour vous, dis-je en lui tendant le paquet.

— Pour moi ? dit-elle, ne masquant pas sa surprise. Mais en quel honneur ?

— Comme ça. J'ai été très touché que vous m'offriez un gâteau, l'autre jour. Alors, je voulais vous faire un petit cadeau, moi aussi.

Elle le déballa, puis admira la peinture pendant quelques secondes.

— C'est très joli. Très bien peint. Merci beaucoup, monsieur Greenmor.

Je sentais qu'elle n'osait pas me poser la question.

— Cela vous plaît ? demandai-je.

— Oui, beaucoup. Et… ça représente… qui ?

— Madame Blanchard, voyons ! C'est Jésus-Christ !

— Oh…

Elle le regardait avec des yeux comme des soucoupes. Je voulus la mettre à l'aise.

— C'est sûr qu'on n'a pas l'habitude de le voir comme ça…

Elle en resta sans voix.

— Vous avouerez, dis-je, que c'est un sale coup que lui ont fait les hommes en le représentant sur la croix, le visage déformé par la souffrance… Vous aimeriez, vous, être prise en photo sur votre lit de mort, en train d'agoniser, et que cette image soit ensuite diffusée à tout le monde après votre disparition ?

51

J'avais prévu d'appeler Fisherman en fin de journée pour lui laisser relativement peu de temps avant le bouclage de son journal. Je voulais qu'il agisse dans l'instant, sans avoir le loisir de revoir sa position ultérieurement.

Mais je n'avais pas prévu que mon dernier rendez-vous s'éterniserait. Le candidat était venu spécialement de province, je ne pouvais pas écourter l'entretien pour le revoir une autre fois. Il était 19 h 35 quand il s'en alla. Le journal bouclait à 20 heures. Je me précipitai sur mon téléphone, anxieux qu'il ne soit trop tard.

— *Les Échos*, bonjour !

— Monsieur Fisherman, à la rédaction, s'il vous plaît. C'est urgent !

— Ne quittez pas.

Les Quatre Saisons à n'en plus finir. Une version à faire se retourner Vivaldi dans sa tombe.

Bon sang, décroche…

19 h 41.

— Allô…

— Monsieur Fisherman ?

— C'est de la part de qui ?

Je répondis, et mes oreilles durent subir de nouveau « L'été » en boucle. Un été glacial.

19 h 43. *Décroche, décroche...* Il n'aurait jamais le temps d'écrire quoi que ce soit avant le bouclage de 20 heures...

— Bonsoir.

Sa voix caverneuse, enfin.

— Bonsoir. J'ai... de nouveau un scoop à vous donner.

Un silence, qu'il finit par rompre.

— Je vous écoute.

— Lors de mon premier appel, j'avais anticipé une baisse de l'action Dunker Consulting d'environ 3 %, et elle s'est réalisée.

— Presque, corrigea-t-il.

— La deuxième fois, j'avais prédit plus de 4 %. On a eu 4,8 %.

— Oui.

Je me concentrai. Il fallait que ma voix sonne à la fois affirmée et détendue. Je n'avais pas l'habitude de bluffer, et ce bluff-là était... énorme : derrière, il n'y avait rien, absolument rien... Je n'avais plus aucun scandale à révéler à la presse.

Je pris mon inspiration.

— Demain, l'action va connaître la chute la plus vertigineuse de son histoire. Elle va perdre au moins 20 % en une seule séance.

— 20 % ? En une seule séance ? C'est impossible...

Ne pas se déjuger ou c'est foutu...

— En fait, je suis convaincu que sa chute ira au-delà. Bien au delà. Il y aura peut-être même une suspension de cotation pour éviter que sa valeur tombe à zéro.

Silence.

— Nous verrons bien, finit-il par dire.

Cette réponse ambiguë me déplut. Que voulait-il dire ? qu'il allait publier un avis, puis voir de combien l'action chuterait ? ou rester en dehors, comme les fois précédentes, pour assister passivement à son évolution ? S'il jouait encore au spectateur, j'étais mort.

Nous raccrochâmes.

Les dés étaient jetés.

Une longue attente commença… Je me torturai à essayer de prédire la suite des évènements. Allait-il écrire ? Mes deux premières prédictions, qui s'étaient avérées, avaient-elles suffi à bâtir ma crédibilité ? Toute la soirée, ces questions tournèrent en boucle dans mon esprit. J'étais tour à tour anxieux, puis confiant, puis à nouveau dubitatif. Je voulais y croire, mais j'avais tellement peur de me tromper…

Les conseils boursiers de Fisherman étaient si écoutés, si suivis par le milieu qu'il suffisait d'un seul mot de sa plume pour que l'action s'effondre. Pour de bon.

J'eus énormément de mal à m'endormir, puis ma nuit fut agitée. À maintes reprises, je me réveillai et surveillai l'heure. Les chiffres rétroéclairés de vert me semblaient désespérément englués, lents. À 6 heures, je me levai et me préparai en me forçant à écouter la radio pour ne penser à rien d'autre. À 6 h 55, je descendis dans la rue. Il faisait encore frais. Quelques personnes promenaient leur chien avant d'aller au travail. D'autres en avaient manifestement déjà pris le chemin, la mine peu réjouie.

Le bistrot ouvrit ses portes devant moi. Je commandai un café et demandai *Les Échos*.

— On va pas tarder à être livrés. Attendez un peu, me dit le serveur de son ton peu aimable.

Attendre, attendre. Je n'en pouvais plus d'attendre.

Mon café était trop fort. La première gorgée me laissa un goût amer dans la bouche. Je demandai qu'on me l'allonge et pris un croissant pour faire passer l'amertume. Je le mangeai sans m'en rendre compte, absorbé dans mes pensées.

Le serveur m'en tira en jetant à moitié le journal sur le comptoir, me faisant sursauter.

Je m'en saisis et tournai avidement les pages, l'estomac noué. Soudain le titre me sauta aux yeux et je m'arrêtai net. Sur le moment je ne ressentis rien, absolument rien, comme si le choc, l'espace d'un instant, m'avait coupé de mes émotions et de mes pensées.

« Dunker Consulting : vendez avant qu'il ne soit trop tard. »

J'eus envie de crier de joie. Je n'en croyais pas mes yeux. C'était fou, extraordinaire, fabuleux !

Je commandai un autre café et un second croissant, et me plongeai dans la lecture du court article qui suivait. Fisherman, le puissant et respecté Fisherman, conseillait de vendre ! Il expliquait que les récentes preuves de malversations auxquelles s'ajoutaient des rumeurs sulfureuses, tout cela associé aux erreurs stratégiques manifestes de ces derniers mois ne lui disait rien qui vaille. C'était une action beaucoup trop risquée, et mieux valait s'en débarrasser au plus vite.

Waouh ! Trop top ! Extra !

S'il avait été à côté de moi, je me serais jeté sur lui pour l'embrasser, malgré son air austère à glacer le sang d'un régiment de toreros !

Une heure plus tard, j'étais au bureau, trépignant d'impatience devant mon écran, avant l'ouverture de la séance à la Bourse de Paris. Le chiffre tant attendu s'afficha enfin à 9 h 01 : une chute de 7,2 % à l'ouverture. Je ne savais pas quoi en penser. Serait-ce suffisant ?

Je passai ma journée les yeux rivés sur mon écran.

Le cours fit des zigzags tout au long de la matinée, mais la tendance était quand même baissière. À l'heure du déjeuner, l'action était en repli de 9,8 %. Je courus acheter un sandwich au distributeur. Quand je revins, elle s'était effondrée à 14,1 %. Mon cœur se serra : la seule explication possible d'un tel mouvement était la vente massive, en l'espace de quelques minutes, d'un gros paquet d'actions. L'un des grands actionnaires avait cédé. *Yes !* J'étais aux anges, je jubilais. Le seuil psychologique des 10 % de baisse avait dû être le déclencheur. Ces fonds d'investissement prennent leurs décisions de vente sur la base de critères fixés d'avance.

Plus qu'un ! Plus qu'un ! Que le deuxième actionnaire vende, et j'aurai le champ libre !

Quel serait le seuil qu'il s'était fixé ? 15 % ? J'osais à peine l'espérer. Nous en étions si proches…

Il ne se passa plus grand-chose dans l'heure qui suivit. Je bouillais d'impatience. J'avais avalé seulement la moitié de mon sandwich. Pas faim. Je courus comme un dératé chercher un café à la salle de pause et revins en en renversant la moitié par terre. Aucun mouvement, cette fois.

Le site web des *Échos* publia deux lignes pour dire que le fonds INVENIRA avait vendu ses actions Dunker Consulting, sans fournir de commentaires.

À 15 h 30, on franchit la barre des 15 % de baisse. J'attendis en retenant mon souffle.

Allez, allez, que le deuxième vende !

Les minutes s'égrenèrent sans que rien ne se passe. Mauvais signe. J'attendis, rongeant mon frein. 15,3 %. Le repli continuait lentement, sans l'à-coup salvateur que j'espérais. 15,7 %.

Bon sang, vends !

La baisse se poursuivit, consciencieuse, besogneuse.

La séance clôtura sur une chute historique de 16,8 %. C'était certes énorme, inouï même, mais il restait un gros actionnaire en place, ce qui compliquait fortement les choses. Associé à Marc Dunker, ils pouvaient détenir la majorité des droits de vote des présents le jour de l'assemblée générale… La partie s'annonçait difficile.

J'avais passé toute la journée dans un état d'excitation intense, grisé par des scores plus que réjouissants, et tout cela se terminait soudain sur un goût d'inachevé. La machine s'était grippée, enrayée. Le ciel jusque-là si clément s'obscurcissait d'un coup. J'avais un peu le sentiment d'une demi victoire teintée d'échec. Mon adrénaline se retirait comme un courtisan qui sent le vent tourner, et je me sentis subitement las, fatigué, vidé.

À quoi me servirait-il d'être convaincant auprès des actionnaires présents à l'assemblée générale ? Face au poids électoral du plus gros d'entre eux, que représenteraient les dizaines ou même les centaines de voix que les autres pourraient m'apporter ?

52

Andrew renversa sur son bureau le sac de toile que la fille de l'accueil lui avait remis. Les enveloppes blanches s'empilèrent sur le cuir rouge, formant un monticule aussi haut que les jours précédents. Trois d'entre elles tombèrent par terre ; Andrew s'empressa de les ramasser. Il plaça ensuite la corbeille à papier à droite du bureau, repoussa la pyramide de lettres vers la gauche, puis, consciencieusement, armé du coupe-papier dans la main droite, il saisit de la gauche la première enveloppe, la fendit d'un geste précis et rapide afin d'en extraire le document qu'il posa devant lui, puis la jeta dans la corbeille, avant de reproduire cet enchaînement parfaitement maîtrisé.

Une demi-heure plus tard, il entendit son patron beugler. Était-il au téléphone ? Un coup d'œil sur son écran l'informa que non. Il valait mieux aller voir ce qui se passait.

Il frappa les deux coups d'usage et ouvrit la porte. Dunker ne lui laissa pas le temps de s'enquérir de ses besoins éventuels.

— Tous des moutons de Panurge !

— Monsieur…

— Tous, je vous dis ! Y a un journaliste à la noix qui se mêle de ce qui ne le regarde pas, et tous les abrutis incapables de réfléchir par eux-mêmes suivent ses conseils à la con, ils vendent, du coup ça baisse un peu, et les autres se précipitent sans réfléchir ! Sans réfléchir !

Andrew savait par expérience que la meilleure attitude à adopter face aux explosions de son patron était de ne rien dire et de le laisser vider son sac. Complètement. Après, seulement après, il pouvait éventuellement passer à autre chose, redevenant peut-être le gentleman distingué qu'il savait être dans certaines circonstances.

— Et Poupon est un mouton comme les autres. Ça fait trois jours qu'INVENIRA nous a lâchés, et ça fait trois jours que j'essaye de prendre le taureau par les cornes en appelant Poupon pour convaincre cette andouille de réinvestir maintenant que le cours est bas. Injoignable ! Enfin, soi-disant. Disons plutôt qu'il n'a pas de couilles, oui ! C'est pas étonnant, avec un nom pareil... Ça ne lui coûterait pourtant pas cher. Avec toute la presse qui surenchérit sur nos problèmes imaginaires, l'action dégringole depuis trois jours. Elle dégringole, je vous dis, elle s'effrite, elle s'étiole ! Elle ne vaudra bientôt plus rien !

Andrew resta imperturbable, même s'il détestait que son patron, capable du plus châtié des langages, se laisse aller à devenir ordurier comme chaque fois qu'il perdait le contrôle des évènements.

Il attendit patiemment et, lorsqu'il crut que sa colère était purgée, il tenta de changer de sujet.

— J'ai déjà évoqué auprès de vous notre prochain assemblée générale, Monsieur le président, et…

— Arrêtez de me parler de cette AG, c'est le cadet de mes soucis ! J'ai perdu mon plus gros actionnaire et le cours n'est pas près de remonter. Ce n'est pas ce que je vais raconter aux trois clampins qui viendront, parce qu'ils n'ont rien d'autre à foutre, qui changera quoi que ce soit à la situation ! D'ailleurs, si c'était pas une obligation légale à la con, j'annulerais l'AG.

— Monsieur a raison : je vous confirme que c'est bien une obligation légale de réunir les actionnaires une fois par an.

— Les actionnaires, les actionnaires ! C'est un bien grand mot pour désigner nos papys qui ont trois sous d'économies qu'ils foutent en Bourse dans l'espoir que ça leur rapporte plus que la Caisse d'Épargne. D'ailleurs, en général, ils ne viennent jamais aux AG, sauf quelques abrutis qui se croient importants, tout ça parce qu'ils possèdent une poignée d'actions.

— Euh… je crains qu'ils ne soient beaucoup plus nombreuse que vous le croyez, Monsieur le président. Depuis quelques jours, nous recevons chaque jour plus de retours à notre convocation pour l'assemblée. C'est justement ce dont j'essaye de vous parler en vain depuis hier : il va falloir changer de salle, car le salle de réunion qu'on avait louée à l'hôtel Lutetia sera trop petite.

— Trop petite ? Comment ça, trop petite ? Mais qu'est-ce que c'est que ce bordel !

— Je crois qu'ils ont peur de la chute du cours de l'action, monsieur, et décident de s'intéresser de plus près à l'entreprise dont ils détiennent des parts…

— Mais ils en ont trois fois rien, de mes actions. Chacun doit en avoir cinq ou six, à tout casser. Qu'ils fassent pas chier. Je vais quand même pas parler stratégie de développement avec monsieur et madame Michu. J'ai rien à leur dire, moi !

— Les gens qui ne suivent pas de près le cours de leurs actions et se réveillent quand elles ont perdu 30 % réalisent qu'il est trop tard pour vendre : ils perdraient trop. Du coup, leur seul espoir, c'est que la situation se redresse, c'est pour ça qu'ils s'intéressent subitement à la façon dont l'entreprise est gérée, alors que c'était le cadette de leurs soucis deux jours auparavant. On avait vu la même phénomène quand l'action Eurotunnel avait baissé, monsieur. Les petits actionnaires avaient décidé de venir en masse aux assemblées pour défendre leurs intérêts.

— Je vous prierais de stopper là vos comparaisons hasardeuses, d'accord ?

— En tout cas, monsieur, il va vraiment falloir changer de salle pour pouvoir les accueillir.

— Changer de salle, changer de salle… Je vais quand même pas leur louer le Zénith pendant qu'on y est !

— Euh… non, monsieur, le Zénith serait trop petite. Au rythme où vont les choses, il va falloir songer au Palais omnisports de Paris-Bercy.

53

Comme tous les actionnaires dont je faisais dorénavant partie, j'avais reçu ma convocation à l'assemblée générale par lettre recommandée depuis une quinzaine de jours.

Cela faisait une semaine que j'écrivais mon discours, le peaufinant comme un sculpteur travaille son œuvre, polissant le marbre pour en supprimer la moindre aspérité non désirée. J'en arrivais presque à le connaître par cœur, à force de m'entraîner à le réciter devant le miroir de la salle de bains, m'imaginant devant le petit groupe d'actionnaires à convaincre. J'y pensais presque en permanence, que ce soit en marchant dans la rue, assis dans le métro ou coincé dans une file d'attente. Il m'arrivait même d'en déclamer certains passages sous la douche, visualisant un public subjugué par mes propos tandis que l'eau chaude coulait à flots sur ma tête, ruisselait sur ma peau et réchauffait mon corps et mon cœur, les faisant vibrer à l'unisson de ma voix en résonance totale avec mon auditoire imaginaire. Je me rappelais sans cesse mon triomphe aux Speech-Masters, et cela me donnait foi en mes capacités.

J'étais plutôt fier de mon discours, que je trouvais convaincant. À la place des petits actionnaires, j'aurais sans doute voté pour moi.

Le lieu de l'assemblée avait été modifié en début de semaine, un courrier officiel me communiquant une nouvelle adresse : POPB, 8 boulevard de Bercy, dans le 12e arrondissement. Cela n'évoquait rien au Parisien de fraîche date que j'étais.

La veille, je pris ma journée pour me détendre, me relaxer, me préparer mentalement. Pourtant, quand le soleil déclina à l'horizon, m'abandonnant pour disparaître derrière la mélancolique succession de toits et de cheminées, ma confiance en moi commença à s'effriter lentement, tandis qu'émergeait une dure réalité qui peu à peu s'élevait dans mon esprit, effaçant mes rêves pour se présenter tout entière devant mes yeux : celle de l'enjeu considérable de l'évènement qui se rapprochait inéluctablement.

Il était évident que Dunker ne me pardonnerait jamais ma candidature face à lui. Le lendemain à la même heure, je serais soit président de Dunker Consulting, soit ex-consultant au chômage poursuivi par un ancien psy à moitié fou.

Ma tête prit le dessus sur mon cœur, installant la peur jusque dans mes entrailles.

La matinée du lendemain passa très vite. Je relus une énième fois mon discours, puis descendis faire un tour pour m'oxygéner les neurones et tenter de faire baisser le niveau de mon stress. J'étais dans un état bizarre, avec un trac lancinant. En sortant, j'aperçus Étienne sous l'escalier et ressentis le besoin de me confier, peut-être pour me rassurer une fois encore en présence de plus faible que moi. À moins que ce ne fût pour apprivoiser une situation qui pouvait prochainement devenir la mienne.

— J'ai le trac, lui avouai-je.

— Le trac ? dit-il de sa voix rugueuse.

— Oui, je vais parler aujourd'hui devant des gens, pour leur dire ma vision des choses sur certains sujets… et ça me fiche le trac.

Il laissa son regard errer sur les passants d'un air incrédule.

— Je vois pas où est le problème. Moi, j'dis ce que je pense quand je l'pense et tout se passe bien.

— C'est pas si simple que ça… Je ne serai pas tout seul. Je vais être vu, écouté, jugé…

— Ben, si ils sont pas contents, tant pis pour eux ! Faut dire ce qu'on pense. Écouter son cœur, pas sa peur. Et alors on peut pas avoir le trac.

Je me préparai un déjeuner assez léger, puis allumai la radio sur une chaîne d'information. Je préférais manger en écoutant les autres parler ; cela m'évitait de trop cogiter.

J'avais à peine commencé que je me figeai subitement. Le journaliste venait d'annoncer le flash de 14 h 30. 14 h 30… Mon cœur se serra tandis que je relevais ma manche. Ma montre indiquait bien 13 h 07. Je courus dans la chambre. Le réveil aussi disait 14 h 30 ! *Pas possible !!!* L'assemblée commençait à 15 heures… à l'autre bout de Paris !

J'arrachai ma chemise et mon jean, me jetai sur mon costume gris, enfilai une chemise blanche et saisis une cravate italienne. Je m'y repris à trois fois pour réussir à faire le nœud à la bonne hauteur. Mes chaussures furent lacées en un clin d'œil. Je saisis ma convocation et mon discours, les glissai dans une chemise cartonnée, puis claquai la porte de mon appartement et me précipitai dans l'escalier.

14 h 38. C'était cuit pour 15 heures. Sans espoir. Il me restait à prier pour que la réunion ne commence pas à l'heure. Il fallait déclarer sa candidature à la présidence en début de séance. Si je loupais le coche, c'était foutu...

Je courus comme jamais et parvins, à bout de souffle, sur le quai du métro, juste au moment où les portes allaient se refermer. Je me jetai dans la rame et me retrouvai affalé sur une banquette, soufflant comme un bœuf, en face d'une mamie qui me regardait avec des yeux en billes de loto.

Je fulminais. Quelle connerie que ma montre tombe en rade le jour précis où je n'avais pas droit à l'erreur !

— C'est pas possible, ça ! lâchai-je à haute voix.

C'était comme si j'avais reçu un coup sur la tête.

— J'y crois pas, j'y crois pas ! dis-je, effondré, le visage entre mes mains.

La mamie changea de place.

Je passai tout le trajet à trépigner, dans tous mes états.

Quand je ressortis du métro, mon téléphone portable affichait 15 h 05. Mais était-il bien réglé ? Je me précipitai dehors, cherchant le 8 boulevard de Bercy. La rue était bizarre, bordée d'une sorte de grand terre-plein recouvert de gazon avec, par endroits, des ouvertures comme des bouches béantes qui laissaient penser qu'un hangar ou un parking avait été aménagé sous terre. Pas de numéros de rue en vue. J'étais maudit. Je courus jusqu'à un passant, qui détourna la tête et s'en alla quand je pris la parole. J'en trouvai un autre.

— Excusez-moi, le 8 du boulevard de Bercy, s'il vous plaît ?

Il me regarda, interdit.

— Ben, je sais pas, moi, qu'est-ce qu'il y a, là ?

Je sortis ma convocation.

— POPB. Ce doit être…

— Juste là, dit-il me désignant l'une des bouches béantes à côté d'une affiche géante de Madonna. Paniquez pas comme ça, c'est demain, le concert !

Je courus à toutes jambes, franchis la porte en brandissant ma convocation devant un vigile. « Palais omnisports de Paris-Bercy », disait un écriteau. Je ne savais pas que les stades louaient des salles à des entreprises. Drôle d'idée.

— Adressez-vous à l'accueil, me dit le vigile en me désignant quelques tables alignées derrière lesquelles s'ennuyaient des hôtesses toutes vêtues de bleu.

Je m'y précipitai, mon carton à bout de bras.

— Je suis en retard, dis-je impatiemment en montrant ma convocation.

L'hôtesse prit tout son temps, cherchant mon nom sur un registre tout en parlant à ses copines. Elle commença à me préparer un badge, avec la lenteur imposée par l'extrême longueur de ses ongles vernis de rouge, puis s'interrompit pour prendre un appel sur son téléphone portable.

— Ouais, j'en ai plus pour longtemps, dit-elle en riant. Tu m'attends parce que après, j'vais chez le coiffeur, il est…

— S'il vous plaît, interrompis-je. Je suis très en retard, il faut absolument que j'entre. C'est très important.

— J'te rappelle, dit-elle avant de raccrocher, me fusillant du regard.

Elle finit d'écrire mon nom sur le badge, avec un air renfrogné, puis me le tendit en m'indiquant vaguement des yeux la direction à suivre.

— C'est par là, la deuxième entrée sur votre gauche, dit-elle d'un ton de reproche.

— Merci. Euh… je ne sais pas si je dois aller au même endroit que tout le monde. Parce que… je… pose ma candidature à la présidence.

Elle me regarda d'un air un peu ahuri, puis composa un numéro sur son standard.

— Ouais, c'est Linda à l'accueil. J'ai un visiteur qui dit qu'il veut poser sa candidature à la présidence. J'en fais quoi ? Hein ?… Ouais, d'accord.

Elle leva les yeux dans ma direction.

— On va venir vous chercher.

15 h 20. Le temps passait et personne ne venait.

Bon sang, c'est pas vrai ! Ça va être fichu…

Je me torturais tellement à cette idée que j'en oubliais complètement mon trac. Disparu. Volatilisé. J'en avais involontairement trouvé l'antidote.

Je le vis arriver de loin et avalai ma salive. Notre directeur financier. Il s'approcha de l'hôtesse, et celle-ci me désigna du doigt. Il écarquilla les yeux de stupeur en me reconnaissant, puis il se reprit et s'approcha :

— Monsieur Greenmor ?

Qui d'autre voulait-il que je sois ?

— Moi-même.

Dans sa surprise, il en oublia de me saluer.

— On me dit que…

— C'est exact, je me porte candidat à la présidence de l'entreprise.

Il resta un instant silencieux, interdit. On entendait derrière lui les hôtesses papoter.

— Mais… vous avez… averti monsieur Dunker ?

— Ce n'est pas une condition prévue par les statuts.

Il me dévisagea, manifestement mal à l'aise.

— On y va ? lui dis-je.

Il acquiesça lentement, songeur.

— Suivez-moi.

Je lui emboîtai le pas, avançant dans une sorte de vaste allée très haute sous plafond, dans une atmosphère froide et métallique. On aurait pu être dans le dégagement d'une usine. À des années-lumière du style chic que Dunker aimait afficher.

Nous marchâmes un certain temps, puis empruntâmes un passage surveillé par un vigile qui fit un signe de tête à mon accompagnateur. Nous nous retrouvâmes dans un long couloir étroit, sombre et bas de plafond. Un couloir tellement long que l'on n'en voyait pas la fin. Il avait une odeur de cave. On se serait cru dans un souterrain. Nous finîmes par tomber sur une porte en métal gris avec, au-dessus, une lumière rouge allumée. Je le suivis, franchis la porte et… eus le choc de ma vie.

Je me retrouvai debout sur la scène d'une salle immense, démesurée, aux proportions gigantesques et… pleine à craquer. Des gens partout, partout, massés dans des gradins, devant moi, à gauche, à droite. Ils étaient quinze mille, vingt mille, peut-être plus… Leur présence impressionnante me dominait de toutes parts. Ils étaient les milliers de dents d'un monstre géant dont la gueule béante allait avaler la scène, n'en faisant qu'une bouchée. C'était saisissant, vertigineux.

J'aurais dû me réjouir. Ils étaient suffisamment nombreux pour contrebalancer le poids du gros actionnaire restant. Mon destin était désormais entre mes mains… Mais, dans mon ventre, une boule d'angoisse grossissait de seconde en seconde. J'allais devoir prendre la parole devant cette foule immense, et cette seule idée me donnait envie de vomir…

Je réalisai subitement que le directeur financier avait continué son chemin, me distançant. J'entrepris de le rattraper. C'est très perturbant de marcher sachant que vingt mille personnes vous regardent. Impossible d'avoir une démarche naturelle. Nous nous dirigeâmes vers la droite de l'immense scène où se trouvait une longue table recouverte d'une nappe bleue, du bleu de notre logo par ailleurs projeté sur un écran géant, au fond de la salle. Assises à cette table, face au public, une petite douzaine de personnes. Dunker au centre, les directeurs autour de lui, et quelques inconnus. Derrière eux, une cinquantaine de fauteuils répartis sur plusieurs rangs, comme un parterre d'invités. Je reconnus seulement quelques têtes, des collègues triés sur le volet.

Parvenu à une dizaine de mètres de la table, le directeur financier se retourna vers moi et, d'un geste de la main, me fit signe de patienter. Il rejoignit les directeurs attablés, me laissant seul, planté au milieu du décor sans raison apparente. Difficile de ne pas se sentir bête… Je mis une main dans ma poche, affectant un air détendu alors que je me sentais engoncé dans mon costume, ridicule, humilié d'être ainsi tenu à l'écart.

Le directeur financier se tenait maintenant debout près du président, légèrement penché vers lui. Je ne pouvais rien entendre de leur conversation, mais il était clair que ma candidature dérangeait le cours des évènements.

À plusieurs reprises, Dunker fit de grands gestes, se retournant dans la direction des personnes installées sur les fauteuils derrière lui, montrant du doigt quelque chose. Ni lui ni les autres ne me regardèrent, à aucun moment. Quant à moi, coincé seul au milieu de la scène, debout dans une posture embarrassante, c'est le public que je n'osais pas regarder.

Le directeur financier finit par revenir vers moi et me fit signe de le suivre.

— Vous allez vous asseoir là, dit-il en me désignant un fauteuil qu'un grand baraqué portait à bout de bras depuis le parterre d'invités à l'arrière-plan.

Je partis dans sa direction, pas mécontent de pouvoir enfin marcher, surtout en tournant le dos au public. À ma grande surprise, le type posa mon fauteuil loin des autres, séparé du reste du groupe par au moins cinq ou six mètres. N'importe quoi… J'étais maintenu à l'écart, comme un pestiféré. J'allai m'asseoir, tout en sentant une certaine colère monter en moi, une colère qui me redonna un semblant de courage. Un désir de revanche.

Quelques secondes plus tard, l'un des inconnus assis à la grande table se leva et vint à moi. Se présentant comme le commissaire aux comptes de la société, il me demanda une pièce d'identité, puis m'invita à signer un document que je lus en diagonale. Une déclaration de candidature. Il retourna ensuite s'asseoir, me laissant isolé à l'arrière de la scène. De ma position, je pouvais voir le dos des directeurs, alignement de costumes sombres. La seule femme avait des cheveux gris aussi courts que ceux des hommes, comme si elle avait voulu gommer sa féminité pour mieux s'intégrer.

— Mesdames et messieurs, bonjour.

La voix s'éleva dans les puissants haut-parleurs, amenant progressivement le silence dans la salle après l'incontournable vague de toussotements de ceux qui s'imaginent sans doute ne plus pouvoir le faire par la suite.

— Je m'appelle Jacky Kériel, je suis directeur financier de Dunker Consulting. J'ai la charge d'ouvrir notre assemblée générale annuelle en vous communiquant quelques données légales. Pour commencer, le décompte des présents est de…

Il entama sur un ton monocorde une longue énumération de chiffres. Il était question de ratios, de quotas, de résultats, de taux d'endettement, de capacité d'autofinancement, de cash-flow, et même de capitaux propres – un néophyte pourrait s'interroger sur le pourquoi de l'adjectif.

Je lâchai vite le fil de ses propos pour promener mon regard et mes pensées dans la salle. Je n'aurais jamais imaginé que la chute violente de l'action pousserait autant de gens à se déplacer. Ça dépassait l'entendement… Ils devaient être amers, anxieux, mécontents. L'ambiance promettait d'être houleuse. Je savais, certes, que j'aurais dû m'en réjouir, que seul leur nombre m'offrait une chance de faire basculer le vote en ma faveur, malgré la présence restante d'un gros actionnaire, mais, pour moi, la question n'était même plus là. J'étais effrayé à l'idée de prendre la parole devant autant de monde, sur cette scène où l'on se sentait encerclé, vu de toutes parts. Un cauchemar. C'était au-delà de mes forces, de mes capacités. Je me sentais complètement dépassé par les évènements. Pas à ma place. Ma place… Mais où était-elle, au juste ? Étais-je fait pour occuper un poste sans grandes responsabilités ? Peut-être… Cela me paraissait certainement plus rassurant. Mais pourquoi ? Ce n'était pas une question de niveau d'études, en tout cas. Il y avait trop d'exceptions dans les deux sens. De personnalité, alors ? Les dirigeants de l'entreprise me semblaient très différents les uns des autres et je ne voyais pas de profil type se dégager. Non, c'était sans doute autre chose. Peut-être notre milieu d'origine nous freinait-il inconsciemment dans notre volonté d'exercer un métier d'un rang trop nettement supérieur à celui de notre famille ? Peut-être ne nous l'autorisions-nous pas tout à fait ?… Ou peut-être même n'allions-nous pas au-delà du niveau auquel nos parents nous avaient pressentis, nous sentant au fond de nous dans une zone interdite ? C'était très probable, mais il n'était pas non plus certain que le gravissement de l'échelle sociale apportât la certitude d'un plus grand épanouissement personnel…

— Je vous propose maintenant de poser vos questions, et nous ferons de notre mieux pour y répondre. Des hôtesses circulent dans les allées avec des micros. Je vous invite à leur faire signe si vous souhaitez vous exprimer.

Débuta alors une séance de questions-réponses, qui s'éternisa pendant une bonne heure. Chaque directeur concerné répondait depuis la table, certains très laconiques, d'autres plus bavards, se perdant parfois dans des détails soporifiques.

— Et je laisse maintenant la parole à notre président, Marc Dunker, candidat à sa propre succession, qui va vous faire part de son analyse de la situation actuelle et vous présenter sa stratégie pour l'avenir.

Dunker se leva et se dirigea d'un pas assuré vers le centre de la scène où avait été disposée une tribune avec un pupitre équipé d'un micro. Contrairement à Kériel, il ne s'exprimerait pas depuis la table, pourtant pareillement équipée. Il fallait qu'il se distingue des autres, apparaisse comme le leader.

Le silence se fit dans la salle. Son intervention était manifestement attendue.

— Mes chers amis, lança-t-il du ton hypocrite qu'il savait parfois adopter. Mes chers amis, je tiens tout d'abord à vous remercier d'être venus si nombreux. J'y vois le signe de votre attachement à notre entreprise et de l'intérêt que vous portez à son avenir…

Il était bon, le bougre…

— Nous sommes dans une situation paradoxale : l'entreprise ne s'est jamais aussi bien portée, comme l'attestent les résultats que mon directeur financier vient de vous présenter. Et pourtant, le cours de notre action n'a jamais été aussi bas...

Son aisance et son charisme me renvoyaient douloureusement à mes faiblesses. De quoi aurais-je l'air en passant après un si bon orateur ?

— Les pratiques qui nous ont été reprochées par la presse, et par un journaliste en particulier, n'ont rien d'extraordinaire. Elles sont monnaie courante dans notre profession, et d'habitude personne ne s'en offusque. Mais je devrais finalement me flatter de ces critiques, de ces attaques : elles sont le traitement réservé aux grands, qui focalisent sur eux la jalousie des faibles...

Pas forcément habile de la part de Dunker. De quel côté se voyaient les gens présents ? Des grands, tout ça parce qu'ils possédaient trois actions ? Ou... des petits, qualifiés par lui de « faibles » ?

— Je dois malheureusement me rendre à l'évidence. À l'origine de ce désordre, il y a vraisemblablement un informateur interne à notre entreprise, une brebis galeuse qui a transmis ces informations calomnieuses aux journalistes qui en ont fait leurs choux gras. C'est dur pour un dirigeant comme moi de le reconnaître, mais un ver s'est bel et bien glissé dans la pomme, il y a un traître dans nos rangs. Ses mauvaises actions ont perturbé la cotation de notre société, ont nui à votre épargne, mais je prends ici, devant vous, l'engagement de le démasquer et de le chasser comme il le mérite.

J'avais envie de disparaître. J'aurais voulu pouvoir me téléporter ailleurs, me volatiliser. Je m'efforçai d'afficher un visage impassible, alors qu'au fond de moi bouillonnait un affreux cocktail de honte et de culpabilité.

Une vague d'applaudissements se propagea dans le public. Dunker parvenait à déplacer la colère des petits porteurs vers un bouc émissaire mystérieux, tandis que lui-même passait pour un chef protecteur qui allait leur rendre justice.

— Tout ça ne sera bientôt plus qu'un mauvais souvenir, reprit-il. Même les cyclones n'empêchent pas l'herbe de repousser. La vérité est que notre entreprise est en plein développement et que notre stratégie est gagnante…

Il continua ainsi sur un ton d'autosatisfaction, affirmant la validité de chacun de ses choix stratégiques qu'il rappela en détail, exprimant sa volonté de les poursuivre à l'avenir.

Il finit sous les applaudissements des directeurs et du groupe d'invités assis derrière, immédiatement suivis par une bonne partie de la salle. Il attendit tranquillement que le silence revienne, puis reprit la parole sur un ton très détendu.

— Il se trouve que nous avons un candidat de dernière minute… Une candidature un peu… fantaisiste, dirons-nous…

Je m'enfonçai dans mon fauteuil.

— … car il s'agit d'un jeune homme qui se trouve être salarié de notre entreprise. Une jeune recrue, devrais-je dire, puisqu'il n'est avec nous que depuis quelques mois… Il a rejoint notre société directement après avoir quitté les bancs de l'école.

Des rires dans l'assistance. Je m'enfonçai un peu plus dans mon fauteuil. J'aurais donné n'importe quoi pour être ailleurs…

— J'ai failli l'en dissuader pour vous éviter de perdre votre temps, puis je me suis dit qu'après avoir collectivement subi ces moments difficiles en Bourse, cela nous ferait du bien de pouvoir sourire un peu tous ensemble. S'il n'a pas le sens du ridicule, nous avons celui de l'humour.

Des ricanements se firent entendre dans la salle, et il regagna tranquillement sa place, un sourire satisfait aux lèvres.

J'étais atterré par ses propos ignominieux. C'était minable de sa part. Dégueulasse.

En marchant il tourna lentement la tête dans ma direction, m'adressant brièvement un regard méprisant et sardonique.

Il n'avait pas encore atteint son fauteuil que le directeur financier reprenait son micro depuis la table.

— Je passe donc la parole au second candidat à la présidence de la société, monsieur Alan Greenmor.

J'avalai ma salive tandis que mon estomac se serrait comme jamais. Je me sentais plombé dans mon fauteuil, coulé dans un bloc de béton.

Vas-y. Il le faut. Tu n'as plus le choix. Lève-toi !

Je fis un effort titanesque pour me redresser. Tous les directeurs s'étaient tournés vers moi, certains arborant un petit sourire moqueur. Tous les invités à ma droite me fixaient de même. Je me sentis seul, terriblement seul, tellement oppressé que j'en avais du mal à respirer.

Je pris les feuillets de mon discours à la main. Mes premiers pas vers la tribune furent les plus pénibles. Je traversai la scène, avançant vers ce public innombrable. Si seulement on avait éteint les lumières éclairant la salle, en ne laissant allumée que la rampe de projecteurs éblouissants, je n'aurais pas vu ces milliers de visages inconnus et narquois qui me regardaient comme une bête de foire.

La traversée me sembla infinie, chaque pas constituant à lui seul une épreuve sous le poids des regards. J'étais un gladiateur lâché dans l'arène, jeté aux lions devant la plèbe moqueuse et assoiffée de sang. Plus je me rapprochais, plus j'avais le sentiment de percevoir des ricanements. Était-ce la réalité, ou simplement une création de mon esprit torturé ?

Je parvins enfin à la tribune, point de focalisation de l'attention, en plein centre de la scène, au cœur du monstre éveillé prêt à rugir. J'étais terrorisé, l'ombre de moi-même.

Je mis les feuillets à plat sur le pupitre, puis réglai la hauteur du micro. Ma main tremblait, et mon cœur battait à tout rompre : je sentais mon sang affluer dans mes tempes au rythme de ses pulsations. Il fallait absolument que je me recentre un minimum avant de commencer… Respirer. Respirer. Je relus mentalement les premières phrases de mon discours. Je le trouvai subitement mauvais, inadapté, mal balancé…

Loin dans les rangs du public, tout en haut, une voix cria : « Allez petit, accouche ! », immédiatement suivie de quelques centaines de ricanements éparpillés.

C'est douloureux quand deux ou trois personnes se moquent de vous. Quand elles sont trois ou quatre cents devant quinze mille témoins, c'est insupportable. Il fallait arrêter ça, vite. Dans un élan de survie, je rassemblai mes forces, et me jetai à l'eau.

— Mesdames, mesdemoiselles, messieurs.

Ma voix, puissamment amplifiée par les haut-parleurs géants, me sembla pourtant sourde, coincée dans ma gorge.

— Mon nom est Alan Greenmor…

Un plaisantin cria : « Greenmor, t'es mort ! », déclenchant une rafale de rires, plus nourris que la première fois. Le mal gagnait.

— Je suis consultant en recrutement, le cœur du métier de Dunker Consulting. Je viens devant vous aujourd'hui pour vous présenter ma candidature…

Ça va pas… Il sonne faux, ce discours…

— … au mandat de président. J'ai conscience de la lourde responsabilité de la mission…

À ma gauche, une voix moqueuse m'interpella : « Tu croules déjà sous l'poids ! » Nouvelle avalanche de rires. La machine s'emballait. Machiavéliquement préparés en cela par les propos railleurs de Dunker, incités par sa permission tacite, couverts par sa bénédiction, les petits porteurs se lâchaient. Je leur avais été offert en pâture ; ils allaient m'étriper. J'étais cuit.

Être la risée du public était la pire chose qui pût m'arriver. La pire. Elle détruisait ma crédibilité, réduisant à néant tout espoir. J'aurais encore préféré l'hostilité à la moquerie. L'hostilité pousse à réagir, la moquerie, à s'enfuir. J'avais envie de disparaître à tout jamais. Être ailleurs… n'importe où mais ailleurs… Il fallait absolument arrêter ça.

Immédiatement ! Tout, pourvu qu'ils cessent de se moquer…

Poussé par l'urgence de la situation qui se dégradait de seconde en seconde, terrorisé à la perspective d'être bientôt conspué par la salle entière, sous l'emprise de la honte qui m'envahissait, oubliant mon discours, mes notes, et même mes intérêts profonds, je levai les yeux vers les gradins où les ricanements se multipliaient en réponse à mon silence. Je regardai en face ce public totalement dénué de compassion, soutenant les regards moqueurs, puis finis par approcher mes lèvres du micro jusqu'à en toucher le métal froid.

— C'est moi qui ai prévenu la presse des malversations de Dunker !

Ma voix résonna de façon impressionnante dans ce temple de la moquerie, et le silence se fit instantanément. Un silence total, absolu, assourdissant. Le silence inouï d'une salle de quinze mille personnes. La raillerie cédait la place à la stupéfaction. Le bouffon sur scène n'était subitement plus un bouffon. C'était un ennemi, un ennemi dangereux qui avait laminé leur épargne.

C'est incroyable comme une salle remplie de gens porte en elle une sorte d'énergie qui lui est propre. Stupéfiant. C'est plus encore que la somme des émotions et des pensées individuelles qui la composent. C'est une énergie collective, émanant du groupe tout entier comme d'une entité distincte. Seul sur scène au centre de ces quinze mille âmes rassemblées, je sentais cette énergie, je la ressentais profondément. J'en percevais les vibrations. Elle avait vacillé un temps dans un point mort, puis basculé dans l'hostilité. Sans qu'un seul mot ait cette fois été prononcé dans le public, je pouvais palper cette hostilité, la flairer, la goûter. Elle était là, présente, elle flottait dans l'air comme des ondes maléfiques, silencieuse mais pesante. Et bizarrement, elle ne m'effrayait pas. Quelque chose de plus fort était en train de se passer, quelque chose d'étonnant, de transcendant.

Ces âmes qui m'entouraient et me dominaient de leur nombre impressionnant étaient reliées par le ressentiment, l'animosité, la rancune, mais, quel qu'en fût le motif, elles étaient reliées, et cela seul comptait à cet instant. Je pouvais sentir cette énergie invisible qui émanait d'elles comme si elles ne formaient qu'un tout. C'était saisissant. Je le ressentais au plus profond de mon être. Leur union silencieuse était troublante, fascinante, presque… belle. Face à ces gens, j'étais seul, tout seul. Je me mis à les envier, à vouloir être à leur place, à désirer les rejoindre. J'aurais voulu fusionner avec eux. La différence qui nous opposait me paraissait soudain secondaire, sans importance. Ce n'étaient que des êtres humains comme moi. Ils voulaient protéger leur épargne, leur retraite, comme je voulais assurer ma survie. Nos préoccupations n'étaient-elles pas un peu les mêmes ?

Les mots d'Igor Dubrovski me revinrent, m'apparaissant comme une évidence qui s'imposait à moi. Mais ce n'était plus une technique à appliquer. Juste une philosophie à adopter.

Embrasse l'univers de ton prochain, et il s'ouvrira à toi.

Embrasse l'univers de ton prochain… Nous n'étions pas des individualités qui s'affrontaient, nous étions des êtres humains reliés par les mêmes aspirations, la même volonté, le même désir de vivre et de vivre au mieux. Ce qui nous opposait n'était finalement qu'un détail, un infime détail, comparé à ce qui nous rassemblait, ce qui nous unissait en tant qu'humains. Mais comment partager ce sentiment avec eux, comment le leur expliquer ? Et déjà… comment trouver en moi la force de m'exprimer ?

L'image des Speech-Masters passa devant mes yeux, me faisant accéder à l'émotion merveilleuse ressentie à cette occasion. Je possédais, quelque part au fond de moi, les ressources nécessaires. J'étais capable, si je l'osais, d'aller vers ces gens, de leur parler, de les ouvrir à mon sentiment profond…

La tribune devant moi m'apparut alors comme une barrière, une entrave, une protection incarnant notre opposition. Je tendis la main et saisis le micro, le détachant de son pied, puis je contournai la tribune, y abandonnant mes feuillets, et avançai vers la foule, seul et désarmé, lui offrant ma vulnérabilité. Je marchais lentement, porté par un sincère vœu de paix. J'avais peur, mais ma peur s'effaçait peu à peu au profit d'un sentiment naissant, un étrange sentiment de confiance.

J'éprouvais le besoin paradoxal de m'offrir à eux dans toute ma fragilité. Je le ressentais comme le moyen de leur témoigner la sincérité et la transparence de ma démarche. Me laissant aller à mon instinct, je défis ma cravate et la laissai glisser sur le sol, puis je fis de même avec ma veste. Elle tomba dans un léger bruissement d'étoffe froissée.

Je parvins sur le devant de la scène. Je pouvais distinguer les traits graves des personnes les plus proches. Plus loin, les visages s'effaçaient, jusqu'à devenir les touches vaguement colorées d'un tableau impressionniste. Mais je pouvais sentir tous les regards sur moi, dans un silence lourd et intense.

Il m'apparut comme une évidence que je ne pouvais pas réciter mon texte. Écrit depuis huit jours, il était déconnecté de l'instant présent, dissocié des émotions du moment. Je devais me contenter d'accepter les mots qui me venaient à l'esprit. « Écouter son cœur », avait dit Étienne.

Je regardai autour de moi tous ces gens rassemblés. Leur désarroi, leur mécontentement étaient palpables. J'en ressentais l'écho jusque dans mon corps.

J'approchai le micro de mes lèvres. Il sentait le métal.

— Je sais ce que vous éprouvez en ce moment…

Ma voix profanait le silence. Elle résonnait dans l'espace gigantesque, prenant une ampleur insoupçonnée, impressionnante…

— Je peux sentir votre inquiétude, votre contrariété. Vous avez placé votre argent dans les actions de notre entreprise. Mes révélations à la presse ont fait chuter leur cours, et vous m'en voulez, vous êtes en colère. Vous me voyez comme… un ignoble personnage, un traître, un salaud.

Pas un bruit dans l'assistance.

Les puissants projecteurs me chauffaient le visage.

— Je le penserais aussi, si j'étais à votre place.

La salle entière restait plongée dans un silence absolu, un silence tendu, électrique.

— Vos espoirs de gains financiers ont été déçus. Vous aviez peut-être besoin de cet argent, pour accroître votre train de vie, votre pouvoir d'achat, pour améliorer vos retraites, ou encore faire fructifier le capital que vous laisserez à vos enfants. Quelles que soient vos préoccupations, je les comprends, et je les respecte.

« Vous pensez peut-être que j'ai transmis ces informations à la presse par haine envers Marc Dunker, par vengeance personnelle. Cela aurait pu être le cas, vu tout ce qu'il m'a fait subir. Et pourtant non, ce n'en est pas la raison. Je les ai publiées dans le but précis de faire chuter le cours de l'action…

Quelques insultes fusèrent. Je repris :

— … de faire chuter le cours de l'action et ainsi de vous faire venir, et pouvoir vous parler les yeux dans les yeux.

La tension était à son comble, et je les sentais concentrés à l'extrême sur mes propos, bouillant de découvrir ma position, de donner un sens à mes actes.

— Vous avez en effet le droit de savoir ce qu'engendre votre désir bien compréhensible de voir le cours de cette action monter au fil des mois et des années. À sa création, la Bourse avait pour fonction de permettre aux entreprises de recueillir de l'argent auprès du public pour financer leur développement. Ceux qui choisissaient d'investir, qu'ils soient petits ou grands, faisaient confiance à une entreprise et se fiaient à sa capacité de se développer dans le temps. Ils adhéraient à son projet. Puis l'appât du gain a poussé certains à investir sur des périodes de plus en plus courtes, déplaçant leurs capitaux d'une société à une autre pour essayer de capter des hausses ponctuelles, maximisant ainsi leurs revenus annuels. Cette spéculation s'est généralisée et les banquiers ont inventé ce qu'ils appellent des outils financiers permettant de faire toutes sortes de paris sur l'évolution des cours, y compris en misant à la baisse. Celui qui spécule sur la baisse d'une action gagnera de l'argent si l'entreprise se met à aller mal. Un peu comme si vous spéculiez à la baisse sur la santé de votre voisin. Imaginez : il a un cancer. Vous pariez mille euros que sa santé va décliner fortement d'ici à six mois. Trois mois plus tard, il fait des métastases ? Génial ! Vous avez gagné 20 %... Bien sûr, vous pensez que ça n'a rien à voir, qu'il s'agit d'une personne et non d'une entreprise. Nous y voilà. Depuis que la Bourse est devenue un casino, on oublie sa fonction première, et on oublie surtout que derrière les noms d'entreprises sur lesquelles on mise comme à la roulette, il y a des gens, des personnes en chair et en os, qui y travaillent et y consacrent une partie de leur vie.

« Voyez-vous, le cours de vos actions est directement lié aux perspectives de gains à court terme. Pour qu'il monte, la société doit publier chaque trimestre des résultats mirobolants. Or une société, c'est un peu comme une personne. Sa santé connaît des hauts et des bas, et c'est tout à fait normal. Et parfois même, comme pour un être humain, une maladie permet de prendre un peu de recul, de voir les choses différemment, de réorienter sa trajectoire, puis de repartir avec un nouvel équilibre, plus fort qu'auparavant. Encore faut-il l'accepter et être patient. Si, en tant qu'actionnaire, vous niez cette réalité, alors l'entreprise niera ses difficultés, vous mentira, ou prendra les décisions qui généreront coûte que coûte des résultats flatteurs à court terme. En publiant de fausses offres d'emploi ou en s'adressant délibérément à des clients insolvables, Marc Dunker n'a fait que répondre aux exigences d'un jeu dont les règles sont intenables.

« Cette exigence de croissance du cours entraîne une pression énorme sur tout le monde, du président au dernier entré des salariés. Elle empêche de travailler convenablement et sereinement. Elle pousse à une gestion à court terme qui n'est bonne ni pour l'entreprise, ni pour les salariés, ni pour ses fournisseurs qui, pressés à fond, vont également répercuter cette pression sur leurs propres salariés et leurs propres fournisseurs… On en arrive à voir des sociétés en bonne santé licencier, rien que pour maintenir ou accroître leur taux de rentabilité. Cette menace plane dorénavant sur chacun d'entre nous, nous poussant dans un individualisme qui affecte l'ambiance entre collègues.

« Au final, nous nous retrouvons tous à vivre dans le stress. Le travail n'est plus un plaisir, alors que je suis convaincu qu'il devrait l'être.

Il régnait un silence de mort dans la salle. On était loin des éclats de rire stimulants que j'avais connus aux Speech-Masters. Mais je me sentais porté par ma propre sincérité. Je ne faisais qu'exprimer ce en quoi je croyais au plus profond de moi. Je ne prétendais pas détenir une vérité, mais je pensais ce que je disais, et cela suffisait à me donner la force nécessaire pour continuer.

— Nous ne referons pas le monde aujourd'hui, mes amis. Quoique. J'ai appris récemment que Gandhi disait : « Nous devons être le changement que nous voulons voir dans le monde. » Et c'est vrai que, finalement, ce dernier n'est rien d'autre que la somme de chacun d'entre nous.

« Aujourd'hui, un choix s'offre à vous. Ce choix, certes, n'aura pas grande incidence à l'échelle de la planète. Mais il aura déjà un impact sur les quelques centaines de personnes qui travaillent pour Dunker Consulting, sur les quelques milliers de candidats que nous recevons, et peut-être aussi indirectement sur les salariés de nos fournisseurs. C'est très modeste, certes, mais ce n'est pas rien non plus. Ce choix se résume ainsi :

« Si vous souhaitez que vos actions retrouvent rapidement le cours qu'elles avaient il y a quelques semaines et continuent au-delà sur une pente très ascendante, alors je vous conseille de réélire celui qui dirige notre société aujourd'hui.

« Si vous choisissez de me placer à la tête de l'entreprise, je ne vous ferai pas de promesse sur ce point. Il est même probable que l'action restera un certain temps à un niveau assez bas. Ce à quoi je m'engage, en revanche, c'est faire de Dunker Consulting une entreprise plus humaine. Je voudrais que chacun soit heureux de se lever le matin à la perspective de venir exprimer son talent, quels que soient son poste et son grade. Je voudrais que nos managers aient pour mission de créer les conditions de l'épanouissement et de la réussite de chaque membre de leur équipe, en veillant à ce qu'il puisse développer continuellement ses compétences.

« Et je suis convaincu que dans un tel contexte chacun donnerait le meilleur de lui-même, non pas dans le but de tenir un objectif dicté par des exigences extérieures, mais juste pour le plaisir de se sentir compétent, de maîtriser son art, de se surpasser.

« Voyez-vous, je crois que le besoin d'évoluer est inscrit dans les gènes de tout être humain et qu'il ne demande qu'à s'exprimer, pourvu qu'il ne soit pas saboté par une exigence managériale qui nous pousse à résister pour nous sentir libres. Je veux construire une société où les résultats seraient le fruit de la passion que l'on mettrait dans son travail, plutôt que la conséquence d'une pression destructrice du plaisir et de l'équilibre de chacun.

« Je voudrais aussi que l'on respecte nos fournisseurs, nos clients, nos candidats autant que nous-mêmes. Je ne vois pas en quoi cela serait incompatible avec le développement de l'entreprise. Au contraire. Quand on tire la couverture à soi, que l'on mène des négociations visant à mettre l'autre à genoux, on l'incite à en faire autant dès qu'il en a l'occasion. Au final, on se retrouve tous dans un monde compétitif où chacun cherche à faire perdre les autres. Et dans un tel contexte, tout le monde perd, forcément. On ne peut rien construire dans le conflit ou le rapport de force. Tandis que le respect invite au respect. La confiance invite celui qui la reçoit à s'en montrer digne.

« Je m'engage aussi à une transparence totale sur la gestion et les résultats de l'entreprise. Fini l'intox. Si on a de mauvais résultats passagers, pourquoi devrions-nous vous les cacher ? Pour éviter que vous ne vendiez vos actions ? Mais pourquoi le feriez-vous, si vous adhérez à un projet qui s'inscrit dans la durée ? Il vous arrive tous d'attraper parfois un rhume ou une grippe qui vous colle au lit pendant huit jours. Est-ce que vous les cachez à votre conjoint de peur qu'il ou elle ne vous quitte ? Je veux replacer notre développement dans une vision à long terme. Parce que, voyez-vous, ce projet n'est pas le doux rêve d'un utopiste. Je suis convaincu qu'une entreprise dont le fonctionnement repose sur des valeurs saines peut très bien se développer et même générer du profit. Mais ce profit ne doit pas être recherché obsessionnellement comme un drogué cherche sa dose. Le profit est le fruit naturel d'une gestion saine et harmonieuse.

Les mots d'Igor me revinrent à l'esprit.

On ne peut pas changer les gens, tu sais. On peut juste leur montrer un chemin, puis leur donner envie de l'emprunter.

— Le choix vous appartient. Finalement, ce n'est pas tant un président que vous allez choisir que le type de satisfaction que vous voulez ressentir au bout du compte. Dans un cas, vous aurez la satisfaction d'avoir maximisé vos revenus, et peut-être de partir un peu plus loin en vacances à la fin de l'année, d'acheter une voiture un peu plus grosse, ou encore de laisser un peu plus d'argent en héritage à vos enfants. Dans l'autre cas, vous aurez la satisfaction de participer à une aventure fabuleuse : celle de la reconquête d'un certain humanisme dans les affaires. Et vous ressentirez peut-être chaque jour au fond de vous une petite lueur de fierté, la fierté d'avoir contribué à bâtir un monde meilleur, le monde que vous léguerez à vos enfants.

Je levai les yeux vers les gens. Ils me semblaient proches, bien que si nombreux. Je leur avais dit ce que j'avais sur le cœur, il était inutile d'ajouter quoi que ce fût. Je n'éprouvais pas le besoin de finir sur une formule bien balancée pour marquer la fin de mon discours et déclencher des applaudissements. D'ailleurs, ce n'était pas un discours, simplement l'expression de mes convictions profondes, de ma foi en la possibilité d'un avenir différent. Je restai ainsi quelques instants à les regarder, dans un silence qui ne me faisait plus peur. Puis je rejoignis mon fauteuil isolé, à l'écart des autres. Les directeurs attablés regardaient leurs pieds.

Le vote et son dépouillement durèrent une éternité. Il faisait déjà nuit lorsque je devins président de Dunker Consulting.

54

Plus je m'approchais d'elle, à travers les allées parfumées des jardins du Champ-de-Mars, et plus la tour Eiffel me semblait gigantesque, me dominant de toute sa hauteur. Éclairée de pourpre par le soleil déclinant à l'horizon, elle était majestueuse et inquiétante à la fois. Il n'y avait pourtant plus de raison objective à mon appréhension. La réussite de ma dernière épreuve, la veille, me libérait de l'étreinte d'Igor, et nous allions pouvoir fêter ma victoire en paix. Mais la tour restait à mes yeux la souricière du vieux lion. J'avais le sentiment de retourner dans la cage après m'en être échappé.

Parvenu au pied de la Dame de fer, je levai la tête vers le sommet. Le vertige me donna l'impression de tanguer. Je me sentais minuscule et fragile. Un pénitent agenouillé aux pieds d'un géant représentant son Dieu, le suppliant de lui accorder sa grâce.

Je me dirigeai vers le pilier sud, me faufilai parmi les touristes et me présentai à l'homme qui filtrait l'accès à l'ascenseur privé du Jules Verne.

— Vous avez réservé à quel nom ? me dit-il en s'apprêtant à consulter la liste qu'il tenait en main.

— Je rejoins monsieur Igor Dubrovski.

— Très bien, veuillez me suivre, monsieur, répondit-il immédiatement sans même regarder son papier.

Je le suivis dans l'espace aménagé à l'intérieur du pilier. Il fit un signe discret à son collègue qui attendait avec des clients. Nous nous glissâmes devant eux et nous engouffrâmes dans le vieil ascenseur étroit aux parois de fer et de verre. La porte se referma bruyamment sur nous deux comme celle d'un cachot, et nous nous élevâmes au cœur de l'enchevêtrement de métal qui constituait le pilier.

— Monsieur Dubrovski n'est pas encore arrivé. Vous êtes le premier.

L'ascenseur filait vers le ciel, aspiré par des étoiles invisibles, délaissant la ville qui se dévoilait à nos pieds dans toute son étendue.

Parvenu au deuxième étage, j'eus un pincement au cœur en reconnaissant la grande roue entraînant le câble. Je sentis mes mains devenir moites. L'homme me conduisit à un maître d'hôtel qui m'accueillit avec beaucoup de distinction. Je le suivis à travers le restaurant jusqu'à notre table, en bordure de la baie vitrée. Il me proposa un apéritif pour patienter en attendant Igor. Je pris un Perrier.

L'atmosphère était douce et agréable. Un décor assez sobre, en noir et blanc. La lumière horizontale du soleil pénétrait l'espace jusque dans les moindres recoins, accentuant la sensation très aérienne du lieu. Quelques tables étaient déjà occupées. Je perçus des bribes de paroles dans des langues étrangères.

Je ne pus réprimer un frisson en regardant dehors. Ces poutrelles ne m'étaient que trop familières.

Elles me narguaient insolemment, me rappelant ma détresse et ma souffrance passées. Dessous, le vide était tellement saisissant que cela donnait la sensation vertigineuse d'être suspendu aux nuages.

Il était sain, en fin de compte, de revenir sur le lieu de mon traumatisme. Je le vivais comme la possibilité offerte, non pas de gommer le passé, mais au moins de réécrire une autre histoire par-dessus. Un enregistrement sur une vieille bande de film, qui n'efface pas totalement le précédent, mais l'estompe énormément.

Que de chemin parcouru depuis ce jour... Que d'émotions, de tensions, d'angoisses, mais aussi d'espoirs, de progrès, d'avancées... Je n'avais bien sûr pas changé en tant que personne. J'étais toujours le même et il était impossible qu'il en soit autrement. Mais j'avais le sentiment de m'être libéré de mes chaînes comme un bateau largue les amarres qui le retiennent au quai. J'avais découvert que la plupart de mes peurs n'étaient qu'une création de mon esprit. La réalité revêt parfois la forme d'un dragon effrayant qui s'évanouit dès qu'on ose le regarder en face. J'avais, sous l'impulsion d'Igor, apprivoisé les dragons de mon existence, et celle-ci me semblait maintenant peuplée d'anges bienveillants.

Igor... Igor Dubrovski. Yves Dubreuil. Allait-il éclairer les zones d'ombre qui persistaient, maintenant que notre pacte prenait fin ? Allais-je enfin comprendre ses motivations, ou continuerais-je de le voir comme un vieux psy à moitié fou ?

Le temps s'écoulait, et Igor ne venait pas. Le restaurant s'emplissait progressivement, et la valse des serveurs, maîtres d'hôtel et sommeliers s'orchestrait, chorégraphie fluide et silencieuse. Je repris un verre. Un bourbon, cette fois. Moi qui n'en buvais jamais, j'en eus soudain envie.

Le ciel vira au rose tandis que le soleil se couchait sur la ville, un rose doux et chaud qui inonda le ciel, diffusant un incroyable sentiment de sérénité. Je n'avais aucune action à entreprendre, aucune parole à prononcer, juste à attendre, en savourant l'instant. Le temps était suspendu, le présent s'étirait dans une douce nonchalance.

Je pris mon verre et le fis lentement, très lentement, pivoter sur lui-même. Peu à peu, les glaçons se mirent à danser, puis à faire légèrement tinter les fines parois, dans un son cristallin à peine perceptible.

Igor ne viendrait pas. Je le savais au fond de moi. Je le sentais confusément.

Je laissai mon regard se perdre dans le ciel, et c'était comme si mon être tout entier se diluait dans sa beauté. La gorgée d'alcool embrasa mon palais de son arôme suave, puis diffusa sa chaleur rayonnante dans mon corps, l'invitant à se détendre.

La nuit tomba sur Paris, qui se para de ses lumières scintillantes, baignant le restaurant dans l'atmosphère envoûtante du soir.

Je dînai seul, porté par la douceur de la nuit, bercé par les accords langoureux d'un pianiste aux accents de jazz. Dans le ciel, les étoiles brillaient paisiblement.

55

L'homme s'installa confortablement sous la tonnelle et posa près de lui la tasse de café fumant qu'il avait apportée. Il sortit une cigarette de son paquet et la mit entre ses lèvres. Il frotta une allumette contre la face latérale de la petite boîte, la cassa et jura en jetant par terre le bout brisé. La deuxième s'enflamma de suite, et il alluma sa cigarette, tirant sa première bouffée du matin.

C'était le meilleur moment de la journée. Le petit coin de nature devant la maison était encore endormi, et les fleurs exhalaient les subtiles senteurs de la rosée, dont les gouttes étaient encore visibles comme des loupes miniatures sur les pétales engourdis, roses, blancs ou jaunes. Le soleil commençait à peine son ascension dans le bleu encore pâle du ciel. Il promettait d'être chaud.

L'homme ouvrit son journal, *La Provence*, et lut les titres de la première page. Pas beaucoup de nouvelles, en cette fin août. Encore un incendie de forêt, rapidement maîtrisé par les pompiers de Marseille après l'intervention des Canadair. Sûrement un pyromane, pensa-t-il, ou quelques touristes inconscients qui font des pique-niques dans la nature malgré l'interdiction. Un article faisait le point sur la fréquentation en hausse des festivals de l'été, dont les recettes ne couvraient pourtant toujours pas les dépenses. C'est encore nous qui allons payer les concerts des Parisiens avec nos impôts locaux, se dit-il.

Il but une gorgée de café et déplia le journal pour lire les pages intérieures.

La photo lui sauta aux yeux. Dessous, le gros titre en caractères gras disait : « Un jeune homme de 24 ans se fait élire P-DG du plus gros cabinet français de recrutement. »

Sa cigarette en tomba du coin de sa bouche.

— Eh bé ça alors ! Josette ! Viens voir ça !

*

L'habit ne fait pas le moine, et la fonction ne fait pas l'homme. Mais elle change inexorablement la façon dont les autres vous perçoivent. Mon retour au bureau, le surlendemain de mon élection, fut assez déconcertant. Il se créa presque un attroupement dans le hall de l'entreprise au moment de mon arrivée. C'était comme si l'incrédulité découlant de l'annonce de mon élection était telle que mes collègues voulaient vérifier l'information par eux-mêmes. Chacun me salua à sa façon, mais tous me parlèrent d'une manière inhabituelle. On sentait déjà que des intérêts personnels entraient en jeu – je ne pouvais pas leur en vouloir, et certains prenaient des précautions, tandis que d'autres étaient manifestement animés par la volonté de créer un courant de proximité afin d'en tirer profit tôt ou tard. Thomas fut le plus flatteur d'entre eux, ce qui ne me surprit pas. Seule Alice se montra authentique dans sa réaction, et je sentis que sa satisfaction était sincère.

Je ne m'éternisai pas et montai dans mon bureau. J'y étais depuis quinze minutes à peine quand Marc Dunker en personne débarqua.

— Inutile d'y aller par quatre chemins, dit-il sans même me saluer. Puisque vous allez me virer, autant le faire tout de suite. Signez ici, comme ça on n'en parle plus !

Il me tendit une feuille sur du papier à en-tête de la société. Je la lus sans la prendre en main. Il s'agissait d'une lettre déjà tapée, qui lui était destinée et lui signifiait la fin de ses fonctions. Sous l'emplacement de la signature, il était écrit : « Alan Greenmor, Président-Directeur général. »

Ce type avait tellement l'habitude de tout diriger qu'il se signifiait lui-même son licenciement ! Je pris la lettre et la déchirai en deux avant de la jeter dans la corbeille. Il me dévisagea, stupéfait.

— J'ai longuement réfléchi, lui dis-je. J'ai décidé de conserver la seule présidence de la société et de nommer un directeur général distinct, plutôt que de cumuler moi-même les deux fonctions. Je vous offre le poste. Vous avez le culte de l'efficacité, la passion des résultats. Nous les mettrons au profit d'une noble cause. À partir de maintenant, votre mission, si vous l'acceptez, va consister à faire de cette société une entreprise plus humaine, qui produise des services de qualité en respectant tout le monde, des clients aux salariés en passant par les fournisseurs. Comme vous le savez, je fais le pari que des collaborateurs heureux donneront le meilleur d'eux-mêmes, que des fournisseurs traités en partenaires seront à la hauteur de la confiance qu'on leur accorde, et que nos clients sauront apprécier la valeur de ce que nous leur offrirons.

— Cela ne tiendra pas. Vous avez vu l'action : dès le lendemain de l'AG, elle a encore perdu 11 % !

— Rien d'inquiétant. C'est juste le deuxième gros actionnaire qui a vendu ses parts. Dorénavant, la société est uniquement constituée de petits porteurs qui adhèrent à la nouvelle vision de l'entreprise. Fini la pression des grands investisseurs qui font la loi ! Maintenant nous sommes comme en famille…

— Vous allez vous faire manger tout cru. Je ne vous donne pas six mois avant qu'un concurrent ne lance une OPA hostile ! En moins de quinze jours il se retrouvera actionnaire majoritaire, et vous serez limogé.

— Les OPA n'aboutiront pas. Une OPA, ce n'est rien d'autre qu'un investisseur qui offre de racheter les parts des actionnaires à un prix supérieur au cours de Bourse. Mais je vous rappelle qu'ils ont voté pour moi après que je leur ai rappelé que l'action monterait moins vite qu'avec vous. Ils ont donc adhéré au projet en renonçant à leurs espoirs de gains financiers à court terme. Je fais le pari qu'ils resteront fidèles et ne se laisseront pas tenter par le chant des sirènes.

— Vous vous voilez la face. Ils céderont. La chair est faible dès qu'il y a de l'argent en jeu.

— Vous n'avez pas compris que la situation a changé. Vos actionnaires se moquaient pas mal de votre entreprise. Leur seule motivation était l'appât du gain. C'est pour ça que vous étiez l'esclave de la rentabilité de leur placement. Ceux qui sont restés avec moi sont dorénavant réunis autour d'un projet, un véritable projet d'entreprise basé sur une philosophie et des valeurs. Il n'y a aucune raison qu'ils renient leurs valeurs maintenant. Ils resteront.

Dunker me regarda, perplexe. J'ouvris le dossier devant moi et en sortis un feuillet que je lui tendis.

— Tenez, votre nouveau contrat de travail. La teneur en est la même, sauf que vous êtes désormais DG, et non P-DG.

Il me regarda, interdit, pendant quelques instants. Puis je crus lire un éclair de malice dans ses yeux. Il sortit un stylo de sa poche, se pencha sur mon bureau et signa le contrat.

— C'est d'accord. J'accepte.

À cet instant mon téléphone sonna.

— Oui, Vanessa ?

— J'ai un journaliste au téléphone, je vous le passe ?

— Ok, je prends.

Dunker me fit un signe de la tête et se retira.

— Monsieur Greenmor ?

— Lui-même.

— Emmanuel Valgado de BFM TV. Je voudrais vous inviter dans notre émission du mardi matin. On aimerait que vous nous racontiez les coulisses de votre prise de pouvoir chez Dunker Consulting.

— Je ne le considère pas vraiment comme une prise de pouvoir…

— Justement, ça nous intéresse. Le tournage a lieu lundi à 14 heures, vous pourriez venir ?

— Euh… juste une chose… Est-ce qu'il y aura du public qui assistera ?

— Une vingtaine de spectateurs à tout casser. Pourquoi ?

— Pourrais-je inviter une ou deux personnes ? J'ai une vieille promesse à tenir…

— Aucun problème.

*

Marc Dunker quitta le bureau d'Alan Greenmor, un petit sourire aux lèvres. Le jeune freluquet avait eu des velléités de pouvoir, mais il manquait de couilles pour l'assumer tout seul. C'est pour ça qu'il le gardait à la direction générale. Il était incapable de diriger l'entreprise et il le savait bien…

L'ex-P-DG s'en frottait déjà les mains, tandis qu'il montait deux à deux les marches menant à l'étage de son bureau. Il ne ferait qu'une bouchée de ce gamin tellement naïf qu'il n'en était même pas précautionneux. Aucun sens du pouvoir, assurément. Finalement, rien ne changerait. C'est lui, Marc Dunker, qui allait tout diriger depuis la direction générale. La présidence suivrait docilement. Au bout d'un an, il présenterait son bilan à l'assemblée générale et, quand il leur apprendrait que c'était lui qui avait fait tout le boulot, il se ferait élire haut la main…

Il arrivait devant la porte de son bureau quand son visage se crispa soudain, puis devint écarlate alors qu'une pensée assaillait son esprit. Son parachute… son parachute doré de trois millions d'euros prévu en cas de rupture… C'était ça, bien sûr !!! C'était pour ça que Greenmor lui avait demandé de rester !!! Et… il avait signé…

Il entra et passa devant Andrew sans même le voir. Les mots sortirent de sa bouche sans qu'il s'en rende compte.

— Le petit con vient de me baiser pour la seconde fois !

Son secrétaire leva un sourcil.

— Plaît-il, monsieur ?

56

Je quittai le bureau de bonne heure pour me rendre chez Igor Dubrovski. Il me devait des explications. C'était trop facile de se dérober comme il l'avait fait la veille.

Le chauffeur de la présidence, désormais à ma disposition, m'y conduisit. Cela me fit un drôle d'effet. J'étais là, à me prélasser sur la moelleuse banquette arrière, le corps lové dans le plus souple des cuirs, tandis que tout autour de moi, dans la rue de Rivoli, les conducteurs stressaient au volant. J'avais le sentiment d'être quelqu'un d'important. Je me surpris à guetter le regard des autres quand nous étions arrêtés au feu. Allais-je y voir du respect ? Peut-être… une certaine admiration ? En vérité, personne ne sembla y prêter attention. Chacun était trop préoccupé par le fait de pouvoir se faufiler d'une file à l'autre en démarrant plus vite que la voiture d'à côté. À ce jeu, nous étions d'ailleurs très défavorisés par le gabarit de notre véhicule, et tout le monde nous dépassait… Qu'espérais-je au juste ? Aurais-je moi-même admiré quelqu'un au motif qu'il avait un chauffeur ? Non, bien sûr… Évidemment pas. Encore une illusion. D'ailleurs, cette quête de reconnaissance était vaine.

En quoi l'admiration des autres pourrait-elle compenser mon déficit d'estime de soi ? Ce qui est extérieur à nous ne peut pas réparer ce qui est blessé à l'intérieur de nous-mêmes…

Cela me donna envie de reprendre la tâche que m'avait confiée Igor et de noter chaque soir trois choses de ma journée dont j'étais fier. Je l'avais interrompue après la découverte de sa fausse identité et de l'imbroglio d'évènements alarmants qui avaient mobilisé mon énergie.

Quelques minutes plus tard, nous nous retrouvâmes coincés place de la Concorde dans un embouteillage monstre, et je finis par regretter le métro qui m'aurait amené à bon port en moins de vingt minutes !

Parvenue à destination, notre grosse berline s'arrêta devant la grille noire de l'hôtel particulier, et je descendis. D'épais nuages s'accumulaient dans le ciel ; l'air était chargé de l'humidité des arbres de l'avenue et du parc. Dressé dans la grisaille, le château ressemblait à un vaisseau fantôme.

Je reconnus le domestique qui m'ouvrit et me précéda sans dire un mot jusqu'au grand salon. Le temps maussade plongeait l'intérieur dans une pénombre douce et mélancolique. Contrairement aux habitudes de la maison, peu de lumières étaient allumées.

Je trouvai Catherine assise dans un sofa, ses chaussures abandonnées sur le tapis, les jambes repliées sur les coussins.

— Bonjour.

Elle posa ses yeux sur moi mais ne répondit pas, se contentant d'un léger signe de la tête. Je balayai l'espace du regard. Elle était seule. Dans la pénombre, le grand piano refermé ressemblait à une dalle de marbre noir. Par les hautes fenêtres ouvertes sur le jardin, on pouvait voir les premières gouttes de pluie glisser sur les feuilles des plantes.

— Où est Igor ?

Elle ne répondit pas tout de suite, détournant son regard.

— Ah… tu connais son vrai nom…

— Oui.

Elle resta silencieuse un long moment.

— Alan…

— Oui…

Elle soupira.

— Alan… il faut que je te dise…

— Quoi ?

Elle prit son inspiration. Je la sentais crispée.

— Igor est mort.

— Igor est…

— Oui. Il a eu une crise cardiaque hier matin. Les domestiques n'ont rien pu faire. Les secours sont arrivés trop tard.

Igor mort… Je n'arrivais pas à le croire. C'était inconcevable. Même si mes sentiments à son égard étaient mitigés, après avoir parcouru plusieurs fois en l'espace d'un été toute la gamme des émotions, de l'admiration à la haine en passant par la peur, il n'en restait pas moins celui qui m'avait libéré du carcan de mes inhibitions et avait fait de moi un homme capable de vivre pleinement sa vie. Igor était mort… Je me sentis soudain très redevable, et… ingrat. Je n'aurais plus jamais l'occasion de le remercier.

La tristesse monta lentement en moi, trouvant sa place dans chaque partie de mon être. Je me sentis soudain lourd, abattu. Le vieux lion avait quitté le monde…

Une pensée me traversa l'esprit : les réponses à mes questions disparaissaient-elles avec lui ?

— Catherine, je peux vous demander quelque chose ?

— Alan, je…

— Le procès. Le procès François Littrec. Igor était coupable, n'est-ce pas ?

— Non, il n'avait rien à se reprocher dans cette affaire.

— Mais alors pourquoi avoir hypnotisé les jurés ? C'est bien ce qu'il a fait, non ?

Catherine eut un sourire triste.

— Cela ne m'étonnerait pas de lui, mais s'il l'a fait, c'est sans doute parce qu'il préférait exercer une influence que de devoir se justifier… Ou peut-être lui était-il tout simplement impossible de prouver son innocence, pourtant réelle. D'ailleurs, il avait eu très peu d'échanges avec ce jeune homme, qui était suivi par ailleurs. Il n'y est pour rien s'il a mis fin à ses jours.

— Et moi ?… Notre rencontre à la tour Eiffel n'était pas fortuite, n'est-ce pas ?

Elle me regarda avec bienveillance.

— Non, en effet…

— Il a fait en sorte de m'attirer dans son sanctuaire, c'est ça ?

Elle fit oui de la tête.

J'avalai ma salive. C'était sa complice, elle était au courant de tout et avait laissé faire.

— Catherine, est-ce que vous savez pourquoi il connaissait Audrey ?

Elle tourna la tête vers la fenêtre, puis parla d'une voix songeuse, le regard absorbé par la pluie qui ruisselait bruyamment dans le jardin.

— Igor connaissait l'intensité de votre relation. Il a mis Audrey au courant de… son projet pour toi. Il l'a convaincue de te quitter après avoir laissé chez toi l'article sur le suicide.

— C'est lui qui a demandé à Audrey de me quitter ?!

J'étais révolté. Comment avait-il pu faire une chose aussi ignoble ?

— Elle a été dure à convaincre, mais Igor savait s'y prendre. Il lui a prouvé que c'était dans ton intérêt et a négocié avec elle le laps de temps dont il avait besoin avant qu'elle ne renoue avec toi.

J'avais peine à croire qu'Audrey soit entrée dans son jeu. Elle avait une personnalité trop entière pour ça.

— Et quand je l'ai vue sortir de chez lui l'autre jour…

— Elle était venue lui dire d'aller au diable, qu'elle ne pouvait plus tenir, que tout ça ne rimait à rien. Igor a dû renégocier le temps restant. Alan…

Cette histoire me mettait hors de moi. Je sentais une colère sourde monter en moi.

— Mais comment a-t-il pu…

— Alan…

— C'est vraiment odieux de jouer comme ça avec les sentiments des gens !

— Alan…

— Et si elle avait rencontré quelqu'un d'autre pendant ce temps-là ?

— Alan…

— C'était prendre un risque énorme pour…

Catherine cria par-dessus mes paroles pour se faire entendre.

— Igor était ton père, Alan !

Sa voix résonna dans le grand salon. Les vibrations se perpétuèrent dans ma tête. Le silence se fit tout autour. J'étais sonné, abasourdi. Mon esprit chavirait sous l'assaut d'émotions et de pensées entremêlées.

Catherine restait figée. Elle ne me quittait pas des yeux malgré son air très embarrassé.

— Mon père…

Je bredouillai, dans l'incapacité d'articuler quelque chose d'intelligible.

— Je ne sais pas, reprit-elle très doucement, si ta mère te l'avait dit : l'homme qui t'a élevé aux États-Unis n'était pas ton géniteur…

— Si, si. Je savais ça. Je savais…

— Des années après t'avoir conçu, Igor a accepté d'héberger la fillette d'une domestique tombée malade. Elle était mère célibataire et personne ne pouvait s'occuper de son enfant pendant les quinze jours de son hospitalisation. C'était une adorable petite fille, de l'âge que tu devais avoir… Très hardie, elle était pleine de vie, espiègle et drôle. Haute comme trois pommes, elle avait déjà une sacrée personnalité. Igor a complètement craqué pour elle. Lui qui ne s'était jamais intéressé le moins du monde aux enfants, il passait ses journées à s'en occuper. Elle a été une révélation pour lui. Il a eu une prise de conscience formidable. Quand la mère est rentrée de l'hôpital et a repris sa fille, Igor a insisté pour continuer à s'occuper d'elle régulièrement. Il a joué le rôle d'un parrain, d'un protecteur, rôle qu'il a conservé plus tard, quand elle est devenue adulte, même après le départ de sa mère. L'entrée dans sa vie de cette petite fille a été un déclencheur. Igor s'est soudain rappelé l'enfant qu'il avait engendré et qui n'avait jamais connu son père. Cette idée s'est mise à le hanter, jour et nuit. Il a été saisi de remords et ne supportait plus de savoir que son unique enfant vivait quelque part sans lui. Alors il a lancé des recherches, à grande échelle, avec tous les moyens dont il disposait. Mais c'était chercher une aiguille dans une botte de foin... Il a mis près de quinze ans à retrouver ta trace. Et le hasard a voulu que tu reviennes vivre près de lui sans le savoir...

— Le hasard...

— Ensuite, il a attendu avant de te contacter, repoussant le moment de jour en jour, de semaine en semaine. Une sorte de pudeur, sans doute. Après avoir consacré tout ce temps à te rechercher, une fois au pied du mur, il n'avait subitement plus le courage d'affronter ton regard. Il craignait que tu le rejettes, que tu ne lui pardonnes pas de vous avoir abandonnés, ta mère et toi, avant même ta naissance. À un moment, j'ai même cru qu'il ne t'aborderait jamais, qu'il allait renoncer définitivement. Puis, il t'a fait suivre, de plus en plus près. Cela devenait presque obsessionnel. Il lisait les rapports tous les soirs. Il savait tout de ta vie, au jour le jour. Jusqu'à tes peurs, tes déceptions, tes sentiments.

« Vladi ne suffisait pas à assurer seul les filatures. Tu l'aurais tôt ou tard repéré. Alors il a demandé à sa protégée de participer. Elle a accepté. Mais lui qui aimait tout contrôler n'avait pas du tout imaginé ce qui allait se passer. La jeune fille, à force de te suivre et de t'observer, est tombée raide amoureuse de toi et, à partir de là, a refusé de lui remettre les rapports de…

— Ne me dites pas…

— Si…

— Audrey ?…

Catherine me regarda en silence, puis acquiesça.

Audrey… Mon Dieu. Audrey était la protégée d'Igor…

— C'est ensuite qu'il a décidé de te… prendre en main. Je crois que c'était une façon de soigner sa culpabilité de ne pas t'avoir élevé. À moins que ce ne fût le moyen de reprendre le contrôle d'une situation qui lui échappait… Cela faisait quinze ans qu'il te cherchait, et juste au moment où il s'apprêtait à apparaître dans ta vie, tu te jetais corps et âme dans les bras d'une jeune femme. Il voulait peut-être inconsciemment te garder pour lui quelque temps… Pour ma part, j'étais très partagée quant à son idée de s'occuper de toi. Je trouvais que cela risquait de compliquer encore plus vos retrouvailles, le jour où tu l'apprendrais, mais il n'en a pas tenu compte. Comme d'habitude, il n'en a fait qu'à sa tête…

— Mais qui étiez-vous pour lui ? Je me suis toujours demandé…

— On pourrait dire une consœur devenue une amie. Je suis psy également et, à l'époque, du temps où il exerçait encore officiellement, j'avais entendu parler de ses prouesses. Alors je l'avais contacté et lui avais demandé de l'accompagner pour me former à son contact. Il avait tout de suite accepté, trop content que l'on s'intéresse à lui et à son savoir-faire. Il faut reconnaître que ton père était un génie, Alan, malgré ses méthodes… un peu spéciales.

— Mais vous avouerez que c'est de la folie de pousser son fils à se suicider, juste pour se retrouver en position de l'épauler par la suite. J'aurais pu y passer, et d'ailleurs même me supprimer par un autre moyen que celui qu'il avait tenté d'induire.

— Non, tu étais surveillé de près…

Quelque chose me troublait néanmoins, me perturbait profondément, sans que je sache l'identifier. Je restai ainsi, dans cet état bizarre, pendant quelques instants, puis le souvenir me revint violemment à l'esprit.

— Catherine… le jour où je l'ai rencontré pour la première fois, à la tour Eiffel, j'étais… en mauvaise posture.

— Je sais.

— Et Igor m'a… encouragé à… sauter. Je vous le jure. Je l'entends encore me dire : « Vas-y, saute ! »

Catherine esquissa un sourire mélancolique.

— Ah, ça ! Tout Igor est dans cette scène ! Il en savait assez sur toi et ta personnalité pour être certain que te donner l'ordre de sauter était la meilleure façon de t'en empêcher…

— Mais… et s'il s'était trompé ? Il a pris un risque énorme !

— Vois-tu, c'est ce qui fait que nous ne ressemblerons jamais à un homme comme lui. Toute sa vie, il a pris des risques. Mais, tu sais, ton père connaissait les gens mieux qu'eux-mêmes. C'était un instinctif. Il sentait ce qu'il fallait leur dire dans l'instant. Et, sur ce plan, il ne s'est jamais trompé.

Dehors, la pluie avait cessé. Le jardin était maintenant baigné d'une lumière vive qui se reflétait sur les feuilles mouillées des végétaux. Quelques légers effluves nous parvenaient par les fenêtres ouvertes.

Nous parlâmes de mon père pendant un long moment. Je finis par remercier Catherine pour ses confidences. Elle me communiqua le jour de l'enterrement, et je pris congé. Parvenu à la porte du grand salon, j'hésitai, puis me retournai :

— Igor a-t-il su… pour mon élection ?

Catherine leva les yeux vers moi et acquiesça.

Une question me taraudait ; j'avais un peu honte de la poser.

— Est-ce que… il a été… fier de moi ?

Elle tourna la tête vers le jardin, resta silencieuse quelques instants, puis me répondit d'une voix légèrement voilée :

— Je suis venue le retrouver le soir même, après que Vladi m'eut prévenue. Il n'arrivait pas à le joindre. Je suis entrée et Igor était au piano. Il est resté le dos tourné, mais a cessé de jouer pour m'écouter. Il savait pourquoi je venais. Je lui ai annoncé ta victoire, qu'il a accueillie en silence, sans dire un seul mot. Il ne bougeait pas. Au bout d'un long moment, je suis allée vers lui.

Catherine marqua une pause, puis reprit :

— Il avait des larmes plein les yeux.

57

Il y a des périodes de la vie riches en évènements, en émotions, sans qu'on sache l'expliquer, ni y attribuer un sens particulier. Mes retrouvailles avec Audrey s'inscrivirent dans ce registre déjà chargé depuis quelques jours. Ce fut un intense bonheur de la rejoindre, refermant avec elle la parenthèse douloureuse de notre séparation. J'étais aux anges de découvrir qu'elle m'aimait toujours. Je me sentais léger, heureux, transporté par mes sentiments, bouleversé de pouvoir de nouveau la voir, la toucher, la sentir, l'embrasser. Nous fîmes le serment de ne plus jamais nous quitter, quoi qu'il advienne. Nous parlâmes aussi d'Igor, bien sûr, communiant dans la tristesse, pleurant tous les deux. Elle me raconta son enfance avec lui, et moi notre relation courte mais intense. Nous rîmes ensemble de mes angoisses à son sujet, des épreuves qu'il m'avait imposées, des aventures qui en étaient nées.

L'enterrement eut lieu au cimetière russe de Sainte-Geneviève-des-Bois, après une messe orthodoxe en la cathédrale Saint-Alexandre-Nevsky.

La plupart des gens présents ne se connaissaient pas entre eux, à part les domestiques, rassemblés. Les autres ne se parlaient pas, et chacun faisait quelques pas sur place dans les allées ombragées du cimetière en attendant l'arrivée du corps. Les femmes étaient les plus nombreuses, dont certaines, très belles, habillées de couleurs vives.

Puis le cercueil apparut, et instinctivement les gens se regroupèrent. Il était porté par quatre hommes en noir, suivis de Vladi qui tenait en laisse un Staline étonnamment calme.

Nous les suivîmes en une longue procession silencieuse sous un soleil rayonnant, à travers l'étendue verdoyante de ce lieu beau et troublant, immense et calme, peuplé de grands bouleaux, d'épicéas aux senteurs résineuses et de pins détachant leurs troncs noueux sur le ciel d'un bleu éclatant.

Au détour d'une allée, soudain, mon cœur se serra. Un piano avait été disposé, là, devant nous. Un jeune homme se tenait assis au clavier, le visage grave, les traits slaves, les yeux bleus délavés. Il se mit à jouer, et les notes cristallines et mélancoliques s'égrenèrent dans le silence de la nature. La foule s'immobilisa, suspendue à l'émotion de l'instant. Audrey se blottit contre moi. La mélodie évolua vers des accords poignants, d'une beauté à fendre l'armure du plus fort des hommes, le touchant droit au cœur, l'attirant malgré lui dans le royaume des sentiments, du chagrin et du recueillement.

Cette musique, je l'aurais reconnue entre mille… Rachmaninov accompagnait mon père dans sa dernière demeure. Même les plus insensibles d'entre nous ne purent réprimer les larmes qui leur montaient aux yeux.

58

Les mois passèrent. Nous emménageâmes dans l'hôtel particulier un matin d'hiver, alors que la neige avait recouvert le jardin d'un fin manteau duveteux et que les flocons s'accumulaient sur les longues branches majestueuses du grand cèdre. Il faisait froid et l'air sentait bon comme à la montagne.

J'étais excité à l'idée de vivre dans une maison aussi vaste et confortable. La première semaine, nous changeâmes de chambre toutes les nuits et nous prîmes nos repas alternativement dans le grand salon, la bibliothèque et la magnifique salle à manger. Nous étions comme deux gamins dans un palais rempli de jouets. Les corvées quotidiennes avaient disparu, les domestiques s'en chargeant pour nous.

Au bout de quinze jours, nous avions pris nos marques et nos premières habitudes. Notre vie s'organisa peu à peu autour de deux pièces, et nous délaissâmes tout naturellement les autres.

Nous reçûmes les amis d'Audrey à plusieurs reprises, mais l'ambiance n'y était pas. Bien que notre attitude n'ait en rien changé, ils ne parvenaient pas à se sentir à leur aise dans ce lieu qui m'avait moi-même longtemps impressionné. Ils nous voyaient différemment, et les conversations manquaient de naturel, de chaleur, de spontanéité. Nos relations s'étiolèrent, devinrent froides, distantes. Ils nous savaient riches, et certains nous demandèrent sans complexe un soutien financier, ce que nous n'aurions su refuser. Au bout de quelque temps, nous étions moins leurs amis que leurs banquiers… À l'inverse, d'autres personnes essayaient de forcer notre amitié, mais nous les sentions surtout mues par le désir de se flatter de notre fréquentation. La richesse attire les arrivistes et les frimeurs. Nous prîmes peu à peu l'habitude de nous blinder, puis de nous renfermer sur nous-mêmes.

L'omniprésence des domestiques devint vite, quant à elle, une intrusion dans notre vie privée. Ils risquaient à tout moment de surgir, empêchant tout vrai délassement, empiétant sur notre intimité. Nous nous sentions des étrangers dans notre propre maison.

Au bout d'un peu moins de trois mois, nous avions perdu une bonne partie de notre joie de vivre, de notre naturel un peu enfantin. La situation nous échappait. Nous étions complètement désemparés.

Ce constat d'échec généralisé nous poussa à réagir. J'essayai de comprendre le sens de ce qui nous arrivait. J'étais devenu convaincu que les choses ne venaient pas à nous par hasard. Le hasard… Je pris du recul, et me demandai pourquoi tout ce luxe avait soudain déboulé dans mon existence, s'offrant à moi. La vie voulait peut-être me défier sur mes valeurs… Je m'étais peut-être laissé prendre au piège, confondant sans doute le besoin que nous avons tous d'évoluer et la seule ascension sociale. La véritable évolution n'est-elle pas intérieure ? C'est en se changeant soi-même que l'on devient heureux, pas en changeant ce qui nous entoure.

Dans un sursaut de lucidité salutaire, nous prîmes la décision de nous séparer de ce fardeau encombrant. Nous vendîmes l'hôtel particulier, et l'argent fut réparti entre les domestiques. Ils l'avaient bien mérité, après avoir loyalement servi mon père toute leur vie. La mère d'Audrey, partie à la retraite un an plus tôt, eut sa part du gâteau. Vladi, qui avait gardé Staline auprès de lui, eut droit en outre à la Mercedes, dont nous n'avions que faire. Les belles voitures vous attirent la jalousie des médiocres, le mépris des intellectuels et la pitié des âmes éveillées. Rien que du négatif. Je fis don du Jules Verne aux Restos du Cœur, très amusé à l'idée de voir un jour des clochards monter se régaler d'un dîner gastronomique en haut de la tour Eiffel.

Puis Audrey et moi appelâmes madame Blanchard en croisant les doigts. Nous bondîmes de joie lorsqu'elle nous confia qu'elle n'avait toujours pas reloué mon appartement, suspectant les différents candidats qu'elle avait reçus d'être de bruyants voisins en puissance !

Nous reprîmes possession des lieux un beau samedi d'avril, emportant juste ce dont nous avions besoin pour être heureux. Les cartons à peine déposés, Audrey ouvrit grand les fenêtres et disposa des miettes de pain sur les rebords. Le soleil radieux s'invita dans toute la maison, et les moineaux parisiens ne tardèrent pas à accompagner notre emménagement de leurs joyeux piaillements.

Le soir même, madame Blanchard organisa un casse-croûte dans la cour de l'immeuble pour fêter notre retour. Quelque chose avait changé en elle, mais je ne parvenais pas à l'identifier. Elle mit une grande nappe blanche sur une vieille table et y déposa quantité de quiches et de gâteaux qu'elle avait préparés tout au long de la journée, embaumant l'immeuble de senteurs alléchantes. Elle invita tous les voisins, très contents de profiter de la douceur d'une des premières belles soirées du printemps, et, à ma grande surprise, elle alla personnellement chercher… Étienne. Il s'en mit plein la panse et lança une OPA sur une bouteille de crozes-hermitage qu'il ne quitta pas de la soirée. Un vieux magnétophone à piles délivrait des chansons françaises un peu démodées mais très joyeuses, sur lesquelles on se trémoussa en rigolant. L'insouciance et la légèreté étaient de retour.

À plusieurs reprises au cours de la soirée, mon regard se porta sur madame Blanchard, tandis que j'essayais de trouver ce qui avait changé. Il était près de minuit quand la réponse m'apparut soudain comme une évidence : elle avait abandonné le noir pour revêtir une jolie robe fleurie. Les choses les plus énormes sont parfois celles qui passent le plus inaperçues.

DU MÊME AUTEUR :

L'homme qui voulait être heureux, Éditions Anne Carrière, 2008, et Pocket, 2010.
Le philosophe qui n'était pas sage, coédition Kero/Plon, 2012, et Pocket, 2014 ; Calmann-Lévy, 2022.
Le jour où j'ai appris à vivre, Éditions Kero, 2014, et Pocket, 2016.
Et tu trouveras le trésor qui dort en toi, Éditions Kero, 2016, et Le Livre de Poche, 2018.
Je te promets la liberté, Calmann-Lévy, 2018, et Le Livre de Poche, 2020
L'art vous le rend bien, avec Camille Told, coédition Calmann Lévy / Réunion des musées nationaux-Grand-Palais, 2019.
Intuitio, Éditions Calmann-Lévy, 2021, et Le Livre de Poche, 2023.
Le Réveil, Éditions Calmann-Lévy, 2022, et Le Livre de Poche, 2023.

LAURENT
GOUNELLE
ET TU TROUVERAS
LE TRÉSOR
QUI DORT EN TOI
Le Livre de Poche

LAURENT
GOUNELLE
JE TE PROMETS
LA LIBERTÉ
Le Livre de Poche

LAURENT
GOUNELLE
LE RÉVEIL
Le Livre de Poche

LAURENT
GOUNELLE
Le Livre de Poche

PAPIER À BASE DE FIBRES CERTIFIÉES

Le Livre de Poche s'engage pour l'environnement en réduisant l'empreinte carbone de ses livres. Celle de cet exemplaire est de :
200 g éq. CO_2
Rendez-vous sur
www.livredepoche-durable.fr

Composition réalisée par PCA

Achevé d'imprimer en France par
CPI BRODARD & TAUPIN (72200 La Flèche)
en décembre 2023
N° d'impression : 3055267
Dépôt légal 1re publication : janvier 2024
LIBRAIRIE GÉNÉRALE FRANÇAISE
21, rue du Montparnasse – 75298 Paris Cedex 06

39/6897/2